BRIGITTE PONS

Flussgefährtinnen

Brigitte Pons

FLUSS GEFÄHR TINNEN

Roman

Lübbe

Cradle to Cradle Certified® ist eine eingetragene Marke
des Cradle to Cradle Products Innovation Institute.

MIX
Papier | Fördert gute Waldnutzung
FSC® C014496

Originalausgabe

Dieses Werk wurde vermittelt durch die Agentur Editio Dialog,
Dr. Michael Wenzel (www.editio-dialog.com)

Bei Fragen zur Produktsicherheit wenden Sie sich bitte an
Produktsicherheit@bastei-luebbe.de

Textredaktion: Lina Robertz, Juist
Umschlaggestaltung: © SO YEAH DESIGN, Gabi Braun
Einband-/Umschlagmotiv: © Einsteen / shutterstock.com;
Mary Long / shutterstock.com; Art studio G / shutterstock.com
Satz: GGP Media GmbH, Pößneck
Gesetzt aus der Adobe Caslon
Druck und Verarbeitung: GGP Media GmbH, Pößneck

Printed in Germany
ISBN 978-3-7577-0090-4

2 4 5 3 1

Sie finden uns im Internet unter http://luebbe.de/
Bitte beachten Sie auch: www.lesejury.de/

Stetig, genau wie Wasser unbeirrbar und allmählich seinen Lauf gestaltet, Höhlen schafft, Geröll verschiebt und sanft nagend Ufer formt, so wirken Pflanzen an seiner Seite, strecken bedächtig Blatt um Blatt, graben ihre Wurzeln in die Tiefe, verbünden sich mit feinstem Pilzgespinst, tasten nach festem Halt in inniger Umarmung. Beständig in ihrer Bewegung. Langsam nur zum Schein für unser Auge; rasend schnell, gemessen an der Ewigkeit.

Wo sich Nagen und Wachsen begegnen, liegt an sandiger Abbruchkante hauchzart und verletzlich zwischen Sein und Gewesen das Leben. Dort sind wir. Ein aufglühender Funke im Fluss der Zeit.

Erster Tag

Kapitel 1

Drei am Fluss

»Verpisst euch«, knurrte Jessie. Eine Wolke winziger Insekten tanzte über den hohen Gräsern am Wegrand. Irritierend in ihrer Stabilität, die sich nicht zu verändern schien, während die Einzelwesen in wildem Zickzack durcheinanderschwirrten, ohne vom Fleck zu kommen. Wieso mussten die blöden Viecher ausgerechnet in dem schmalen Durchschlupf zwischen den Hecken herumfliegen? Die Kontur der Wolke dehnte sich mal in die eine, mal in die andere Richtung, verlor dabei jedoch nie den Zusammenhalt, wie ein einziger Organismus. Selbst wenn man mit der Hand mitten hineinfuhr, stoben die Insekten zwar im Strudel beiseite, schlossen die entstandene Schneise aber so schnell und gründlich, als wäre nichts geschehen.

Jessie hielt den Atem an. Auf Mücken im Mund oder der Lunge verzichtete sie gern. Zur Sicherheit verengte sie die Augen zu Schlitzen, tauchte dann unter dem Schwarm ab und schlidderte die Böschung zum Fluss hinunter, die steiler war als erwartet.

»Shit!« Ihre Absätze rissen blühenden Klee und gelbe Butterblumen aus dem Boden, der Rucksack schleifte hinter ihr her. Ein paar Brennnesseln, Brombeerranken und scharfkantige Steinchen waren auch dabei, wie ihre Handflächen beim Versuch, den Hintern oben zu halten, schmerzhaft zu spüren bekamen.

»Ooooh neiiiin!« Sie biss die Zähne zusammen. Erst kurz vor der Uferkante fanden ihre Füße wieder Halt. Ihr Herz hämmerte. Einige Sekunden blieb sie sitzen, stieß halblaute Flüche aus, dann richtete sie sich auf und klopfte den Dreck von ihrer Hose. Vorsichtig schaute sie sich um. Hatte jemand ihren bescheuerten

Abgang bemerkt? Wie blöd konnte man eigentlich sein? Ziemlich blöd, hätte Marlon ihr sofort bescheinigt, doppelt blöd! Was leider stimmte. Ja, sich blöd anstellen konnte sie hervorragend. Genau wie vorhin in der Bahn. Falscher Zug, falsches Ticket und keine Ausrede parat. Dreifach blöd war das gewesen. Um ein Haar auch noch teuer und mit Polizei. Wie ein Karnickel war sie über den Bahnsteig gehetzt, bis ihr förmlich die Lunge aus dem Hals hing. Und jetzt diese vollkommen sinnlose Rutschpartie, denn wenige Meter entfernt führten halb überwucherte Stufen zum Trampelpfad am Wasser, auf dem sie gelandet war.

Jessie murmelte weitere Verwünschungen. Mal wieder typisch. Nicht nur, dass die Treppe ihr den Sturz erspart hätte: Am oberen Ende saß eine Frau, die jetzt von ihrem Smartphone hoch und zu ihr herunter starrte. Unten ragte in Verlängerung der Treppe ein Steg in den Fluss, von dem eine zweite Frau ins Gelände glotzte. Dabei hatte Jessie sich eingebildet, am Ufer allein zu sein. Wegen der Hecke und der Verbotsschilder neben dem Türchen, an dem sie nahe der Brücke vorbeigekommen war. *Knapp vorbei ist auch daneben*. Schnell wandte sie sich ab. Bloß kein Blickkontakt mit irgendwem.

Der Fluss vor ihr war genauso grau wie ihre Gedanken heute. War sie darum hergekommen? Oder weil es ihre Bestimmung war, sich im Dornengestrüpp eine Blutvergiftung einzufangen? Oder wartete vielleicht ein Traumtyp darauf, sie vorher zu retten? Sie prustete. Das klang doch gleich viel besser. Ein Hoch auf die Bahn und ihre kopflose Flucht vor dem Kontrolleur! Schließlich hatte sie nie nach Stuttgart gewollt und hätte diese einmalige Chance andernfalls glatt verpasst. Wie gut, dass sie sich anschließend auch noch verlaufen hatte. *Ironie off*.

Grinsend dachte sie an die olle Krüger. Ihrer früheren Nachbarin zufolge gab es immer einen Grund. Immer und für alles. Was albern, aber irgendwie auch tröstlich war, und Jessie gab sich Mühe, daran zu glauben.

Sie zog die Kapuze tiefer ins Gesicht, presste die Fäuste in die Taschen der zu großen Sweatjacke und bewegte sich vorsichtig bis fast an den Steg heran. Wohin sollte sie denn jetzt? Der Trampelpfad endete hier. Weiter ging es nur über den Steg. Das Ding war massiv, kein Holz, und führte am Ufer entlang. Auf beiden Seiten von Wasser umgeben, das darunter durchschwappte. Das kam gar nicht in Frage. Also umkehren? Oder die Treppe hoch? Stocksteif verharrte Jessie auf der Stelle. Sie suchte doch nur ein ruhiges Plätzchen zum Nachdenken. War das etwa zu viel verlangt? Den Ausspruch *Karma is a bitch* hätte sie sofort unterschrieben. Das Leben war eine Aneinanderreihung mehr oder weniger mieser Zufälle. Von wegen du hast dein Schicksal selbst in der Hand … Völlig egal, für welche Richtung sie sich entschied, am Ende war es bestimmt verkehrt. Denn sogar wenn Jessie gar nichts tat, reichte das regelmäßig, um an irgendetwas schuld zu sein.

Sie legte den Kopf in den Nacken, suchte ein Fetzchen Blau zwischen den Wolken, die sich in Zeitlupe über den Himmel bewegten, und ignorierte das Brennen ihrer Schürfwunden. Lächeln und schön positiv bleiben. Wenigstens ihr Rucksack war unversehrt geblieben.

*

Unschlüssig schwebten Katrins Finger über der Handy-Tastatur und dem angefangenen Text. Was hatte sie gerade schreiben wollen? Das Geräusch reißender Blätter und brechender Zweige hatte sie abgelenkt, als jemand ungeschickt die Böschung hinuntergerutscht war. Der Kleidung nach ein Teenager. Die Stelle, an der er, ohne sein Hirn zu benutzen, einfach vom Weg abgebogen war, markierten jetzt zerfetztes Grün und zertretene Blütenköpfe. Was für ein Trampel! Und all das wahrscheinlich nur, um ungesehen in die Büsche zu pinkeln. Keine Achtung vor dem Leben.

Ihre Hand zitterte. Unschärfe legte sich über ihre Augen, und sie blinzelte hastig. Wie albern sie sich aufführte, wegen dieses bisschen Grünzeugs. Dabei war ihr vorher nicht einmal aufgefallen, dass in dem wilden Gestrüpp auch Blumen sprossen. Und eigentlich neigte sie nicht zu vorschnellen Urteilen. Was wusste sie schon, was andere bewegte? Wer wusste das überhaupt, besonders wenn es um Teenager ging? Die lebten in einer eigenen, ganz anderen Welt, zu der es für Erwachsene keinen Zutritt gab. Eine schreckliche Phase. Und wenn man mittendrin steckte, irgendwie trotzdem eine der besten. Erwachsenwerden als Verheißung und eine Ewigkeit entfernt. Erste Liebe, Musik, Rebellion. Es war gar nicht so lange her, dass sie das selbst durchlebt hatte. Oder doch?

Katrin lächelte betreten. Doch, es war lange her und sie – Ü40 –, aus der Sicht jedes Teenagers definitiv auf der anderen Seite der Ewigkeit angekommen. Damals hatte sie geglaubt, Erwachsensein bedeutete, den Durchblick zu haben. Eine glatte Fehleinschätzung, über die sie heute nur lachen konnte. Gerade heute, obwohl ihr eigentlich wirklich nicht zum Lachen war. Von außen betrachtet wurden viel zu leicht falsche Schlüsse gezogen. Allein wenn sie sich vorstellte, wie merkwürdig sie vorhin auf der Spielplatzbank am Kletternetz gewirkt haben musste. Oder jetzt, zusammengefaltet auf einer Stufe, neben dem zur Seite geschobenen rot-weißen Absperrelement, das mit kreativen Flüchen und Schmierereien verziert war.

Der Mensch am Ufer rappelte sich auf. Blass und oval das Gesicht, dunkel der Rest, und ein Störfaktor, den Katrin wahrnahm, ohne ihn spontan benennen zu können. Es ging sie weder etwas an, noch interessierte es sie. Trotzdem schaute sie weiter hin, folgte dem Blick des Trampeltiers zu dem langgestreckten Schiffsanleger, auf dem seit geraumer Zeit eine Frau stand. Still wie ein Reiher, der auf Beute lauerte, und ebenso gut getarnt. Fast wirkte sie eins mit der Umgebung. Die Kleider farblos Ton in Ton bis zu den Schuhen, die sie jetzt auszog.

Die Luft war zwar warm, doch um ein Sonnenbad nehmen zu wollen, musste man schon sehr optimistisch sein.

Katrin wandte sich ihrem Handy zu. Ein Tropfen wölbte sich über dem Wort *wieder*. *Weider* las sie stattdessen. Unwirklich groß, wie unter einer Lupe – gefangen und falsch – sprangen das E und I sie an. Der hartnäckige Kloß in ihrem Hals löste sich in einem kurzen, krächzenden Lachen. *Ach du dickes Ei.* Mit dem Handballen wischte sie die törichten Tränen weg. Heulen war keine Option. Sie legte die Fingerkuppe auf *Entfernen* und löschte einen Buchstaben nach dem anderen, bis von ihrer Nachricht nichts mehr übrig war.

*

Vor einer guten Stunde hatte es noch geregnet; jetzt lag der abgenutzte Beton des Landungsstegs rau und trocken unter Astrids nackten Füßen. Sie wackelte mit den Zehen. Schon seltsam, wie schnell ein kurzer Schauer die Straßen leerfegte und wie lange es dauerte, bis die Leute anschließend wieder aus den Häusern kamen. Sonst war hier um diese Zeit am späten Vormittag viel mehr los. Der Radweg oberhalb war viel befahren, der Spielplatz und das Beachvolleyballfeld am Neckarknie beliebt, ganz zu schweigen vom Biergarten am Stadtstrand mit seinen stoffbespannten Holzliegestühlen. Bestimmt waren die ziemlich unbequem, dafür boten sie einen guten Ausblick aufs Wasser.

Astrid spähte zum anderen Ufer. Gleich hinter der Straße und den Bäumen erstreckte sich das weitläufige Gelände der Wilhelma. Jahrelang hatte sie eine Dauerkarte besessen, jedes Tier, jeden Weg und jeden Unterstand gekannt – und war bei jedem Wetter hingegangen. Andere kauften sich einen Hund zum regelmäßigen Gassigehen, sie bevorzugte Elefanten, Löwen und Erdmännchen. Da die nun einmal nicht ins Einfamilienhaus passten, musste sie zum Zoo spazieren, und die Tiere durften bleiben, wo sie waren. Ein platter Scherz, der sich trotzdem zu einer Art Familientradition entwickelt und als Running Gag jeden Besuch begleitet hatte. Vielleicht sollte sie ihre regelmäßigen Wilhelma-Ausflüge wieder aufnehmen.

Astrid faltete ihre Strickjacke zusammen und legte sie mit der Handtasche auf den Schuhen ab. Dann schob sie die Zehen etwas weiter vor, krümmte sie über die Kante. Dort, wo der Fluss gelegentlich bis hinauf schwappte, wuchs eine dünne dunkelgrüne Schicht Moos. Oder waren es Flechten? Sie seufzte. Ihr Vater hätte sofort eine Antwort gewusst und im Gegensatz zu ihrem Ex-Mann dabei nicht den Erklärbär heraushängen lassen. Sie seufzte wieder und schaute links den auf Stützen ins Wasser gebauten Anlegesteg entlang. Parallel zum Ufer reichte er fast bis zur Brücke vor der Schleuse. Betreten verboten. Natürlich.

Ein Lächeln schlich sich auf ihre Lippen, während die Erinnerungen über sie hinwegrollten. Warm wie der Beton, der die Temperatur trotz des Regens gespeichert hatte, als ob auch er sich erinnerte. An Liebesgeflüster und ungestüme Küsse, heiße Sommernächte mit Grillenzirpen, Sonnencreme und zärtliche Hände auf ihrer Haut. Und jetzt brach sogar wieder die Sonne durch und heizte ordentlich ein, dabei war es erst Mitte April. Astrid blinzelte ins Licht, hörte Wasser an den Pfeiler klatschen. Gemächlich glitt ein Frachter unter der Brücke hindurch.

Wie schön und leicht doch alles war, wenn man den Ballast der schlechten Tage ignorierte. Ihn auszog wie tonnenschwere Schuhe aus Blei. Es war doch überhaupt viel klüger, nur das Schöne zu bewahren! Momente wie diesen, der perfekt für einen Sonnengruß gewesen wäre. Zu schade, dass es für Yoga auf dem Steg an Platz mangelte – und sie die komplizierte Abfolge an Bewegungen nicht beherrschte.

Astrid breitete beschwingt die Arme aus. Ein sanfter Wind wehte sie an, als wolle er sie tragen, in die Luft heben, wie einen Vogel. Ja, natürlich! Vögel saßen gern in Bäumen, und diese Yoga-

Übung war viel einfacher. Sie atmete tief in den Bauch, winkelte das linke Bein an, stütze die Ferse seitlich an ihr Knie und versuchte sie noch etwas höher zu schieben. *Sei ein Baum. Sei ein Vogel.* Loslassen. Fliegen. Frei sein. Endlich frei.

*

Ein sattes Klatschen, dann Stille. Jessies Kopf schnellte hoch, Katrin sprang auf. Die eine oben an der Treppe, die andere unten. Ihre Blicke trafen sich nun doch, huschten auseinander, begegneten sich wieder. Der Steg war leer. Und zwar auf voller Länge.

»Wo ist denn der Reiher? Ich meine, die … die Frau, die dort stand?«, stammelte Katrin und hob leicht die Stimme. »Hast du sie gesehen?«

Keine Antwort, nur ein Schulterzucken.

»Und das Geräusch? Was war das?«

Beim nächsten stummen Achselzucken ließ Katrin alles fallen und rannte im Stakkato die zu kurzen, unebenen Stufen hinunter. Für eine irrwitzige Sekunde dachte sie dabei ans Zirkeltraining in der Schule, wenn sie über die Sporthallentreppe zwischen den Tribünen gesprintet war. Schnell und leichtfüßig. Sie hatte es geliebt. Heute schlug ihr jeder Schritt hart in den Magen.

»Na los, komm schon!«, herrschte sie den Teenager an, der mit offenem Mund herumstand und gar keiner war, wie sie am Rand registrierte. Weder ein Er noch ein Teen. Doch für Überraschung war gerade kein Platz. Der Trampel, weiblich, geschätzt Mitte zwanzig, setzte sich endlich ebenfalls in Bewegung. Die Kapuze verrutschte, und ein Schwall langer, blonder Haare quoll hervor.

»Ihre Sachen sind noch da«, rief Jessie und ging der Fremden nach. Zum Glück war der Steg wirklich stabil und hatte auf einer Seite ein Geländer. Dennoch war er ihr zu schmal, machte den Hals eng und ihre Schritte unsicher. »Sie wird schon irgendwo sein. Ich meine, hier ist doch nichts, wo soll sie denn hin?«

Katrin tippte sich an die Stirn. Die clevere Frage hätte von ihrem Sohn Lasse stammen können. Aber dessen dreizehnjähriges Hirn startete ja auch gerade in die hormonbedingte Umbauphase, was vieles entschuldigte. Ihr Gegenüber sollte mit der Pubertät durch sein. *In 'nem Ufo mit Außerirdischen zum Mars. Einen Coffee-to-go holen.* Sie verbiss sich die sarkastischen Bemerkungen. Ihre Nasenspitze zuckte, die Hände suchten in den Hosentaschen nach dem Smartphone, das oben an der Treppe lag. Nicht die Nerven verlieren. Logisch denken, rief sie sich zur Ordnung und drehte sich einmal im Kreis. »An jedem Anleger muss ein Rettungsring oder eine Stange hängen.«

»Da!« Aufgeregt deutete Jessie ins Wasser. »Da ist sie!«

Ein gutes Stück vom Ufer entfernt, aber nur wenige Meter stromabwärts tauchte ein Arm auf, gefolgt von einem nassen Schopf.

»Puh, zum Glück!« Katrin schnaufte erleichtert. »Hey!«, rief sie dann lauter und winkte wild. »Hey, hallo! Hierher. Sie müssen hierher schwimmen!«

»Die hört nichts. Wegen dem Kahn, der da ... Nee, was macht die denn jetzt?« Jessie hüpfte auf und ab, vergaß dabei sogar kurz, sich festzuhalten. »Ist die irre? Das ist die falsche Richtung. Hallo? Hallo!«

Die Schwimmerin paddelte wie ein Hündchen, drehte sich nach links, nach rechts, weg vom Ufer – und ging unter.

»Wir müssen sie da rausholen!« Jessie schrie wie am Spieß, und Katrin wurde schlagartig ruhig.

»Natürlich«, sagte sie gefasst und streifte die Schuhe ab. »Ich mach das. Du suchst was zum Rausziehen.«

*

Erschrocken hielt Astrid den Atem an. Um sie herum perlten Bläschen, Schwebstoffe verwirbelten im aufgewühlten Wasser. Hier war kein guter Ort zum Schwimmen, das wusste sie genau.

Schon allein wegen der Uferbefestigung, die es schwer machte, wieder herauszukommen. Aber sie hatte ja auch gar nicht schwimmen wollen, sondern fliegen. Sie rotierte um die eigene Achse, spürte etwas Glibberiges an ihrer Hand. Pflanze? Fisch? Eben noch war es warm und sonnig gewesen, jetzt benebelte frühlingskaltes Nass ihre Sinne. Wo um Himmels willen war oben?

Astrid kämpfte die Panik nieder, hielt still so gut es ging und ließ gezielt ein klein wenig Luft zwischen ihren Lippen entweichen. Kullernd bahnte sich ihr Atem den Weg hinauf, dorthin wo ihr Verstand jetzt deutlich mehr Helligkeit wahrnahm. Sie folgte der wabernden Blase mit energischen Armbewegungen, bis sie die Grenze zwischen den Elementen durchbrach. Sonne, Wärme, Wind. Endlich! Keuchend schnappte sie nach Sauerstoff und lachte vor Erleichterung. Sie schluckte Wasser, hustete. Ihr Blick glitt unstet über die glitzernden Wellen, fand keinen Halt im Grün, Braun und Blau und dem schaukelnden Auf und Ab. Ihr Instinkt bewegte Arme und Beine, während Gleichgewicht und Orientierung durcheinandergerieten. Unvermittelt klatschte ihr eine Welle ins Gesicht, eine zweite und dritte, dann ging es zurück in die Tiefe. Runter, rauf, runter. Astrid schnaubte, prustete, schlug um sich. Nein. Das hatte sie nicht gewollt! Ganz und gar nicht.

*

»Chef! Chef? Chef!« An Bord der *Jowige* gab Dušan aufgeregte Zeichen hinauf zum Steuerhaus.

Die Tür stand offen, und von draußen roch es nach vergangenem Regen. Ein Geruch, der sich weder mit etwas anderem vergleichen noch beschreiben ließ. Auch der Moment unmittelbar vor einem Guss war reizvoll, kam aber an das Nachspiel nicht heran. In dieser Stimmung, wenn alles nass glänzte, wie lackiert – frisch, sauber und verheißungsvoll –, lag ein magischer Funke. Sonne, Wolken und – Hanne schüttelte sich. Das fehlte noch, dass sie anfing mit offenen

Augen von Regenbögen zu träumen. Rasch beendete sie den Vermerk im Logbuch. *Schleuse Bad Cannstatt passiert.*

»Chef!«

»Ich bin nicht taub, Dušan«, grummelte sie und signalisierte mit erhobener Hand, dass sie ihn gehört hatte. Wieso zum Teufel hüpfte ihr Matrose Arme rudernd an der Reling herum? Hanne reckte den Hals. In der Flussbiegung rannten zwei Leute über den Bootsanleger am Seilerwasen. Nichts Neues. Trotz der Überwachungskameras wurde der Steg gern als Chill-Out-Area genutzt. Vorzugsweise abends und an Wochenenden. Ihr war es egal. Solange ihr niemand in die Quere kam, wenn sie einen Liegeplatz für die Jowige brauchte, gönnte sie jedem das Vergnügen. Nur jetzt gerade war offenbar etwas faul. Dušan hörte nicht auf zu gestikulieren und sonderte auf einen Schlag so viele Wörter ab, wie sonst an einem ganzen Tag. Oder auch an zweien.

Alarmiert stand Hanne auf. In der Tat wirkte das Spektakel auf dem Steg bei genauerer Betrachtung eher unentspannt als chillig – die zwei Gestalten flatterten umher wie aufgescheuchte Hühner, die um ihr Gelege fürchteten, über dem ein Raubvogel kreiste. Sie angelte blind nach dem Funkgerät, griff abgelenkt daneben, weil Dušan sich gerade am Rettungsring zu schaffen machte und sie endlich verstand, dass sie seiner Meinung nach nicht weiter beschleunigen, sondern Geschwindigkeit rausnehmen sollte, weil kurz vor ihnen etwas im Wasser trieb.

»Och, nö«, stöhnte sie. Wohl wissend, dass sie unmöglich rechtzeitig zum Halt kommen konnten, drosselte sie den Motor. Bestimmt war wieder irgendein Schoßhund beim Stöckchenwerfen abgetrieben und zu blöd an Land zu schwimmen. Schuldbewusst guckte sie zu Mascha, die mit aufgerichteten Ohren auf der Schwelle ausharrte. Ihr kurzer Schwanz wackelte aufgeregt. Und dann sah Hanne gerade noch aus dem Augenwinkel, wie erst das eine und gleich darauf das andere Huhn in den Fluss sprang.

»Ach du heilige Scheiße!«

Kapitel 2

(Not) welcome on board

Mit schnellen Schwimmzügen pflügte Katrin flussabwärts durchs Wasser; die leichte Strömung half ihr dabei. Weit weniger hilfreich war es, dass dieses Möchtegern-Teenager-Trampeltier ihr folgte, statt auf dem Steg nach einer Hakenstange zu suchen oder wenigsten einen stabilen Ast zu beschaffen. Doch für Ärger blieb ihr so wenig Muße wie zum längeren Nachdenken.

Dort, wo sie die Reiherfrau zuletzt gesehen hatte, tauchte Katrin ab. Rauschen füllte ihren Kopf, unwirklich laut und fremd, und rührte doch vor allem von ihrem eigenen Blut her, verstärkt durch den Wasserdruck auf den Ohren und die veränderte Schallübertragung. Es beruhigte sie, eine simple Erklärung zu kennen. Ob sie stimmte, spielte eine untergeordnete Rolle. Die Ruhe schärfte ihre Sinne, steigerte trotz schlechter Sicht die Wahrnehmung ihrer Umgebung. Kaum mehr als einen Meter entfernt schwebte die Gesuchte unter ihr, das Gesicht von seltsam schwerelosen Haaren umflossen.

Katrin streckte den Arm aus und bekam ein Handgelenk zu fassen, als ihr von oben ein Stiefel in die Rippen trat. Ihr Aufschrei blubberte stumm ins Leere, und sie packte fester zu. Statt mitzuhelfen, schien die andere sich zu wehren.

Einen kleinen Ringkampf später tauchten sie auf.

»Geschafft!« Katrin hielt die zappelnde Reiherfrau im Rettungsgriff, den sie vor gefühlt hundert Jahren bei der DLRG gelernt hatte, und japste nach Luft.

»Loslassen! Sofort loslassen!«

»Schschsch. Still! Ganz still. Du wärst fast. Ertrunken.« Katrin rang nach Atem. »Ich bring dich. Ans Ufer.« Auch sie wollte möglichst schnell aus dem Wasser. Unter ihren Füßen spürte sie tiefere, kältere Schichten.

»Ich bin in Ordnung. Alles in Ordnung! Sie können wirklich loslassen. Ich schaff das allein.«

»Nein.« Katrin ruderte angestrengt mit dem freien Arm, strampelte mit den Beinen und kassierte von der Seite den nächsten Tritt.

»Pass doch auf!«, fauchte sie und drehte den Kopf. Haare klebten ihr im Gesicht, eigene und unappetitlicherweise auch fremde. »Was tust du hier? Du solltest uns vom Steg aus raushelfen. Hast du wenigstens –« Unfreiwillig schluckte sie einen Mund voll Flusswasser. Himmel, diese Rettungsaktion war alles andere als ein Kinderspiel! Zwar hielt die Reiherfrau endlich still, lag ihr jetzt aber wie ein Sack Kartoffeln vor der Brust, und die vollgesogenen Kleider erschwerten ihr Vorankommen. Irritiert guckte Katrin das Trampeltier an, das mit weit aufgerissenen Augen im Wasser hing wie eine Bleiente und ganz sicher keine Hilfe war. Die konnte ja kaum das eigene Kinn oben halten. »Hast du wenigsten einen Notruf –«

»Da kommt ein Frachter«, fiel ihr die Gerettete ins Wort. »Wenn Sie aufhören, mich zu würgen, würde ich dem gern ausweichen.«

»Nein«, blubberte die andere. »Aber. Ich … nein, weil –«

»Hört mir jemand zu? Frachter von links!« Astrid schaffte es, einen Arm zu lösen, winkte und schrie aus Leibeskräften. »Halloho! Huhu! Hoffentlich sieht der uns.«

Erschrocken versuchte Jessie, es ihr nachzutun, was jedoch gründlich misslang. Sie winkte, hyperventilierte, blubberte ein weiteres »Aber« und versank.

Der Bug des Frachters schickte eine ordentliche Welle voraus und einen Warnton, der Katrin in den Magen fuhr. Ihr Griff lockerte sich – und gleich darauf war auch die Reiherfrau wieder weg.

Katrin begann zu zittern. Der ganze Tag war ein Albtraum. Ob wohl gleich ihr Wecker klingelte, und Markus mit einem Kaffee an ihrem Bett auftauchte? Und dann wäre nichts, aber auch gar nichts von all dem wahr, was sie in den vergangenen Stunden erlebt hatte. Sie blinzelte energisch, doch es blieb alles wie zuvor. Um sie herum war Wasser, vor ihr stiegen Luftbläschen auf, und von der Flussmitte aus trötete das herannahende Schiff, in dessen Fahrrinne sie besser nicht geraten sollten. Katrin schätzte die Entfernung zum Ufer, fühlte wachsende Panik und den Zwang zu lachen, weil es eben doch ein fieser Traum sein musste. Einer von denen, die einem noch lange nachhingen, wenn man die Angst zuließ. Aber wenn sie sich ganz fest darauf konzentrierte, konnte sie solche bewussten Träume steuern. Dann würde sie das Trampeltier und die Reiherfrau retten und an Land bringen. Pfeilschnell und wendig wie ein Delfin, nein, wie Arielle, die Meerjungfrau. Durch ihr Unterbewusstsein dudelte die Erkennungsmelodie eines Hörspiels. Sie holte erneut tief Luft, verdrängte den Gedanken an das, was sie unter Wasser erwarten mochte, und tauchte. Ein kurzes Déjà-vu streifte vorbei, während sie sich im Trüben orientierte. Überraschend kontrolliert paddelnder Reiher links, hilfloser Trampel unten. Dann fuhren Arme, Beine, Hände durcheinander, zupften, zerrten und klammerten.

Astrid bekam die Kapuze zu fassen, Katrin erwischte einen Rucksackträger, und mit vereinter Kraft kämpften sie sich zurück zur Oberfläche. Ploppten heraus, schaukelnd wie Korken, die nun statt der schwachen Neckarströmung den Einfluss des Schiffes zu spüren bekamen. Wellen schwappten ihnen entgegen.

Längsseits ragte der Frachter auf, ein Koloss aus Stahl, der den Himmel verdunkelte.

Katrin entfernte eine Strähne aus ihren Augen und korrigierte sich. Ganz so riesig, wie sie gedacht hatte, war die Wand vor ihr nicht, dafür deutlich näher, was sie nicht weniger bedrohlich fand.

Im Gegenlicht zeichnete sich der Umriss eines Mannes ab, der von vorn nach hinten lief und wilde Handzeichen gab.

»Was sagt er? Verschwindet?« Sie lachte leicht hysterisch. »Wie stellt der sich das vor?«

Dann holte der Mann mit den Armen Schwung. »Vorsicht!«

Leuchtend orange und weiß eierte der Rettungsring durch die Luft und schlug haarscharf neben ihnen ein.

Und mit einem Mal ging alles ganz schnell, obwohl es den dreien wie eine Ewigkeit vorkam, bis der Ring mit ihnen daran die Bordwand erreichte. Eine kräftige Hand streckte sich ihnen entgegen und half einer nach der anderen, sich die kurze, wacklige Strickleiter hinaufzuhangeln.

*

An Deck wehte ein frischer Wind, der noch die letzten Spuren des vorbeigezogenen Regenbandes in sich trug. Dabei war es ein warmer Tag, sobald die Sonne freie Bahn bekam.

Dušan drehte sich um und hob den Daumen.

Hanne nickte kaum merklich. Von oben betrachtete sie den durchweichten Haufen, der sich so mühsam an Bord gehievt hatte, als hätten sie den Mount Everest bestiegen und nicht einen tiefliegenden Kahn. Drei Frauen, kein Hund.

Ihre flache Hand spannte sich mittig über dem Schlüsselbein, die andere grub sich in Maschas Nackenfell. Die drei brauchten eine verdammt gute Erklärung, weshalb sie ihr in die Quere gekommen waren. Sie rollte die Zunge und stieß einen durchdringenden Pfiff aus. Es verschaffte ihr eine klitzekleine Genugtuung, dass alle vier zusammenzuckten. Auch Dušan, der die Frauen wie ein Hütehund umkreiste und sich dabei den zerzausten Hinterkopf rieb.

Hanne warf einen Kontrollblick auf die Instrumente, während ihr Matrose über die scheppernde Treppe zu ihr hinaufeilte.

»Schmeiß sie wieder ins Wasser«, raunzte sie ihn an und drückte die leere Kaffeetasse gegen den roten Fleck, den ihr Handballen über dem Rand ihres Tanktops hinterlassen hatte.

»Du bist keine nette Person, Chef.« Dušan verschränkte die Arme über dem Bauch. »Die sind fast ersoffen.«

»Fast.« Ungerührt deutete sie zum Funkgerät. »Brauchen wir die Rettungsleitstelle oder hast du alle rausgefischt? Ist noch jemand im Wasser?«

»Nein. Alle komplett.« Klatschend strich er die Handflächen gegeneinander. »Keine halben Sachen, Chef. Sagst du doch immer.«

»Jaja. Verzieh dich, Dušan. Ich wette, die hätten es auch ohne dich an Land geschafft. Sag ihnen, nächster Halt ist an der Schleuse Hofen, da gehen sie runter.«

»Aber –«

»Nein.« Sie wusste genau, was er sagen wollte. Die Schleuse lag eine knappe Stunde Fahrt entfernt. »Wir machen keinen Zwischenstopp. Und Dušan: Behalte sie bis dahin gut im Auge. Wenn eine von denen kotzt, ist das dein Problem.«

Sie grinste, sobald er ihr den Rücken kehrte, und stellte die leere Tasse weg. Der ruppige Ton musste sein. Natürlich hatte Dušan alles richtig gemacht, das stand außer Frage. Sie schätzte sich glücklich, mit ihm zu arbeiten. Er war nicht nur in puncto Rettungsring reaktionsschnell, er erfasste immer, wann es darauf ankam. Und er wusste, dass sie niemals jemanden in Not im Stich gelassen hätte, egal wie sehr sie unter Zeitdruck stand. Das alles änderte nichts daran, dass sie die unerwünschte Fracht dort draußen nur zu gern zu seiner Angelegenheit erklärte. Mit der sie so wenig wie möglich zu tun haben wollte.

Hanne setzte sich, streifte die Flipflops ab, schlug ein Bein unter und nahm wieder Fahrt auf. Am Steuer konnte sie es sich bequem machen. Mascha rollte sich auf ihrem Fuß am Boden zusammen. Für ein bisschen Körperkontakt war es der Hündin nie zu warm.

Höchste Zeit für einen Funkspruch. Hanne überlegte kurz, wählte dann einen freien Kanal für Privates statt den offiziellen und drückte die Sprechtaste.

»Obertürkheim Zentrale, hier ist Motorgüterschiff Jowige. Melde Vorfall hinter Schleuse Bad Cannstatt«, sagte sie. Bei der Vorstellung, was alles hätte passieren können, schnellte ihr Puls nachträglich in die Höhe. »Bitte kommen.«

»Motorgüterschiff Jowige, Motorgüterschiff Jowige, hier ist Obertürkheim Zentrale. Ein Notfall? Bitte bestätigen.«

»Hier ist Jowige. Negativ. Wiederhole: negativ. Mir sind hinter der Schleuse Bad Cannstatt steuerbord vom Seilerwasen drei schwimmuntaugliche Wasserratten – *Nixen* – ins Netz gegangen«, fügte sie betont flapsig hinzu. »Habt ihr das mitverfolgt? Kommen.«

»Obertürkheim Zentrale für Jowige. Nope. Äh, negativ. Hier ist Andrea. Hab mich schon gewundert. Für einen Notruf wäre das der falsche Kanal – und dann noch ohne Mayday und Schiffskennung. Zu viel Adrenalin für mein armes Herz. Klär mich auf, die Überwachungskamera am Steg ist seit Samstag defekt. Die Techniker basteln dran. Was ist passiert? Sollen wir dir jemand schicken? Gibt es Verletzte?«

»Noch nicht.« Hanne schnippte das Hula-Mädchen und den Wackeldackel an, die über das Steuerpult wachten. »Ohne Gewähr, dass es dabei bleibt. Ich gebe Bescheid, sollte es sich ändern. Eine Pizza könntest du mir aber schicken, schön scharf. Und wenn dir danach ist, bete für meinen unbelehrbaren Matrosen. Der muss dauernd irgendwas aus dem Wasser fischen, was mir dann an der Backe klebt.« Wieder entschuldigte sie sich stumm bei Mascha und auch bei Klärchen, die vermutlich im ersten Sonnenfleck nach dem Regen ihren Pelz wärmte. Diesen Fang hätte sie für nichts in der Welt wieder hergegeben. »Jetzt habe ich so 'ne Weiberbagage an Bord hocken. Irgendwann kriegt er das zurück.«

Das Funkgerät krächzte und schepperte. Lautes Gelächter brachte es an seine Grenzen. Mit Andrea war es schwer, Funkdisziplin zu wahren. Darum der private Kanal.

»Sei nett zu ihm, Dušan ist ein Goldstück.«

»Jaja.« Hanne rollte mit den Augen, während das Goldstück draußen Handtücher verteilte. »Sein Pech. Denn ich bin keine nette Person. Hat er mir gerade wieder bestätigt. Das ist auch verdammt gut so, denn den Netten tanzen alle gern auf der Nase herum. Kann mir Schöneres vorstellen. Ich muss mal Schluss machen, Andrea, und checken, was der Bursche jetzt schon wieder treibt.« Sie drückte sich im Sitz hoch. Waren das etwa ihre Handtücher?

»Okay. Halt mich auf dem Laufenden. Mir fehlt immer noch eine Lieferdrohne für eilige Schiffsführer-Sonderwünsche. Also vertagen wir die Pizza auf deine Rückfahrt. Du musst nur mal wieder anlegen, statt immer an Stuttgart vorbeizuziehen. Meine Adresse hast du.«

»Bestätigt, Obertürkheim. Ich werde es einrichten. Jowige, Ende.« Wann genau hatte sie nicht gesagt. Sie hasste es, private Verpflichtungen einzugehen. Obwohl der entspannte Kontakt mit Andrea sogar einem gemeinsamen Weihnachtsmarktbesuch standgehalten hatte.

Hanne ließ den Knopf los und korrigierte den Kurs um eine Winzigkeit. Ja, das waren ihr Badetücher. Hundertprozentig.

»Na rate mal, mein lieber Dušan, wer demnächst meine Wäsche macht.«

Durch die Tür fegte eine weitere regenfrische Brise. Hanne biss die Zähne zusammen. Nein, sie würde niemandem anbieten sich in ihrer Wohnung aufzuwärmen. Halb ersoffen oder nicht. Was passiert war, hatte mit ihr nicht das Geringste zu tun.

*

Der Mann guckte weg, und die zwei älteren Frauen waren mit sich selbst beschäftigt. Jessie stand auf. Das Stück Deck, auf dem sie sich zusammendrängten, war klein und beengt, nur links und rechts hatten sie freie Sicht auf den Fluss. Ein unordentlicher Packen schwarze Abdeckfolie und Putzzeug lagen herum. Bevor sie sich genauer umsah, musste sie erst einmal aus den nassen Klamotten. Sie suchte einen sonnigen Platz für ihren triefnassen Rucksack, zog Sweatjacke, Schuhe und Hose aus – immer auf der Hut –, bis sie nur noch Unterwäsche trug. Eilig wickelte sie sich in das größte Badelaken, schlang ein zweites um ihren Kopf. Mit schnellen Bewegungen wrang sie ihre Kleider aus, scherte sich nicht darum, wohin es spritzte, und breitete die Sachen dann auf dem Deckel eines kniehohen, langgezogenen Kastens aus. Die Frau von der Ufertreppe tropfte mit glasigem Blick vor sich hin, ohne sich abzutrocknen. Jessie schnappte sich ein drittes Tuch vom Stapel, legte es sich um die Schultern und zog es bis an die Unterlippe. War nicht ihr Problem, wenn sonst keine noch einmal zugriff. Sie setzte sich neben den Rucksack.

»Na los, du da«, schnauzte Jessie schließlich und trat mit dem nackten Fuß in Richtung der anderen, die zuerst in den Fluss gefallen war und sich zum fünften Mal Gesicht und Arme abrieb. »Sag was!«

»Ich?«

»Na wer denn sonst?«

Erstaunt guckte Astrid von der unhöflichen jungen Frau zu dem Mann im Unterhemd. »Herzlichen Dank«, sagte sie zu ihm und lächelte. »Ich glaube, das sagte ich schon, direkt, als ich oben angekommen bin. Aber ich wiederhole es gern: Vielen Dank, dass Sie uns aus dem Fluss gezogen haben.« Dann wandte sie sich wieder um und zuckte mit den Schultern. »Zufrieden? Wobei eigentlich Sie sich bedanken müssten. Bei uns allen. Meiner Meinung nach.«

»Echt jetzt? Du tickst ja nicht ganz sauber!« Jessie klappte die

Kinnlade herunter. »Die da ist ins Wasser gefallen«, erklärte sie dem Mann, der regungslos zuhörte. »Und wir sind ihr hinterher, um sie zu retten. So war das nämlich.«

»Vollkommen unnötigerweise. Sonst hätte ich ja wohl um Hilfe gerufen.«

»Soll das ein Witz sein? Jeder Depp weiß doch, dass man nicht mehr schreien kann, wenn es wirklich ernst wird!«

»Ich bin kein Depp und außerdem eine gute Schwimmerin.«

»Ja, gute Schwimmerin, genau so hat es ausgesehen.« Jessie prustete verächtlich. »Du wärst niemals allein rausgekommen. Hat sie auch gesagt.« Ihr Zeigefinger bohrte sich durch eine Lücke zwischen den Handtüchern, aber die Frau von der Treppe reagierte nicht.

»Glauben Sie doch, was Sie wollen. Das ist heutzutage ja üblich. Auch wenn nichts davon stimmt.« Der spöttische Ton misslang, und ein kleines Zucken kräuselte Astrids Lippen, erfasste ihre Mundwinkel, die nicht gehorchten und verräterisch nach unten strebten. Sie strich am Kniff der Bügelfaltenhose entlang. Sogar nass saß er einwandfrei.

»Na dann sag doch endlich, was stimmt!«

Ihr unfreundliches Gegenüber ließ nicht locker. »Oder warte, jetzt habe ich es! Es ist Absicht gewesen. Deshalb wolltest du keine Hilfe. Weil du geplant hattest unterzugehen! Oh Mann, ja, klar, so ergibt das viel mehr Sinn: Du bist 'ne Springerin!«

»Was?« Astrid hielt in der Bewegung inne. Vor ihrem inneren Auge schwebte glasklar das unausgesprochene Wort vorbei. So ungeheuerlich in seiner Härte, dass sie sich weigerte es auch nur zu denken. »Ich bin nicht gesprungen!«

»Nee, nee, nee. Das passt schon. Darum hast du dich so gewehrt, weil du vorhattest zu ertrinken! Sah ja fast so aus, als wolltest du die da auch mitrunterziehen.« Wieder deutete Jessie auf die Frau von der Ufertreppe. »Lieber eine mitnehmen, als den Plan aufgeben. Stimmt doch, was ich sage, oder?«

Das Badetuch roch frühlingsfrisch wie aus der Waschmittelwerbung. Katrin drückte die Nase hinein. Sie war nicht Arielle, weit entfernt von Heldenhaftigkeit, und das hier kein Traum. So oder so gab es nichts, was sie in irgendeiner Weise steuern konnte. Sie konnte ja nicht einmal aufhören zu zittern. Sogar wenn sie die zwei aus dem Fluss in Gedanken weiter als Reiherfrau und Trampeltier bezeichnete. Dabei klang das lustig, und es war ja auch alles gutgegangen und niemandem etwas Ernstes passiert. Ein Tritt hier, ein Schluck Wasser dort, das war doch nichts. Gar nichts. Sie schloss die Augen, was die Tränen erst recht zum Fließen brachte. Idiotische Tränen, wie die, die sie auf der Treppe am Ufer vergossen hatte. Die Reiherfrau wurde lauter, und Katrin hielt sich die Ohren zu.

»Woher wollen Sie wissen, was ich vorhatte? Hören Sie auf, solche Dinge zu behaupten! Ich bin doch keine, keine …«

»Springerin«, half das Trampeltier aus und keifte weiter: »Das ist pure Logik, und wenn du nicht gefallen bist, die einzige Möglichkeit. Oder bist du eine geheime Leiter runtergeklettert? Ach ja, und bestimmt wirst du mir gleich erzählen, dass du selbstverständlich *immer* komplett angezogen schwimmen gehst. Keine besonders gute Idee übrigens.«

»Stimmt«, flüsterte Katrin und schniefte in die Frühlingsfrische. »Es heißt doch: Selbstmörder ziehen die Schuhe aus. Genau wie du.«

Da war es, das Wort. Astrids Zähne klapperten. »Davon kann keine Rede sein. Das eine ist ein Gerücht und das andere eine böswillige Unterstellung. Mit mir ist absolut alles in Ordnung. Wer ist denn samt Rucksack ins Wasser gesprungen? War das etwa eine gute Idee?«

»Nasse Sachen ausziehen ist eine gute Idee«, sagte der Mann diplomatisch und klaubte die Klamotten von der Blechabdeckung auf. »Wäscheleine ist noch besser. Und heißer Tee.« Er rieb sich den Bauch und nickte gewichtig. Dann klemmte er das tropfende

Bündel unter den Arm und trabte auf einem schmalen Umgang neben der Ladung davon. Direkt an der Kante, nur ein zwischen dünnen Metallstäben schaukelndes Drahtseil zwischen ihm und dem Abgrund. Auch ihren Sitzplatz trennte nicht viel mehr vom Wasser. Das Schaukeln machte Jessie nervös. Sie tastete nach den Rucksackträgern, ihre Finger umschlossen den losen Zipfel unter der Schnalle. Festes Kunststoffgewebe, in Querrillen geriffelt, an denen ihr Daumennagel entlangfuhr. Hin, her, hin. Es war so unfair! Sie hatte einer Wildfremden helfen wollen, damit die nicht ertrank. Daumennagel rauf, runter, rauf. Doch ganz offensichtlich war es wieder falsch gewesen. Besser wäre sie am Ufer geblieben, hätte sich einfach umdrehen und gehen sollen, statt auf die andere zu hören. Oder eben genauer hören und auf dem Steg bleiben, wegen dem Rettungsring. *Wegen des Rettungsrings*, korrigierte sie sich, wie Marlon es sonst machte. Aber bis zu dem Knick im Fluss hatte es keinen gegeben, soweit hatte sie ja gucken können, und was vielleicht dahinter lag, wäre viel zu weit gewesen, um es rechtzeitig zu holen. Jedenfalls zu weit für sie, die sie wegen der bescheuerten Höhenangst kaum einen Fuß vor den anderen hatte setzen können. Der Blick in die Tiefe, die nicht einmal besonders tief sein musste, setzte sie sofort außer Gefecht. Jessie atmete flach, konzentrierte sich auf die Wut in ihrem Bauch.

»Es war keine gute Idee«, presste sie heraus. »Gebe ich zu. Aber immerhin wollte ich dich retten. Und du? Mit Klamotten mitten im Fluss untergehen, ohne Not – hey, das musst du wirklich wollen und im Griff haben, wenn du es zum reinen Vergnügen machst.« Spott tropfte aus jedem ihrer Sätze, brennend wie Säure auf ihrer Zunge. »Aber dann musst du auch sicher sein, dass keine in der Nähe ist, die es für einen Notfall hält. Denn wenn derjenigen dann was passiert, bist du trotzdem schuld. Wenn eine ersäuft, die dich rausziehen will, oder zwei …« Jessie kniff die Augen zu, bis sie Sternchen tanzen sah. Der Rucksack und die Stiefel waren ihr beinah zum Verhängnis geworden. Schwere

Boots, bis über den Knöchel geschnürt und optisch kaum von der Originalmarke zu unterscheiden. Sie schnappte nach Luft und sprang auf. »Du hättest uns auf dem Gewissen gehabt. Du ganz allein! Ohne einen Grund?«

Die Frau von der Treppe schluchzte, und dann heulte auch die Springerin los.

»Ja, toll, das hilft echt weiter!« Abfällig schnaubend drehte Jessie ihnen den Rücken zu und drängte unbemerkt die hinter dem unteren Lidrand aufsteigenden Tränen zurück. Die Blöße, in das Geflenne miteinzustimmen, würde sie sich auf gar keinen Fall geben! Lieber starrte sie die Wand an, bis ihre Bosheit ein Loch hindurch ätzte. Oder auch nur, bis der Mann mit dem versprochenen Tee wiederkam. Sie spürte den tröstenden Druck des Rucksacks an ihrem Knöchel und rieb die nackten Zehen gegeneinander.

Hinter der Wand schien eine Wohnung zu liegen. An den niedrigen Fenstern etwa auf Bauchhöhe hingen Gardinen. Obendrüber thronte mittig ein kleinerer Aufbau mit verglaster Rundumsicht und Antennen auf dem Dach. Das musste die Brücke sein.

Jessie beschattete die Augen und legte den Kopf in den Nacken. Hieß das wirklich Brücke, oder nannte man das nur in Filmen bei Raumschiffen und U-Booten so? Der Mann war vorhin dorthin zitiert worden, per Pfiff, wie ein Hund. Ob man arrogant wurde, wenn man ganz buchstäblich von oben herab Befehle geben durfte? Dieser Käpt'n war unbestritten im Vorteil. Er hatte sie gut im Blick, während sie von der spiegelnden Sonne auf der Scheibe geblendet wurde. Jessie wickelte das Handtuch vom Kopf und lockerte mit den Fingerspitzen ihre verstrubbelte blonde Mähne. Dann hob sie halb entschuldigend die Hände.

»Was für ein Heulsusenclub. Oder?«, fragte sie laut, deutete über die Schulter und grinste übertrieben. »Ein echter Heulsusenclub!«

Kapitel 3

Keine verlässt das Schiff

In den Tassen dümpelten Teebeutel, von denen ein schwacher, undefinierbarer Geruch ausging. Schwer zu sagen, welche Geschmacksrichtung das sein sollte. Die Papieranhänger waren verblasst und in einer unbekannten Sprache bedruckt. Auch die Färbung gab keine eindeutige Auskunft. Immerhin hatte das Wasser aus der Thermoskanne beim Eingießen heftig gedampft und ohne Zweifel Sekunden zuvor noch gekocht.

»Dušan«, stellte der Mann im Unterhemd sich nun vor und tippte auf seine Brust. »Wenn ihr was braucht. Wir fahren bis Hofen zur Schleuse. Eine Stunde.«

»Danke.« Katrin zögerte. Sie hatte seine Abwesenheit genutzt, um sich ebenfalls aus der nassen Wäsche zu schälen. War es angebracht ihm die Hand zu schütteln? »Ich bin Katrin«, fügte sie hinzu und hielt lieber die Zipfel des Badetuchs vor ihrer Brust fest. Mit der anderen Hand balancierte sie die glühend heiße Tasse auf ihrem Knie. Offenbar war es so für ihn okay: Dušan nickte.

»Astrid«, sagte die Reiherfrau als Nächste.

Aus der Nähe betrachtet wirkte sie auf Katrin noch farbloser als zuvor. Es machte kaum einen Unterschied, dass ihre Oberbekleidung auf einem Häufchen neben ihr lag. Ihre Hautfarbe unterschied sich wenig vom Elfenbeinweiß der Bluse, und die Haarfarbe ähnelte dem hellen Grau-Braun ihrer knöchellangen Hose. Ein bisschen wie vertrocknetes Schilf. Und ja, doch, sie blieb dabei, auch wie das Gefieder eines Reihers. Andererseits erschien sie jetzt weniger alt, maximal um die fünfzig und keine

Endsechzigerin, wie sie auf dem Steg wegen der abgetretenen Gesundheitsschuhe angenommen hatte.

»Jessie.«

Das Küken in der Runde drückte den Rücken durch und die Brust raus. Der Effekt war angesichts der spärlichen Kurven unter dem Handtuch überschaubar. Ihre ausgedünnten Augenbrauen hoben sich zum Haaransatz.

»Und ich möchte betonen, dass ich mit den anderen beiden nichts zu tun habe. Die Heulsusen und ich, wir sind nur zufällig gemeinsam im Fluss gelandet.«

»Sehr charmant.« Astrid schüttelte beleidigt den Kopf. »Allerdings haben Sie mit einem Punkt Recht: Uns verbindet rein gar nichts. Ich müsste lügen, um das zu bedauern.« Sie würde niemanden duzen, der ihr so feindselig gegenübertrat. Außerdem konnte ein Sie erstaunlich hilfreich sein, um andere auf Abstand zu halten. Allmählich bekam Astrid das Zittern in den Griff, und seit diese vorlaute Person sie nicht mehr bedrängte, konnte sie auch wieder klarer denken. Unauffällig schnupperte sie an ihrer Tasse, ahnte eine Spur Erdbeeraroma und lächelte, während sie nippte, vorsichtig zu Dušan hinauf, der stehen geblieben war. Er machte einen leicht schmuddeligen Eindruck in seinem über die kurze Hose hängenden Feinripphemd, strahlte jedoch Kraft und Sicherheit aus. Eigenschaften, die ihr gerade fehlten. »Ich gebe zu, dass ich wohl als Verursacherin der aktuellen Situation betrachtet werden kann. Es ist mir außerordentlich unangenehm, das dürfen Sie mir glauben, dass ich Ihnen allen solche unnötigen Umstände bereitet habe.« Sie betonte das Wort *unnötig* und verkniff es sich, noch einmal zu unterstreichen, dass sie nicht in Gefahr gewesen sei. Mit den anderen haltlosen Mutmaßungen würde sie jetzt ein für alle Mal aufräumen. Auch wenn es ihr ziemlich peinlich war. »Offenbar hat keiner gesehen, was wirklich passiert ist, worüber ich eigentlich ganz froh bin … Aber Sie wollen ja unbedingt einen Grund hören. Also gut. Das Problem vorhin auf dem Steg, das war Yoga. Ich habe einfach nur das Gleichgewicht verloren.«

»Yoga?« Katrin horchte auf. Diese Astrid sah nicht nach Sport aus. »Auf dem Bootsanleger?«

Jessie lachte laut los. »Was sollte es denn werden – flügellahme Ente oder sterbender Schwan?«

»Yoga ist mein Lieblingssport, seit ungefähr einem Jahr. Es gehört fest zu meinem Tagesablauf«, behauptete Astrid und überging Jessies hämischen Einwurf.

Jessie bog sich vor Lachen. »Es ist noch kein Meister vom Himmel gefallen, nur eine Yoga-Meisterin vom Steg! Verklag die Kursleiterin, die dir das beigebracht hat.«

»Von Meisterin war keine Rede. Ich … ich mag es nur.« Unter den erwartungsvollen Blicken fühlte Astrid sich ausgesprochen unwohl und schon wieder unter Zugzwang. »Telegymnastik im Frühstücksfernsehen«, ergänzte sie etwas kleinlaut. »Das ist sehr viel besser als sein Ruf!« Sie ließ das Programm jeden Morgen laufen, kannte jede Übung und jedes Kommando auswendig. Nur mitgemacht hatte sie bisher nie, dazu fehlte ihr die Zeit, was sie lieber verschwieg, um sich nicht weiterem Spott auszusetzen.

Am Ufer war die vertraute Umgebung inzwischen vorbeigezogen. Waren die Häuser zur Linken noch Ausläufer von Stuttgart? Vom Wasser aus kam ihr plötzlich alles fremd vor. Sie zuckte mit den Schultern und lachte verkrampft. »Die Wahrheit ist manchmal lausig. Nicht wahr? Tut mir leid, wenn ich Sie enttäusche. Eine spektakulärere Erklärung habe ich nicht zu bieten.«

Dušan nickte ihr zu und trottete mit dem zweiten Wäschebündel zum vorderen Teil des Schiffes. Jenseits der Fracht verschwand er außer Sichtweite. Metallschrott türmte sich von links nach rechts und auf voller Länge des offenen Laderaums hinter einer gut brusthohen Wand aus Stahl. Was dahinter lag, konnten sie von hier aus nicht sehen.

Der Frachter glitt im Schneckentempo voran, fast ebenso unbemerkt wie die Minuten verstrichen, in denen jede schweigend ihren Gedanken nachhing – einen Bolzen im Visier, einen rostigen Fleck auf dem Blech, den wieder eingeholten Rettungsring. Bedeutungslos zerfloss die Landschaft um sie herum in Unschärfe.

Jessie zog die Knie ganz nah an den Körper und öffnete den Rucksack, schob eine Hand in den Spalt. Wieviel Wasser mochte hineingelaufen sein? Schon wenn es stark regnete, hielten nicht alle Nähte dicht. Sie tastete sich tiefer in das Wirrwarr aus Plastikbeuteln, in die sie den Inhalt verpackt hatte. Doppelt hielt besser. Die Klamotten waren ihr heute egal. Sie rollte den strammen Gummiring von der Tüte ab, in der ihr Ordner mit den persönlichen Unterlagen steckte, und guckte scheinbar gelangweilt in den Himmel. *Bitte, bitte*, surrte es in ihrem Kopf, *bitte, bitte*. Dann fühlte sie den glatten Kunststoffeinband und dahinter locker aufblätternde Seiten. Einzeln und unbeschädigt, kein Pappmaché wie befürchtet.

»Vorsicht ist besser als Nachsicht«, seufzte sie, und Katrin hörte auf, ihre Armbanduhr zu schütteln.

»Was sagst du?«

»Vorsicht ist besser als Nachsicht«, wiederholte Jessie lauter. »Das wäre auch eine hübsche Yoga-Lektion, finde ich.« Sie glaubte keine Sekunde an die lächerliche Sturz-Geschichte. »Und ein Motto, das vielleicht deine Uhr gerettet hätte.«

Astrid schniefte, presste die Knie aneinander und richtete sich umständlich auf, darum bemüht, die Beine geschlossen zu halten. Wie oft wollte sie sich noch beleidigen lassen? Sie trat ganz nah an den Rand des Frachters heran, legte die Fingerspitzen an das Drahtseil, das als Handlauf diente.

»Ist das da vorn schon die Schleuse?« Katrin reckte den Hals und spähte an der Ladung vorbei, erkannte auf beiden Seiten in den Fluss ragende Bauwerke, verbunden durch eine Brücke. Links dümpelte ein Schiff. Es kam ihr größer vor als das, auf dem sie sich befand. Und sie hielten direkt darauf zu. »Seht ihr das? Wir werden zusammenstoßen!«

Desinteressiert schloss Astrid die Augen und hielt die Nase in den Wind. Abgesehen von dem Vibrieren unter ihren Füßen, fühlte es sich ganz ähnlich an wie auf dem Steg. Sehr angenehm, nur etwas zu nackt. So konnte sie unmöglich von Bord gehen.

Jessie knibbelte am Rucksackträger. Dieses Geländer, das die Bezeichnung eigentlich gar nicht verdiente, reichte Astrid nur bis zu den Oberschenkeln. Und jetzt breitete die auch noch ihre Arme aus!

»Der Käpt'n macht das schon«, sagte sie, zischte Katrin leiser »Einmal ist keinmal« zu und sprang auf. So dicht wie möglich stellte sie sich neben Astrid, wobei die darauf achtete, weder das Seil noch den schiefen Metallstab zu berühren. Das wackelige Ding war ihr nicht geheuer. Sie kehrte dem Wasser den Rücken und schluckte trocken. Stumm schnitt sie Grimassen und gab Katrin Zeichen, die still und wissend nickte. Diese Astrid war merkwürdig, zumindest in dem Punkt waren sie sich einig. Und auf gar keinen Fall wollte eine von ihnen riskieren, dass sie in ihrem Beisein noch einmal im Wasser landete. Egal ob nun absichtlich oder wegen einer weiteren verunglückten Yoga-Einheit. Ein lebensgefährlicher Rettungseinsatz war mehr als genug.

*

Es gelang Hanne nicht, das Treiben an Deck von der humorvollen Seite zu betrachten. Die drei dort unten bedeuteten Ärger, so sicher wie morgens die Sonne im Osten aufging. Und sie hielten Dušan, der kurz vor der Einfahrt in die Schleuse endlich vom Vorschiff zurückkam, schon wieder von der Arbeit ab. Von dem Gespräch blieb Hanne ausgeschlossen, dabei hätte er sie über die

Gegensprechanlage zuschalten können. Das fast schon museale Gerät hatte sie generalüberholt und nach langem Dornröschenschlaf wieder in Betrieb genommen. Unmodern, aber zuverlässig. Was mit kleinen Abstrichen für die gesamte Jowige galt. Hanne gab das anstrengende Starren auf und ließ sich in den Drehstuhl fallen. Zu blöd, dass sie das Trio im Sitzen fast vollständig aus den Augen verlor. Der steile Blickwinkel nach unten zwang sie zu Verrenkungen, wenn sie nicht dauerhaft stehen wollte. Ihr tat jetzt schon der Nacken weh. Dass es überhaupt einen freien Platz zwischen dem Wohngebäude mit der Brücke und der Fracht gab, war auf die mäßig kluge Entscheidung eines Vorbesitzers zurückzuführen. Und das war noch freundlich ausgedrückt. Jeder andere Schiffer packte sein Auto, wenn er eins dabeihaben wollte, auf die *Roof* hinter dem Steuerhaus. Selbst bei einem mittelgroßen Frachter passte dort, auf das Dach der Wohnung, ein Kleinwagen neben das Beiboot. Für diesen Zweck ein Stück Fläche vor dem Steuerhaus zu opfern – Ladefläche! – grenzte an Idiotie. Weil dieser Mann so versessen auf den Anblick seines Autos gewesen war, fehlten ihr ein Stück Frachtraum und damit regelmäßig Einnahmen. Gerüchten zufolge war der *fette Jan*, ein spargeldünner Niederländer, nach einem Lotteriegewinn ein paar Jahre lang zum reinen Vergnügen weitergefahren. Den Rückbau des Schiffes hatte niemand bezahlen wollen, und so war die leicht erhöhte Freifläche geblieben. Als Kinderspielplatz vor ihrer Zeit, dann als Auslauf für die Bordtiere, als Geräte-Zwischenlager und nun für Dušans neusten Fang.

»Ich mag einfach keine Menschen«, murmelte Hanne und kraulte Mascha die langen Schlappohren. Eine seltsame Truppe war das. Wie sie da nebeneinander gehockt und vor sich hin gestiert hatten … Jede für sich. Einvernehmen und gute Laune sahen anders aus. Dabei hätten die doch froh sein müssen, dass sie aus dem Wasser gefischt worden waren. Leider konnte sie weder ihre Körpersprache deuten noch Satzfetzen verstehen. Bis auf den einen, den die Blonde mit dem Rucksack zu ihr hinaufgerufen hatte. *Heulsusenclub.* Na toll. »Drei Kreuzchen, wenn wir an Hofen vorbei sind und mein Schiff wieder uns allein gehört.«

Unter Dušans Schritten quietschten die Metallgitterstufen, und unwillkürlich huschte ein Grinsen über Hannes Gesicht. Diese Treppe war besser als jede Alarmanlage. Niemand konnte sich unbemerkt zu ihr heraufschleichen. Selbst im Tiefschlaf und trotz des brummenden Motors wäre ihr ein heimlicher Besucher nie entgangen. Oft spürte sie es mehr, als sie es hörte. Ein Vibrieren, das sich durch den Fußboden übertrug.

»Was gibt's?«, fragte sie, ohne den Kopf zu drehen. »Haben es die Damen schön kuschelig in meinen Handtüchern?«

»'tschuldigung, Chef. Sie frieren.«

»Dann wären sie mal besser nicht baden gegangen. Haben sie sich bei dir beklagt?«

»Nein.« Er deutete zum Steuer. »Lass mich übernehmen, Chef. Dann hast du Zeit, um –«

»Pscht! Ich bezahle dich nicht fürs Denken!«

»Mach ich gratis.« Dušan blieb gelassen. »Das sind Frauen. Und du bist auch eine. Du solltest mit ihnen reden.«

Mascha wedelte aufgeregt und schleckte ihm das Knie. Seine braungebrannte Bärenpranke wuschelte über ihren Kopf.

»Chef.« Er legte die Stirn in Falten. »Du musst. Die wollen nicht gehen.«

»Was soll das denn heißen?«

Dušan zog die Mundwinkel runter und die Schultern hoch. »Na ja, sie wollen nicht.«

*

Hanne kochte vor Ärger. Die Frauen konnten von Glück reden, dass die Schleusendurchfahrt noch von einem anderen Schiff blockiert war und sie ohnehin stillliegen und warten mussten. Beim

Einfädeln in die Schleusenkammer hatte sie Besseres zu tun als herumzudiskutieren.

Sie ließ die ungebetenen Gäste am oberen Treppenende antreten. Vor der Tür. Obwohl die Fläche dort eigentlich zu eng war für alle drei, kaum breiter als zwei Stufen.

»Unsere Kleider sind noch nass, und nur in einem Handtuch möchte ich ungern durch die Stadt.« Astrid lächelte gezwungen. Die beiden anderen hatten dem Argument sofort zugestimmt und sich ihr überraschend schnell angeschlossen. »Außerdem sind es Ihre Handtücher, die können wir ja nicht einfach mitnehmen.«

»Sonst noch was?« Hanne schnaubte. »Wieso ist es mein Problem, wie ihr von hier wegkommt? Ihr könntet längst jemanden angerufen haben, der euch abholt. Da wird es ja wohl irgendwen geben.«

»Ich habe kein Handy dabei.« Katrin kaute auf ihrer Unterlippe. Fort war es, weil sie es am Ufer fallen- und liegengelassen hatte.

»Daran wird es kaum scheitern.« Hanne warf die Arme in die Luft und deutete dann auf Jessie. »Was ist mit dir?«

Mechanisch schüttelte Jessie den Kopf. Dieser Käpt'n war eine Frau. Dunkelblond, mit wirr hochgesteckten Locken, einer abgeschnittenen Jeans und Badelatschen. Sie brauchte einige Augenblicke, um diese Tatsache zu verdauen und zu ihrer üblichen Haltung zurückzufinden. »Nö«, sagte sie dann. »Mich holt keiner ab. Bin nicht von hier. Und mein Telefon ist voll Wasser gelaufen.« Zum Beweis hielt sie es in die Höhe. »Das gibt keinen Mucks mehr von sich. Ich schwöre, wenn das hinüber ist, dann flipp ich aus.«

»Interessante Formulierung«, murmelte Astrid. »Was war das dann bisher?« Sie hob die Stimme. »Es tut mir leid, dass wir Ihnen solche Umstände bereiten. Ich für meinen Teil werde ganz bestimmt nicht im Weg sein. Bitte, lassen Sie mich nur noch ein Weilchen bleiben und in Ruhe trocknen.«

Hanne zählte im Stillen bis zehn. Etwas zu schnell, um sich wirklich herunterzukühlen. Natürlich war ihr klar, dass ein normales Mobiltelefon das Bad im Neckar nicht ohne Weiteres überstanden haben konnte. Trotzdem nervte es sie, dass sich offenbar keine der Frauen überlegt hatte, wie es ab Hofen weitergehen sollte. War ja auch viel einfacher, das Denken anderen zu überlassen. Das wäre eine Aufgabe für Dušan gewesen, wenn er unbedingt mitdenken wollte!

»Ich habe keine Lust auf solche Faxen. Dann erledigt ihr jetzt eben von meinem Telefon euren Anruf. Mann, Kind, Freundin oder Gemüsehändler um die Ecke. Ist mir schnuppe. Irgendeine Telefonnummer werdet ihr auswendig wissen. Entweder so oder ihr geht ohne Abholung von Bord – und ohne meine Handtücher. Das Wetter ist gut, die Sonne scheint wieder, da trocknet Stoff auf der Haut in Null-Komma-Nichts. Es bricht euch auch kein Zacken aus dem Krönchen, wenn ihr Bus fahrt. Oder ruft euch ein Taxi. Alternativ bestelle ich euch eins mit Blaulicht obendrauf – und ich rede nicht vom Rettungsdienst.«

»Chef?« Dušan legte den Kopf schief. Seine Miene verlangte nach einem Vier-Augen-Gespräch.

Ihr millimeterdünnes Nicken ließ ihn vortreten und zwei Schritte außer Hörweite folgen. Mit geballten Fäusten überkreuzte Hanne die Arme. Kampflos kapitulieren kam nicht in Frage. Obwohl sie schon ahnte, dass sie verlieren würde, wie meistens, wenn Dušan so guckte. »Sprich!«

»Polizei?«, fragte er leise.

»Wenn sie mich herausfordern.«

»Chef.« Sein Tonfall war mild, als spräche er mit einem Kind. »Die Polizei macht viel Blablabla. Viele Fragen, viel Papierkram. Hast du Uniformierte an Bord, wirst du die nicht so schnell wieder los.«

Blöderweise hatte er recht. Es drohte ein lästiger Zeitverlust, den sie anschließend kompensieren müsste.

»Dann eben ohne Polizei. Aber runter müssen sie.«

»Chef, weißt du noch das Klärchen?«, fuhr Dušan fort. »Hatte die Lungenentzündung vom kalten Wasser, wär uns fast krepiert. Nasse Kleider sind schlimmer als nasses Fell.«

Dušans Blick kroch Hanne unter die Haut, unter ihr eigenes Fell, das sich gerade merkwürdig dünn anfühlte. Die Rettungsaktion hatte sie sehr viel mehr mitgenommen, als ihr lieb war und sie zugeben konnte.

»Du und dein scheiß weiches Herz!«, schimpfte sie und stöhnte unterdrückt. »Verfluchter Mist. Na los, sag es ihnen.« Doch statt darauf zu warten, ließ sie ihn stehen und baute sich breitbeinig mit in die Hüften gestemmten Händen vor den Frauen auf. »Damit das klar ist: Ihr habt es Dušan zu verdanken. Will mir zwar nicht in den Schädel, was es euch bringt. Aber bitte. Nächster Halt ist dann an der Schleuse Aldingen. Von Hofen aus wäre der Weg zurück nach Bad Cannstatt oder Stuttgart einfach. Ab Aldingen? Keine Ahnung. Da bin ich noch nie ausgestiegen. Interessiert mich aber auch kein Stück, wie ihr das dann regelt.«

Barfuß und in die Handtücher gewickelt sahen sie aus wie verirrte Teilnehmerinnen eines Wellnesswochenendes.

Hanne stöhnte erneut. »Schaff sie in mein Wohnzimmer, Dušan, bis wir durch die Schleuse sind. Ich mache mich bestimmt nicht lächerlich wegen der Bagage da.« Mit ausgestrecktem Zeigefinger nahm sie jede einzeln ins Visier. »Hinsetzen, stillhalten, Finger weg von meinen Sachen. Auf der anderen Seite der Schleuse kommt ihr wieder raus. Und darüber wird nicht verhandelt.«

*

Am liebsten hätte Jessie die Augen geschlossen, um beim Runtergehen nicht durch die Löcher in den Stufen gucken zu müssen, doch sie hatte keine Wahl. Ihre absurde Angst, sie könne sich im Gitter eine Zehe einklemmen oder stecken bleiben, war größer als die vor der Tiefe. Verbissen balancierte sie auf Ballen und Fersen, spürte den Druck der fiesen kleinen Metall-Quadrate und verfluchte sich selbst, weil sie ihre Boots hätte anziehen können. *Hätte, hätte, Fahrradkette.* Oder Würstchenkette. Die nahm Marlon immer, wenn er sie aufzog. Klar, weil ein Fahrrad nur was für Ökos war.

Vor ihr stakste Astrid die Treppe hinab, folgte Dušan erhobenen Hauptes. Fast triumphierend sah das aus. Und lächerlich. Jessie bog die Zehen noch etwas weiter nach oben. Total lächerlich. Als ob der hinten Augen hatte … Außerdem sog sie dauernd scharf die Luft durch die Zähne ein, damit er merkte, dass ihr die zarten Füßchen wehtaten. Was wollte die – getragen werden? Jede Wette, dass sie diesen Hintergedanken genauso bestritten hätte wie alles andere.

Die Wohnung lag direkt unter dem Steuerhaus. Dušan öffnete eine Tür, die an Deck nach außen klappte, trat zur Seite und hielt sie auf. Mit dem Daumen wies er nach innen und nach rechts.

»Wie nett, danke schön.« In die niedrige Tür war im oberen Drittel eine runde Scheibe eingelassen. Astrid musste sich leicht ducken und gleichzeitig die erhöhte Schwelle übersteigen, an die sich einige steile Stufen anschlossen. Dabei wurde sie langsamer, bremste Jessie hinter ihr aus, sodass Katrin gegen deren Rucksack prallte, der kalt und klitschnass auf ihrem Rücken hing.

»Ih!«, entfuhr es Katrin erschrocken. »Den solltest du besser draußen lassen. Unsere freundliche Kapitänin ist sicher kein Fan von Pfützen auf ihrem Teppich.«

»Ich leg eins von den Handtüchern drunter«, sagte Jessie leichthin, während Astrid über die Treppe nach unten verschwand. »Und wenn keiner petzt, wie soll sie es merken?«

»Na, wenn du meinst.«

»Was soll das denn jetzt heißen?« Jessie fuhr zu Katrin herum, statt weiterzugehen, und erwischte sie dabei noch einmal mit dem nassen Rucksack.

Von drinnen war Astrids Stimme zu hören. »Das ist ja hübsch! Sogar mit Pflanzen. Und diese putzigen Vorhänge!«

Dušan steckte an ihnen vorbei den Kopf in den Flur unter Deck. »Nur hinsetzen, bitte!«

»Also los! Spuck's schon aus.« Jessies Nasenflügel bebten. Der Tonfall, den Katrin anschlug, brachte sie sofort in Rage.

»Wenn du meinst, dass du das so machen willst, dann tu es eben. Deine Sache. Gehst du jetzt bitte weiter?« Katrin senkte die Stimme und zeigte auf das breite Kreuz im Unterhemd. »Dušan hat sicher Besseres zu tun, als noch länger für uns den Türsteher zu mimen und sich deswegen Ärger einzuhandeln.«

Missmutig presste Jessie die Lippen zusammen. Als der Matrose sie wieder ansah, hielt sie ihm sehr bestimmt ihr Smartphone vor die Nase und setzte ein Lächeln auf. »Da ist Wasser drin. Das muss ich unbedingt rausbekommen. Möglichst schnell. Dafür brauche ich –«

»Später.« Seine Hand legte sich schwer in ihren Nacken und schob sie einfach weiter. »Schleusen gehen vor.«

Katrin unterdrückte ein Grinsen, obwohl sie sich immer noch im falschen Film fühlte. Wann hatte sie zuletzt etwas so Absurdes getan? Sie schlüpfte hinterher, drei schmale Stufen abwärts, dann klatschte die Tür zu. Die Bullaugenscheibe sorgte für schwache Beleuchtung. Einstiegsbereit standen Schuhe auf dem engen Flur, Ölzeug hing an der Wand.

Gleich rechts im Zimmer saß Astrid auf einer biederen Eckbank aus dunkler Eiche an einem Tisch, die Hände im Schoß verschränkt. »Faszinierend, oder? Das sieht ganz normal aus hier drin. Wie ein gewöhnliches Wohnzimmer mit Essecke. Na ja, nur kleiner: im Puppenstubenformat.«

Hätte sie nicht nur ein Handtuch getragen, Astrid hätte perfekt ins Bild gepasst.

»Normal?« Jessie rümpfte die Nase. »Voll spießig.«

In Gedanken stimmte Katrin ihr zu. Der grobmaschige Vorhang und der Schrank mit den grünlichen Butzenscheiben verströmten das gutbürgerliche Flair der frühen Achtzigerjahre. Solide, unkaputtbar und grottenlangweilig. Jedenfalls passte kein einziges Einrichtungsstück zu der Frau am Steuer, die ihnen, wie Katrin jetzt erst bemerkte, nicht einmal ihren Namen genannt hatte. Nur die Elektronik auf dem Sideboard war nagelneu. Eine Menge Kabel, Kopfhörer, ein Gamecontroller.

»Nice!« Jessie ließ den Rucksack auf den Boden plumpsen und nahm den Flachbildfernseher in Augenschein. »Mit dem Teil an der Wand wären mir die Grausamkeiten aus Holz auch egal. Da zappst du dich weg in andere Welten.« Sie schnappte sich die Fernbedienung, wühlte durch das Spielzubehör.

»Jessie!«

»O Mann – mach dir nicht gleich in die Hose, Astrid. Ich schmeiß weder das Ding durchs Fenster noch sonst was.« Betont lässig fuchtelte sie mit der Fernbedienung herum. Die Tatsache, dass es keinen Teppichboden gab, nur einen kleinen Läufer vor dem einzigen Sessel, verlieh ihr Auftrieb, weil es das Pfützenproblem entschieden entschärfte. Wobei sogar der Sessel altmodisch war, mit Liegefunktion und Fußstütze, wie bei der ollen Krüger, nur ohne Deckchen zum Schutz der Armlehnen. Mit Schwung warf Jessie sich hinein und ignorierte Astrids nächsten Aufschrei.

»Saubequem!« Knarrend rutschte die Raste zwei Stufen nach hinten, dann wieder eine nach vorn.

Katrin setzte sich ebenfalls an den Tisch. So ganz konnte sie sich immer noch nicht erklären, wie sie eigentlich auf diesem Schiff gelandet war. Hatte sie wirklich nur auf Blickkontakt mit dieser durchgeknallten Jessie hin beschlossen, an Bord zu bleiben? Weil sie in deren Augen Sorge um Astrid zu erkennen geglaubt hatte? Spontan hatte sie sich in ihrem eigenen Verdacht bestätigt gesehen, die Yoga-Geschichte sei eine ziemlich abstruse Ausrede, um einen missglückten Suizid zu kaschieren. Und jetzt konnten sie Astrid ja schlecht einfach sich selbst überlassen. Das war ein guter und sinnvoller Grund, die Bootstour zu verlängern. Uneigennützig obendrein. Beinah hätte sie über ihre eigene Ausrede gelacht. Der kurze Aufschub würde ihr rein gar nichts nützen. Sie presste die Fingerkuppen fest gegen die Nasenwurzel, um dem Druck von innen entgegenzuwirken. Das vollgestopfte Zimmer mit der niedrigen Decke flimmerte leicht. Genau jetzt schien Astrid ausgesprochen zufrieden. Unter der Gardine hindurch lugte Katrin nach draußen. Sie hatte keine Vorstellung davon, wie lange so eine Schleusenpassage dauern mochte. Bewegte das Schiff sich überhaupt? Der Blick aus dem Fenster gab keinen Anhaltspunkt.

»Ich glaube«, sagte Astrid gedehnt, »hier könnte ich es eine Weile aushalten. Die Ruhe, die Langsamkeit. Das hat was.«

»Hast du nicht aufgepasst?« Jessie drehte sich im Fernsehsessel um, den sie wieder in Ausgangsstellung gebracht und sich darauf zusammengerollt hatte. »Chef sagt: An der Schleuse Adel-Dings ist Endstation.«

»Ja, schon.« Astrid strich versonnen über das Muster der Tischdecke. »Schade finde ich es trotzdem. Von mir aus dürfte es gern weitergehen. Unsere Sachen werden in Aldingen bestimmt immer noch nass sein.« Ihr Finger hielt inne. »Apropos. Ihr Zeug saut den ganzen Fußboden ein, Jessie.«

»Boah. Jetzt fängst du auch noch an!« Ungeduldig zerrte Jessie das kleinste Handtuch hervor, das sie als Nackenrolle untergeschoben hatte, und pfefferte es Richtung Rucksack, den sie deutlich verfehlte. »Habt ihr keine anderen Probleme?«

Katrin ließ den Vorhang los. *Schön wär's.* Ihre Armbanduhr war von innen beschlagen, das Zifferblatt unter der Feuchtigkeit nur zu erahnen. Am besten ignorierte sie die anderen beiden für die restliche Zeit bis zur Schleuse. Ihr stand der Sinn nicht nach einem Gespräch. Solange sie in der muffigen Kabine hockten, bestand kein Risiko, was Astrid anbelangte, das genügte ihr.

»Ganz genau: Wir sind die ersten und wahrscheinlich einzigen Menschen, die keine Probleme haben«, sagte die jetzt spitz, während sie sich zwischen Tisch und Bank herausschob und durchs Zimmer ging. »Weder Katrin noch ich. Und was Sie betrifft …« Astrid nahm das Handtuch und wischte den Wasserfleck auf. Ein hässlicher Schmierstreifen färbte den zitronengelben Frotteestoff. Vorsichtig hob sie einen Rucksackträger an.

»Pfoten weg!«, fauchte Jessie und schnellte aus dem Sessel. Dabei rutschte ihr das Smartphone aus der Hand, schlitterte kreiselnd wie ein Breakdancer über das Laminat und traf mit leisem *Tock* auf eine unscheinbare Schiebetür.

»Nein! Verdammter Mist!« Jessies Aufschrei kippte ins Weinerliche. Dieses Telefon, das so viel mehr war als nur das, durfte auf keinen Fall kaputtgehen. War das so schwierig? Zu schwierig für sie? Man hätte meinen können, dass sie sich heute besonders viel Mühe gab es zu schrotten. Erst ein ausgiebiges Bad, nun ein Salto mit verpatzter Landung. Verkrampft sicherte sie die verbliebenen Handtücher vor der Brust – unfreiwillig blankzuziehen hätte ihr gerade noch gefehlt. »Glück und Glas«, murmelte sie. Eine verdrehte Beschwörungsformel. »Wie leicht bricht das.« Sie kniff die Augen zusammen, riskierte dann den Blick aus einem, atmete auf. Wider Erwarten war das Display unbeschädigt. »Mehr Glück als Verstand.«

»Hört, hört!«

Sie fuhr herum. Aber der Ausruf stammte weder von Katrin, die teilnahmslos in die Luft guckte, noch von Astrid. Es war Marlons Stimme in ihrem Kopf.

»Diese Telefone sind robust. Ist mir auch schon passiert«, tröstete Astrid sie und hob entschuldigend die Achseln. Nach dem Schreck hatte sie die Gunst des Augenblicks genutzt, um den Rucksack wie geplant auf das angeschmuddelte Tuch zu legen. Etwas linkisch streckte sie die Hand aus. »Frieden?«

Jessie drängte das nächste »Hört, hört!« beiseite. Ein wenig begeistertes Nicken war alles, was sie zustande brachte. Zum Händeschütteln hatte sie keine Lust, und das große Wort *Frieden* ging ihr zu weit. Viel zu theatralisch. Hatte Marlon ihr das nicht vorgeworfen? Nein, falsch, es war Ben gewesen, kurz vor dem Rausschmiss. Schluss mit Benny-Bärchen und Jessie-Prinzessie. Kein Gesäusel und keine klebrigen Liebesschwüre mehr. Dabei war es in dem Streit um eine Nichtigkeit gegangen, so unbedeutend winzig klein.

»Das Leben ist kein Wunschkonzert«, knurrte sie. Eine Entschuldigung garantierte noch lange keine Absolution mit umfassender Versöhnung. Ihr Daumen wischte über das schwarze Display. Wenn sie doch bloß ihre Mailbox abhören könnte, herausfinden, ob die ersehnte Nachricht endlich eingetroffen war! Reunion und Neuanfang. Aber sie durfte das Telefon nicht einschalten, wegen dem Wasser darin. Am liebsten hätte sie den Kopf an die Wand geschlagen. Wieso machte sie sich weiter etwas vor? Er würde keine Nachricht oder Voicemail mehr schicken, hatte ihre Nummer blockiert und sie auf sämtlichen Social-Media-Kanälen gesperrt. Die Chancen standen schlecht, sowohl für ihre Beziehung als auch für das Gerät in ihrer Hand. Wenigstens war die Schuldfrage bei ihrem Telefon eindeutig. Ärgerlich schaute sie zu Astrid. Die war das Problem und ganz allein verantwortlich. Die Springerin, wegen der sie halbnackt in einem fremden Wohnzimmer stand. Dabei hatte sie ihre Gedanken sortieren und einen Plan schmieden wollen, wie es weiterging, nach dem Aus. Oder vielmehr, wie sie das Aus in ein An zurückverwandeln konnte, was bei den letzten Anläufen in die Hose gegangen war. Marlon war weg, er wollte sie nicht zurück, unter keinen Umständen. Das war die Wahrheit, und die tat weh.

Sie hustete, und auch wenn es eher nach Schluckauf klang, löste es erfolgreich den Kloß in ihrer Kehle und überdeckte den Schluchzer.

Die weiße Schiebetür neben dem Esstisch klaffte einen Spalt auf und lenkte sie willkommenerweise ab. Die Rollen ruckelten und quietschten.

»Das ist die Küche«, verkündete sie und trat ein. Herd Mikrowelle, Kaffeemaschine, Spüle. Wenig Platz, aber alles da. Jessie spähte durch eine zweite Tür, die aber nur zurück auf den Flur führte. Ob sie einfach nach einer Packung Reis suchen sollte, um ihr Handy zu trocknen? Ungeniert öffnete sie jeden Schrank. Es musste möglichst schnell gehen, damit es funktionierte. Aber schnell war lang vorbei.

Mitten in diesen Gedanken drang plötzlich eine frühere Bemerkung Astrids zu ihr durch. *Von mir aus dürfte es gern weitergehen.* Dieser unauffällige kleine Satz, ließ sie jetzt kehrtmachen.

»Sag mal, an dieser Adeldings-Schleuse: Was machst du, Astrid – was macht ihr, wenn eure Sachen wirklich noch nass sind?«

Astrid zuckte mit den Schultern. »Ach, das wird schon passen. Es weht ein ordentlicher Wind. Der hat uns vorhin ja kräftig durchgepustet.« Sie lachte unsicher. »Außerdem könnte ich – obwohl es fein wäre – schlecht noch mal sagen, ich will weiter an Bord bleiben. Oder würdet ihr euch das trauen?«

Wie elektrisiert hob Katrin den Kopf.

»Und es heißt Aldingen. Ein netter kleiner Ort übrigens«, fügte Astrid hinzu.

Jessies Blick aus geweiteten Pupillen traf Katrin unvorbereitet; sie atmete schneller, runzelte die Stirn. Dieses Einvernehmen im Denken schon wieder, das konnte nicht echt sein. Nur eine Einbildung ihrer überreizten Nerven.

»Ein langweiliges Kaff in the middle of nowhere«, mutmaßte Jessie laut. »Wo es bestimmt keinen Nahverkehr gibt.«

Das waren in etwa die Worte der Kapitänin gewesen. Ihr wäre es sicher am liebsten, wenn sie jetzt nach dem Matrosen und ihren nassen Kleidern gerufen hätten. Ein Ende mit begrenztem Schrecken – kurz, feucht und ein bisschen peinlich.

Der Motor tuckerte. Zentimeter für Zentimeter verdunkelten die Wände der Schleuse die Fenster.

Astrid dachte nach. Noch hatten sie die Chance, sofort zu gehen. Ein Anruf, dann käme ein Taxi. Ein heißer Tee, der den Namen geschmacklich auch verdiente, und ihre Kuscheldecke wäre inklusive der Anfahrt, selbst wenn das Taxi aus Stuttgart käme, keine Dreiviertelstunde entfernt. Außerdem lag Hofen wie Aldingen direkt an der Bahnstrecke und die oberirdische U-Bahnstation unmittelbar an der Neckarbrücke. Günstig oder bequem, sie hatte die Wahl. Wenn sie bereit war, sich zu entscheiden. Ihre Hose hing irgendwo draußen auf einer Leine, und das Portemonnaie mit den Bankkarten und dem Bargeld steckte gut gesichert in der Hosentasche mit dem Reißverschluss. Zumindest den Karten war das Bad im Fluss egal. Sie würde daheim in die Wanne steigen, in einem Schaumberg versinken, und alles wäre wieder wie immer. Normal und … gut?

Sie schwiegen. Wasser gluckerte. Die Sonne kehrte zurück.

Als Dušan sie auf der anderen Seite der Schleuse wieder ins Freie entließ, drückte er Jessie eine gefüllte Plastikbox mit Deckel in die Hand, eine große Brotdose.

»Katzenstreu für dein Handy«, sagte er. »Reis ist zum Essen.«

Ein Windhauch strudelte vorbei, und ganz heimlich und still schwebte ein unausgesprochener Gedanke mit ihnen zur Tür hinaus. Das Band der Solidarität zwischen ihnen war dünn, gesponnen aus einem gemeinsamen Ziel. Doch ihre Beweggründe behielt eine jede für sich.

Kapitel 4

Fern von allem

Die Jowige beschleunigte. Hanne hielt den Hebel nach vorn gedrückt, um nach der Schleusendurchfahrt schnell ihre auf diesem Teilstück mögliche Höchstgeschwindigkeit zu erreichen. Um die sechs Knoten sollten drin sein. Der Heulsusenclub fand sich wieder draußen ein und blinzelte in die Sonne. Es war nicht nett, sie so zu bezeichnen, aber der Name war einfach zu gut. Insgeheim hatte Hanne der kleine Appell vor ihrer Tür vorhin sogar ein bisschen Spaß gemacht. Es hatte nicht viel gefehlt und die Ladies hätten strammgestanden. Und dann erst der barfüßige Eiertanz auf der Treppe. Sollte sie sich dafür etwa schämen? Nein, beschloss sie. Das war nur ausgleichende Gerechtigkeit, wegen der Angst, die die Frauen ihr eingejagt hatten. Schaudernd rieb sie sich die Arme. Wäre eine von ihnen ertrunken, vor ihrem Bug und ihren Augen …

Der Wackel-Dackel schaukelte aufgeregt, und sie verpasste ihm eine Kopfnuss. »Guck nicht so!«

In ihrem Kopf trieb eine aufgedunsene Wasserleiche vorbei. Ihre Angst ging niemanden etwas an. Nicht einmal den Dackel. Und sie selbst wollte erst recht nichts davon wissen.

*

Astrid stand so dicht neben Dušan, dass sie ihm beinah auf die Füße trat, was Jessie ausgesprochen peinlich fand. Seine Erklärung war leicht zu verstehen, und die Knöpfe der Bordsprechanlage waren eindeutig beschriftet. Das Ding ähnelte einer Notrufsäule an der Autobahn, nur in Grau. Technik für Mega-Dummies. Jessie wiederholte trotzdem jedes Wort, denn Katrin guckte schon wieder in sich gekehrt Löcher in die Luft, und Astrid schien ihr eher wenig Grips zu haben. Obwohl Jessie den Yoga-Unfall, den sie ihr immer noch nicht abnahm, zumindest als kreative Lüge anerkannte. Doch auch ein Selbstmord war in ihren Augen dämlich. Und überhaupt: Welchen Grund konnte die schon haben, sich ins Wasser zu stürzen? Garantiert ging es Astrid nicht halb so bescheiden wie ihr. Mal wieder.

»Und immer wenn du glaubst, es geht nicht mehr, kommt von irgendwo ein Lichtlein her.«

»Ähm, was?«

Jessie wurde heiß. Zu blöd, dass ihr diese Sprüche heute dauernd laut herausrutschten. »Na, das sagt man doch so. Kennst du das etwa nicht?«, blaffte sie und zeigte betont herablassend auf die Sprechanlage. Zum Glück gab es da eine Kontrollleuchte, die annähernd zu ihrem Vers passte.

»Ach so. Stimmt.« Verlegen lächelte Astrid erst sie, dann Dušan an und gab zu Jessies Verwunderung fehlerfrei zum Besten, was sie gerade gelernt hatten: dass sie selbst und der riesige offene Frachtraum sich mittschiffs befanden, das Heck hinten war und der Bug – auch Vorschiff genannt – natürlich vorne.

Für sie war aber eigentlich nur der Sprechanlagen-Knopf für den Kontakt nach vorne wichtig, denn dort, wo auch seine Wohnung lag, würde Dušan jetzt wieder hingehen, und sie durften nicht mit. Er wartete, bis sie alle brav genickt hatten. Dabei wäre keine auf die Idee gekommen, ihm nachzulaufen. Es gab nur den einen Weg außen an der Ladung vorbei, der so schmal war, dass Jessie schon wieder weiche Knie bekam, wenn sie ihm nur hinterherguckte. Sein Gang war überraschend leichtfüßig, und er hielt sich auch jetzt nicht fest, obwohl er beide Hände frei hatte.

Neben der Sprechanlage stand ein sehr dicker runder Pfosten auf einem Podest, der die Sicht zur Flussmitte versperrte. Jessie guckte genauer hin und erkannte darin den unteren Teil eines Krans. Eine Querverstrebung führte zu einem langen, horizontalen Arm, der aus ihrem Blickfeld geschwenkt neben dem Steuerhaus verschwand. Insgesamt wirkte der ihnen zugewiesene Platz immer noch wenig einladend, aber aufgeräumter und dadurch etwas größer als zuvor. Planen, Besen und Eimer waren verschwunden. Das musste Dušan erledigt haben, bevor er sie aus der Wohnung geholt hatte.

»Es ist so friedlich hier«, sagte Katrin nach einigen Minuten. »Und so … so …« Sie suchte nach einem passenden Wort, um das Gefühl zu beschreiben, das ihr beim Blick auf den Fluss und die Landschaft überwältigend erschien. Ihr Arm fuhr vage durch die Luft. »So anders. Wisst ihr, was ich meine?«

»Fern«, seufzte Astrid.

»Ja, genau! Das ist es: Fern.« Mit verklärtem Blick setzte Katrin sich auf die Kante des Kastens. »Fern von allem.«

»Ihr habt Fernweh?« Jessie bemühte sich um einen abgeklärten Ton. »Das ist ja echt außergewöhnlich auf einem Schiff.«

»Nein, kein Fernweh. Nicht im klassischen Sinn. Das bedeutet ja, dass man woanders hinwill, und ich zumindest …« Astrid unterbrach sich selbst. Sie wollte genau hier sein.

»Oh, nicht *du* willst weg. Alles andere soll weg?«

»Ich weiß nicht. So ähnlich. Ja.«

»Fern funktioniert in beide Richtungen.« Katrin wies übers Wasser zum Land. »Mein *fern* fühlt sich an, als wären wir auf einem anderen Stern oder in einer anderen Zeit.« Abgetrennt von der normalen Welt durch schier unüberwindbare Dimensionen.

»Doppelt fern, wenn man beides zusammennimmt.« Astrid guckte verstohlen auf Jessies feuerrot lackierte Fußnägel und krümmte die eigenen blassen Zehen. »An Raum und Zeit drehen zu können, das hätte schon was.« Eine absurde Vorstellung und gerade darum verlockend. »Obwohl ich spontan nicht wüsste, wann und wo ich dann sein wollte.«

»Zurück in die Vergangenheit, weil früher alles besser war?«, spottete Jessie und befühlte die Innensohle ihrer Boots. Ihr wären viele Momente eingefallen. Vor allem aber solche, die sie lieber ungeschehen gemacht hätte. Um das, was damals tatsächlich besser gewesen war, zu behalten. Sie stellte die Schuhe mit einem Knall zurück in die Sonne.

»Ein bisschen.« Astrid lachte ihr verlegenes Lachen, das sie selbst nicht ausstehen konnte. »Da ist diese merkwürdige Sehnsucht, nach … Nein, es lässt sich nicht beschreiben.« Jessie machte sie nervös. Generell war ihr Katrin bedeutend sympathischer, was nicht nur am Alter lag. Sie wirkte natürlich, vom schlichten Shirt über die klassische Bluejeans bis zum Kurzhaarschnitt. Leicht herausgewachsene lockere Naturwellen, um die sie sie beneidete. Ungefärbt und trotzdem dunkel wie Zartbitterschokolade.

»*Saudade* nennt man das«, erklärte Jessie bestimmt. »Der Begriff kommt aus Portugal. Weiß ich aus dem Urlaub. Ist sowas wie Weltschmerz, bloß persönlicher. Ich könnte es euch im Internet zeigen, wenn mein Smartphone nicht wegen dir unter Wasser stünde. Jedenfalls passt es zu euch!«

»Hör auf. Ich will nicht schon wieder streiten.« Katrin schlang die Arme um die Knie. »Schon gar nicht, nachdem ich gerade festgestellt habe, wie friedlich es hier ist.«

»Und fern«, ergänzte Jessie. »Als wären wir allein und der Rest unserer elenden Existenz abgesoffen und verschwunden. Da habt ihr ausnahmsweise mal Recht, obwohl ihr Heulsusen seid und keinen Spaß versteht.«

Katrin riss warnend die Augen auf. Wie konnte Jessie schon wieder so etwas sagen, wo Astrid doch – Yoga-Unfall hin oder her – ganz offenbar instabil war? »Das hier ist ein guter Ort!«

»Amen!« Theatralisch reckte Jessie die Arme zum Himmel. »Und somit wäre die Sache mit dem Spaß bewiesen. Was ich eigentlich sagen wollte: Auf diesem Kahn ließe es sich *für uns alle* gut noch eine Weile aushalten – ohne die Realität. Das meintet ihr doch.«

Ihre akzentuierte Betonung ließ Katrin aufhorchen.

»Da staunst du, was? Wir sind uns in einem Punkt einig!«

»Wie, einig? Wobei?« Astrid schaute von einer zu anderen. Ihr Mund war trocken vor Aufregung, ihre Kehle kratzte wie bei einer beginnenden Erkältung. »Meinen Sie etwa: Fern sein und auch fernbleiben? Und zwar – hier?«

»Bingo!« Jessie schnipste mit den Fingern. »Genau das. Also ich weiß ja nicht, wie ihr das seht, aber ich habe keine Lust, noch mal in diesem Aufzug« – sie zupfte am Badelaken – »vor der Kapitänin zu erscheinen. Zum Verhandeln brauchen wir unsere Klamotten, egal in welchem Zustand.«

»Und Argumente«, warf Katrin ein, auf die Gefahr hin, als Spielverderberin zu gelten. »Die brauchen wir auch.«

Auf leisen Pfoten schlenderte eine Katze herbei, beäugte die Frauen abwartend aus sicherer Entfernung.

»Das ist eine gute Idee.« Im Aufstehen strich Astrid das Handtuch über ihren Knien glatt. Eine unwillkürliche Geste, mit der sie ein Mindestmaß an Ordnung ins Chaos brachte und ihre Verblüffung überspielte. Sowohl insgesamt als auch was ihre eigene Reaktion betraf. »Ich kümmere mich um unsere Kleider.«

»Stopp, wo willst du hin?« Jessie unterdrückte einen Aufschrei. »I-ich meine: Nimm die Sprechanlage!«, schob sie hastig nach und schmeckte Säure, weil sie die andere im Geiste schon von dem schmalen Umgang stürzen sah.

»Selbstverständlich. Was denn sonst? Einmal am Tag ins Wasser fallen reicht mir völlig.«

»Hoffentlich«, flüsterte Jessie, als Astrid sich wegdrehte, und sie spürte, dass Katrin das Gleiche dachte.

*

Auf dem Vorschiff kontrollierte Dušan nach der Schleuse die Taue darauf, dass keines verdreht im dafür vorgesehenen Korb gelandet war und beim nächsten Einsatz Schwierigkeiten machte. Heute schepperte häufiger als sonst der Lautsprecher über ihm, weil Hanne ihn an völlig alltägliche Dinge erinnerte oder irgendetwas wissen wollte. Jedes Mal legte er brav seine Arbeit beiseite und trabte zur Bordanlage, um zu antworten. Hanne war der Chef, und ihm wäre es nie eingefallen, sie warten zu lassen. Egal wie oft sie sich meldete.

Natürlich hatte er vorhin doch einen Knoten produziert, weil er sich zu sehr beeilt hatte. Das lag nur daran, dass Hanne wegen der Frauen schlecht gelaunt war. Es machte ihn kribbelig. Andererseits würde der Spuk bald vorbei sein, und bis dahin war es eine nette Abwechslung, andere Menschen an Bord zu haben. Er entwirrte das Tau, legte das Auge griffbereit zurecht und drückte den Rücken durch. Es hätte ihm nichts ausgemacht noch einmal Tee zu kochen. Oder ihnen mehr zu erklären. Sie hätten nur fragen müssen. Aber die einzige Frage, die zwischendurch aufgekommen war, war die nach der Toilette gewesen.

Dušan hatte auf größeren Schiffen gearbeitet und dabei mehr oder weniger die Welt umrundet. Ganz genau wusste er es nicht. Die exakte Route mussten andere kennen, aber wenn es jemanden interessierte, hätte er in seinem Fahrtenbuch nachsehen können, wie viele exotische Länder er bereist, dabei allerdings nur wenig mehr als die Häfen kennengelernt hatte. Er schätzte das Leben als Matrose, die klare Hierarchie. Vielleicht fehlte es ihm an Ehrgeiz. Manche seiner Freunde fanden es lustig, dass sein Chef eine Frau war, andere unehrenhaft. Dušan ließ sie reden. Nur wenn sie ihm ein Verhältnis andichten wollten, schritt er ein. Es gab eine ganz klare Grenze zwischen Hanne und ihm und Loyalität auf beiden Seiten. Vor allen Dingen war Hanne fair und kompetent. Das zählte für ihn am meisten. Und obwohl er auf dem Binnenschiff weit weniger verdiente, zog er das Leben auf dem Fluss dem

Meer vor. Wochenlang kein Land zu sehen wog auf Dauer für ihn die gute Heuer nicht auf. Was brauchte er schon – ein alleinstehender Mann ohne eigene Familie? Das meiste Geld aus jener Zeit lag auf einem Konto, das er regelmäßig fütterte. Langsamer jetzt, aber stetig. Für später.

Der Lautsprecher knackte erneut.

»Hallo? Dušan, hören Sie mich?«

Er befeuchtete seine Lippen und wischte die Hände an der Hosennaht ab. Das musste die Frau mit den hellbraunen Haaren sein, die angeblich ins Wasser gesprungen war: Astrid. Über ihm am Mast wehten die Fahne der Jowige und gleich daneben fremde Kleider. Und Damenunterwäsche. Vorhin hatte er nicht lange überlegt, aber jetzt bereitete ihm der Anblick Kopfzerbrechen.

Er riss sich zusammen und antwortete. »Ich höre.«

»Wir möchten uns gern wieder anziehen. Wären Sie so nett, uns bei Gelegenheit unsere Sachen zu bringen?« Es knackte, dann folgte ein fröhliches: »Nach *mittschiffs*, bitte.«

Dušan stieß eine kleine Verwünschung aus. Das war die Frage, die er gefürchtet hatte. Da keine der Frauen zu ihm kommen durfte, blieb ihm nichts anderes übrig, als die Sachen selbst abzunehmen. Auch die Höschen und Büstenhalter. Sportlich, funktional, sexy. Er rieb sich das Kinn. War ja nicht so, als hätte er so etwas noch nie in den Händen gehabt, doch es war eine Weile her. Und die zur Wäsche passenden Frauen hatten ihm entsprechend nah gestanden. Immerhin wäre die kleine Peinlichkeit mit dem nächsten Stopp ausgestanden, und dann würde sich auch die Laune im Steuerhaus bessern.

»Ja«, sagte er knapp und schubste mit dem Fuß den Plastikkorb unter die Leine. Alles hatte seinen Preis.

»Vielen Dank! Und … *over!*« Astrid ließ den Knopf los, fuhr herum und klatschte vor Begeisterung in die Hände. »Er hat ja gesagt!« Eine Hitzewelle überrollte sie, ihrer plötzlichen Euphorie geschuldet. Wärmend und wohltuend zirkulierte das Blut durch ihre Adern, brachte ihre Wangen zum Glühen. Sie fühlte sich beschwipst – berauscht geradezu – und heiter wie lange nicht. In das köstliche Flirren mischte sich die Vorahnung des unweigerlich auf einen Rausch folgenden Katers – und verpuffte sogleich. Das hier war etwas anderes. Ihre Chance zur Flucht. Nein, Flucht klang übertrieben, eher eine Chance. Hauptsache fern von allem, das traf es wirklich ziemlich gut. Ihr Herz wummerte in einem neuen Takt. Dieser Rausch entstand direkt im Kopf und brauchte keinen Alkohol. Sie klatschte noch einmal und wurde durch Jessies Stimme zurück auf den Boden geholt.

»*Uh, er hat ja gesagt!* Glückwunsch. Hatte den Antrag gar nicht mitbekommen.«

»Nun lass doch endlich die Sticheleien sein.« Katrin trommelte auf den Metallboden, unter dem der Motor dröhnte, und stellte sich stattdessen Holzplanken und weiße Segel vor. »Was ist denn jetzt mit Argumenten?«

Dankbar für das Stichwort faltete Astrid die Hände. Aus dieser Katrin sprach die Stimme der Vernunft. »Darf ich einen Vorschlag machen? Ich würde es vorziehen, wenn Sie diesmal das Reden übernehmen, zumindest am Anfang. Es könnte sein, dass ich zu emotional werde. So wie eben. Und ich fürchte, dass ich damit nicht nur bei Ihnen, Jessie, eher das Gegenteil von dem erreiche, was uns vorschwebt.«

»Selbsterkenntnis ist der erste Schritt zur Besserung«, posaunte Jessie heraus, was mit etwas gutem Willen als Zustimmung gedeutet werden konnte. Sollte bloß keiner denken, sie lege Wert darauf, sich mit einer Tussi zu verbrüdern, deren Haare sich nach dem Trocknen von selbst zu einer Topffrisur gelegt hatten, und die in die Hände klatschte wie ein Kindergartenkind. *Kein Like für dich.* Um auf Astrid aufzupassen, brauchte sie nicht auf dicke Freundschaft zu machen. Im echten Leben und auf jeder Social-Media-Plattform hätte sie Astrid ignoriert. »Bin dafür«, stellte sie klar. »Tja, Katrin, damit bist du überstimmt. Du bist offiziell unsere Sprecherin.«

Die Frage, ob Katrin selbst dafür oder dagegen war, blieb ungestellt, weil in diesem Moment Dušan erschien.

»Sie sind ein Schatz!« Astrid stürzte sich auf den Korb, bevor er ihn abstellen konnte, und zupfte in Windeseile ihr Eigentum heraus. Hose und Bluse legte sie über den Arm, knüllte den Schlüpfer zusammen, um ihn in der Handfläche verschwinden zu lassen, was nur teilweise gelang und sie beim Griff nach dem Büstenhalter behinderte. Auch den hätte sie lieber diskret an sich genommen.

Spöttisch schürzte Jessie die Lippen und wartete bis zum Schluss. Tanga und BH angelte sie zuletzt. Ihretwegen konnte Dušan ruhig wissen, wem die einzig annehmbaren Dessous gehörten. Genutzt hatten sie bei Marlon nichts mehr, obwohl es genau sein Geschmack war. Wenig Stoff, viel Spitze.

»Wir möchten noch mal mit Ihrer Chefin sprechen«, sagte sie und tastete die dicke Sweatjacke ab, die unter der Kapuze und an den Taschen noch sehr feuchte Stellen hatte. Der BH baumelte an ihrem Handgelenk. »Können Sie das arrangieren? Und noch mal danke für die Box.«

»Du«, sagte Dušan. »Auf diesem Schiff sagt man du.«

»Aye-Aye.« Jessie führte salutierend die Handkante zur Stirn, was ihm ein Grinsen entlockte. Na bitte, das war doch ein guter Anfang. »Hast du gehört, Astrid? Wäre ganz passend, wenn du die Siezerei auch endlich sein lässt. Hier ist jeder ein Du. Halten wir uns dran und demonstrieren Einigkeit, das kommt bestimmt besser an, wenn es ums Bleiben geht.«

Dušans dichte Augenbrauen zogen sich über der Nasenwurzel zusammen, aber Jessie gab ihm keine Chance nachzuhaken. »Also, wie schaut es aus? Wir springen schnell in unsere Klamotten, und du machst uns den Weg frei?«

Statt zu antworten, trollte Dušan sich.

»Das werte ich mal als Ja.« Jessie ließ ihren BH um den Zeigefinger kreiseln. »Der Typ ist jedenfalls kein Schwätzer.«

*

Jede der Frauen schaffte sich beim Anziehen auf ihre Weise ein wenig Privatsphäre, was Hanne amüsiert zur Kenntnis nahm. Die eine drehte sich zur Seite, die andere wurschtelte sich unter den Handtüchern in ihre Unterwäsche, die dritte stülpte T-Shirt und Pullover obendrüber und zog erst dann das Handtuch heraus. Hanne schaute weg. Bestimmt hätte eine Psychologin daraus eine Menge über den jeweiligen Charakter ablesen können. Aber das fand Hanne auch nicht besonders schwierig. Gesunder Menschenverstand reichte in den meisten Fällen aus, und ihr war ohnehin alles, was mit professioneller Psychologie zu tun hatte, ganz grundsätzlich suspekt. In anderer Leute Hirn und Seele zu wühlen erschien ihr die pure Geldmacherei und genauso vertrauenswürdig wie Weissagungen aus einer Glaskugel. Ganz sicher nichts für sie. Hanne schüttelte sich.

Frédéric war bei dem Thema aus allen Wolken gefallen. Eine moderne, vernünftige Person wie sie sollte Wissenschaft und Aberglauben auseinanderhalten können. Natürlich konnte sie das. Ihre Fingerspitzen strichen über die Radaranzeige. Die zugehörigen Antennen am Steuerhaus und auf dem Dach der Matrosenwohnung am Bug lieferten Informationen über die Beschaffenheit des Flussbetts. Das ganze Schiff steckte voller Technik, die ihr das Leben erleichterte, und Hanne glaubte fest an die Vorhersagen der Meteorologie, Klimaforschung, Geologie und Gewässerkunde. Mit dieser Wissenschaft konnte sie etwas anfangen. Es gab Daten, Fakten und messbare Größen, aus denen objektive Schlüsse gezogen wurden. Und dann gab es noch Dinge wie Bauchgefühl und Intuition. Genau diese beiden sagten ihr, dass schon wieder etwas im Argen lag. Denn

Dušan versetzte die Treppe in sehr langsame Schwingungen: Er zögerte.

Hanne nagte an ihrer Unterlippe. Eine Angewohnheit seit ihrer Kindheit und ein untrügliches Signal innerer Unruhe. Wie ein Blitzlichtgewitter zuckten Bilder jener Momente durch ihren Kopf, bei denen sie sich die Lippe blutig gebissen hatte: Mit zehn und dem geschrotteten nagelneuen Fahrrad, mit fünfzehn, kurz vor dem ersten Mal Schlussmachen, mit einundzwanzig nach dem Gespräch mit Tante Margot, bevor sie ins Wohnzimmer ihrer Eltern gestürmt war, und wenig später bei ihrem unversöhnlichen Auszug. Hanne ließ von ihrer Lippe ab und schob einen Fingernagel zwischen die Zähne. Ein einschneidendes Ereignis, mit dem das hier garantiert nicht mithalten konnte. Diese drei schrägen Vögel waren vielleicht eine Heimsuchung, aber es musste schon mehr passieren, um sie ernsthaft zu erschüttern.

»Die wollen noch mal zu dir«, sagte Dušan und hob die Schultern bis zu den Ohren. »Nicht meine Idee.«

Ihr Fingernagel knackte. Eine Millisekunde lang erwog sie, die Angelegenheit über die Sprechanlage abzuhandeln, dann entschied ihr inneres Radar anders. Lag es an den von unten erwartungsvoll auf sie gerichteten Blicken? An der aufrechten Haltung oder der irritierenden Einigkeit, die der Heulsusenclub plötzlich ausstrahlte?

Hanne nahm den feuchten Zeigefinger aus dem Mund und bedeutete ihnen anzutreten. Ein minimalistisches Signal, auf das die drei sich sofort in Bewegung setzten. Hanne grinste. Die Zeit spielte für sie. Die Schleuse Aldingen mit den beiden Schleusenkammern rechts und dem Kraftwerk links war schon fast in Sicht.

*

Die eigenen Kleider auf der Haut suggerierten Normalität, aber das war ein Trugschluss, da machte Katrin sich nichts vor. Es fing schon damit an, dass nur Jessie Schuhe trug. Astrid war barfuß, und sie selbst stand in Socken vor dem Steuerhaus, wo sie sich erneut auf das Riffelblech am Treppenende quetschten. Peinlicher ging es kaum.

»Los jetzt«, zischte es neben ihr, und ein Rippenstoß bugsierte sie unsanft einen halben Schritt vorwärts.

»Ja, also, das ist so«, begann Katrin. »Wir haben eine Bitte, Frau … Kapitän? Tut mir leid, ich weiß gar nicht, wie man Sie korrekt anspricht.« Plötzlich war sie nicht mehr sicher, ob Dušans Hinweis mit dem Duzen auch für seine Chefin galt.

Hanne verschränkte die Arme. »Kapitäne gibt es bei uns keine. Auf dem Fluss heißt das Schiffsführer.«

»Dann also Frau Schiffsführerin?«

Hanne kurbelte mit der Hand in der Luft, um ein Stück vorzuspulen und die Sache abzukürzen. »Sagt einfach, worum es geht. Einen Anruf habt ihr frei.«

»Wir wollen niemanden anrufen, sondern weiter mitfahren«, preschte Katrin entschlossen vor. »Was müssen wir tun, um bleiben zu dürfen?«

»Ha!« Hanne schlug verblüfft eine Hand vor den Mund, bewegte langsam den Kopf hin und her. »Das ist ein Witz?«

»Nein. Unser voller Ernst. Sie werden gar nicht merken, dass wir da sind, versprochen. Natürlich legen Sie die Bedingungen fest. Und in ein paar Tagen –«

»Tage!?« Hanne rang nach Worten. »Na, ihr seid mir ja ein Verein. Seht euch mal um. Merkt ihr was? Das ist ein Gütermotorschiff, voll beladen mit Metallschrott und kein Passagierdampfer.« Seit einigen Jahren kam es häufiger vor, dass Leute auf Binnenschiffen Urlaub machen wollten. Dabei war so ein Frachter nun wahrlich kein Erholungsort. Einige Kollegen nahmen trotzdem Gäste mit und hatten angeblich sogar Spaß an der Gesellschaft. Hanne wäre das im Traum nicht eingefallen. Landratten, die mit am Tisch saßen und auf Seemannsromantik und unglaubwürdige Abenteuergeschichten hofften, sich aber nicht auf ein Hochseeschiff trauten, weil sie den Seegang fürchteten oder den Klabautermann und Moby Dick.

»Hier gibt es weder einen Pool noch schnuckelige Kabinen mit weichen Bettchen und Zimmerservice«, raunzte sie. »Meine Jowige ist ein Arbeitsplatz.« Und sie war ihr Zuhause. Für eine Flusskreuzfahrt musste dieser sonderbare Haufen sich jemand anderen suchen, an Anbietern herrschte schließlich kein Mangel.

»Das wissen wir.« Katrin nickte geduldig. »Wir wollen keinen Luxus. Uns genügen das Wasser und die Weite, die Aussicht zum Ufer, einfach … fort zu sein.«

»Fern von allem«, wisperte Jessie hinter ihrem Rücken und prustete unterdrückt.

»An dieser wunderbar guten, frischen Luft!«, ergänzte Astrid schnell, um das Geräusch zu übertönen. Sie warf Jessie einen missbilligenden Blick zu, den diese mit einer Grimasse quittierte.

Der etwa kniehohe Hund hatte sein Körbchen verlassen und saß der Chefin zu Füßen. Er wedelte unentwegt, und seine Ohren zuckten aufmerksam.

»Wie heißt denn der Kleine?«, platzte Jessie heraus und schob sich nach vorn. Sie gab einen lockenden Laut von sich, der das Wedeln beschleunigte. »Voll süß. Genau wie die Katze. Vertragen sich die zwei?«

Hanne beugte sich hinunter und strich über den struppigen Hundekopf. »Alles gut«, versicherte sie leise und war dabei nicht hundertprozentig sicher, wen sie beruhigen wollte. Auf ihr Okay hin sprang Mascha auf und flitzte zu Jessie. Die ging sofort auf die Knie und störte sich kein bisschen daran, dass ihr eine schlabbernde Zunge über Hals und Arme wischte.

»Mascha ist eine Sie und kommt prima mit Klärchen klar. Umgedreht haut es nicht immer hin.« Hanne verstummte. Sie durfte sich nicht um den Finger wickeln lassen, bloß weil das Mädel gut mit Tieren konnte! Mascha war kein zuverlässiger Indikator, was den Charakter eines Menschen betraf. Sie liebte vorbehaltlos jeden. Bei Klärchen sah das anders aus.

Wie aufs Stichwort tänzelte die Katze herein, den buschigen Schwanz aufgestellt, sprang elegant über Hannes Schoß zur Steuereinheit, rieb sich am Radarbildschirm und hüpfte wieder zu Boden, sobald ihr sämtliche Aufmerksamkeit im Raum und vor der Tür gewiss war. Klärchen ließ Maschas überschwängliche Begrüßung über sich ergehen und schlängelte sich dann an den fremden Beinen entlang. Hosen, Knöchel, Socken. Überall blieb ein Streifen Haare hängen. Schließlich rollte sie sich auf einem Hocker mit Kuhfellbezug ein.

»Ich habe ja nicht mal genug Betten für euch alle.« Konzentriert schaute Hanne geradeaus zur Fahrrinne, wo es absolut nichts Spannendes zu sehen gab. Wellen, treibende Blätter, Blesshühner. Sie horchte in die Stille. Maschas Schwanz klopfte irgendwo dagegen, Klärchen schnurrte, und die Jowige unter ihrem Hintern brummte ebenfalls höchst zufrieden. Niemand sagte etwas, und Hanne wurde klar, dass sie den Satz laut ausgesprochen hatte. Ein dummer Fehler. Der Konjunktiv wäre die bessere Wahl gewesen, um eine Absage hinterherzuschicken. War sie etwa eingeknickt? *Ich hätte, wenn ich überhaupt drüber nachdächte, was ich nicht tue.* Aber sie hatte bereits die Schlafoptionen durchgezählt, was bedeutete …

»Ist doch egal.« Jessie saß auf der untergeschlagenen Ferse und schubberte Maschas Fell. »Ich kann überall schlafen. Und wie schon gesagt: Wir brauchen keinen Luxus.«

Die anderen beiden nickten dazu.

Hanne vermied es, Dušan anzusehen. Es war der reine Irrsinn. Sie hob eine Hand, und alle schwiegen. Kein Luxus war ein Ansatz, der ihr gefiel, und mehr konnte und wollte sie niemandem bieten. Ein paar Extra-Euro konnte ihre Kasse gut vertragen. Die gute Lady Jowige forderte noch mehr Zuwendung als die Tiere und schluckte Maschinenöl, wie andere alte Tanten Likörchen zum Kaffee. Wobei die Jowige zum Glück nicht ihrem Konsum entsprechend schlingerte. Leider war ihr großer Durst nur eine von vielen Baustellen.

Ungläubig lauschte Hanne ihren eigenen Worten, während sie ihre Bedingungen nannte:

»Wer bleibt, zahlt für den Schlafplatz und kauft für die Menage ein. Ihr bucht ganztags frische Luft und zwei von euch auch für die Nacht. Ich habe nur eine Kabine mit einem Bett. Wem etwas nicht passt, der geht gleich – oder schwimmt später an Land. Es gibt keine Extrawürste, Sonderhalte oder Sonderbehandlung. Am besten seid ihr für mich unsichtbar. Merkt euch: Ich bin die Schiffsführerin.« Sie deutete auf Dušan. »Was noch?«

»Chef.«

»Richtig. Ich bin der Chef. Das heißt vor allem: Ich bin nicht eure Freundin. Dass ihr vorhin gemütlich in meinem Wohnzimmer sitzen durftet, war die absolute Ausnahme. Dort habt ihr nix verloren, genau wie hier drin. Soweit klar?«

»Bin dabei.« Vom Boden schnellte ihr sofort eine Hand entgegen, während die anderen beiden noch mit Durchatmen beschäftigt waren und dann eilig die Köpfe zusammensteckten. »Wie lange gilt unsere Abmachung – eine Woche?«

Spontanität und Starrsinn waren Hanne grundsätzlich sympathisch. Trotzdem schlug sie nicht ein. In ihrer Welt bedeutete ein Handschlag viel; eine Verbindlichkeit, zu der sie bei dieser Angelegenheit in ihrem tiefsten Innern noch nicht bereit war. »Der Deal gilt maximal, bis die Ladung gelöscht ist. Das sind nach Plan fünf Tage mit heute. Es sei denn, ihr geht mir zu sehr auf die Nerven. Denn dann beende ich euer kleines Abenteuer sofort. Ja, das ist unfair. Aber so lautet meine Regel. Nach dem ersten Landgang sehe ich Cash, eine Anzahlung nehme ich gern auch gleich. 50 pro Tag und Person, macht 250 pro Nase.« Ein Preis aus dem Nichts, herausgesprudelt wie der ganze Rest. Haute sie damit gerade jemanden übers Ohr, oder hatte ihr Kopf blitzschnell eine Überschlagskalkulation angestellt? Sie legte eine Kunstpause ein und spielte ihren letzten Trumpf ganz bewusst aus: »Wir kommen nur ins Geschäft, wenn ihr euch alle einig seid. Keine halben Sachen.«

»Eine für alle. Alle für *eine!*« Jessie guckte hoch und nickte Katrin unauffällig zu. Das war doch genau ihre Motivation. »Na, was sagt ihr?«

*

Kaum waren ihre nun offiziellen Gäste außer Sicht, kassierte der Wackeldackel weitere Klapse. Ein Schleudertrauma war dem armen Kerl sicher. Hanne fluchte und hielt das Köpfchen an, bevor es aus der Halterung flog. Die hatten einfach alle zugestimmt! Ganz offensichtlich hatten diese drei im Wasser den Verstand verloren – und sie den ihren gleich mit.

»Ich bin nicht mehr jung, aber ich brauche das Geld«, grummelte sie. »*Hartelijk dank daarvoor*, fetter Jan.«

Es oblag Dušan, die Frauen herumzuführen und sie in die Details ihres kommenden Schiffslebens einzuweisen. Fünf Tage hatte sie die Extrafracht jetzt an der Backe. Ganze fünf! Wie konnte es sein, dass die sich mal eben so aus dem Alltag verabschiedeten, ohne jemanden zu informieren? Verdammt! Hanne schlug sich mit der Hand gegen die Stirn. Offenbar musste sie allein an alles denken. Sie hatte keine Lust, sich unnötigen Ärger einzuhandeln, zum Beispiel durch eine polizeiliche Großfahndung, die ihr am Ende vielleicht sogar in Rechnung gestellt wurde. Ganz zu schweigen von den Themen Steuerhinterziehung und nicht genehmigter Personentransport.

Diesmal benutzte sie das Handy und die Privatnummer, um bei der Schleusenzentrale Obertürkheim anzurufen.

»Wehe du lachst«, sagte sie anstelle einer Begrüßung zu Andrea und erklärte die Sachlage so unspektakulär wie möglich. »Kannst du jemanden zum Seilerwasen schicken, der den Krempel dieser Verrückten einsammelt, bevor die Polizei mit Suchhunden und Tauchern ausrückt?«

»Klar. Wird sofort erledigt. Wozu lasse ich denn mein Kind in der Stadt studieren?« Andrea gluckste vergnügt. Ganz eindeutig hatte sie Spaß daran, Teil der Geschichte zu sein. »Was mache ich anschließend damit?«

Eine gute Frage. Gedankenverloren strich Hanne über die teils samtige, teils blank geschubberte Dackelstirn.

»Nichts«, sagte sie. »Schließ alles weg, und gib mir vorher die persönlichen Daten durch.«

»Du willst wissen, mit wem du es zu tun hast. Das ist sehr vernünftig«, stellte Andrea anerkennend fest. »Zwar ein bisschen spät, aber immerhin. Ich kann deinen Ballast gerne für dich durchgoogeln, wenn du willst.«

»Bist ein Schatz.«

»Bin ich. Und ich werde dich dran erinnern.«

Kapitel 5

Kein Luxus für niemand

Ihr Rundgang auf dem Schiff war schnell erledigt, denn viel Neues gab es im erlaubten Bereich nicht zu sehen. Das Bad mit Toilette in der Wohnung würden sie mit Hanne teilen, beziehungsweise umgekehrt. Hanne teilte mit ihnen und besaß natürlich das Erstnutzungsrecht. Außerdem kam man vom Flur in eine winzige Gästekabine. Wer darin schlafen durfte, mussten sie untereinander regeln, hatte Hanne gesagt. Immerhin versicherte Dušan ihnen, dass ausreichend Decken und sogar Schlafsäcke vorhanden waren. Die gesammelte Pracht quoll aus einem Wandschrank und roch, als sei sie zu lange dort drin gewesen.

»Die Chefin kriegt selten Besuch, oder?« Jessie rümpfte die Nase, winkte aber sofort wieder ab. »Kein Problem. Im Freien fällt das gar nicht auf.«

Katrin öffnete pragmatisch schon mal das Fenster zum Durchlüften, und Astrid presste sich dauerlächelnd ein orange-geblümtes Frottee-Kissen vor den Bauch. »Wir sind mit allem zufrieden, Dušan. Wirklich. Das ist alles ganz wunderbar. Ich habe da nur noch eine Frage, die Kapitänin –«

»Schiffsführerin«, korrigierte Jessie und zupfte eine Spinnwebe vom Schlafsack.

»Was meinte sie mit *Menage*?« Das französische Wort war Astrid bisher nur in der schlüpfrigen *à-trois*-Variante ein Begriff.

»Essen für die Mannschaft. So heißt das auf dem Schiff.«

»Ach, verstehe. Und wann können wir Essen einkaufen? Und wie verfahren wir bis dahin?« Ihre Hand schraubte den Kissenzipfel immer enger zusammen. Sie stand hundertprozentig hinter der postulierten Genügsamkeit, nur hoffte sie inständig, dass hungrig schlafen zu gehen kein Teil der Vereinbarung war. Ihr Frühstück um halb sechs hatte aus einer Scheibe zähem Marmeladenbrot und einer aufgewärmten Tasse Kaffee von gestern bestanden. Anerzogene Sparsamkeit, von der sie sich ihr Leben lang verfolgt fühlte und die ihr dennoch zur Gewohnheit geworden war. Mehr als das, es war ein unverrückbares Prinzip, mit dem sie häufig aneckte, und gerade bei Lebensmitteln hielt sie es besonders streng ein. Dass sie vorhin über ein Taxi nachgedacht hatte, war geradezu eine Revolution.

»Wann?« Dušan wiegte den Kopf hin und her, was ihr einen gehörigen Schreck einjagte. Beim Grinsen zeigte er eine Reihe großer, weißer Zähne. »Keine Sorge. Es ist genug da.«

»Fein. Das wäre geklärt. Wir müssen nicht hungern, und Futter für alle heißt Menage.« Jessie ließ sich rücklings aufs Bett fallen und kreuzte die Arme hinter dem Kopf. »Gar nicht mal so unbequem. Wir könnten drum knobeln, wer die erste Nacht hier schläft. Aber sagt mal, wie heißt eigentlich die Chefin? Ist doch schräg, dass sie das nicht verraten hat, oder habe ich was verpasst?«

»Johanne«, sagte Katrin. Vor ihr an der Wand hingen gerahmte Schriftstücke. Das Abschlusszeugnis aus der Berufsschule, eine Kopie des Rheinschifferpatents. »Johanne Winter, aus Gernsheim am Rhein.«

»Hanne.« Schon wieder zeigte Dušan die Zähne.

»Ach?« Feixend stützte Jessie sich auf die Ellbogen. »Mag sie den Namen Johanne etwa nicht?«

Achselzuckend steckte er die Hände in die Taschen, und seine kurze Hose rutschte unter den Bauchansatz. Undeutlich brummelnd drehte er sich um. »Nur Hanne ist besser.«

Jessie hob eine Hand vor die Augen und stieß ein lautes Lachen aus. »Erwischt! Die Namenssache ist wohl ein Geheimnis? Wir behalten es für uns, versprochen«, rief sie ihm nach und linste zwischen den Fingern durch, bis die Außentür zuschlug. »Puh,

Glück gehabt, Pfirsichalarm aufgehoben. Den Hintern hätte ich nicht sehen wollen. Aber Johanne-Hanne finde ich gut.« Beifall heischend schaute sie in die Runde. »Das nenne ich einen Treffer ins Schwarze.«

Katrin rückte unnötigerweise den Bilderrahmen gerade. »Viele Leute sind mit ihrem Namen unzufrieden.« Sie verkniff es sich, Astrid anzusehen. Es war unschwer herauszuhören, dass die tatsächlich aus dem Raum Stuttgart stammte, wo man dazu neigte, Buchstaben weicher auszusprechen, zum Beispiel durch das inflationäre *Sch*. Was jede Astrid zur *Aschdrid* machte. Aschdrid – Arschtritt. Eine Kombination wie geschaffen, um sie über den Schulhof zu brüllen oder sie dem Opfer bei jeder Gelegenheit ins Ohr zu flüstern. Wobei letzteres mehr Mut erforderte – oder mehr Bosheit. Aus dem Schutz der Menge heraus war es leicht gemein zu sein. Sie hatte es getan. Die Scham brannte wie ein Klumpen Chilischoten in Katrins Bauch. »Es ist doch völlig normal, eine Abkürzung zu verwenden.« Sie musste nicht hinsehen, um zu wissen, dass Jessie die Augen verdrehte. Ihr geräuschvoll-genervtes Stöhnen verwandelte sie zurück in das Teenager-Trampeltier vom Steg.

»Deine Belehrungen sind echt langweilig. Könnt ihr denn über gar nichts lachen? Mir macht es jedenfalls Spaß, zu wissen, dass unsere allmächtige Kapitänin –«

»Schiffsführerin«, grätschte Astrid dazwischen. Um ihren Mund zuckte es leicht.

»Yes!« Jessie ballte die Faust. »Das ist ein Grinsen, oder etwa nicht? Guck es dir an, Katrin, so geht das! Also: Die Großmeisterin am Steuer ist offenbar empfindlich, was ihren Namen betrifft. Dabei ist ungewöhnlich doch besser als langweilig – und mal ehrlich, Hanne ist extrem langweilig. Okay, just my two cents, aber ich hätte Jo draus gemacht, klingt nicht so oldschool. Egal, langer Rede kurzer Sinn, auch wenn sie auf dem Schiff das Gesetz ist, ist sie auch nur ein Mensch. Ich würde gern mal einen Psychologen fragen –«

»Oder eine Psychologin.« Astrids Nasenflügel plusterten sich auf, und ein albernes Lachen kitzelte ihre Kehle.

»Ob das schon ein Gottkomplex ist?«

»Göttinnenkomplex?« Astrid kicherte.

»Oder das.« Jessie hob die Hand und zählte an den gespreizten Fingern ab, die sie nacheinander herunternahm. »Erste Regel: Hanne hat Recht. Zweite Regel: Hanne hat die Macht. Dritte Regel: Geht Hanne aus dem Weg. Und vierte Regel: Betretet niemals – absolut niemals – ohne Aufforderung die Brücke oder ihren Privatbereich.« Scheinbar erstaunt guckte sie auf den übrig gebliebenen hochgereckten Mittelfinger. »Oh, oh! Ob das wohl ein Zeichen ist?«

Katrin rang mit sich. Ja, es war etwas dran an der These des Trampeltiers, und irgendwie war es auch witzig. Sie gab dem schiefen Berufsschulzeugnis einen letzten Schubs und wandte sich hastig ab. Ihr Lächeln verflüchtigte sich, bevor es die Lippen erreichte. Schulabschluss, alle Träume noch intakt, die Welt weit und offen. Und nichts peinlicher als die eigenen Eltern. Da war das Leben sowieso schon schwierig genug. Aber sie setzte noch eins drauf. Brauchte ihre Familie wirklich noch mehr Herausforderungen? Unauffällig kniff sie sich in den Arm, bis es weh tat. Ein ganz realer, kleiner Schmerz. Es war eine Sache, andere zu belügen, aber sich selbst musste sie nicht vormachen, wegen Astrid an Bord geblieben zu sein. Sie hatte eine Entscheidung zu treffen, die jeden Moment drohte, ihr den Boden unter den Füßen wegzuziehen.

»Hört ihr das?« Jessie rührte durch die Katzenstreu in der Plastikbox. »Der Motor klingt anders. Ich glaube, wir werden langsamer. Am besten sitzen wir die Schleuse hier unten aus. Sicher ist sicher.«

»Damit wir Hanne keinen Anlass für einen Rückzieher bieten?« Astrid kauerte sich zu ihr auf die Bettkante. »Ich denke, das würde sie nicht tun. Ein Wort ist ein Wort.«

»Wie süß.« Jessie zog die Finger aus der Streu, wischte den feinen weißen Staub an der Decke ab. »Dafür gibt es einen Sonderpunkt für Naivität. Gratuliere. Dich hat wohl noch nie jemand übers Ohr gehauen.«

Bedächtig strich Astrid die Falten aus dem Kissen, das sie immer noch festhielt, und richtete die kleinen Frotteeschlaufen an den Zipfeln auf.

»Doch«, sagte sie mit großer Ernsthaftigkeit. Übers Ohr gehauen, betrogen, hinters Licht geführt, ausgenutzt. »Genau deshalb weiß ich, dass Hanne ein ehrlicher Mensch ist.«

Fremdartige Geräusche drangen herein: Rufen und dumpfes Dröhnen. Jessie drückte den Deckel auf die flache Box und schob sie in ihre Jackentasche. Das Motorstampfen wurde leiser, ein Zittern durchlief den Bauch des Schiffes, dann Gurgeln von allen Seiten. Vor dem Fenster wurde es dunkel. Kühle Luft schwappte ins Zimmer, feucht und algig. Sie hörten Stimmen, zuckten zusammen, als sie glaubten, der Rumpf müsse jeden Moment die Schleusenwand touchieren, atmeten auf, als der Motor wieder hochdrehte – hustend wie ein alter Kettenraucher – und es kurz darauf wieder hell wurde.

Katrin lehnte scheinbar gleichgültig in der Ecke und starrte auf ihre Füße. Fast schämte sie sich. Vor Fremden außer Haus bloß schmutzige Socken zu tragen war im Grunde das Lächerlichste überhaupt.

»Raus hier«, verkündete sie und riss sich selbst aus ihrer Lethargie. Sie musste etwas tun, ganz egal was.

*

In der folgenden Stunde richteten sie sich im Rahmen ihrer eng gesteckten Grenzen an Deck ein. Ihr Bewegungsspielraum umfasste geschätzte drei auf fünf Meter, leicht erhöht, sodass ihnen der Fluss nicht über die Füße schwappen würde. Dušan zauberte drei rostige Klappstühle herbei, auf denen sie Schlafsäcke, Wolldecken und Kissen zum Lüften auslegten, und gleichzeitig damit ihren »Claim« absteckten, wie Jessie es nannte. Eingekeilt zwischen Fracht und Wohnung, die einander gegenüberlagen, sowie Kran und Wasser an den Längsseiten. Das Steuerhaus auf dem Dach sorgte je nach Flussbiegung für Schatten und als Hannes erhabener Ausguck für das seltsame Gefühl, unter Beobachtung zu stehen.

Demonstrativ lässig platziert Jessie sich zentral auf dem Sockel des Krans und linste durch die dunklen Gläser ihrer Sonnenbrille. Ein Glück, dass die im Rucksack gesteckt hatte. Von der *Gangbord*, wie der gruselige am Rand des Frachters umlaufende Weg tatsächlich hieß, sollten sie sich fernhalten, hatte Hanne gesagt. Endlich eine Anweisung, der Jessie liebend gern nachkam. Es passten gerade zwei Füße nebeneinander. Gemessen in Dušans Füßen, die schon ordentlich groß waren. Also wohl mindestens drei, wenn sie ihre eigenen als Maßstab nahm. Trotzdem immer noch viel zu wenig Platz für Jessie. Soweit sie es überblickte, schien es nur ganz vorn und hinten an Bug und Heck ein richtiges Geländer zu geben, jeweils auf Höhe der Wohnungen. Um den gesamten Mittelteil standen dagegen nur diese dünnen Stangen, als Führung für das locker durchhängende Drahtseil. Ihr fiel kein Szenario ein, das sie dazu bewegt hätte, sich freiwillig dort entlangzuhangeln. Keine Spaziergänge während der Fahrt oder in den Schleusen, und Dušans Unterkunft war sowieso verbotenes Gelände. Noch so ein überflüssiger Hinweis. Jessie schnaubte. Er war zwar nett, und sie hatte durchaus vor, sich mit ihm gut zu stellen, aber nach Hausbesuchen stand ihr nicht der Sinn. Die anderen beiden guckten still in die Landschaft. Gut so, wenigstens ersparten sie sich so ein krampfhaftes Gespräch. Jessie verlagerte das Gewicht von links nach rechts. Ihr toller Ausguck war leider unbequem. Sie knetete die eingeschlafene Wade, erwischte einen blauen Fleck und fluchte unterdrückt. Ganz so fest hätte Marlon nicht schubsen müssen. Es tat ihr leid, dass sie ihn dazu gebracht hatte. *Charakterschwäche*. Einer ihrer zahlreichen Makel. Sie stand auf und streckte sich, blinzelte hinter der Brille den Schmerzcocktail weg.

Beim Hinsetzen nahm sie ihren Rucksack in den Arm und legte das Kinn darauf. Trotz aller Widrigkeiten lullte das gleichmäßige Maschinengeräusch sie ein. Die Gegend war lieblich, grün und weit, ein Kontrast zu den engen, düster-grauen Schleusen. Wenn sie sich darin bis an den Rand trauen würde, könnte sie problemlos die Wände berühren. Es grenzte an ein Wunder, dass der Frachter jedes Mal hindurchkam ohne anzustoßen.

Dušan war die ganze Zeit unterwegs, wickelte Seile um dicke Knubbel, deren Name ihr nicht einfiel. Knubbel oben an Land und unten an Bord, die er mit kunstvollem Geschlinge verband, das wahllos aussah, aber Methode zu haben schien. Seile festmachen, Seile wieder lockern, und am Ende löste sich das Gewirr reibungslos auf.

Jessie mochte die Schleusen. Obwohl sie es peinlich fand, wenn Astrid den Leuten dort winkte. Und wie sie Dušan bei der Arbeit anglotzte, das ging gar nicht.

*

Zwischen Bad Cannstatt und ihrem heutigen Ziel lagen sieben Schleusen. Hanne kannte jede Besonderheit in den Schleusenbecken und jede Wegmarke, wusste im Schlaf, an welchen Stellen gelegentlich Herausforderungen warteten. Eine sehr willkommene Routine. Ihre Stammstrecke von Plochingen den Neckar hinunter bis nach Mannheim hätte sie beinahe blind fahren können. Sie strich sich eine Locke hinters Ohr. Beinah, denn jeder Fluss war ein lebendiges Wesen. Mal wild, mal sanft und definitiv eigensinnig. Das galt für den Neckar und den Rhein gleichermaßen, trotz aller Unterschiede. Jeder Tag forderte sie heraus, sich vom behäbigen Anschein nicht täuschen zu lassen. Eine glatte Oberfläche verriet wenig über das Geschiebe in der Tiefe, das vor allem im Rhein heute hier, morgen dort liegen konnte. Genau das reizte sie.

Ab Poppenweiler wechselte die Zuständigkeit für den Schleusenbetrieb von der automatisierten Steuerung aus Obertürkheim zum Vorortbetrieb. Einen großen Unterschied in der Abwicklung machte es nicht. Nur dass sie bei der Durchfahrt ab und zu diejenigen sah und grüßte, bei denen sie sich angemeldet hatte.

Aber heute fühlte sich alles anders an, und obwohl sie sich Mühe gab, gelang es ihr nur selten, ihre zusätzliche Fracht auszublenden.

*

Von ihrem Klappstuhl aus genoss Astrid die Fahrt, ungeachtet der Umstände, die dazu geführt hatten, dass sie jetzt hier saß. Ihr ganzer Körper kribbelte vor Aufregung. Ein Schiff mit unbekanntem Ziel, und sie fuhr einfach mit, bereit für ein Abenteuer! Vor ihrem inneren Auge wurden aus den Neckarschleifen Grachten und Kanäle, die sich zum Meer weiteten. Ein Hausboot, eine Südsee-Kreuzfahrt, und ein wettergegerbter Seemann holte die Leinen ein. Ihre Fantasie trug sie auf ein Piratenschiff und an der Seite Hercule Poirots auf den Nil, wo sie ihren Untertanen wie die Queen winkte; sie war Kleopatra, Königin und Göttin zugleich …

Ein hässliches Quietschen holte sie schließlich zurück in die Realität. Sie blinzelte für einen Moment orientierungslos, dann erkannte sie Dušan, der mit einem Blecheimer in der Hand vorbeischlappte. Herrscherin dieses Schiffes war eine andere. Astrid stand auf, schüttelte die vom Sitzen verkrampften Glieder und ging ein paar Schritte.

»Na, eingerostet?«

Wie ein Springteufel aus der Kiste ploppte Jessie an ihrer Seite auf.

»Hast du mit offenen Augen geschlafen, oder war das eine Yoga-Meditation?«

»Ich habe mich entspannt.«

Zweifelnd zog Jessie die Mundwinkel herab. »Du warst echt weggetreten.«

»Weißt du, wo wir sind?«

»Frachter, Fluss.« Und viel zu nah an der Kante. Das bewegte Wasser machte Jessie schwindelig. Sie atmete schnell. »Ich dachte, wo ist dir egal, Hauptsache weg.«

»Stimmt.« Astrid lächelte mechanisch. Weg, einfach weg, das hatte sie gewollt. Die Sonne stand inzwischen deutlich tiefer, und das Ufer rechts sah völlig anders aus als an der Strecke um Aldingen, wo es beiderseits des Neckars weitgehend flach gewesen war. In ihre Tagträume versunken hatte sie den Wechsel der Vegetation gar nicht mitbekommen. Wein wuchs in ordentlichen Reihen an Hängen mit schroffen Felskronen, wurde von hellen, grau-braunen Trockenmauern gesichert. Astrid verschränkte die Hände. Im Grunde hatte Jessie recht, es spielte keine Rolle, wo sie waren. Trotzdem hätte sie es gerne gewusst.

Lange Schatten legten sich über das Deck, schluckten hungrig einen Sonnenfleck nach dem anderen. Ihr Magen knurrte. Sie musste länger geträumt haben als gedacht. Bestimmt schon 18 Uhr vorbei. Obwohl sie sich meteorologisch betrachtet noch mitten im Frühling befanden, blieb es abends erstaunlich lange warm. Der Sommer stand schon in den Startlöchern, mehr als bereit, wie die Haut ihres Nackens bestätigte. Auch ein schmaler Streifen über dem Rand ihres Blusenkragens glühte nach.

»Wir brauchen Sonnencreme.« Seit dem einen Regenguss am Vormittag war der Himmel blitzblank. »Hast du was zum Schreiben in deinem Rucksack?«

»Ja, klar. Wieso?«

»Wir sollten einen Einkaufszettel machen. Für die Menage und was wir sonst noch brauchen. Damit wir vorbereitet sind, sobald sich die Gelegenheit bietet.« Piratenträume hin oder her, ein wenig Realitätssinn hatte noch nie geschadet.

Sie kehrten zu ihren Sitzplätzen zurück, und Jessie nahm den Rucksack ab, der wie immer über ihrer Schulter baumelte.

»Natürlich stimmen wir unsere Liste noch mit Dušan ab, damit wir keine unnützen Doppelkäufe haben.«

»Die klassische schwäbische Hausfrau. Wieso habe ich das geahnt?« Jessie reichte ihr einen Kugelschreiber und riss eine leere Seite aus ihrem Notizheft. »Ich wette, du drehst jeden Schmierzettel zweimal um, bis auch der letzte Zentimeter vollgeschrieben ist.«

»Würden alle ein bisschen mehr darauf achten, wäre die Welt in besserem Zustand. Fangen wir mit den Hygieneartikeln an. Wir brauchen Zahnbürsten und Duschbad, am besten einigen wir uns auf ein gemeinsames Produkt. Auch aus Platzgründen. Das Bad ist klein und jetzt schon voll. Was noch? Ihr dürft gerne etwas beitragen.« Vorsichtig malte Astrid die Worte auf den Zettel auf ihren Knien, um ihn nicht mit der Stiftspitze zu durchbohren. Wo fing Luxus an? Und wer bestimmte das? Die Lücken zwischen den verschiedenen Teilen des Krans rahmten kleine Landschaftsschnipsel ein. Vergängliche Miniaturen, die jedes Mal, wenn sie den Kopf hob, durch neue ersetzt worden waren.

Auf dem Podest unter dem Kran bezog Jessie wieder Position, Rucksack und Smartphone-Frühstücksbox immer griffbereit.

»War außer mir schon jemand auf dem Klo? Die Tür klemmt, die muss man beim Auf- und Zumachen am Griff anheben. Und die Schüssel steht auf einer Extrastufe. Da sitzt man wie auf einem Thron. Ich glaube, das Fenster liegt genau auf Hintern-Höhe.«

»Toilettenpapier, gute Idee.«

»Was oben reinkommt, muss auch wieder raus.« Jessie rollte die Fersen hin und her und ließ die Spitzen der Boots gegeneinanderschlagen.

Der Kugelschreiber stanzte ein Loch ins I, und der Punkt landete auf Astrids Hose. Je länger sie nachdachte, desto mehr fiel ihr ein. Wechselwäsche und ein Schlafanzug. Ob es den anderen beiden egal war, mehrere Tage und Nächte in den gleichen Sachen zu verbringen? Unauffällig linste sie unter ihrem Pony hindurch. Katrin spielte an ihrer Armbanduhr, und Jessie kratzte am Kran herum. Rotbraune Brösel rieselten herab. Ob Rost oder Farbe war schwer zu sagen.

Nach einer engen Schleife steuerte die Jowige eine weitere Schleuse an. Die darauffolgende Prozedur fühlte sich bereits vertraut an: die langsame Einfahrt in die Kammer, der mächtige Rumms des Tores und Dušans Tanz mit den Tauen. Nur dass dieses Mal Hanne aus dem Steuerhaus kam und Astrid ein knappes Zeichen gab mitzukommen.

»Es geht ums Essen.« Durch die Bullaugentür stiegen sie hinunter in den schmalen Flur. Hanne machte kein Licht. »Wir haben dafür generell wenig Zeit. Genau wie jetzt. Essen passiert üblicherweise neben der Arbeit. Oder nach Feierabend. Aber das kann sich ziehen.«

Astrid stolperte im Halbdunkel in die kleine Küche.

Mit sicherem Griff nahm Hanne eine Pfanne vom Haken und gleichzeitig mit der anderen Hand die Ölflasche, klappte dann den Kühlschrank auf und zu, schlug drei Eier auf, säbelte Brot in dicke Scheiben und quetschte eine Ketchup-Lache auf einen Teller. »Bewach mal meine Spiegeleier.«

Astrid kam sich vor, als sei sie ins Auge eines Wirbelsturms geraten. Dieses Tempo raubte ihr den Atem, dabei hatte sie sich selbst für gut organisiert gehalten. Hanne drückte ihr den Pfannenwender in die Hand und ging. Gleich darauf knarzte eine Tür.

Auf der Toilette ließ Hanne die Hose herunter und plumpste auf die Klobrille. In ziemlich genau sieben Minuten musste alles erledigt und sie selbst wieder am Steuer sein. Große kulinarische Exzesse waren da nicht drin. Überhaupt war sie eher das Modell Tütensuppe, und wenn einer etwas Anständiges auf den Tisch brachte, dann Dušan. Entgegen ihrer Behauptung zur Menage aßen sie normalerweise getrennt, jeder versorgte sich selbst. Dušan hatte etwas gut bei ihr nach diesem Tag, an dem er sie im richtigen Moment gebremst und ihr seltsames Verhalten mitgetragen hatte. Einzeln betrachtet kam Astrid ihr hellwach und aufmerksam vor, keineswegs lebensmüde. Hanne knetete ihre verspannten Schultern und gönnte sich eine Sekunde länger als üblich. Sie würde die Vielleicht-doch-nicht-Springerin weiter beobachten. Beim Händewaschen lächelte sie entschlossen. Positiv denken. So eine Eierwächterin war etwas Feines, und ab morgen waren ihre Gäste mit dem kompletten Küchendienst dran. Das konnte nur eine Verbesserung bedeuten.

Das Eiweiß stockte und warf Blasen, die Ränder wellten sich. Der Geruch versetzte Astrids Magen in Aufruhr. Dann knarzte die Tür ein zweites Mal, und schon war Hanne zurück und rüttelte die Pfanne durch.

»Für euch gibt es Brot, Käse, Butter«, zählte sie auf und salzte großzügig. »Und saure Gurken. Wer Brot zum Frühstück will, muss was übriglassen, alle anderen kriegen Müsli.« Die Pfeffermühle knirschte, die Eier rutschten geschmeidig zum Ketchup. Messer und Gabel schob Hanne in die hintere Hosentasche. »Ich muss wieder rauf. Eine gute Stunde werden wir noch unterwegs sein. Minimum. Eher anderthalb. Hinterlasst die Küche ordentlich. Ich empfehle euch, früh zu schlafen. Morgen geht es zeitig los.«

Verdattert blieb Astrid zurück, schloss die Ketchupflasche und wischte Salz vom Herd. Als sie nach draußen ging, um den Speiseplan für den Abend zu verkünden, steckte sie drei Zahnstocher ein. Es galt noch ein Bett zu verlosen.

Eine halbe Stunde später saßen sie mit ihren Klappstühlen um einen Teller gestapelter Schnittchen versammelt und langten zu. Auf der Trennwand des Frachtraums lag Klärchen mit erhobenem Kopf und zu Schlitzen verengten Augen, unbewegt wie ein Sphinx.

»Deine Käsebrote finde ich super.« Katrin legte sich ins Zeug, um ihre Begeisterung glaubwürdig rüberzubringen. »Überhaupt klappt doch alles ganz toll.«

Aus Dušans Quelle vom Vorschiff war als Highlight zu den Broten noch eine Flasche Cola dazugekommen.

Jessie trank einen großen Schluck. Was Katrin mit »alles« meinte, war ihr ein Rätsel, aber ausnahmsweise hatte sie keine Lust nachzubohren. Die warme No-name-Brühe bitzelte in der Nase und schmeckte nach Brausepulver.

»Krasser Stoff.« Sie hob beide Daumen. »Wollen wir dann mal die finale Frage des Tages klären? Wer kriegt die Suite und wer die absolute Freiheit? Verzichtet eine freiwillig?«

Schlafenszeit. Katrin zuckte zusammen und schaute auf ihre stehengebliebene Uhr. War es wirklich schon so weit?

Jessie schnappte die vorbereiteten Hölzchen vom Rand des blau gemusterten Tellers. »Jede sucht eins aus, dann ziehen wir gleichzeitig.« Drei gleich lange Enden ragten aus ihrer Faust. »Eins, zwei –«

»Wartet!« Katrin zog die Hand zurück. »Wir losen jeden Abend neu, habe ich das richtig verstanden?«

»Neuer Tag, neues Glück. So schaut's aus. Was dagegen?«

»N-nein, nein, ich überlege nur …« Diesmal scheiterte ihre Gedankenübertragung zum Gemeinschaftsprojekt Astrid, obwohl sie sich Mühe gab, ihre diffusen Zweifel in einen beschwörenden Blick zu legen. Wo war es sicherer? Drinnen allein oder draußen unter Aufsicht?

»Mach es nicht komplizierter, als es ist. Augen zu und ziehen. That's it.«

Geräuschlos sprang Klärchen von ihrem Ausguck, strich zweimal dicht um Katrins Beine – hin, zurück, hin, zurück –, beschnupperte Jessies Faust und verschwand.

»Es soll ja Leute geben, die an Katzenmagie glauben«, sagte Astrid und kicherte übertrieben. »Demnach wärst du wohl ihre Auserwählte.«

»Also beste Chancen für Katrin!« Auffordernd schwenkte Jessie die Faust. »Toi, toi, toi und dreimal schwarze Katze.«

Drei Hände, drei Hölzchen, drei Atemzüge. Kurz, kurz, lang.

»Na so was!« Verlegen lachte Astrid auf. Ihr Gesicht färbte sich rosa. »Das habe ich nicht erwartet. Nicht wegen der Katze. Nur weil ich eigentlich nie gewinne.«

Ein Satz, den Jessie sofort auch für sich verwendet hätte. Sie sicherte sich das letzte Stück Käsebrot und grinste trotzdem. »Finde den Fehler: Klärchen ist rot. *Mea Pulpo* oder wie das heißt. Unsere Schuld, das hätten wir wissen können. Für schwarze Magie braucht es schwarze Katzen.«

»Es hilft sicher nicht, das arme Tier umzufärben.« Astrid stippte Krümel vom Teller. »Wegen Pulpo«, ergänzte sie, weil keine lachte. »Tintenfisch? Tinte? Das war doch lustig.«

Die Jowige passierte die letzte Schleuse des Tages. Auf dem Beton blühten Flechten und Moos wie alte Pockennarben. Bald darauf kam ihr Gespräch zum Erliegen.

Graue Dämmerung schluckte allmählich das Grün, verwischte Einzelheiten in der Ferne mit breitem Pinsel. Die Neckarschleifen kleideten sich in einen Moment der Stille, ehe in den Büschen Tiere ihre Stimmen zum Abendgesang erhoben.

Dann endlich, bei Einbruch der Dunkelheit, steuerte Hanne einen Poller für die Übernachtung an. Bis in die angrenzende Kleinstadt Lauffen war es nicht weit, eine halbe Stunde Fußweg bis zur ersten Pizzeria. Doch genau wie Dušan zog sie es vor zu bleiben, nachdem sie ihm geholfen hatte, die Jowige zu vertäuen.

Was sollte sie allein an einem Kneipentisch? Und auch dem Zusammentreffen mit ihren Gästen wich sie lieber aus.

Ein kurzer Pfiff bracht Mascha an ihre Seite. Unweit des Anlegers führte ein Weg an einem sanft ansteigenden Weingarten vorbei. Ein kleiner Spaziergang würde ihnen beiden guttun. Gerade so weit, dass sie ihr Schiff im Auge behalten konnte. Ihr Feuerzeug flammte auf, entzündete ein schiefes selbstgedrehtes Kunstwerk. Hauchdünn wehte ein würzig-süßer Duftfaden hinter ihr her.

Sie hob ein Stöckchen auf und ließ Mascha flitzen, die bei der wilden Jagd auf ihre Nase zählte. Knacken, Rascheln, Schliddern. Wieder und wieder. Ein bemerkenswert schlichtes Konzept zum Glücklichsein, um das Hanne den Hund beneidete. Sie schaltete die Taschenlampe ein und gönnte sich einen weiteren tiefen Zug.

An Bord verfolgt Astrid den einsamen Lichtpunkt.

»Die Chefin hat vor gar nichts Angst«, sagte sie mit Bewunderung in der Stimme, als sie sich ins Bett verabschiedete. Und niemand widersprach.

*

In der lauen Nacht lag Katrin lange wach. Es war verrückt, einfach wegzulaufen, ohne Markus eine richtige Erklärung zu geben. Unfertige Nachrichten schwirrten durch ihren Kopf, genau wie der Gedanke an ihre Sachen, die neben den Treppenstufen am Cannstatter Ufer liegen geblieben waren. Bestenfalls hatte sie beim Aufspringen alles ins Gebüsch befördert, sodass Tasche und Jacke im Grün verschwunden waren. Unsichtbar für Spaziergänger auf der Promenade. Krampfhaft versuchte sie sich den Ort vorzustellen, an dem sie gesessen hatte, sah die vom Trampeltier herausgerissenen Butterblümchen vor sich, doch was direkt neben ihr gewachsen war, wollte ihr nicht einfallen. Brombeeren oder Brennnesseln hätten wunderbar alles verschluckt. Sie ging die Wahrscheinlichkeiten durch, was wohl passierte, wenn jemand ihre Habseligkeiten entdeckte. Würden sie ins Fundbüro gebracht werden? Würde man gleich die Polizei informieren? Oder würden die verwertbaren Sachen einfach nur den Besitzer wechseln? Bankkarte, Bargeld, Führerschein, Ausweis – und natürlich servierte sie zu ihrer Adresse auch den passenden Schlüsselbund, mit dem sie einem böswilligen Menschen Zugang in ihr Haus gewährte. Stöhnend presste sie das Gesicht ins Kissen. Ihre Fantasie zeigte ihr eine schemenhafte Gestalt vor einem Mülleimer, die alles hineinkippte, was sich nicht zu Geld machen ließ. Ihre Brieftasche quoll über von Kassenzetteln und Notizen, Familienfotos und gemalten Bildchen. Und dann war da noch das Geburtstagsbriefchen, bei dem die Hälfte der Buchstaben spiegelverkehrt geschrieben war. Das durfte auf keinen Fall verlorengehen! Es waren Leons erste Schreibversuche, so putzig falsch und mit unzähligen Herzchen verziert. Und nächsten Monat wurde er schon volljährig …

Himmel, was war sie bloß für eine schreckliche Person? Kein Wunder, dass sie sich in ihren Kurznachrichten nicht hatte erklären können. *Ich brauche etwas Zeit für mich*, war der einzige Satz, an den sie sich erinnerte. Er war die Konstante, egal wie oft sie von vorn begonnen hatte. Diesen Satz hatte sie ganz sicher abgeschickt. *Ich, ich, ich.* Wie konnte sie so egoistisch sein? Dann war Astrid, die Reiherfrau, auf der Bildfläche erschienen und hatte, ohne es zu wissen, an ihrer Stelle entschieden. Katrin hatte nur reagiert. Einmal richtig reagiert und danach den Moment verpasst umzukehren.

Nun lag sie an Deck eines Frachters. Ein schwarzer Himmel wölbte sich über ihr, sternengesprenkelt und unendlich weit. Sie schrumpfte unter seiner Größe zu einem unbedeutenden Pünktchen. Kleiner als eine Sommersprosse. Eine einzelne Sommersprosse. Ganz allein. Und die Welt war fern. Ihre Welt, in der es

Markus gab und die gemeinsamen Kinder. Was würde er ihnen erzählen? Und was dachte er?

Katrin bedeckte ihr Gesicht mit beiden Händen und schluckte die aufsteigenden Tränen hinunter, um keinen weiteren Stoff für das Etikett Heulsuse zu bieten. Ganz so allein, wie sie sich fühlte, war sie ja nicht. Sie kroch tiefer in den Schlafsack und versuchte Jessies Anwesenheit auszublenden. Für heute hatte sie mehr als genug von fremden Menschen. In diesem riesigen Universum waren ihr zwei Armlängen Abstand entschieden zu nah.

An der Wand unter dem Fenster wälzte Jessie sich hin und her. Eine halbe Ewigkeit hatte sie damit verbracht, sich die langen Haare zu bürsten. Langsame, gleichmäßige Bürstenstriche vom Scheitel zu den Spitzen mit Marlons Stimme im Ohr, bevor sie sich endlich hingelegt hatte. Den karierten Rucksack nutzte sie als Kopfkissen. Unmittelbar daneben stand die Katzenstreubox. Sobald sie die Augen schloss, holte die Erinnerung an ihr Neckarbad sie ein. Dann füllte das dumpfe Pochen des Schiffsmotors die Stille. Ein mechanischer Herzschlag, dem sie unter Wasser wie ein hypnotisiertes Kaninchen gelauscht hatte. In ihrem Kopf war es noch immer zu hören, obwohl sie gerettet und die Maschine längst verstummt war. Jetzt brummte nur ein Generator irgendwo im Bauch des Schiffes. Ihre Hand umklammerte den Deckenzipfel, und sie drehte sich auf die Seite. Schemenhaft erkannte sie den mächtigen Schrotthaufen, der sich im fahlen Mondlicht noch skurriler ausnahm als am Tag. Dinosaurier mit offenen Mäulern und geringelten Schwänzen reckten ihre Klauen in die Nacht. Ein Insekt sirrte vorbei. Ein Blutsauger auf dem Weg ins Verderben, angezogen von den Positionslampen, die den Frachter auf der Flussseite markierten.

Dort, in der Tiefe des Flusses, hatte Jessie für einen Sekundenbruchteil klargesehen. Ihr Leben war ein Desaster. Trotzdem hing sie daran, egal wie es weitergehen mochte. Mit oder ohne Marlon. Automatisch tastete sie nach der Box, zog sie unter die Decke, presste das harte Plastik an die Brust. Um Haaresbreite wäre dieses Leben zu Ende gewesen, wenn Katrin und Astrid sie nicht herausgefischt hätten. Zumindest war es ihr so vorgekommen. Sie schuldete ihnen etwas, das würde sie nie vergessen. Nur würde sie den Teufel tun, es die beiden wissen zu lassen.

Doch zumindest bei Astrid war das auch gar nicht vonnöten. Sie sah es ganz genauso. Auf dem Bett in der Kabine ließ sie den Tag Revue passieren. *Astrid im Wunderland.* Schier unglaublich! Statt in ein Kaninchenloch war sie in den Neckar gestürzt. Trotzdem wimmelte es ringsum von wundersamen Gestalten. Astrid gähnte. Sie würde also fremde Rätsel entschlüsseln müssen – oder dürfen? –, ehe sie in die Realität zurückkehrte. Diese unschöne, wankende, einsame Realität – weit entfernt von jedem Abenteuer. Ihre Fantasie, die so lange an der Leine gelegen hatte, stahl sich lieber wieder davon. Hinaus zu den anderen und bis zum Bug.

Dort saß Dušan vor dem Fernseher und schickte eine kurze Nachricht an seine Schwester, auf die sie mit einer langen antworten würde. Wie es den Eltern ging, den Nachbarn und sämtlichen Verwandten. Mindestens dreimal würde es so hin und her gehen, was ihm heute egal war. Vor Ende des Spätfilms würde er sowieso nicht schlafen können. Er wechselte die Sender, bis auf dem Bildschirm krachende Schüsse fielen. Es irritierte ihn, wenn der Chef sich seltsam benahm. Aber von ihr schrieb er seiner Schwester nie etwas. Dabei war seltsam heute eine echte Untertreibung.

Auf dem Dach hinter dem Steuerhaus wippte Hanne breitbeinig auf den Zehen. Abgesehen von den Positionslichtern waren alle Lichter gelöscht, auch unter ihr im Gästezimmer.

Seit ihrer Rückkehr vom Spaziergang versuchte sie Frédéric zu erreichen. Wozu war ein Freund denn da, wenn nicht um Trost zu spenden und den unverdaulichen Mist abzuladen, der sich am Tag angesammelt hatte? Ein Müllschlucker für Malaisen aller Art, geschäftliche und private. Der aufbaute und seelischen Beistand leistete, ohne zu urteilen. Genau so ein Freund war Frédéric.

Hanne grinste. Der Ausflug mit Mascha und die kleine Raucheinlage hatten sie entspannt. Frédéric der Große, der immer ein offenes Ohr und ein kühles Bier für sie parat hatte. Mit der Lobeshymne auf ihn hätte sie noch eine Weile weitermachen können. Groß war er wirklich, rein körperlich, und abgesehen von den genannten Eigenschaften ließ es sich mit ihm hervorragend debattieren und streiten. Immer gleicher Meinung zu sein wäre schnell langweilig geworden.

Bei ihrer ersten Begegnung waren sie beide auf der Jagd nach Treibgut gewesen, im Schlick hinter einer Buhne am Rhein. Frédéric hatte das schönste Stück des Tages zuerst entdeckt und nicht zurückgezogen. Das gefiel ihr bis heute.

Schwarz und still lag der Neckar ihr zu Füßen. Tausendmal und mehr hatte sie solche Momente erlebt und verliebte sich jedes Mal neu. Sie war beileibe keine Träumerin, obwohl sie ihren Traum lebte. Flussschifferin zu sein zog einem schnell den Zahn, was romantische Vorstellungen des Lebens auf und mit dem Fluss betraf. Ihr Tagesablauf hatte wenig gemein mit dem gemächlichen Herumschippern auf einem Hausboot durch französische Kanäle oder verzweigte Mäander irgendwo in Mecklenburg. Abgesehen von Augenblicken wie diesem.

In der dunklen Stille fühlte sie sich eins mit dem Fluss und dem Frachter, denen sie verdankte, was sie am meisten liebte: ihre Freiheit. Die hätte sie für nichts und niemanden wieder aufgegeben. Nur jetzt gerade war sie mit kleinen Einschränkungen versehen, an denen sie selbst Schuld trug und über die sie sich trotzdem gerne bei Frédéric ausgekotzt hätte. Die Lage war vertrackt. Hanne steckte das Telefon in die hintere Hosentasche. Vier Anrufe waren ins Leere gelaufen. Vielleicht war es ja besser so.

Zweiter Tag

Kapitel 6

Alles ist für irgendwas gut

Gelangweilt pantschte Jessie mit dem Löffel im Müsli. Zu viel Zucker, kein frisches Obst. Beides ging auf ihre eigene Kappe, was es nicht besser machte. Der Apfel war ihr zu grün gewesen, die Banane zu weich.

Der Frachter schob sich unter einer Brücke durch. Laternen, wie übergroße Wohnzimmerleuchten, begrenzten die Terrasse eines kanariengelben Hotels. Gartenstühle schlummerten an Tischkanten gekippt. Jemand fegte die Stufen am Hinterausgang. Keine hundert Meter weiter bog sich die nächste Brücke über den Kanal. Nummer drei hinter Schleuse Nummer eins an diesem Tag. Sie hatte beschlossen mitzuzählen, egal was. Irgendwas musste sie schließlich tun. An die Bordwand gelehnt saß sie etwas abseits auf dem Boden. Dort, wo die am Heck erhöhte feste Reling langsam schräg auslief und gerade noch die direkte Sicht ins Wasser verdeckte. Alles andere hatte sie ohne große Verrenkungen im Blick. Alte Stadtmauer rechts, jenseits des Schrotthaufens lugte ein Turm hervor. Am Schlafplatz saß Katrin auf einem Klappstuhl und drehte an ihrer Uhr, Astrid schüttelte Decken auf, um sie dann ordentlich zu falten.

Wehe, wenn die jetzt nach dem Schlafsack griff! Jessie straffte die Schultern. Eine miserable Nacht lag hinter ihr, eine schnelle Dusche ohne Conditioner für die langen Haare, die ungeföhnt unter einem Handtuchturban steckten, und einmal Zähneputzen mit geborgter Zahnpaste auf dem Zeigefinger. Von wegen *Morgenstund hat Gold im Mund.* Außerdem steckte sie in den gleichen Klamotten wie am Vortag – neckargetauft und luftgetrocknet –, die auch gestern schon nicht ganz frisch gewesen waren.

»Kann nur besser werden«, schnaubte sie in ihren Kaffee. Wenigstens schmeckte der ordentlich, was wiederum Astrids Werk war. Freiwillige Frühaufsteherin mit blendender Laune und ohne Augenringe, für die es offenbar ein reines Vergnügen gewesen war, in der Küche herumzuhantieren und Vorbereitungen für andere zu treffen. Jessie hatte es vorgezogen, keine Kralle zu rühren und in Deckung zu bleiben, solange Astrid durch Küche und Flur wirbelte. Hatte natürlich nicht geklappt. Ihr war schon das fröhliche »Guten Morgen« von der anderen Seite der Badezimmertür gegen den Strich gegangen. Dann war sie auch noch halb angezogen mit ihr zusammengeprallt. Dennoch strahlte sie seitdem mit Astrid um die Wette, sobald die zu ihr rüber guckte. Schließlich hatte sie eine Mission, wenn sie Marlon mitzählte, zwei. Leider ging die seltsame Frau aus dem Fluss gerade vor. Wer konnte schon garantieren, dass die wirklich so gut drauf war, wie sie vorgab. Niemand übertraf Jessie, wenn es darum ging, eine Fassade aufrechtzuerhalten. Darin war sie Spezialistin. Wer wollte schon eine Freundin, die wegen allem eine Fresse zog? Weder Ben noch Marlon jedenfalls.

Gedankenverloren schob sie eine Portion Müsli in die Backe und langte nach der Box. Katzenstreu und Restwasser im Gehäuse standen zwischen ihr und der überfälligen Versöhnung. Wenigstens ein bisschen musste sie noch dran glauben. Wie lange dauerte das wohl genau mit der Trocknung? Den Löffel quer im Mund klappte sie den Deckel auf. Wenn er anrief und sie den Moment verpasste, das würde sie sich nie verzeihen. Wie von selbst lag das Telefon plötzlich in ihrer Hand, ihr Finger schaltete ein, entsperrte das Display. Bunte Bildchen leuchteten sie an.

»Yes!« Der Löffel klatschte auf ihr Knie, Haferflockenbrei spritzte. »Es funktioniert!« Triumphierend reckte sie die geballte Faust. Sie hätte die Welt umarmen können.

»Was ist los?« Neugierig hob Astrid die Augenbrauen, und diesmal war Jessies Strahlen echt.

»Ich bin wieder da!« Und ganz bald weg, wenn ihr Karma zur Vernunft kam. Es brauchte nur eine winzige Nachricht von Marlon, um sie umkehren zu lassen. Sie musste vorbereitet sein. »Habt ihr eine Ahnung, wo wir gerade sind?«

*

Eins von Maschas Ohren zuckte. Langsam schaukelte Hanne mit dem Sitz des Drehstuhls von links nach rechts, soweit sie die Knie zur Seite neigen konnte, ohne ihre Füße zu bewegen, auf denen der Hund bis eben geschnarcht hatte. Jetzt hob Mascha den Kopf, dann den Hintern und streckte sich. Ein schlichtes Gemüt und kaum aus der Ruhe zu bringen, obwohl schon kurz nach dem Ablegen zum ersten Mal Hektik ausgebrochen und Hanne ordentlich laut geworden war. Ein kleines technisches Problem, das schon länger schwärte, hatte ihr gezeigt, dass ihre Planung an einem sehr dünnen Fädchen hing. Dušan war im Galopp zwischen Bugstrahlraum und Hauptmaschinenraum hin und her gerannt und hatte sein Bestes gegeben, doch die Jowige zickte. Um ein Überhitzen zu vermeiden, womit sie einen kapitalen Schaden und den kompletten Stillstand riskiert hätte, tuckerten sie inzwischen mit gedrosselter Kraft dahin. Zu Tal mit der Fließrichtung des Wassers kamen sie dennoch voran. Hanne telefonierte. Mal freundlich, mal fluchend, mit Engelszungen bittend und hartnäckig bohrend. Ein Ersatzteil musste her, längst überfällig und jetzt per Expresslieferung extrateuer. Sie nannte den Halsabschneider einen Halsabschneider, tauschte mit ihm Verwünschungen aus und bestellte das Teil, nachdem sie einen Minimalrabatt ausgehandelt hatte, der mehr ihrem Seelenfrieden als ihrem Portemonnaie diente. Für eben jenen Frieden und um sich abzulenken, öffnete sie jetzt die Nachricht von Andrea. Von Miss

Obertürkheim auf der Tonspur gesendet, weil Reden bequemer war, als zu tippen.

»Morgähn Hanneee!«, schmetterte ihr die leicht kratzige Stimme entgegen. Gewohnt fröhlich und gefolgt vom deutlich hörbaren Zug an einer Zigarette. Geschirr klapperte. »Sorry, wenn's da grad a bissle scheppert, bin no am Kaffeetrenga, aber i han di ned no länger warda lassa wolla. Mein Junior war brav und isch geschtern glei zom Seilerwasa na, hat sich danach aber Zeit glassa, mir was zo verzähla. Weischt, so send se halt, die Kerle in dem Alter. Alles Mögliche im Kopf, bloß nix Gscheits.« Außer Dienst kam Andreas Dialekt sehr viel deutlicher durch. Zu ihrem Kaffee gab es den Geräuschen nach zu urteilen ein knuspriges Brötchen. Mit Marmelade anscheinend. »Verflixt. Jetzt hann i mi verkleggert! Wart, i muss bloß gschwend mit dem Zewa …« Hanne schaukelte weiter, während Andrea mit dem Küchentuch rubbelte, und öffnete eine Datei auf dem Bildschirm. Geduld war der Preis in der Kommunikation mit Andrea. Und es zahlte sich aus. »So. Alles wieder tutti! I han da vor mir eimal a beige Jacke direkt vom Steg. Feinstrick. Die isch ordentlich gefaltet auf einem Paar Schuh glega. Gute Marke, kann i aber nemme entziffern ond mir fällt se grad net ein. Kennt jeder. Ergonomisch mit Fußbett und kleine Löcher neigstanzt, dass es wie Bleemla aussieht. Die send sicher mal teuer gwesa, isch aber lang her. Dazu passend gibts no a kloine Handtasch. Mei Schwester hat mal a ähnliche ghed.« In der Pause, die durch einen Schluck Kaffee entstand, klickte Hanne den aktuellen Newsticker für die Binnenschifffahrt an, und Andrea schien sich wieder auf das Thema zu besinnen. »Was di interessiera dürft, isch an Briefumschlag mit Name und Adresse. Des reschdliche Zeug isch normaler Frauakram, an Schlüssel mit Alarmpiepser dran, aber koin Geldbeutel.« Das Brötchen knirschte, Andrea nuschelte. »Aschdrid Schdäbler hoißt se, wohnt glei oms Eck in Bad Cannstatt, Habichtswaldweg 17. Wo des genau isch, kann i dir ned saga. Vielleicht Richtung Kaserne naus?«

Hanne zupfte Zettel und Stift vom Schreibtisch und notierte die Anschrift. Wissen schadete nie. An ihrem Ohr sinnierte Andrea weiter, kam zu keinem Ergebnis und versprach nachzuliefern, sobald sie den Check am Computer erledigt hatte. Haarklein beschrieb sie daraufhin die zweite Jacke, ein Smartphone mit leichten Sturzkratzern am Gehäuse und eine Handtasche, deren hervorstechendste Eigenschaft einige unappetitlich feuchte Taschentücher waren.

»Der Ausweis lautet auf Katrin Abele, aus *Amarschderwelt.* Spaß, aus Steinäckerbach, des liegt da glei nebendran. Nie gehört, muss von der Poschleitzahl her irgendwo im weitera Omkreis sei, vielleicht scho auf der Schwäbischa Alb.«

Hanne nickte zerstreut und schrieb auch die zweite Adresse mit. Es war ein Anfang, der immerhin zwei von drei Vornamen bestätigte.

*

Fünf Schritte und kehrt, fünf Schritte und kehrt. Bei jedem Richtungswechsel warf Jessie ihre Mähne über die Schulter und strich sich unbewusst die Haare glatt. Getrieben und elend kam sie sich vor, rastlos wie ein Tier im Käfig. Als sei sie eine jener Gefangenen in einem Hollywood-Film, die sich auf drei Quadratmetern in ihrer Zelle mit einem irren Sportprogramm in Form hielten und insgeheim ihren genialen Ausbruch vorbereiteten. Nur war sie weit von einem Ausbruch entfernt. Was nutzte ihr dieses verflixt lange Schiff, wenn sie auf dieses lächerlich kleine Viereck neben dem rostigen Müllhaufen beschränkt war? Eine Fußfessel mit Bleikugel hätte nicht effektiver sein können als die Kante zum Wasser. Sie schaute nicht hin, konzentrierte sich lieber auf ihr Handydisplay. Fest entschlossen, sich nichts anmerken zu lassen.

»Lauffen am Neckar ist die derzeit zweitgrößte Weinbaugemeinde Württembergs«, las sie vor. Dort waren sie am Morgen zuerst durchgefahren. Auf den Bildern im Internet hatte sie den Turm am Kanal wiedererkannt. »Wir hätten gestern Abend einen trinken gehen sollen. Und es ist die Geburtsstadt von … Trommelwirbel … Weiß es jemand oder wollt ihr raten?« Wieder eine Kehrtwende und fünf Schritte, diesmal gefolgt von einer Vierteldrehung. Sie setzte drei Fuß unmittelbar voreinander bis zur Klappstuhl-Area, wo ihr Publikum saß und sich keine Mühe gab, Interesse zu heucheln.

»Keine Idee? Dann verrate ich es euch: Friedrich Hölderlin, und der war ein Dichter. Allerdings nicht ganz dicht im Kopf, salopp gesagt. Hier steht, er war schizophren. Das stelle ich mir voll anstrengend vor.«

Katrin seufzte. Anstrengend beschrieb die Situation ziemlich gut.

»Außerdem liegt Lauffen genau wie Horkheim im Landkreis Heilbronn. Und durch Heilbronn fahren wir demnächst. Zu Tal, so heißt das unter Schiffern, wenn sie in Richtung Flussmündung unterwegs sind, und andersherum sagen die zu Berg. Voll witzig, oder? Hat mir Dušan verraten.« Sie nutzte jede Gelegenheit, ihn auszufragen. Mit der nächsten Vierteldrehung klickte Jessie den *Aktualisieren*-Kringel über dem geschlossenen Briefumschlag an. Der zuckte gelangweilt, und sie klickte sofort noch einmal. Auf Höhe der zweiten Schleuse des Tages, eben bei Horkheim, war sie auf die Idee mit der Internetsuche gekommen. Einen besseren Weg, um Zeit totzuschlagen, gab es nicht. Abgesehen von Katzenvideos und solchem Zeug natürlich. Nur saugten die in Null-Komma-Garnichts den Akku leer. War Aufladen im luxusfreien Übernachtungspreis mit drin, oder landete das extra auf der Abrechnung? Am besten nahm sie beim nächsten Klobesuch heimlich ein paar Minuten Ladezeit mit. Merkte ja keiner.

»Wissen ist Macht«, erklärte sie entschlossen und gab den nächsten Begriff in die Lupen-Leiste ein. »Darum sind Quizshows so beliebt. Wer viel weiß, ist immer im Vorteil. Mal sehen, was Heilbronn zu bieten hat.«

»Jessie?«

»Hm? Oh, eine Wortmeldung! Was kann ich für die Dame im beigen Tarnoutfit tun?«

Uns einen Moment der Stille schenken, hätte Astrid gern geantwortet. Nein, lieber noch: *deine Klappe halten und aufhören, uns vor der Nase herumzustolzieren*. Und dabei hätte sie die eigene Nase gehoben und sich affektiert durch die Haarspitzen gewuschelt. Tatsächlich jedoch lief Astrid zartrosa an, lächelte vorsichtig und hob die Schultern.

»Eine kleine Pause machen und dich zu uns setzen? Es gibt so viel zu schauen.« Sie verbiss sich den Satz mit der lieblichen Landschaft, der ihr in den Sinn kam. Aus Jessies abrupten Stimmungswechseln wurde sie einfach nicht schlau. Diesem Temperament war sie nicht gewachsen. Und sie fürchtete sich ein wenig davor.

»Bitte sehr! Dann *schauen* wir eben.« Engelhaft lächelnd deutete Jessie wahllos ins Gelände und ließ sich zwischen Astrid und Katrin im Schneidersitz nieder. Sie platzierte ihr Handy dort, wo sich ihre Beine kreuzten, die Ellbogen auf die wippenden Knie, die Finger unauffällig am Gehäuse. Sobald die Anzeige dunkel wurde, ein kleiner Stups. Jede Sekunde zählte. Sie war bereit.

»Schön, schön«, säuselte sie. Gleich würde die langweilige Landschaft verschwinden und Marlon vor ihrem inneren Auge erscheinen. Der Moment der Versöhnung, den sie schon so oft im Geiste durchgespielt hatte. Seine Arme um ihren Körper. Fest, ganz fest … Doch das übliche Glücksgefühl blieb aus. Sie hielt den Atem an, bis er seltsam pfeifend entwich.

»Ich habe nichts gesagt«, schnauzte sie vorsorglich in Astrids Richtung und versuchte es gleich noch einmal. *Marlon, mein Marlon …* Er ließ sich verdammt viel Zeit, genau wie mit seiner Nachricht. *Scher dich zum Teufel, Jessie.* Bestimmt hatte er das auch dieses Mal nicht so gemeint. Er würde sich entschuldigen, so wie sonst auch. Ihr Herz holperte. Bis nach Heilbronn war sein Bild nicht herbeizuzwingen. Als ihr bewusstes Denken wieder einsetzte, verschwand gerade ein Kühlturm hinter der Flussbiegung. Hatte sie eine Brücke verpasst oder sogar noch mehr? War ihre Tageszählung jetzt hinfällig? Sie faltete die Beine auseinander und erhob sich steif.

»Die große Pause ist beendet, liebe Kinderlein!« Hoffentlich wirkte ihr Lachen weniger unecht, als es sich anfühlte. »Machen wir jetzt Sport mit Astrid? Eine kleine Yoga-Einheit? Absolut ernstgemeinte Frage, ohne Scheiß! Oder bleiben wir beim Quiz mit Jessie?« Ihre Daumen flogen über die Tastatur, um etwas Erwähnenswertes an der Strecke zu entdecken. Salzbergwerk Bad Friedrichshall, Kloster Bad Wimpfen. Sie wickelte eine Haarsträhne um den Zeigefinger. Eins war ihr so egal wie das andere. Im Eiltempo ratterte sie die ersten Absätze des Lexikon-Eintrags herunter. Ebenso schnell schickte sie eine Frage hinterher, sprang einen Artikel weiter, fragte und antwortete gleich selbst.

»Tadaa, das wären hundert Quiz-Punkte gewesen, wenn ihr nicht so langsam wärt. Ihr müsst euch nicht bedanken, merkt es euch einfach für die Zukunft. Wer weiß, wozu es nützlich ist. Denn alles ist für irgendwas gut, sagt die olle Frau Krüger.« Mühsam wurschtelte sie die verhedderte Strähne vom Finger. Es ziepte an ihrer Kopfhaut. Typisch, so typisch. Bullshit, egal was sie anpackte. Sie zappelte sich ab, machte auf lustig und hätte genauso gut mit dem Kopf gegen eine Wand rennen können. Das Resultat wäre gleich geblieben: Es interessierte niemanden. Aber die würden sich noch wundern. So schnell gab sie nicht auf. Astrid musste bei Laune gehalten werden – für alle Fälle –, und sie brauchte Ablenkung von der Warterei.

»Verstehe, ihr habt immer noch keine Lust auf mein großzügig geteiltes Wissen. Na bitte, macht ihr halt mal den Mund auf. Oder wollen wir uns den ganzen Tag anschweigen? Das wäre auf Dauer echt öde. Erinnert mich an die Elternabende in der Kita, wenn ein neuer Beirat gewählt wird. Gut, ich sehe ein, wir brauchen einen Eisbrecher. Wollknäuel habe ich gerade keins bei mir ... Fangen wir mit etwas Leichtem an, Namen sind bekannt, also eine kleine Vorstellungsrunde darüber hinaus. Wer seid ihr?«

Astrid bewegte die Zehen. Lack auf den Nägeln wäre fein. Perlmuttrosa oder Bronze, wie früher in jedem Sommer. Oder Rot, so richtig verwegenes Feuerwehrrot, wie Jessie. Weil nichts mehr war wie früher. Nicht einmal sie. Vielleicht.

»Echt jetzt, ihr sagt keinen Ton? Ihr werdet doch wohl wissen, wer ihr seid!« Jessies Stimme kiekste. Ihre Kehle zog sich zusammen wie beim Zitronenlutschen nach einem Tequila. »Bitte, liefere ich eben wieder die Vorlage. Mein Name ist Jessie – Jessica –, ich lebe in der Nähe von Fulda und bin Erzieherin im Kindergarten. Seht ihr? Das ist echt nicht schwierig und tut kein bisschen weh. Aus welcher Realität hat es euch auf unsere schwimmende Insel im Fluss verschlagen?«

Jedes Wort zehrte an Katrins Nerven, wurde unerträglich, allein durch die Lautstärke. Gut gemeint, ganz sicher, und doch zu viel, viel zu viel. Sie kroch tiefer in sich hinein, als könne sie dort wie in einen Kokon gehüllt abwarten, bis zu dem Moment, in dem ihre Flügel getrocknet wären und sie bereit war davonzufliegen. Schwankend stand sie auf.

»Äh?« Demonstrativ klappte Jessie das Kinn runter und zuckte übertrieben die dünnen Augenbrauen nach oben.

»Alles in Ordnung?« fragte Astrid besorgt.

»Lasst mich.« Katrin wollte von den anderen nichts wissen und erst recht nicht über sich reden. »Lasst mich einfach.«

»Schönen Dank für das Gespräch!«, rief Jessie ihr nach. Spöttisch und beleidigt, was Katrin gut verstand. Ein Verrat an ihrem Pakt und schon wieder egoistisch. Wie feige sich das anfühlte. Es tat ihr leid, aber sie war keine Hilfe, wenn sie blieb.

Die überkreuzten Arme an sich gepresst ging Katrin an der Bullaugentür und der Treppe vorbei. Vorsichtig überkletterte sie einen Korb mit Seilen, quetschte sich an Poller und Mülltonne entlang bis zur Ankerwinde. Zumindest konnte sie sicher sein, am verbotenen Heck vorläufig in Frieden gelassen zu werden. Jessie nahm Astrids Bewachung sehr ernst.

Mit einer Hand hielt sie sich an der Reling fest, mit der anderen an der Fahnenstange und beugte sich vor. Unter ihr pulsierte ein Wirbel aufschäumenden Wassers. Weniger wild und donnernd als erwartet, dennoch ließ sich erahnen, welche Kraft, welche unglaubliche, gezähmte Macht im Antrieb der Schiffsschraube steckte. Ihre Augen konnten nicht folgen, suchten vergebens einen Fixpunkt im Weiß der Bläschen, wurden abgelenkt von gelegentlich auftauchenden Blättern, die ihr genauso schnell entwischten. Über ihr wehte die Flagge, schlug hin und her, mal leise, mal plötzlich knallend. Nein, hier fand sie auch keine Ruhe.

Mit weichen Knien wandte sie sich um. Auf dem Dach hinter dem Steuerhaus lag ein Boot, abgedeckt von einer Plane. Sie erkannte eine Satellitenschüssel und einen Schornstein. Daneben schufen ein Liegestuhl und Pflanzen eine kleine Oase. Eine echte Überraschung, angesichts ihres tristen Aufenthaltsbereichs. Dabei mussten die Blumen von der Treppe, auf der Hanne sie hatte antreten lassen, zu sehen sein.

Katrin stieß sich von der Bordwand ab, schlängelte sich um die herumstehenden Gerätschaften herum und schlich die Stufen hinauf. Tulpen sprossen auf dünnen Stielen, daneben ein mageres weißes Kraut, trotzige Stiefmütterchen mit schaukelnden Köpfen. Bei ihren vorherigen Besuchen war Katrin viel zu sehr auf ihre Verhandlungen mit Hanne konzentriert gewesen, um sie zu bemerken. Leise ließ sie sich vor der Tür auf der breiteren Austrittstufe nieder. Blumen an einer derart ungeschützten Stelle durchzubringen, stellte sie sich schwierig vor. Ihre gärtnerischen Fähigkeiten beschränkten sich aufs Rasenmähen und Gießen. Der

Rest war Glückssache. Doch welche Pflanze wagte es schon einzugehen, wenn Hanne ihr zu wachsen befohlen hatte? Diese Frau, die den Fluss unter dem Frachter beherrschte und das mächtige Fahrzeug scheinbar mit links manövrierte. Die Schleusendurchfahrten ähnelten der Herausforderung, ihren Familienwagen – eigentlich ein Kleinbus – in eine Garage einzufädeln, deren Maße einem Siebzigerjahre-Auto entsprachen. Nur meisterte Hanne das im gigantischen Riesen-Format und ohne Abstandswarnsystem.

Mascha streckte die Nase aus der Tür und schnüffelte an Katrins Hand.

Ein herzliches Willkommen hatte Hanne ihnen nicht gerade bereitet. Andererseits waren sie ungebeten und völlig überraschend in ihr Leben eingedrungen, da konnte man ihr die Reaktion nicht verdenken.

Verstohlen beobachtete Katrin die Frau am Steuerpult. Auch jetzt nahm sie keine sichtbare Notiz von ihr. Hinter Hanne auf dem Drehstuhl räkelte sich Klärchen und streckte beim Gähnen ein Bein in die Luft. Geschmeidig sprang sie zu Boden, als Mascha die Schnauze auf Katrins Schoß legte, drängte sich dazwischen und rollte sich genau dort zu einem Kringel ein. Mascha nahm es gelassen hin und kuschelte die Schnauze obendrauf. Katrins Hände strichen durch zweierlei Fell. Gleichmäßig und geübt teilte sie ihre Zuwendung auf. Ein Augenblick voller Wärme und Zufriedenheit. Bittersüß. Keiner durfte zu kurz kommen. Genau wie zu Hause. Ihr Atem stolperte beim Luftholen. Ruckartig und abgehackt, eine Winzigkeit vom Schluchzen entfernt. Eine solche Aufgabe war unerfüllbar. Irgendwer blieb immer auf der Strecke, egal wie sehr man sich abmühte.

Mascha seufzte mit ihr und ging dann zum Schnarchen über. Wind strich über sie hinweg, Minuten zerronnen in Stille.

»Wie triffst du deine Entscheidungen?«, fragte Katrin, ohne die Stimme zu erheben. Es hätte genauso gut eine Frage an den Hund sein können. »Wichtige Entscheidungen. Nicht, ob du im

Lokal ein Schnitzel bestellst oder Pizza.« Klärchens Zunge fuhr rau über ihre Finger. »Solche Entscheidungen, die dein Leben verändern können. Die es komplett über den Haufen werfen und die vielleicht nach hinten losgehen. Wie weiß man, was richtig ist?«

Hanne ließ sich in den Drehstuhl fallen, guckte auf die Instrumente, schob einen Regler, einen Hebel, schwieg. Vom Pult aus waren sämtliche Geräte und Ablageflächen ganz praktisch im Sitzen zu erreichen. Der gläserne Aufbau des Steuerhauses kam Katrin heute kleiner vor. Hatte sie trotzdem zu leise gesprochen? Es war wohl besser, wieder zu gehen.

»Ich störe.« Ein jämmerlicher Frosch quäkte in ihrer Kehle, bettelte, Katrin möge aufspringen und sich in Sicherheit bringen. »Entschuldigung.«

»Nein.« Endlich drehte Hanne den Stuhl ein Stück zu ihr um. »Die Frage ist gut, aber die Antwort schwierig. Auch wenn davon kein Leben abhängt.«

Katrin wich Hannes Blick aus, der nun zwischen ihr und den Geräten pendelte. Er brachte sie ins Schwitzen. Nervös kraulte sie Klärchens Rücken, bis die empört maunzte.

»Muss ich mir nun deinetwegen Sorgen machen oder wegen Astrid? Ihr passt doch auf, dass sie nicht über Bord geht.«

»Das hast du gemerkt?«

»Ist nicht zu übersehen. Sie macht keinen Schritt ohne einen Schatten auf den Fersen. Diese Jessie hat was von einem Terrier.« Hanne grinste. »Wenn es nicht Astrid ist, worum geht es dann?«

»Ach, nur ganz allgemein. Manchmal kommt man eben ins Grübeln, wenn man Zeit hat.« Ihre Sorgen wollte sie vor Hanne nicht ausbreiten, lieber von ihr lernen. Denn Hanne war stark. »Wie war das zum Beispiel, als du dich entschlossen hast, Kapitänin zu werden?«, fragte sie vorsichtig. »Vom Land aufs Wasser, das ist kein alltäglicher Schritt. Oder kommst du aus einer Schifffahrtsfamilie?«

»Das war einmal.« Hanne fluchte stumm. Jedes Wort war eins zu viel. »Ich wollte das, also habe ich es gemacht. An mehr kann ich mich nicht erinnern.« Sie verzog das Gesicht. Auf diese persönliche Ebene würde sie sich nicht begeben.

»Aber war das eine rationale Entscheidung mit Abwägung von Für und Wider oder ganz emotional aus dem Bauch heraus? Das ist die eigentliche Frage. Wonach richtet man sich?«

Beinah hätte Hanne gelacht. War es rational, für einen Traum mit der Familie zu brechen? War es rational, diese Familie, die das Kapitel Rheinschifffahrt aus ihrem Gedächtnis gestrichen hatte, mit ihrer Entscheidung zu bestrafen? War es emotional, ihrem Herz zu folgen, das den Pulsschlag des Flusses brauchte? »Das eine kann so falsch sein wie das andere. In meinem ersten Leben hatte ich zum Beispiel einen Bürojob. Und egal wie lange du nachdenkst, es ist immer ein bisschen von beidem. Niemand kann Gefühle komplett ausschalten. Pauschal zu sagen, worauf man hören soll, ist Unsinn.«

»Danke.« *Für nichts.* Kleinlaut schluckte Katrin das nächste *Aber* herunter. Hatte sie wirklich etwas anderes erwartet?

»Bei lebensentscheidenden Fragen«, fuhr Hanne jetzt fort, »hilft ein zweiter Verstand und vielleicht ein zweiter Bauch. Jemand, dem du vertraust, im Idealfall blind. Manchmal auch ein Blick von außen mit etwas mehr Abstand. Und jetzt frag mich bloß nicht, wie du entscheidest, wer diese Person ist.« Sie selbst vertraute niemandem genug. Außer ihren Tieren und vielleicht Frédéric.

Mascha strampelte im Schlaf mit den Hinterläufen.

»Hund müsste man sein.« Katrin seufzte wieder. »Da sind Verstand und Bauch eins.«

Kapitel 7

Die Kürze eines langen Schiffs

Es kostete Jessie sichtlich Selbstbeherrschung, Katrins plötzlichen Abgang hinzunehmen. Sie klemmte ihren Rucksack zwischen die Knöchel, presste die Unterschenkel dagegen und ließ den Kopf hängen. Wie ein Vorhang schirmten die langen Haare ihr Gesicht ab, bis sie mit einem Lächeln wieder zum Vorschein kam. Eigentlich hatte Astrid eher eine Salve wilder Verwünschungen erwartet, ein zorniges Gewitter, das stellvertretend auf sie niederging. Weil sie zu langsam geschaltet und Katrin nicht gestoppt hatte. Oder aus irgendeinem anderen fadenscheinigen Grund. Aus Jessie schlau zu werden war schwierig.

»Reisende soll man nicht aufhalten. Jedenfalls quatscht sie uns jetzt nicht mehr dauernd dazwischen, die olle Quasselstrippe.« Jessie lachte. »Man kommt ja kaum zu Wort. Die ist voll negativ drauf heute. Ganz miese vibes, finde ich. Vielleicht verträgt sie kein Müsli? Mir pappt das Zeug auch im Magen wie ein Steinklumpen.«

Solange Jessie in Fahrt war, sparte Astrid ihren Atem. Ein weiterer Wortschwall rauschte an- und abschwellend vorbei. Und beinahe hätte sie darunter ihr Stichwort überhört.

»Was machst du denn so im normalen Leben? Außer Yoga?«

Überraschenderweise klang die Frage keineswegs provokant. Nicht einmal im Wort *Yoga* schwang ein hämischer Unterton mit. Trotzdem zögerte Astrid, verfing sich im Begriff *normales Leben*, dem sie sich fremd fühlte. Fern, schon wieder. Aber das zu sagen war unmöglich. Es sei denn, sie wollte sich die nächste Demütigung abholen. Und so verrückt, das bewusst herauszufordern, war nicht einmal sie.

»Schreibbüro«, sagte Astrid und freute sich, den Begriff *Dienstleistungsgewerbe* vermieden zu haben, in dem ihrer Meinung nach eine Vorlage für schlüpfrige Assoziationen mitschwang.

»Du arbeitest im Sekretariat, als Tippse vom Boss? Wusste gar nicht, dass es sowas noch gibt.«

»Nein. Ich betreibe einen Schreibservice für alle Kleinigkeiten, die im Büro anfallen. Grob zusammengefasst: Briefe, Verträge, Korrektorate, Präsentationen, Dokumentationen und jedes Format, das der Mensch diktieren kann.« Sie schätzte es, sich die Zeit flexibel einteilen zu können. Ganz nach ihren Wünschen. Es sei denn, einem Kunden drückte ein Termin. Oder sie hatte es mit Cholerikern, verpeilten Künstlern oder anderweitig verschrobenen Persönlichkeiten zu tun. Dann arbeitete Astrid die Nächte und am Wochenende durch. Schließlich war sie darauf angewiesen, ihren Ruf zu wahren und keinen Auftrag zu verlieren. Selbstständige arbeiten selbst und ständig, da war schon etwas dran. Und Selbstausbeutung wurde von keiner Gewerkschaft geahndet. Im Augenblick glühten an ihrem Rechner vermutlich alle Leitungen durch. Von den hysterischen Mails in ihrem Postfach ganz zu schweigen.

»Eine echt fette Kuh«, seufzte sie.

»What?«

»Ach du liebes bisschen.« Astrid rang verlegen die Hände. »Auf dem Eis, meine ich. Eine fette Kuh auf dem Eis erwartet mich, wenn das hier vorbei ist. Eine ganze Herde. Im übertragenen Sinn. Und ich habe keinen Schimmer, wie ich sie herunterbekomme, ohne mich selbst längs zu legen.«

»Dann lass sie einfach stehen.«

»D-das kann ich nicht!«

»Wieso? Wenn die von allein aufs Eis gelaufen sind, ist es ihr Problem und nicht deins.«

Astrid verknotete ihre Finger miteinander. Das war viel zu einfach gedacht und völlig realitätsfern. Einen zugesagten Auftrag platzen zu lassen hieße, erst den Futtersack auf den zugefrorenen See zu werfen und die Tiere dann sich selbst zu überlassen, während es rundum taute.

»Achtsamkeit ist doch auch so ein Yoga-Ding«, plapperte Jessie weiter. »Auf die eigenen Bedürfnisse hören, Tiefenentspannung und Loslassen. Gib 's zu, du denkst genau jetzt darüber nach.«

Ihre Worte sickerten in Astrids Bewusstsein wie durch einen Filter, entfalteten tropfenweise Wirkung. Manches gut gefütterte Vieh verweigerte am Ende die vereinbarte Milchmenge und zuckte dabei nicht einmal mit der Wimper. Was war sie ihnen schuldig? Ohnehin setzte sie gerade alles aufs Spiel. Eine Flussfahrt ins Ungewisse. Wenn sie ihren spontanen Egotrip nicht sehr bald beendete, wären sämtliche Überlegungen hinfällig und nichts zum Retten übrig. Kein Eis, keine Kühe, keine Kunden. Ein seltsam verlockendes Gefühl, einfach alles zurückzulassen.

Astrid nickte und schüttelte dann den Kopf.

»Was Yoga betrifft, hast du recht«, sagte sie und schnellte vom Stuhl. »Und weißt du was? Das machen wir jetzt: Sport. Zieh deine Schuhe aus!«

Die Aufforderung gelang ihr erstaunlich energisch, und sie behielt den Ton bei, dirigierte Jessie in Position und gab Anweisungen. Jetzt zahlten sich die ständigen Programmwiederholungen der Fernseh-Gymnastik aus; sie kannte alle Begleittexte auswendig. Den Untergrund durch die Fußsohlen spüren, die Körpermitte hinter dem Nabel finden, Atmung aktivieren und Energien fließen lassen. An ihrer Seite hibbelte Jessie herum, ahmte ihre Bewegungen nach, kicherte, sammelte sich laut schnaufend.

»Wie heißt das? Fliegender Fisch?« Jessie ging zu Boden, kicherte wieder und kringelte sich wie eine Hefeschnecke. »Kannst du auch Kiemenatmung?«

»Nein.« Astrid balancierte auf einem Bein, schaukelnd, als sei sie ein Zweig im Wind. Ihre Zehen drückten sich haltsuchend auf das Metall. Das Gewicht rollte von der Fußaußenseite über den Ballen und zurück. »Aber wer so schlecht schwimmt wie du, sollte das wirklich dringend lernen.«

»What?« Jessie spuckte eine Haarsträhne aus und setzte sich auf. »Der war gemein.«

Astrids imaginärer Zweig, der eigentlich ein Baum sein sollte, geriet in eine Sturmböe. Sie öffnete den Mund, aber Jessie schnitt ihr vorauseilend das Wort ab.

»Du wirst dich dafür nicht entschuldigen. Klar? Der Spruch war nämlich gut.« Sie bündelte die Haare im Nacken, schlang daraus einen lockeren Knoten. »Zeig mir noch was anderes, wobei man nicht so leicht umfällt.«

Astrid stellte den zweiten Fuß ab und spitzte die Lippen, dann ließ sie sich neben Jessie auf allen vieren nieder. Sie mochte lieber die eleganten Figuren, doch immerhin war der Löwe ein mächtiges und imposantes Tier. In der Realität jedenfalls, denn von der gleichnamigen Yoga-Stellung konnte man das nicht gerade behaupten. Doch hier und jetzt kam es auf andere Dinge an.

»König der Savanne«, flüsterte sie bedeutungsschwer. »Arme auf Schulterbreite aufstützen, Knie auseinander, Füße zusammen.« Kritisch korrigierte sie Jessies Haltung, schob hier einen Millimeter, zupfte da. »Was hast du eigentlich an einem Montagvormittag in Bad Cannstatt am Seilerwasen gemacht?«, fragte sie beiläufig. »Rücken durchhängen ins Hohlkreuz.«

»Meinst du so? Na, das ist ja einfach.«

Jessie bog sich, dass allein der Anblick Astrid in den Ischias zwickte. Die goldblonden Haare rutschten auseinander, ergossen sich über ihre Schultern wie ein Wasserschwall, den sie automatisch wegschüttelte.

»Ich war am Wochenende in München, meinen Verlobten besuchen, und wieder auf dem Heimweg.« *Du und ich für immer*, hatte er gesagt. Das war doch ein Versprechen! Daran würde Marlon sich irgendwann wieder erinnern. Sie brauchte nur etwas mehr Geduld und Vertrauen. »Zwischen zwei Zügen hatte ich ein bisschen Zeit und wollte die Unterbrechung für einen Spaziergang nutzen. Zum Frischlufttanken und so. Wie du siehst, ist das leicht eskaliert.« Sie lachte überlaut und sank mit dem Hintern auf die Fersen. »Jetzt habe ich Frischluft satt.«

»Halt! Wir sind noch nicht fertig. Zurück in die Ausgangsposition und die Hände zum Körper drehen. Es ist ganz schön weit von Fulda nach Bayern, nur für ein Wochenende. Wie lange führt ihr schon eine Fernbeziehung?«

»Erst seit ein paar Monaten. Bahnfahren ist jetzt nicht gerade meine Lieblingsbeschäftigung, aber hey, Marlon ist jeden Kilometer wert. So einen findest du nicht an jeder Ecke. Marlon ist total klug und sieht dazu saugut aus. Er ist Unternehmensberater und hat einen super Job. Jetzt in München einen noch besseren. Das Angebot konnte er unmöglich ablehnen.«

»Verstehe.« Ein Muskel unterhalb von Astrids linkem Lidrand zuckte. Oder es war ein Nerv, der schnelle Stromstöße abfeuerte wie klitzekleine Elektroschocks. Die Geschichte vom besseren Job war ihr unangenehm vertraut als Anfang vom Ende. »Müsstest du denn heute nicht wieder in deinen Kindergarten?«

»Nö, ich schwänze einfach.«

»Ja, aber …! Hör mal, es ist natürlich deine Sache. Aber hast du dir überlegt, dass –«

»Boah, was denkst du denn?« Jessie rollte mit den Augen. »Steht auf meiner Stirn, dass ich doof bin? Du glaubst echt jeden Mist. Ich habe Urlaub. Und ewig Zeit.« Das war relativ nah an der Wahrheit. *Wenn du wieder zu Marlon fährst, brauchst du gar nicht mehr wiederzukommen*. Pistole auf die Brust. Die Kindergarten-Leiterin, mit der sie sich sonst gut verstand, war deutlich geworden. Dabei ging es um die große Liebe! Beim Abschied hatte Jessie kommentarlos ihre Kündigung auf dem Schreibtisch im Büro hinterlassen. Sie schaukelte vor und zurück. »Und selbst wenn es anders wäre, was wäre denn dabei? Man muss doch auch mal was riskieren! So wie du mit deinen Eislaufkühen.«

Seufzend widerstand Astrid dem Impuls, die Handflächen an ihrer Hose abzuwischen. Stattdessen rieb sie die Hände gegeneinander. Sand rieselte. Schmutz und Steinchen hatten Abdrücke in der Haut hinterlassen. Am Morgen unter der Dusche waren ihre Fußsohlen schwarz gewesen wie zuletzt vor zwanzig Jahren. Vielleicht war es auch noch länger her.

»Tut mir leid. Ich bin kein risikofreudiger Typ. Darum werde ich sicher bald nach meinen Kühen sehen. Weißt du, Verantwortung, die streift man nicht einfach so ab. Das gehört zu meinem Leben. Vielleicht fällt es dir leichter, du stammst aus einer anderen Generation. Womit ich nicht sagen will, dass du verantwortungslos bist, nur, dass unsere Ausgangspunkte unterschiedlich sind.« Verschämt kam Astrid wieder auf die Füße. Sie redete sich noch um Kopf und Kragen, wenn sie weitersprach. »Nun sieh dir das an.« Quer über ihre Knie zogen sich schwarze Streifen. »Die Flecken krieg ich nie wieder raus, wenn ich mich nicht sofort darum kümmere.« Ihr Lachen schmeckte schal. »Hätte ich mal besser eine Sporthose in meinen Reisekoffer gepackt. Habe ich leider vergessen, genau wie ein Kleid für das abendliche Käpt'ns Dinner.« Sie lächelte schief. »Wenn ich die Hose sauber gemacht habe, kümmere ich mich um die organisatorischen Fragen zur heutigen Verpflegung. Und der Boden könnte auch etwas Zuwendung vertragen.« Unglaublich, dass Jessie und Katrin auf diesem Dreck geschlafen hatten.

»Äh, wie jetzt? Was ist aus dem König der Savanne geworden? Macht der jetzt ein Nickerchen, oder was?«

»Man muss Prioritäten setzen.« Astrid hob das Kinn. Das musste man im Leben immer. Jessies Prioritäten erschienen ihr falsch, und wenn sie blieb, würde sie das womöglich aussprechen – und bereuen. »Wo steckt Dušan? Bestimmt kann er mir mit etwas Gallseife aushelfen. Und was die Menage anbelangt, ist er ja auch zuständig.«

»Prioritäten?« Beleidigt verschränkte Jessie die Arme vor der

Brust. »Sag es doch einfach, wenn du keinen Bock auf mich hast! Na los, dann kümmere dich. *Kümmer-kümmer-kümmer.* Ab zu deinem Dušan mit dir.« Abfällig zischend packte sie ihre Stiefel und verzog sich auf das Kranpodest. Sie hob den Schuh hoch, stieß den Fuß hinein, trat regelrecht zu, ganz deutlich in Astrids Richtung. Ein imaginärer Kung-Fu-Tritt den Jessie mit dem zweiten Schuh wiederholte. Gerade eben noch hatten sie es nett gehabt. Sogar Witze gemacht. Good vibes zwischen ihr und der Langweilerin, als ob sich eine Verbindung aufbaute. Aber da hatte sie sich wohl mal wieder getäuscht.

*

Ohne eine Miene zu verziehen, beobachtet Hanne die seltsamen Verrenkungen ihrer beiden Mitreisenden. Ein kleines Showprogramm am Rande, dem sie mit gemischten Gefühlen folgte. Einerseits amüsierte sie sich, andererseits misstraute sie dem Frieden. Nein: Sie misstraute *ihnen.* Und die Einzige aus der Gruppe, die ihr halbwegs vernünftig vorkam, hockte vor ihrer Türschwelle und sinnierte schwermütig vor sich hin. Nur so ins Blaue natürlich, ohne konkreten Anlass. Klar, wer's glaubt.

»Deine Freundinnen benehmen sich merkwürdig. Sieh mal nach, was da los ist.«

Unter ihrem Fenster blaffte Jessie Astrid an, die sich an der Sprechanlage zu schaffen machte. Der Lautsprecher knackte.

»Wir sind keine Freundinnen«, stellte Katrin klar und wand sich widerwillig, aber klaglos unter den protestierenden Tieren heraus. Mit der Faust wischte sie Hundesabber von ihrem Oberschenkel. Mascha schmatzte schlaftrunken und trabte in ihr Körbchen.

»Hallo? Können Sie mich hören, Dušan?«

»Du!«, blökte es unfreundlich im Hintergrund, und Jessie klopfte sich übertrieben gleich mit drei Fingern an die Stirn.

Hanne stieß langsam die Luft aus. Na bitte, hatte sie es doch geahnt, da lag etwas im Argen. Die Leuchtanzeige der alten Sprechanlage auf dem Steuerpult verriet ihr, dass Astrid zwei Knöpfe auf einmal gedrückt hielt, den für den Bug und den zum Steuerhaus, was jede Chance auf eine Antwort zunichte machte.

»Es ist wegen des Essens«, fuhr Astrid fort. »Ich melde mich zum Kombüsendienst und bräuchte Ihre – deine – Hilfe, wo ich was finde. Wo sind Sie denn gerade?«

Hanne presste die Lippen aufeinander. Ihrem armen Matrosen würde sie einen Orden verleihen – oder besser ein Grillpaket mit einem halben Dutzend Steaks und Würsten –, wenn dieses Kasperltheater überstanden war. Sie zählte auf seine Improvisationsgabe und seine Geduld.

»Ach, wissen Sie was«, krächzte Astrid, »ich komme einfach vorbei. Von mittschiffs zum Vorschiff. Woanders können Sie ja gar nicht sein.«

»Stopp!« Wider jede Logik drückte Hanne ihrerseits auf die Sprechtaste, obwohl das Lämpchen für mittschiffs weiterhin leuchtete. Vermutlich hatte der Knopf sich jetzt verklemmt. Vorgebeugt hämmerte Hanne an die Scheibe. »Habe ich mich nicht klar ausgedrückt? Dein Hintern bleibt, wo er ist!«

Doch Astrid marschierte unbeirrt auf die Gangbord. Gleichzeitig kam nun auch Katrin ins Bild, die einen hilflosen Blick zu ihr nach oben schickte, ehe sie Astrid nachging.

Hanne hielt sich stöhnend die Augen zu. Dieser Haufen brachte sie um den letzten Nerv! Zwischen den Fingern sah sie Seiltänzerin Astrid durch das Nadelöhr auf Höhe der Trennwand schlüpfen, die den Laderaum quer in zwei Hälften teilte. Die dicken Poller dort verengten den knappen Platz am Rand des Schiffs noch weiter.

Jessie stampfte erst mit dem einen, dann mit dem anderen Fuß auf, ein trotziges, keifendes Rumpelstilzchen. Und jenseits der

Fracht hob Dušan ergeben die Hände. Er konnte nichts dafür, und dagegen konnte er auch nichts tun.

Sehnsüchtig schaute Hanne zu ihrem Mobiltelefon. Am liebsten hätte sie Frédéric für eine neutrale Bewertung der Lage angerufen. Oder Andrea, aber die hätte vermutlich bloß gelacht. Außerdem ließ sich der ganze Schlamassel unmöglich in kurze, handliche Sätze packen, wie sie am Telefon jetzt nötig gewesen wären. Sie musste diese Verrückten im Auge behalten – und den Neckar. Denn nach der Schleuse war vor der Schleuse, und mittendrin fehlte ihr erst recht die Muße. Vier Staubecken lagen heute noch vor ihnen. Alle in malerischer Lage, umgeben von Weinbergen und von Burgen gekrönt. Hanne angelte sich ihre Tasse und trank den letzten kalten Kaffeerest. Im Laufe der Zeit hatte sie sich einiges an Wissen über die Umgebung angeeignet. Schloss Horneck bei Gundelsheim beispielsweise war ein großer weißer Kasten mit kleinen Fenstern und Klappläden, den sie zu Anfang mit der Burg Hornberg über Neckarzimmern verwechselt hatte. Ihre Mundwinkel bewegten sich aufwärts. Hornberg, Stammsitz des berühmten Geschlechts der von Berlichingen.

»Mein guter Götz«, murmelte sie. »Kein Wunder, dass ich an dich denken muss.« Doch Neckarzimmern und Burg Hornberg waren noch weit. Bei ihrem aktuellen Tempo konnten sie ihr ursprüngliches Tagesziel unmöglich erreichen. Sie hatte sich ein neues, sehr viel näheres gesetzt. Dennoch würde sie die Geschwindigkeit vielleicht noch weiter reduzieren müssen. Hauptsache kein Motorschaden.

Sie entschied sich für eine Textnachricht und setzte im Geiste einen kabellosen Kopfhörer ganz oben auf ihre Wunschliste. Reden und dabei beide Hände frei haben, das war sowas von überfällig. Andrea lachte sie deswegen sowieso regelmäßig aus.

»Morgen Abend?«, tippte sie grußlos neben das winzige Bildchen eines wassergebleichten, grauen Wurzelstocks, das Frédéric als Profilbild verwendete.

Zehn Sekunden später zauberte ihr ein schlichtes *Ja* ein Lächeln ins Gesicht. Dieses Ja würde auch Rumpelstilzchen nicht verderben, das unter ihrem Fenster weiter trotzig gestikulierte und noch einmal zehn Sekunden später die Stufen herauf trampelte.

»Hast du das gesehen?« Eine Stiefelspitze auf der Schwelle besann Jessie sich und bremste. »Natürlich hast du das gesehen! Das verstößt ganz klar gegen deine Regeln. Das Vorschiff bei Dušan ist tabu. Lässt du ihnen das durchgehen?« Sie biss sich auf die Lippe. Das hörte sich schrecklich nach Verpetzen an. »Ich meine: Wieso? Okay, keine Regel ohne Ausnahme. Aber bei uns im Kindergarten – nicht dieser hier – der, in dem ich arbeite, da ist Inkonsequenz ein totales No-Go. Wenn du dort einmal nachgibst, bist du verloren. Ich sag dir, die kleinen Scheißer spüren jede Schwäche und nutzen sie sofort aus. Die haben einen sechsten Sinn oder einen siebten. Ernsthaft! Sowas haben die zwei Heulsusen zwar nicht, aber …« Ihre Argumente schlugen eine falsche Richtung ein; Jessie verlor den Faden, geriet ins Stammeln und redete dennoch ungebremst weiter. »Du bist die Chefin, du bist das Gesetz. Müssen wir jetzt alle gehen? Das wäre natürlich logisch, irgendwie aber auch unfair. Weil ich ja hier bin und nicht dort. Und wenn wir gehen müssten, das wäre wirklich blöd. Weil … weil …«

»Atmest du eigentlich irgendwann?« Hanne steuerte ein klein wenig nach.

»J-ja.«

»Fein. Dann atme. Und zwar leise. Deine Freundinnen machen sich nützlich, sie kümmern sich ums Essen.«

»Wer arbeiten will, den soll man arbeiten lassen. Da ist natürlich was dran und –«

»A-a-a! Was sagte ich gerade? Leise atmen.«

Jessie presste die Lippen aufeinander. Leise atmen hörte sich netter an als Klappe halten. Das würde sie sich merken, auch wenn sie gerade ziemliche Mühe damit hatte. Sie hielt sich am

Türrahmen fest. Von Leine ziehen war keine Rede gewesen. Aus der Distanz inspizierte sie die Instrumente in Hannes Wirkungsradius. Der Hebel, auf dem Hannes Hand lag, sah aus wie ein Joystick. Sie bewegte ihn millimeterweise. Daneben gab es eine Art Lenkrad und ein antiquiert wirkendes, in Holz eingefasstes Armaturenbrett. Obendrauf allerlei Gerätschaften aus unterschiedlichen Epochen von hypermodern bis Vorkriegsware. Zumindest erweckte es bei Jessie diesen Eindruck. Wenn sie davon Fotos schoss, würde sie im Netz bestimmt mehr über den ganzen Krempel herausfinden. Und leider einen sofortigen Rauswurf riskieren. Sie ließ das Smartphone lieber stecken.

Am Fenster wackelte das Hulamädchen vor sich hin. Barbusig und mit dunklem Teint. Irritiert schnappte Jessie nach Luft und unterdrückte einen empörten Aufschrei. Das ging ja mal gar nicht! Hanne war doch selbst eine Frau und emanzipiert und … Jessie hob den Blick und verlor den Fokus, Unschärfe schluckte den Nahbereich. Während ihre Augen sich neu ausrichteten, vergaß sie das schaukelnde Püppchen.

Fluss voraus in voller Pracht, Landschaft zu beiden Seiten und Himmel. Überall Himmel. Sie schluckte. Was für eine Aussicht durch die Frontscheibe! Keine Spur der Enge und Begrenztheit ihres darunter gelegenen Lagerbereichs. Ein Landratten-Käfig war das im Vergleich, ein Pferch, kaum größer als ein Laufstall, an dem seitlich in trägen Bildern Uferausschnitte vorüberzogen. Hier oben spürte sie eine ungeheuer befreiende Weite.

Jessie atmete still. Erhaben war das. Beeindruckend. Hanne hatte alles genau im Blick, worauf sie zusteuerten. Wie lange voraus? Eine halbe Stunde oder eine ganze? Beinah als könne sie in die Zukunft sehen. Jessie versuchte die Entfernung bis zum Bug zu schätzen, wo sich ein einzelnes weißes Rotorblatt waagrecht auf einer Art Stiel drehte, wie auch auf dem Steuerhaus. Darunter ein Flachdach und wiederum unter diesem musste Dušans Wohnung liegen. Sie rang das grummelige Gefühl nieder, ausgeschlossen zu sein und nicht zu wissen, was dort gerade vor sich ging, außer dass Astrid den Matrosen bestimmt penetrant anschmachtete.

»Das Boot ist bestimmt hundert Meter lang, oder?« Sie kniff kurz die Augen zu und hoffte, dass sie lange genug leise geatmet hatte, um sich keinen weiteren Anraunzer abzuholen.

»Sechsundachtzig, und sie ist ein Motorgüterschiff, kein Boot. Achtfuffzig breit, bevor du fragst.«

»Cool. Ein ganz schöner Brocken. Muss ein ordentliches Gewicht haben.«

»Unbeladen knappe 2000 Tonnen, dazu verträgt sie 1200 Tonnen Fracht. Und die Jowige ist keins von den großen Schiffen.«

»What? Das ist ja krass. Wie alt wird denn ein Schiff, bevor es untauglich ist und nicht mehr durch den TÜV kommt? Und wie lange machst du das schon?«

»In den Papieren der Jowige steht, sie wurde Anfang der 1920er-Jahre gebaut. Ist eine Frage der Substanz und der Pflege. Seit zehn Jahren ist sie meine, und wenn es nach mir geht, hält sie bis zu meiner Rente durch.«

»'ne Hundertjährige? Das ist ja …«

»Krass?«

»Sowas von krass!« Im Eifer entgleist ihre Ausdrucksweise manchmal, und Jessie las leisen Spott in Hannes Gesicht. »Ich könnte es auch toll nennen oder … faszinierend!« Sie deutete auf den grotesken Haufen in der Schiffsmitte, der auf sie bedrohlich instabil wirkte. »Wohin bringst du den Müll?«

»Dieser *Müll* ist Metallschrott. Da stecken Wertstoffe drin, für die richtig Geld bezahlt wird«, erklärte Hanne. »Frag mal deinen kleinen Zauberkasten, den hast du doch sonst die ganze Zeit in der Hand. Alu, Stahl, Kupfer. Auf Baustellen wird nicht umsonst alles an Metall geklaut, was weggetragen werden kann. Die einen sammeln, die anderen sortieren, wieder andere recyclen. Und wir Schiffer übernehmen den Transport. Leider gehört mir der Müll also nicht.«

»Schade, dann wärst du wohl reich? Aber die Jowige gehört dir – ist ja auch nicht übel – oder bist du angestellt? Wie ein Trucker, da gibt es ja auch solche und solche. Wobei dein Bock definitiv geiler ist. So riesig! Lebst du eigentlich immer auf dem Wasser? Ist das nicht manchmal öde? So ohne mal abends spontan mit einer Clique weggehen zu können. Oder –«

»Atmen, Jessie.«

»Leise atmen?«

»Ganz, ganz leise.« Hanne schmunzelte unterdrückt, als Jessie verstummte. An ihrem Interesse für die Jowige gab es nichts auszusetzen, doch balancierte sie auf dem scharfen Grat zu persönlicheren Fragen, auf die sie jegliche Antwort verweigern würde.

Kapitel 8

Kümmer-Kümmer

Ein Schub Glücksgefühle jagte durch Astrids Adern. Endlich gab es etwas Sinnvolles zu tun! Sie hätte sich eher die Zunge abgebissen als auszusprechen, dass diese wunderbar entschleunigte Reise ihr einiges abverlangte. Das hätte sie so nie erwartet. Stillsitzen und Nichtstun entpuppten sich als echte Herausforderung.

»Gute Nachrichten, Dušan! Wie Hanne gestern vorgeschlagen hat, übernehmen wir ab jetzt das Zubereiten der Mahlzeiten. Ich brauche nur eine kurze Einweisung, wo ich was finde und was heute gekocht werden soll. Wir wollen eure Abläufe so wenig wie möglich durcheinanderbringen.«

Dušan rieb die Hände an den Oberschenkeln. Maschinenöl klebte unter seinen Nägeln, verfärbte seine Finger. Genau wie gestern, trotzdem sah er anders aus.

»Meine Hose auswaschen müsste ich auch. Es war etwas unbedacht, mich einfach hinzuknien. Ihr habt bestimmt etwas gegen Flecken da?« Ob er solch ein Produkt jemals benutzte, schien ihr allerdings fraglich. »Außerdem würde ich unseren Sitzplatz ganz gern mal durchwischen.«

Wortlos ließ Dušan sie stehen.

»Hi.« Katrin trat neben Astrid und guckte leicht zerknirscht. »Eine so gute Gelegenheit, sich umzusehen, konnte ich mir nicht entgehen lassen. Störe ich?« Der Bug ähnelte dem Heck, nur dass die Jowige vorn etwas spitzer zulief und alles kleiner und noch beengter war. Taukörbe, Winden, ein Fahnenmast mit Kurbel, ein angeleinter Eimer. Dušans Wohnung duckte sich noch tiefer aufs

Deck. Eine Zwergenunterkunft mit niedrigen Fenstern. Auf dem Dach drehte die Radarantenne.

»Nein, wieso solltest du stören? Er ist da lang.« Astrid stakste Dušan nach und spähte vorsichtig um die Ecke. Eine Luke stand offen, und sie ging näher ran. Der Deckel war mit Aufklebern und Warnhinweisen übersät. Aus dem viereckigen Loch drangen Geräusche herauf: Motorenlärm und metallisches Scheppern. Eine steile Leiter führte ins Halbdunkel, aus dem Dušan zügig wieder auftauchte. Krachend ließ er die Klappe zufallen und hielt Astrid einen Lappen und eine Blechdose mit Ausguss hin.

»Für die Hose.«

»Danke.« Sie drehte den Kunststoffdeckel ab. Beißender Lösungsmittelgeruch stieg ihr in die Nase, und sie zuckte zurück. Den Einsatz würde sie sich sehr genau überlegen.

In Dušans Windschatten mischten sich Schweiß und Aftershave. Allemal besser als das Lösungsmittel. Natürlich – das war es, was sich verändert hatte! Seine dunklen Bartstoppeln fehlten. Astrid atmete tiefer ein. Viel, viel besser als Rheumasalbe und Schmerzgel, Frisiercreme und Franzbranntwein. Endlich ein Mann in ihrer Nähe, der nach Mann roch und nicht wie das Warten auf den Tod. Sie zuckte erneut. Hitze wallte durch ihre Brust, überschwemmte sie mit Scham. Erst einen Monat war es her, dass ihr Vater unter der Erde lag. Eine Seele von Mensch, der sich zum Ende hin verloren hatte. Seine rüder werdende Art war nur Ausdruck von Verzweiflung über den unaufhaltsamen Verfall gewesen und später dem Verfall selbst geschuldet, der mit jeder Hirnzelle ein Stück seiner Persönlichkeit raubte. Ihre Finger krallten sich in den Lappen. Nun war er weg, endgültig. Und sie schnüffelte fremdes Rasierwasser und dachte an den Windeleimer neben seinem Bett, statt an das, was er früher gewesen war: der beste Mann der Welt und zuverlässig immer für sie da. Sie war eine Verräterin.

Eilig schob sie die Gedanken beiseite. Die beste Methode gegen derlei Emotionen war, sich mit handfesten Dingen zu beschäftigen. Kochen, Ordnung schaffen und sich auf ihre Mitreisenden konzentrieren. Es tat nicht gut, dauernd um sich selbst zu kreisen.

Sie rang sich ein Lächeln ab und ließ Katrin, die etwas linkisch an der Wohnungstür herumstand, den Vortritt. Dann folgten sie Dušan nach drinnen.

Vier Stufen ins Dunkel, das mit tieftönendem Motorengetöse gefüllt war. Im Vorbeigehen prägte sich ihr das Bild einer zurückgeschlagenen Bettdecke ein, auf der Klärchen schlummerte, das offene Bad, ein Kunstdruck mit gelb blühenden Rapsfeldern und einem Bauernhof.

Die Küche war winzig. Kaum halb so groß wie die von Hanne. Katrin blieb im Flur stehen. Auf dem Abtropfbrett und dem Tisch stapelten sich aufgerissene Verpackungen. Konserven, Milch, Toastbrot. Es war deutlich zu sehen, dass ihre Anwesenheit Dušan Unbehagen bereitete.

»Vorräte sind im Schrank links. Töpfe rechts. Ist egal, was ihr macht.« Er rieb sich mit der flachen Hand über den Nacken, nickte bekräftigend und ging.

»Das nenne ich mal eine umfassende Einweisung.« Katrin lächelte sparsam. »Ich schlage vor, wir sichten das Angebot. Für einen Eintopf wird es hoffentlich reichen.«

Aus den Schränken förderten sie eine erstaunliche Vielfalt an frischen Lebensmitteln zutage, und auch die gemeinsame Arbeit ging ihnen überraschend reibungslos von der Hand. Sie entschieden sich für mediterran angehauchtes Gemüse in reichlich Tomatensugo.

Das Einzige, was Astrid störte, war der Platzmangel. Sich umzudrehen, ohne aneinanderzustoßen, war schier unmöglich. Ständig touchierten sie sich mit den Ellbogen. Es war das gleiche Problem wie auf dem Flur in Hannes Wohnung. Nicht dass Astrid grundsätzlich eine Abneigung gegenüber Berührungen gehabt hätte. Doch sie legte Wert darauf, selbst über das wann, wo und mit wem zu bestimmen. Sowohl am gestrigen Abend als auch am Morgen war sie vor der Badezimmertür mit Jessie kollidiert. Sie hatte es noch nie leiden können, in die feuchtheißen Dampfschwaden zu geraten, die eine andere Person nach dem Duschen hinterließ. Und bei Jessie blieben obendrein lange Haare im Waschbecken zurück. Das war nun wirklich etwas, wovor Astrid sich ekelte. Um des lieben Friedens willen hatte sie geschwiegen. Es war nicht zielführend, sich über Kleinigkeiten aufzuregen. Schließlich war das Leben an Bord für sie alle noch neu, und ja, gerade das geteilte Badezimmer empfand sie als gewöhnungsbedürftig. In Anbetracht der auch dort vorherrschenden Enge und der ungenügenden Lichtverhältnisse konnten die Haare auch unbemerkt im Waschbecken gelandet sein. Sie hoffte, dass es so war, denn sie hatte keine Lust, weiter hinter Jessie herzuräumen. Was sie natürlich getan hatte, weil sie einfach nicht aus ihrer Haut konnte. Alternativ hätte sie Jessie darauf ansprechen müssen. Ein Vorhaben, bei dem jeder Satz wohl überlegt und mit der Goldwaage gewogen werden wollte.

»Mich hat es überrascht, dass Jessie in einem Kindergarten arbeitet«, nahm Astrid das Gespräch wieder auf. »Obwohl mir auch kein anderer Beruf einfällt, der zu ihr passt. Mir wäre es im Kindergarten zu wuselig, und die Verantwortung für all die kleinen Wesen wäre mir auch zu viel.« Sie rührte im Topf. Mit etwas Glück konnte sie zwei Fliegen mit einer Klappe schlagen und mehr über ihre beiden Mitreisenden erfahren. »Jedenfalls ist der Kindergarten eine gute Erklärung für Jessies blaue Flecken. Hast du die auch bemerkt?« Beim Umziehen an Deck hatte sie einige zu Gesicht bekommen und zunächst wieder vergessen. Doch am Morgen vor dem Bad waren sie ihr wieder aufgefallen. Obwohl sie mit der Jüngeren wenig anfangen konnte, ließen die Blutergüsse ihr seitdem keine Ruhe. Wie angeschlagene Äpfel, die über eine Streuobstwiese gekullert waren. »Die sind ziemlich groß, aber ich habe lieber nicht danach gefragt. Sie, na ja, sie reagiert nicht gerade freundlich auf mich. Und jetzt denke ich, tobende Kinder nehmen wenig Rücksicht. Außerdem erklärt der Kindergarten ihre Lautstärke und vielleicht sogar ihren ständigen Redebedarf. Sicher ist es für sie ungewohnt, wenn es mal leise ist. Ups!« Astrid hielt sich die Hand vor den Mund. »Dabei quassele ich dir gerade selbst die Ohren voll. Entschuldige. Ich will nicht lästern. Bei mir ist es wohl umgekehrt. Ich bin dauernd im Homeoffice und habe anscheinend Nachholbedarf.«

Katrin ließ das Messer sinken. »Gefällt es dir im Homeoffice?«

»Es ist praktisch. Freie Zeiteinteilung, Flexibilität, kein Pendeln. Das schätze ich.«

»Damit liegst du voll im Trend. Seltsam, ich war immer wahnsinnig gern mit dem Team zusammen. Es ist doch etwas ganz anderes, ob ich in der Kaffeeküche oder auf der Baustelle stehe und debattiere oder einsam am Schreibtisch hocke und die anderen als kleines, ruckelndes Bildchen im Online-Meeting sehe. Die Nähe, der Austausch im Vorbeigehen, das fehlt mir total.«

»Also arbeitest du unfreiwillig daheim? Und was überhaupt?«

»Ich bin Architektin. Eine Weile habe ich in Teilzeit gearbeitet, dann Teilzeit von zu Hause, und in den letzten Jahren habe ich dann gar nicht mehr gearbeitet.« Katrin lachte bitter. »Nein. Das ist die Unwahrheit. Ist dir schon mal aufgefallen, wie leicht uns das über die Lippen geht, wie eingebrannt das in unseren Hirnen ist: Ich bin Hausfrau, also arbeite ich nicht. Kein bezahlter Job heißt ja nicht, dass man keine Arbeit hat! Dass man nichts tut oder leistet!«

»Glaub mir, ich weiß sehr genau, was Familie bedeutet. Also hast du für deine Kinder zurückgesteckt?«

Katrin nickte und war froh, dass Astrid direkt weiterredete.

»Versteh ich, und man macht das ja gern, ohne Frage. All die Zeit und Energie, die du ihnen schenkst, damit sie es gut haben. Nicht wahr? Und dann sind sie plötzlich aus dem Haus, werden erwachsen, und du bist abgemeldet.«

»Bist du verheiratet?«

»Mein Mann ist auch aus dem Haus. Der war noch vor den Kindern weg. Also nein, nicht mehr verheiratet.« Schwarzer Pfeffer rieselte aus der knirschenden Mühle. Drei, vier, fünf Umdrehungen. »Das ist völlig in Ordnung für mich, liegt Jahre zurück. Allein habe ich mehr Zeit für Yoga.« Das schlechte Gewissen hauchte erneut seinen heißen Atem über ihre Haut. *Allein bin ich besser dran*. Sie hielt inne, die Mühle schwebend noch kurz über dem brodelnden Topf, dann kippte sie das Fenster und fächelte sich Luft zu. Der aufsteigende Kochdunst kaschierte ihre Röte. Sie drehte die Pfeffermühle erneut, die noch heftiger knirschte. »Himmel, was für ein Klima hier drin, wie in der Sauna. Bloß dumm, dass ich schon ewig nicht mehr für so viele Personen gekocht habe. Meinst du, das reicht?«

»Ja. Und mit dem Pfeffer ist es jetzt auch genug.«

»Oje! Hoffentlich habe ich es nicht übertrieben. Pfefferscharf mag ja nicht jeder.« Angelegentlich wischte Astrid mit einem Lappen über die Oberflächen, sammelte sich. »Wie ist es bei dir? Mit dem Pfeffer, der Familie, dem Mann?«

»Alles gut.« Katrin tupfte mit dem Daumen Soßenspritzer von ihrer Uhr. Immer die gleiche Zeit, egal wie oft sie nachschaute. Kaum merklich schüttelte sie den Kopf und bückte sich nach einer heruntergefallenen Möhrenschale. »Ich mag Pfeffer, und Markus ist ein toller Vater. Der beste Mann der Welt.« Sie legte den dünnen Streifen auf das Häufchen Kompost, den sie in einer Schüssel gesammelt hatten. Drückte ihn fest, als er sich schlängelnd bewegte, bis er knackte. »Du, ich müsste mal kurz verschwinden. Und ich würde lieber nach hinten gehen und die Toilette dort benutzen.«

»Logisch.« Demonstrativ verständnisvoll zog Astrid die Nase kraus. Familie war offenbar ein Thema, das auch bei Katrin Fluchtinstinkte weckte. Oder war es der beste Mann der Welt, der ganz sicher, ohne es zu ahnen, mit Jessies Marlon um diesen

Titel konkurrierte. »Wer will schon auf ein Männerklo? Das Essen ist so gut wie fertig. Den Rest schaffe ich allein.« Daran war sie gewöhnt. Weil es für sie kein Wir gab, keine zusätzliche Schulter, um Dinge gemeinsam zu stemmen. Sie zählte die Jahre rückwärts. Bei der Trennung waren die Jungs neun und zehn gewesen. Und seitdem …

Minutenlang starrte sie auf den Fleck, an dem Katrin eben noch gestanden hatte. Die leere Stelle dehnte sich zu einem raumgreifenden Nichts. Nichts zu tun, niemand, der wartete, abgesehen von den Kühen auf dem Eis.

Lautes Blubbern schreckte sie auf, und sie beeilte sich umzurühren. Solange ihre Auszeit auf dem Frachter andauerte, sollte ihr die eigene Realität gestohlen bleiben. Inklusive der Jungs, die schon vor dem Abitur zu ihrem Vater gezogen waren und sich fast nie meldeten.

»Denn ich bin fern von allem«, sagte sie zu den Nudeln im Topf, die sie beim Abgießen in eine warme Wolke und ein seltsames Wohlgefühl hüllten. »Und die Jowige ist meine verzauberte Märchenwelt.«

*

Das Mittagessen duftete köstlich. Jessie trat von einem Fuß auf den anderen. Drei Töpfe hatten sie aus Dušans Küche angeschleppt, und sie hatte sich so lange verkrümelt, um es nicht mitansehen zu müssen. Eine Farce war das alles. Katrin, die blöde Schnepfe, hatte Astrid unbeobachtet auf dem Vorschiff zurückgelassen! Dabei hatten sie doch rund um die Uhr Bewachung vereinbart. So oder so ähnlich jedenfalls. Aber Katrin hatte das für unnötig gehalten, weil ja Dušan in der Nähe gewesen war. Jessie kaute an einem Fingernagel. Zum Kotzen, wie Astrid den anhimmelte. So ergeben von unten nach oben, dass Jessie sich nur schwer beherrschen konnte. Als ob der Bock auf eine wie die hatte! Die personifizierte Langeweile und Farblosigkeit, von den dreckigen Querstreifen auf den Knien einmal abgesehen. Sie hob spöttisch die Augenbrauen, als der Matrose sich wortlos aus Hannes Küche davonmachte. »Bleibt Dušan gar nicht zum Essen?«

»Er hat zu viel zu tun und isst lieber später.« Astrid schöpfte einen großen Teller voll. »Wir haben seine Portion drüben gelassen. Diese ist für Hanne. Dušan sagt, sie isst immer am Steuer. Bist du so lieb und bringst ihr das Essen rauf?«

»Wieso ich? Ihr habt gekocht.«

Seufzend schaute Astrid von ihren nackten Füßen zu Jessies Boots. »Wegen dieser fiesen Treppenstufen.«

»Der ganze Flur liegt voll mit Schuhen. Such dir welche aus.«

»Aber –«

»Ehre, wem Ehre gebührt. Dein Essen, deine Lorbeeren.« Jessie deutete eine Verbeugung an und trat zur Seite. Vorhin war sie in ihrem Ärger zu Hanne hinaufgerannt und hatte sich dann sehr konzentriert herunterhangeln müssen, ohne durch den löchrigen Rost zu gucken. Wissentlich tappte sie nicht noch einmal in diese Falle. Sie schnippte gegen die Dose mit dem Lösungsmittel. »Ich kann mir stattdessen deine Hose vornehmen, die du so dringend auswaschen wolltest. Passiert schon mal, dass einen das Kurzzeitgedächtnis im Stich lässt, wenn die Hormone in Wallung kommen.« Sie schickte drei schmatzende Luftküsschen zum Bug. »Mach einen Striptease, nur für mich, bitte!«

»Sehr witzig.« Astrid verzog das Gesicht. »Dušan hat es gut gemeint, und ich wollte nicht undankbar sein. Trotzdem kommt dieses Zeug auf gar keinen Fall mit meiner Hose in Berührung! Das frisst mir am Ende ein Loch hinein oder bleicht die Farbe aus.«

»Welche Farbe?« Jessie wickelte schnaubend eine Strähne um ihren Finger. »Ehrlich, das ist sowas von *keine* Farbe, dass jedes Loch im Stoff ein Fortschritt wäre.«

Astrid kniff die Lippen zusammen. Ihre Garderobe war klassisch Ton in Ton aufeinander abgestimmt, sobald sie das Haus verließ. Das hatte Stil. Zeitlos und korrekt. Aber sie bezweifelte, dass Jessie mit dieser Erklärung etwas anfangen konnte. Schwarz war keine Farbe. Und blondierte Haare, bei denen der dunkle Ansatz durchschimmerte, zeugten auch nicht von Geschmack, genau wie die sackartige Jacke. Ganz zu schweigen von der peinlichen Reizwäsche darunter.

»Na schön, wenn du bei Hanne kneifst, dann ist das deine Portion.« Sie streckte Jessie den Teller so schwungvoll entgegen, dass die schnell zugreifen musste. Soße schwappte über ihren Daumen und wäre fast auch auf ihrem Shirt gelandet. Ein langes Haar löste sich aus der eben noch aufgewickelten Strähne, kringelte sich von Jessie unbemerkt neben die Kartoffeln.

»Guten Appetit.« Hastig wandte Astrid sich ab, füllte den nächsten Teller. Nein, diesmal würde sie sich nicht entschuldigen. Zur Sicherheit schob sie die Zunge zwischen die Zähne, biss kontrolliert auf die Spitze, und drängte sich dann an der verdatterten Jessie vorbei.

Diese Fahrt weckte völlig ungeahnte Seiten in ihr. Hinter der Bullaugentür blinzelte sie in die Sonne. Mit äußerster Vorsicht setzte sie Fuß um Fuß auf die Gitterrosttreppe und balancierte ihre Fracht zum Steuerhaus.

»Klopf, klopf! Ich habe leider keine Hand frei, aber Essen dabei. Darf ich reinkommen?«

»Zimmerservice? Da sag ich nicht nein.« Hanne tippte vor sich auf die Ablage. »Immer her damit.«

»Ich hoffe, es schmeckt. Wir haben ein bisschen improvisiert.« Nervös knetete Astrid ihre Finger. »Du, ich will nicht lange stören, aber kann ich kurz was sagen?«

»Hmhm.« Hanne kaute bereits.

»Zum einen tut es mir leid, dass ich vorhin einfach so aufs Vorschiff gelaufen bin. War das deine Regel Nummer zwei? Jedenfalls ist der Verstoß allein mein Fehler, Katrin trifft keine Schuld.« Wobei Jessies Gerede zu ihrem fluchtartigen Entschluss beigetragen hatte. Doch damit würde sie Hanne nicht behelligen.

»Zur Kenntnis genommen.«

Siedend heiß fiel Astrid ein, dass die Regelnummern von Jessie stammten. Doch Hanne schien sich daran nicht zu stören. »Zum anderen wäre es darum sinnvoll, künftig in deiner Küche zu kochen. Effizienter wäre das auch, dort ist viel mehr Platz, und es vereinfacht den Transport.«

»Hmhm.«

»Obwohl ein kleiner Spaziergang hin und her schon guttut. Das hilft gegen erste Ansätze von Klaustrophobie.« Sie lachte gekünstelt. »Und dann wäre es schön, wenn wir bald einkaufen könnten. Wir können ja nicht ewig deine Pflegeprodukte mitbenutzen.«

»Hm?«

»Zahnpasta, Duschgel, Toilettenpapier«, präzisierte Astrid schnell und ärgerte sich über die dumme Formulierung. *Ewig* war nach weniger als vierundzwanzig Stunden an Bord deutlich übertrieben. Die Creme, an der sie sich bedient hatte, unterschlug sie, genau wie die Sehnsucht nach einer Zahnbürste und einem eigenen Kamm. Im Gegensatz zu Jessie war sie seit dem Sturz ins Wasser nahezu unfrisiert. Zum Glück fiel der kinnlange Bob nach dem Waschen wie von selbst in Form und kam ohne viel Aufwand aus.

»War's das?« Hanne musterte sie zwischen zwei Bissen.

»Wäsche zum Wechseln. Und Schuhe. Schuhe wären fein. Gerade für die Treppe zu dir rauf.«

»Was du dir kaufst, ist deine Sache. Das kannst du halten, wie du willst. Ich wollte nur wissen, ob wir fertig sind und ich in Ruhe essen kann.«

»Oh. Entschuldige.« Astrid schrumpfte, als hätte sie ihr die Luft rausgelassen. »Ja, fertig. Dann geh ich mal.«

»Warte.« Mit dem Daumen deutete Hanne zur Wand gegenüber. »Wegen der Treppe. Nimm einfach die zur Backbordseite.«

Zwischen den umlaufenden Fenstern bemerkte Astrid jetzt eine unauffällig eingepasste Tür. Im oberen Teil komplett verglast, unten nicht von der restlichen Wandverkleidung zu unterscheiden. Dort war sogar ein flacher Zeitungssammler angebracht, in dem allerhand Papier steckte. Der Griff schmiegte sich diskret in eine Mulde.

»Oh«, machte Astrid erneut, durchquerte den Raum und trat hinter der geheimen Tür ins Freie. Vom Podest davor gab es eine direkte Verbindung zum zwei Stufen tiefer liegenden Dach. Dort diente eine flache Holzkiste voll Sand Maschas Buddelgelüsten und Hinterlassenschaften.

»Vollmetallstufen«, sagte Hanne. »Gitterrost und Tierpfoten vertragen sich nicht.«

Ihre Stimme blieb gleichförmig, und doch schien es Astrid, als läge plötzlich ein Lächeln darin.

»Ist übrigens lecker, was ihr da improvisiert habt.«

»Danke.« Erfreut drehte Astrid sich um. »Eine letzte Frage: Hast du ein Kartenspiel oder Brettspiele, die wir uns ausleihen dürften?«

»Wandschrank im Flur, ganz hinten, ganz unten.«

»Schon wieder danke.« Astrid zögerte, eine allerletzte Frage hinterherzuschicken. »Und … der Einkauf?«

»Am Abend vielleicht. Eher morgen. Und jetzt Tür zu.«

»Bin schon weg!«

Diesmal trat Astrid wirklich den Rückzug an. In ihrem Magen kullerte alles durcheinander, als hätte sie gerade einen Achterbahn-Looping hinter sich. Hoffentlich konnte sie vor lauter Aufregung gleich selbst etwas essen. Die anderen würden staunen. Beschwingt flitzte sie die Treppe hinunter, von der Sonne aufgeheiztes Metall unter den Sohlen, und schaute sich um.

Auch hier gab es eine ähnliche Luke wie auf dem Vorschiff.

Stampfendes Rumoren drang aus der Tiefe, als rasselte ein gefangener Drachen mit seinen Ketten.

Astrid beugte sich über die Bordwand. Kleine, regelmäßige Wellen bildeten schräg zum Rumpf verlaufende Linien. Eine endlose optische Täuschung. Bis auf die Farbe sah das Muster aus, wie von einem Mixer durch steife Sahne gezogen. Oder Marmorkuchenstrudel ... Ihr Magen knurrte.

Etwa zwei Meter trennten sie von der Rückseite des Krans – und dort entlang verband die Gangbord auch auf dieser Seite des Schiffes Bug und Heck miteinander. Kein Wunder also, dass Dušan manchmal aus unerwarteter Richtung aufgetaucht war! Hinter dem Schrottberg war es keine Kunst, ungesehen zu bleiben, und an der Lücke zum Kran und dem Gebäude reichte es, sich ein klein wenig zu ducken, um sich vorbeizumogeln. Noch ein Geheimnis, das sie enthüllt hatte!

Im letzten Moment entschied Astrid, den Kransockel nicht als plötzliche Überraschung direkt zu überklettern. Das Geheimnis dieses Schleichwegs konnte für eine Weile ihr allein gehören. Wer weiß, wozu es noch gut war.

Astrid drehte das Gesicht zur Sonne. Locker und mit großem Abstand gepflanzt verlieh eine lange Baumreihe auf gemähtem Rasen dem Uferstreifen etwas Parkähnliches. Die meisten Bäume schienen von der gleichen Art zu sein. Birken, wenn sie sich nicht irrte, hochgewachsen und kräftig. Dem Umfang nach alt. Sie standen so weit voneinander entfernt, dass kein Zweig ein fremdes Blatt berührte. Eine ganze Kolonie ohne Kontakt. Was für ein trauriges Dasein! Astrid war fest entschlossen, die Stimmung an Bord zu verbessern. Und wenn sie dafür beim Yoga-Löwen eine Leinenhose ruinieren musste, dann war das eben so. Jetzt würde sie etwas essen und später einen Spielenachmittag ausrufen.

Sie umrundete das Heck, ließ sich nichts anmerken, was ihre Entdeckung betraf, und setzte ihren Plan durch. Langsam und bedächtig wie die Jowige, die im Schritttempo dahin zuckelte, freundlich lächelnd, aber beharrlich. Nachdem sie gegessen hatte, verbannte sie ihre Mitfahrerinnen vom ihnen zugewiesenen Claim, schleppte Klappstühle und Bettwäsche beiseite und rückte dem Deck mit Wasser und Schrubber zu Leibe. Astrid glühte vor Eifer. Ihr stand nur das Wasser zur Verfügung, das sie mit einem angeketteten Eimer, den Dušan *Pütz* nannte, aus dem Fluss schöpfte. Wieder und wieder, bis ihre Arme lahm wurden. Schweiß lief ihr aus den Haaren, doch das Ergebnis ihrer Bemühungen konnte sich sehen lassen. Abgesehen vom hygienischen Aspekt, bei dem sie sich ohne Scheuerpulver und Desinfektionsmittel weit außerhalb ihrer Komfortzone bewegte. Sie trocknete sich die Stirn am Blusenärmel. Auch das entsprach nicht ihrem Bedürfnis nach Sauberkeit. Astrid stöhnte leise, dann lachte sie über sich selbst. Wer scherte sich in einem Blockbuster um ein bisschen Schweiß im Hemd der Heldin? Sie war eine Abenteuerin! Befreit von der Schmutzschicht glänzte das Metall, Kanten von Schrauben und Nieten traten klarer hervor und auch solche, an denen Rost die Farbe ersetzte. Astrid stampfte mit dem Schrubber auf. Es fühlte sich an, als hätte sie einen Gegner besiegt. Und Wäsche waschen konnte sie, sobald sie an Land etwas zum Wechseln besorgt hatte.

Sie gönnte sich eine Dusche, um dann Phase zwei ihres Plans zu starten. Spätestens beim Mensch-ärgere-dich-nicht offenbarte jeder seinen wahren Charakter – und falls nicht, sorgte das Spiel zumindest dafür, dass Jessie für eine Weile ihr Reiseführergeschwätz einstellen musste.

*

An der Schleuse Rockenau nahm Hanne das ersehnte Ersatzteil in Empfang. Sie schickte dem Halsabschneider eine kurze SMS-Bestätigung und einen stummen Dank ans Universum, dass die Lieferung und die Jowige tatsächlich plangemäß am gleichen Ort angekommen waren. Kompletter Kollaps so gut wie abgewendet. Auch ihr Abendprogramm stand damit fest: lange Stunden im Maschinenraum, untermalt von Schraubenschlüsselklappern und Hammerschlägen. Sei es drum, es war ja nicht so, als würde sie in der Zwischenzeit etwas Wichtiges verpassen. Der späte Arbeitseinsatz diente ihr viel mehr als perfektes Ausweichmanöver, um Gespräche mit den Heulsusen zu umgehen, und lohnte sich so gleich doppelt. Morgen würden sie wieder volle Fahrt aufnehmen können.

Die Jowige glitt unter einer Brücke durch, an einer langen Reihe leerer Parkplätze vorbei, die in den Sommermonaten und vor allem an den Wochenenden oft gut gefüllt waren. Bänke luden zum Hinsetzen ein. Große Häuser mit Sandsteinsockeln versprachen eine romantische Innenstadt. Eine von vielen, die Hanne nie gesehen hatte. Ihr genügte die Sicht vom Wasser aus. Ein Grinsen streifte ihr Gesicht. Noch so eine persönliche Sache, die sie bei Jessies Ausfragerei niemals preisgegeben hätte. Ihr Alltag kam ziemlich gut ohne Romantik aus. Nur den Augen tat die Abwechslung gut. Natur garniert mit Burgen, voll winziger, liebevoll arrangierter Details, einer Modelleisenbahnlandschaft gleich. Und auf der anderen Seite ihre Arbeit, bei der in jedem Handgriff Technik und volle Konzentration gefordert waren.

Theoretisch wäre es möglich gewesen, in Eberbach anzulegen, dann hätten ihre Gäste einkaufen können, und sogar ein Restaurantbesuch wäre drin gewesen. Aber Hanne war nicht danach; es kam ihr entgegen, dass die offiziellen Liegeplätze belegt waren. Sie steuerte am Hafen und den letzten Häusern vorbei und gab Dušan Bescheid, sich trotzdem aufs Anlegen vorzubereiten. Knapp hinter der Stadt, an einem schmalen Uferstreifen. Maximal halblegal. Doch bei der Reparatur handelte es sich um einen Notfall, und laut Radaranzeige und Funkverkehr war auf der Strecke kein Frachter mehr unterwegs, den sie behindert hätte.

Ihr Grinsen wurde breiter. Ein Poller im Nichts war sowieso genau das, was ihr vorschwebte. Kein Luxus für niemand. Eine Nacht und einen Tag noch sollten die Damen genau das bekommen, ehe sie einen ausgiebigen Landgang machen durften.

*

Auf dem Bett lag der Inhalt aus Jessies Rucksack zur Komplettinspektion ausgebreitet. Endlich ganz in Ruhe, ohne die neugierige Astrid im Genick. Wie gut, dass sie alles so wasserdicht in Plastik eingepackt hatte.

»Das Glück ist mit den Tüchtigen.« Sie hatte eine Nacht in der Kabine gewonnen und den Fluss überlistet, obwohl der in ihrem Plan nicht vorgekommen war. Nur ihr Waschbeutel war vollgelaufen und die Zahnbürste hinüber. Viel mehr war sowieso nicht darin gewesen. Sie hatte sich auf das Wesentliche beschränkt. Für ihren blöden Plan! Ausbildungszeugnis, Sozialversicherungsnachweis, Schufa-Auskunft, Geburtsurkunde. Ihr Rüstzeug für ein neues Leben war unbeschädigt, nur fand dieses Leben mit Marlon jetzt nicht statt.

Zornig wischte sie alles vom Bett und warf sich auf die Matratze. Woran sollte sie sich jetzt festhalten? Sie schlang Arme und Beine um die geblümte Decke, als sei sie ein menschlicher Körper. *Immer wenn du denkst, es geht nicht mehr* … Als sie die Augen schloss, sah sie plötzlich Katrin vor sich. Katrin, die mit ihr auf der Treppe gesessen hatte, während Astrids Putzanfall. Reiherfrau hatte Katrin die genannt. Das war cool, auch wenn das Gespräch sich zuerst etwas gezwungen angefühlt hatte. Immerhin kam Katrin eher wie ein Kumpel rüber, weniger wie eine Gouvernante. Reiher-Fräulein Rottenmeier. Sie grinste. Heidi war eins der Kinderbücher, die Katrin und sie beide kannten. Bei Romanen war Jessie raus. Zu viele Seiten. Und auch musikalisch bewegten sie sich in getrennten Welten. Sogar bei Gloria Gaynors »I will survive« waren sie uneins. Jessie hasste es, weil es so schön war, so positiv. Sie hasste es für jeden Moment, in dem ihr gesagt wurde: *Du wirst es überleben.* Denn genau dann fühlte es sich wie Sterben an. So wie jetzt.

*

Wie spät es wohl sein mochte? Durch die Bäume sah Katrin Lichter. Menschliche Behausungen, Stein, Ziegel, Glas, in denen Fremde ihr Leben lebten. Es war ihr, als könne sie deren Gespräche hören – ein leises Wispern. Kleine alltägliche Vorkommnisse, von denen man auf dem Sofa sitzend berichtete. Dazu Berieselung aus dem Fernseher, flimmernd bunte Bilder, unterlegt mit Chipstütenrascheln. Oder doch nur der Wind, eine Maus im Unterholz?

Nackte Füße patschten über Fliesen, ein Kind quengelte. *Nein, noch nicht ins Bett. Nur noch ein bisschen bleiben. Bis Mama kommt. Wo ist Mama?*

Schon wieder ruckte ihr Atem, die Augen trübten sich, schwammen, schwappten. *Ich trag dich ins Bett, Zwerg. Komm, Huckepack.* Größere Füße patschten. Der Halsfrosch quäkte. Kraftlos hingen Katrins Arme herab, zu schwach, um ihre Ohren zuzuhalten. Zu Hause würden bald alle schlafen. Alle bis auf Markus. Vor ihnen lag die zweite getrennte Nacht. Markus war schwer aus der Ruhe zu bringen; sie hatte ihr Fortbleiben angekündigt, ohne in der Nachricht eine konkrete Zeitangabe zu machen. Ob er sich trotzdem sorgte?

Das Los hatte ihr wieder ein Lager an Deck zugewiesen, diesmal neben Astrid, die nach den schier endlosen Gesellschaftsspielen jetzt noch in der Küche herumwerkelte. Rastlos wie Jessie und doch anders. Zufrieden, obwohl das nicht recht zusammenpasste. Katrins eigene Rastlosigkeit kleidete sich in äußere Starre, während in ihr ein Sturm tobte. Fern von allem, besonders von ihrem eigenen Leben. Das schien für sie alle drei zu gelten, wie Jessie es beim gemeinsamen Beschluss, auf der Jowige weiterfahren zu wollen, vermutet hatte.

Ein Patschen kam näher, diesmal real, verstummte an ihrer Seite, und Maschas feuchte Schnauze schob sich tröstend in ihre Hand.

»Was mache ich denn bloß hier?«

Der Schein einer Lampe erhellte das Steuerhaus, in dem Hanne noch arbeitete. Ein bläulicher Schimmer verriet, dass auch der Computerbildschirm eigeschaltet war. Ob Hanne sich wohl einsam fühlte? Genau jetzt oder an anderen Tagen – zumindest manchmal? War das der Preis für ihre Freiheit? Und was bedeutete es, frei zu sein? War sie frei? Sie, Katrin Abele? Und wer war sie wirklich über diesen Namen hinaus? Diese kleine Frage aus Jessies Mund war in ihr wie ein Unkrautsamen aufgegangen. Keimte, spross, trieb lange Wurzeln in aufgewühltem Grund. Wer seid ihr? Unter vier Augen kam ihr Jessie weniger künstlich vor. Katrin hatte versucht, den Spieß umzudrehen und die Gesprächsführung zu übernehmen. Doch viel mehr als ein flüchtiger Hauch von Nähe war dabei nicht herausgekommen.

Die Hündin schleckte ihr die Finger ab. Warm und feucht, wie Tränen. Sie sank vor Mascha in die Knie.

»Geh nicht weg, ja?«, murmelte sie. »Bleib heute Abend bei mir.« Ein weicher Körper, um sich anzukuscheln. Sie würde zum Einschlafen jede Hilfe gebrauchen können.

Katrin stellte sich vor, wie Klärchen oben im Steuerhaus durch den Lichtkegel tänzelte und sich an Hannes Schulter rieb. Ein Fels in der Brandung. Ja, das passte. Rau, unerschütterlich und widerstandsfähig, jeder Situation gewachsen und niemandem etwas schuldig. Katrin schniefte. Wäre sie doch nur ein bisschen mehr wie Hanne, dann wüsste sie ganz sicher, was zu tun war!

*

Liebevoll drückte Hanne die Nase in Klärchens Fell und hob die Katze auf ihren Schoß.

»Bin gleich fertig, meine Süße«, versprach sie und wandte sich dem Bildschirm zu. Nach stundenlanger Bastelei saß das Ersatzteil, wo es hingehörte. Der erste Probelauf war gelungen. Dušan räumte noch die letzten Reste auf. Morgen sollte alles wieder reibungslos funktionieren.

Bevor sie ihren Arbeitstag beendete, studierte sie wie üblich die von der Wasserstraßen- und Schifffahrtsverwaltung bereitgestellten Daten und die aktuelle Wetterprognose. Was sie sah, gefiel ihr gar nicht. Der Schauer, über den sie sich gestern so gefreut hatte, brachte keine Veränderung, weder kurz- noch mittelfristig war Regen in Sicht. Ein echtes Problem. Nach einer Reihe von Hitzesommern war auch der vergangene Winter wieder ausgesprochen mild und trocken gewesen. Die Schneefälle in den Alpen reichten bei weitem nicht aus, um das über den Sommer verlorene Wasser aufzufüllen. Gletscher wuchsen nicht einfach nach, sie verschwanden auf Nimmerwiedersehen.

»Wat fott is, is fott, Klärchen.« Kölscher Galgenhumor, bei dem ihr allmählich das Lachen verging. Gletschersterben war nicht nur ein Problem für den Skitourismus, sondern auch für die Binnenschifffahrt. Denn wo im Winter kein Schnee fiel, konnte ihm Frühling keine ausreichende Schmelzwassermenge die Flusspegel auffüllen. Und so schrumpfte schon jetzt im Frühling mancherorts die Fahrrinne. Wenn das so weiterging, würden sie in den Sommermonaten wieder nur mit einem Viertel der Ladung fahren können, um nirgends aufzulaufen.

Sie schnippte das Hulamädchen an. Den einen drohte die Dürre, die anderen liefen Gefahr, vom ansteigenden Meeresspiegel verschluckt zu werden. Schöner Mist.

Immerhin konnte Hanne von sich behaupten, mit einem umweltfreundlichen Transportmittel unterwegs zu sein, zumindest was den Energieverbrauch und den Ausstoß von Treibhausgasen anging. Das galt selbst für einen alten Kahn wie die Jowige. Jedes Schiff sparte Dutzende LKW ein, entlastete die Straßen und stellte die Versorgung der Wirtschaft sicher. Bloß nahm das kaum jemand wahr. Binnenschiffe rückten nur über negative Schlagzeilen ins Bewusstsein, wenn eines havarierte zum Beispiel. Aber wem erzählte sie das? Das Mädchen im Bastrock kreiste gelangweilt mit den Hüften, und Klärchen trollte sich, um Mascha zu suchen. Treulose Gesellinnen, die sich gegen sie verschworen und einen Narren an ihren Gästen gefressen hatten.

Hanne wippte mit der Rückenlehne. Niedrigwasser, Klimawandel, Existenzängste. Auch über solche Dinge sprach sie meist nur mit Frédéric. Denn jede Diskussion mit Kollegen wurde früher oder später zur politischen Debatte, worauf sie gern verzichtete. Lieber reduzierte sie ihre Kontakte auf Schifffahrtsthemen im engeren Sinn. Es gehörte nicht zu ihren Hobbys, im Kreuzfeuer zu stehen, weil andere mit ihrem Gelegenheitszynismus überforderte waren. Auch das schönste Hochwasser war keine Lösung. Und Ironie, die man erklären musste, machte keinen Spaß.

Sie schaltete den Computer aus. Morgen also.

Dritter Tag

Kapitel 9

Langsamkeit und Langeweile

Beim Erwachen umfing Katrin Stille. Im Hintergrund getragen von einem gleichmäßigen Geräusch, das Träume und erste Gedanken ineinander verwob, brummend Geborgenheit vermittelnd. Wie ein überdimensionales Katzenschnurren. Katrin gähnte. Unter ihr vibrierte der Boden. Eigenartig, das Schnurren dröhnte … Katrin tastete ihren Bauch ab, doch Klärchen war weg. Offenbar hatte sie wie ein Stein geschlafen, so tief, dass sie die Abfahrt der Jowige verpasst hatte. Sie reckte die Nase in die kühle Morgenluft und schlug die Augen auf. Das Lager neben ihr war leer. Wo war Astrid?

Eilig pellte sie sich aus der klammen Decke, stützte die Ellbogen auf, setzte sich. Nein, sie war kein Stein. Jeder Knochen tat ihr weh. Sie strampelte den letzten Deckenzipfel ab und stand auf. Hellgrauer Nebel gab nur einen Radius von zwei, drei Metern Sicht frei. Ihr Herz wummerte. Träumte sie etwa doch noch? Sie drehte sich im Kreis, registrierte, dass sich alles am passenden Ort befand, und bewegte sich dann langsam in Richtung Wohnung.

»Guten Morgen.«

»Wahh!« Katrin zuckte zusammen. Drei weitere Meter rechts von ihr lehnte Astrid an der Bordwand. Im sphärischen Licht hätte man sie für einen Geist halten können, herabgestiegen von den scheinbar schwebenden Treppenstufen. Leise setzte in ihrem Kopf die Melodie von »Stairway to heaven« ein, begleitet von undeutlichen Textzeilen.

»Magst du auch einen Kaffee?«

Katrin nickte stumm. Jetzt erkannte sie die Tasse in Astrids Hand und das weiße Laken, in das sie sich von den Schultern bis zu den Füßen eingewickelt hatte. Neben ihr standen eine Thermoskanne und zwei zusätzliche Kaffeebecher. Astrid goss ein und legte die Unterarme wieder auf die hochgezogene Bordwand. Katrin tat es ihr nach.

Nachtkälte kroch aus dem Metallboden durch ihre Socken. Kaum zu glauben, dass sie am Mittag sicher wieder schwitzen würden. In ihren Tassen dampfte der Kaffee um die Wette.

»Ist das nicht unfassbar schön?«

Der Nebel wurde heller, gleißend weiß, setzte dort, wo sich ein Loch auftat, einzelne Bäume mit Weichzeichner in Szene. Auf einem steilen, terrassierten Hang leuchtete die Burg Hirschhorn in selbstbewusst lachsfarbenem Anstrich. Strahlend wie ein italienisches Fresko. Eine Stufe tiefer und in dezentem Sandsteinrosa lugte ein Kirchenbau durch den Wolkenschleier. Dazwischen kleine Flecken verwilderten Grüns, wo vielleicht einmal Weingärten gewesen waren. Ziegenmeckern hallte herüber. Die zugehörige Stadt mit verschachteltem Fachwerk und spitzen Dächern kauerte hinter einer mittelalterlichen Mauer. Als sei dort die Zeit stehen geblieben.

»Brigadoon am Neckar.« Versonnen nippte Astrid an ihrem Kaffee. Die Jowige querte den Fluss, um sich linksseitig in eine Schleuse einzufädeln. »Ich liebe Musicals mit solchen märchenhaften Geschichten, und wäre es nicht genau das, was wir haben wollten? Ein Ort, losgelöst vom Weltgeschehen und der Zeit. Du kennst den Film, oder?«

»Nein, nie gehört. Ist mir wohl entgangen. Ich war seit Jahren nicht im Kino.«

»Ach, nein.« Astrid winkte ab. »Der Film ist uralt. Wahrscheinlich kennt ihn fast keiner mehr. Wir haben den damals auf VHS-Kassette gekauft, weil die Mama auf Gene Kelly stand.« Lauter werdend redete sie gegen das Wasserrauschen an. »Brigadoon ist ein verwunschenes Dorf, das nur alle hundert Jahre für einen Tag sichtbar wird, und natürlich kann niemand das Dorf verlassen. Ein junger Mann aus der normalen Welt verliebt sich dort. Doch als er am nächsten Tag wiederkommt, sind die Frau und Brigadoon verschwunden.«

»Wie kann man das schön finden?« Katrin umklammerte die Tasse fester und stieß sich von der Bordwand ab. »Das ist doch grausam.« Ihr Rücken berührte die Treppe, Kaffee schwappte. Was Astrid noch zu sagen hatte, ging im Motorengeräusch unter, das sich anhörte wie hochtouriges Drehen im Leerlauf.

Über ihnen streckte Hanne den Kopf aus der Tür und fuchtelte mit den Armen. »Dušan! Mach dein Funkgerät an!«

Aus der grauen Suppe ertönte eine undeutliche Antwort, dann tauchte ein hochgereckter Daumen auf.

»Hab ich was verpasst?« Jessie schlupfte durch die Bullaugentür ins Freie und fühlte sich beinah nackt ohne den obligatorischen Rucksack, den sie ausnahmsweise unter dem Bett verstaut hatte. Argwöhnisch runzelte sie die Stirn. Sie hasste es, wenn ein Gespräch bei ihrem Erscheinen abbrach. Keine Antwort war auch eine Antwort. Die hatten garantiert über sie geredet. Blöde alte Tratschtanten.

»Ist das da Hirschhorn?«

Astrid nickte.

Mutig trat Jessie vor. Ihr Handtuchturban schaukelte. Zum Schleusengebäude führte entlang der Kammer ein schmaler betonierter Weg, dahinter trennte sie ein Streifen Grün vom Fluss. Noch konnte sie über den Rand schauen, ehe es bald abwärts gehen würde. Eine Gänsehaut kroch ihre Wirbelsäule herauf und wieder hinunter, was nichts mit ihren nassen Haaren oder der Nebelfeuchte zu tun hatte. Ihr Körper dampfte, aufgeheizt vom Duschen.

Die Wehranlage nahm drei Viertel der Flussbreite ein, über drei Felder ergossen sich breite Kaskaden lärmend zu Tal. Zwar wurde die Prozedur beim Schleusen allmählich zur Routine, doch parallel dazu wuchs Jessies Faszination. Schwer beladene Frachter wurden in einer Leichtigkeit angehoben und abgesenkt, als handele es sich um Papierschiffchen. Leise schaukelnd und sicher, zwischen Stahl, Beton und der gezähmten Kraft des Wassers.

Ihr Herzschlag drängte hart gegen die Rippen. Sie beobachtete Dušan einige Meter entfernt auf der Gangbord, an der Seite der Fracht, bemühte sich, den Spalt zur Schleusenwand zu ignorieren. Solange sie den Kopf oben hielt, war alles gut. Sie konzentrierte sich auf seine Hände und das Tau. Eine Schlinge fixierte das Schiff am Poller an Land; um die Poller an Deck lagen mehrere Achterschleifen, die Dušan nach und nach löste. Ohne es zu merken, ging Jessie näher heran, nahm dabei das Handtuch herunter und schüttelte die langen Haare.

»Wozu ist das gut?« Ihr Finger zeichnete eine Acht in die Luft.

»Abstand halten.«

»Mache ich doch!«

Er schaute an der Wand hoch. Millimeterweise schienen die eingebetteten Leitersprossen vorbei zu rutschten. »Die Jowige.« Sein Daumen wies hin und her. »Darf sich nach vorn oder hinten nicht viel bewegen.«

»Ach so. Ist das schwierig?«

»Übungssache.«

»Zeigst du es mir?«

Dušan kratzte sich den Nacken.

»Später, nicht jetzt«, präzisierte sie. Fehlte ihr noch, dass der sie aufforderte, zu ihm auf die Gangbord zu kommen. Dann hätte sie kneifen müssen aus Angst, hinunter ins Wasser zu gucken, und schön blöd dagestanden. »Trockentraining sozusagen. Wie wäre es am Heck?« Sie wiegte sich hin und her. Poller gab es überall auf dem Schiff, und die am Heck waren ihr sehr sympathisch, wegen der bis zum Boden geschlossenen Bordwand.

Jessie spreizte Daumen und Zeigefinger und peilte Dušans Oberarm an. Mordsmuskeln. Um drumherum zu greifen, hätte sie drei Hände gebraucht. Das war keine aufgepumpte Luftnummer, da steckte Power drin. Beeindruckend, aber trotzdem nicht ihr Typ. Kein Vergleich mit Marlon. Sie wischte die feuchten Haare über die Schulter nach vorn, spürte, wie sich unter ihrem dünnen Shirt die Brustwarzen zusammenzogen. Wenn er jetzt den Kopf drehte, hatte die schmachtende Astrid verloren! Ihr Bauch kribbelte, obwohl er sie nicht interessierte. »Also, wie sieht's aus?«

»Nach dem Anlegen«, sagte Dušan. Sein Blick klebte weiter am Tau.

»Fein. Ich nehm dich beim Wort!« Jessies Hand fuhr wieder in ihre Haare. Schließlich salutierte sie, schenkte Dušan ein letztes kokettes Zwinkern, das er konsequent ignorierte, und drehte sich schwungvoll auf dem Absatz um. Höchste Zeit, ihre Sweatjacke überzuziehen.

*

Kartoffelsalat sollte es werden, schwäbisch und schlotzig, wie Astrid es von ihrer Mutter gelernt hatte. Ein Netz Kartoffeln polterte auf die Spüle, und Dušan legte noch eine Großpackung Fertigfrikadellen dazu.

»Vielen Dank.« Nicht die allererste Wahl, aber die beste, die ihr zur Verfügung stand. »Isst du gern Kartoffelsalat? Mir wäre es ganz lieb, wenn du später zum Probieren vorbeikommst. Bei meinem kommt Senf an die Soße.« Wer körperlich arbeitete, brauchte etwas Anständiges auf dem Teller, und schmecken sollte es auch. Vom Flur war ein leises Geräusch zu hören. »Du kennst Hannes Vorlieben oder was sie gar nicht mag«, ergänzte sie schnell, um keinen falschen Verdacht aufkommen zu lassen, falls jemand mithörte. Sie hatte weder vor, sich anzubiedern, noch, sich ihm an den Hals zu werfen. Der Gedanke an Jessies aufreizenden Auftritt vorhin gruselte sie. »Ich freue mich über jeden Tipp. Das gilt auch für den Speiseplan der nächsten Tage.«

Dušan ließ Wasser in die Spüle laufen und sortierte die Kartoffeln nach der Größe, dann deutete er fragend auf die unterschiedlichen Haufen.

»Diese da.« Astrid entschied sich für die kleinsten. »Mehr Aufwand beim Schälen, aber eine kürzere Garzeit. Und noch zwei von den Mittelgroßen.« Sie musterte ihn von der Seite. Ob er empfänglich war für Jessies Reize? Er trug keinen Ring, weder am Finger, was der Arbeit geschuldet sein konnte, noch an der Kette um seinen Hals, die über dem Hemd baumelte. Gegen ihren Willen musste Astrid sich eingestehen, dass ihr seine Anwesenheit gefiel. Vor allem, weil er nicht hätte bleiben müssen.

»Zwiebeln«, sagte er endlich. »Passen zu allem.« Er warf die Kartoffeln ins Wasser und rieb die lehmige Erde mit den Händen ab. »Der Chef isst alles gern, was ein anderer kocht.«

Das traf sich doppelt gut, denn ein schwäbischer Kartoffelsalat ohne Zwiebeln war schlicht undenkbar. Fein gewürfelt und glasig in Butter gedünstet. Astrid rückte Topf und Pfanne auf dem Herd zurecht. »Wie ist sie denn so? Als Mensch und als Chefin?«

Dušan hielt inne und legte eine Kartoffel nach der anderen in den Topf, ehe er antwortete. »Anständig. Immer.«

Und bei dieser Beschreibung blieb es.

*

Der Tag zerfloss in Langsamkeit und Langeweile. Nach dem gestrigen exzessiven Spielemarathon war heute die Luft raus, nicht einmal Astrid hatte Lust darauf, Karten oder Würfel in die Hand zu nehmen. Ihre erhoffte Charakterstudie hatte wenig zutage gefördert. Nur dass Jessie gern von Marlon sprach, dem wunderbaren, klugen, einzigartigen.

Doch worüber redete man, wenn man nichts sagen wollte? Auf keinen Fall etwas Persönliches preisgeben, um sich nicht angreifbar zu machen?

Astrid gab sich größte Mühe, das Gespräch in Gang zu halten, und ging sogar auf Jessies anhaltende Sightseeing-Infos ein. Ihr Instinkt sagte ihr, dass zwischen den vielen Worten etwas verborgen lag. Beispielsweise weshalb Jessie wirklich an Bord geblieben war. Sowohl sie als auch Katrin umgab ein Geheimnis, das Astrid zu lüften gedachte. Denn wenn sie eines konnte, dann sich in die Probleme anderer Menschen hineinversetzen. Dafür galt es, Spuren zu lesen, als sei sie ein Profiler im Kriminalroman: Gesten, Blicke, Betonungen und die wiederkehrenden Momente plötzlichen Schweigens. Auf unterschiedliche Weise machten beide einen deprimierten Eindruck. Auch Jessie, die ihr Innenleben hinter einer krawalligen Fassade versteckte. In jeder Hinsicht übertrieben, bei schlechter wie bei guter Laune. Astrid fürchtete sich immer noch ein wenig vor ihr.

Abwechselnd trommelte Jessie jetzt mit den Fersen gegen das Metall des langgezogenen Kastens, den sie zur Abwechslung als Sitzplatz auserkoren hatte.

»Voll chillig.« Pausenlos tanzten ihre Daumen über das Display. »Wie dein Yoga, bloß ohne Turnen.«

»Beim Yoga geht es um den ganzheitlichen Ansatz. Geist und Körper als Einheit«, verbesserte Astrid sie vorsichtig. »Der Mensch soll durch die Übungen beides in Einklang bringen. Das ist mehr als nur Entspannung, es geht tiefer. Letztlich gehört es zusammen, und es ist kein Fehler, erst zu entspannen.« Wie so oft eierte sie herum, versuchte bloß keine offene Kritik zu üben und ärgerte sich deswegen. Aus den schwarzen Streifen auf ihrer Hose waren nach der Behandlung mit normaler Seife hellere geworden, was das Gesamtbild nur geringfügig verbesserte. Außerdem prickelte ihre Haut im Nacken und an den Armen schon wieder von der ungewohnten Sonneneinstrahlung. Seltsamerweise gefiel ihr das Gefühl. Seitdem der Nebel sich aufgelöst hatte, war der Himmel einheitlich blau. Flugzeuge malten kurzlebige Kondensstreifenmuster. Klare weiße Linien: zerfließend, verblassend, fort ohne jegliche Spur. Astrid schaute ihnen zu. Eine Weile war sie dem wandernden Schatten mit ihrem Klappstuhl gefolgt, dann hatte sie es aufgegeben, der Sonne ausweichen zu wollen, und den Hosensaum ein Stück umgeschlagen. Wenn schon, denn schon. Ihre Fußrücken und die bleichen Schienbeine schmorten unvernünftig lang in der Hitze. Sie faltete die Beine unter den Stuhl und legte ihre Hände auf die Knie.

»Ganz wichtig für jede Art von Entspannung, Meditation oder Yoga ist es, sich eine angenehme Atmosphäre zu schaffen. Eine schöne Umgebung ist ein guter Anfang. Und schön haben wir es ja wirklich!« Der Neckar durschnitt den Odenwald, und streckenweise verlief die Grenze zwischen Hessen und Baden-Württemberg genau in der Flussmitte, wie Jessie ihnen vorgetragen hatte. Es fiel Astrid erstaunlich leicht, den Schrottberg mitsamt den rostigen Kanten des Laderaums zu übersehen. Etwas schwieriger zu ignorieren war die unbequeme Stuhlkante, die trotz des untergelegten Kissens gegen die Oberschenkel drückte. Sie breitete die Arme zu den bewaldeten Hügeln aus, als wolle sie jeden einzelnen Baum umarmen, und schluckte den Satz, der ihr dazu auf der Zunge lag. Dieses Grün tankte ihre Seele auf. »Wohin kommen wir als Nächstes?«

»Die Antwort ist keine Herausforderung.« Jessie schnipste mit den Fingern und warf die Frage zurück. »Kannst du selbst. Wir kommen in eine …?«

»Schleuse?«

»Korrekt! Aber Heidelberg ist das, was du vermutlich hören wolltest, Universitäts- und Touristenstadt.«

»Heidelberg, wie schön! Da gerate ich direkt ins Schwärmen! Um das Schloss herum lässt es sich wunderbar spazieren gehen. Das Stadttor ist ein Brückenkopf, durch den man in die Altstadt kommt, mit weiß-rosa Türmchen links und rechts, obendrauf so lustige Kugelspitzendächer. Und gegenüber der Philosophenweg! Ich sag dir, Heidelberg ist perfekt für einen romantischen Kurzurlaub. Oh, entschuldige bitte.« Astrid täuschte Erschrecken vor – und erschrak tatsächlich über ihre Heuchelei. »Ich wollte den Finger nicht in die Wunde legen. Es ist wirklich schade, dass dein Verlobter keine Zeit hat, deinen Urlaub mit dir zu verbringen.« Wenn man verliebt war, zählte jeder Augenblick und sei er noch so kurz. Sie wäre an Jessies Stelle in München geblieben. Ein Kaffee am Morgen, ein Abendessen, eine gemeinsame Nacht – das waren kostbare Geschenke. Ihr Schmerz saß tief, obwohl es lange her war. Sie ballte die Hände zu Fäusten. Was war nur in sie gefahren, so gemein zu Jessie zu sein? Eine Welle des Mitgefühls schwappte über sie hinweg. Nicht alle Fernbeziehungen waren zum Scheitern verurteilt, nur weil ihre Ehe nicht überlebt hatte.

»Ja, blöd gelaufen.« Jessie wischte desinteressiert über ihr Display. »Aber die Trennung ist ja nur vorrübergehend … also räumlich. Und ganz bald wird alles perfekt sein.«

Krallen klackerten über Metall, und Mascha flitzte wedelnd über das Deck. Sie drehte eine Runde und begrüßte jede der Frauen mit einem Nasenstüber. Zuletzt machte sie vor Jessie halt und ließ den quer im Maul steckenden Gummiknochen fallen. Den Hintern hochgereckt legte sie die Vorderbeine ab und senkte den Kopf.

Gedankenverloren strubbelte Jessie ihr über den Rücken. Es wäre besser gewesen, sie hätte Marlon mit ihrem Besuch nicht überrascht. Ihr Fehler, ganz klar. Seine Pläne mit ihren eigenen zu durchkreuzen war bei ihm noch nie gut angekommen. Ein misslungener Schachzug.

Mascha bellte, nahm den Knochen ins Maul und platzierte ihn erneut vor Jessies Füßen.

»Du sollst ihn werfen.« Katrin versuchte Mascha zu locken,

aber die hatte gerade nur Augen für Jessie. »Stört dich das bisschen Sabber?«

»Quatsch. Als ich klein war, wollte ich Tierpflegerin werden, und jetzt arbeite ich im Kindergarten, da bin ich echt Schlimmeres gewöhnt.« Jessie hob das glibberige Ding auf und warf es eher hoch als weit. Es dotzte mittig auf der Freifläche auf, quietschte, sprang wieder hoch und gegen die Wand. Aus dem Stand vollführte Mascha eine Kehrtwende mit halbem Salto und schnappte den Knochen geschickt mit den Zähnen. Beim nächsten Wurf sauste sie als urkomisches Fellknäuel durch die Luft, Pfoten voraus, mit flatternden Ohren. Ihr Übermut wirkte ansteckend. Die Frauen feuerten Mascha an, die von der Aufmerksamkeit und dem Gelächter um sie herum gar nicht genug bekam. Bald wechselten sie sich beim Werfen ab. Eine akrobatische Flugschraube folgte der anderen, es sah aus, als wolle Mascha sich in der Mitte verknoten. Unkontrolliert flitschte der Knochen mal hierhin, mal dorthin und quietschte bei jedem Zuschnappen. Das Geräusch wirkte wie Brandbeschleuniger, befeuerte ihr Gelächter, das leicht ins Hysterische kippte. Ein Katalysator ihres mühsam gezügelten Gefühlsdurcheinanders, in dem sich ungehindert alles vermischte und nun übersprudelte, ohne sich aufzulösen.

Der Knochen flog im Zickzackkurs über mehrere Stationen und rutschte schließlich auf der Gangbord außer Sicht. Alle vier Füße auf den Boden gestemmt schlidderte Mascha ihm hinterher.

»Pass auf!« Jessie stieß einen Schrei aus und folgte der Hündin. Drei, vier, fünf Schritte auf dem schmalen Blech, bis ihr der Fehler bewusst wurde. Links Schrott, rechts das Seil. Das dünne, viel zu dünne Seil und das wabernde Wasser. Keuchend knallte Jessie auf Hände und Knie. Maschas wedelnder Hintern unmittelbar voraus war das Letzte, was sie sah, ehe sie die Augen zukniff.

»Vorsichtig, ganz, ganz vorsichtig, Mascha. Hörst du?« Ihre Stimme schwankte, sie taste mit einer Hand nach der Hündin.

»Wir kriechen jetzt gemeinsam rückwärts, ja?« Sie musste nur einen Lauf zu fassen kriegen. »Es ist nicht weit, nur ein paar Meter«, sagte sie laut und um einen beruhigenden Tonfall bemüht, der leider bei ihr selbst keine Wirkung zeigte.

»Alles in Ordnung, Jessie?«

»Ja, alles super! Ihr ist nichts passiert.« Das fehlte ihr noch, dass Astrid ihren jämmerlichen Bodenkuss als das erkannte, was er war: lupenreine Panik. »Bitte Mascha, bitte, bitte«, flüsterte sie. »Ich rette dich, aber du musst ein bisschen mithelfen.« Endlich erwischte sie ein haariges Bein. Im gleichen Moment quietschte vor ihrer Nase der Knochen, Hundeatem streifte sie, dann leckte eine feuchte Zunge quer durch ihr Gesicht.

Jessie zuckte zurück. Auge in Auge mit Mascha, die hellauf begeistert ihr Spielzeug präsentierte.

»What the fuck?« Jessie setzte sich auf ihre Fersen und rieb mit dem Jackenärmel ihr Gesicht sauber. »Du hast mich ja schön reingelegt!« Mit zitternden Fingern tätschelte sie den Hundekopf und erläuterte Mascha leise, in welch blöder Situation sie steckte. Rückwärts kriechen war keine Option mehr, nachdem Mascha sich problemlos umgedreht hatte. Aufstehen, Drehung zum Schrott, Augen geradeaus und einen Fuß vor den anderen? Anders würde es wohl nicht gehen. Sie hob den Quietschknochen auf. Sie wollte nicht riskieren, dass Mascha ins Wasser sprang, weil der Knochen auf dem Rückweg ins Wasser plumpste. *Hoch jetzt*, kommandierte sie. Ihr Magen rebellierte, die Kehle schnürte sich zu. Ein rostiges Rohr lugte aus dem Berg wie das Periskop eines U-Boots. Ihr Blick hielt sich weiter hinten am Kran fest, fand Astrid und Katrin, die nun ebenfalls an der Reling standen. Fünf Schritte hatten sie hergebracht, fünf Schritte würden sie auch zurückbringen. Sie winkte und reckte den Daumen. Die Suppe hatte sie sich selbst eingebrockt.

»Einen Löffel für Mama, einen für Papa«, murmelte sie und verteilte Suppe für jeden ihrer Schritte, die etwas kleiner ausfielen als auf dem Hinweg. Ihr brach der Schweiß aus. »Einen für Frau Krüger, einen für Marlon, einen für Ben. Nein, zwei, drei Löffel für Ben.«

Auf dem letzten Meter überholte Mascha sie, stibitzte den Kauknochen aus ihrer Hand und machte Bocksprünge vor Vergnügen.

»Mascha, du kleines Biest!« Jessie fluchte und lachte zugleich. Adrenalin prickelte wie Sekt in ihren Adern. Sie hatte es geschafft! Aufrecht und allein. Ohne einen starken Arm, der sie durch den Gefahrenbereich leitete.

»Wer ist Ben?«

Katrins Frage unterbrach den kleinen Höhenflug, und Jessie wischte den Namen fort. »Niemand. Obwohl er das anders sieht und mal jemand war. Vergiss ihn.«

»Gut. Wenn du meinst.«

»Fängst du schon wieder damit an?«

»Gar nichts fange ich an.« Katrin zuckte mit den Schultern. »Ich respektiere nur deine Privatsphäre.«

»Das tu ich auch«, versicherte Astrid eifrig. Aber ihr Gesicht zeigte deutlich, dass sie das Thema nicht auf sich beruhen lassen würde. »Wirklich. Nur, so wie du das gerade gesagt hast: Ein niemand, der mal jemand war und das anders sieht … Ist dieser Ben etwa ein Stalker? Bedrängt er dich? Ein Ex, der nicht loslassen kann? Sowas ist gefährlich.«

»Na du hast ja eine Fantasie! Plötzlich kennt sich jeder mit dem Thema aus, und schon werden Kleinigkeiten zum Drama aufgeblasen. Nur weil man eine Beziehung nicht sofort aufgibt und kämpft, wird man ruckzuck als Verbrecher abgestempelt. Das ist doch Blödsinn!« Ihr Finger zielte in Katrins Richtung wie der Lauf einer Waffe. »Was wäre dir denn lieber nach einem handfesten Krach, bei dem du jemanden zum Teufel gejagt hast? Dass er sich umdreht und sagt: Okay, *wenn du meinst*, dann ist eben Schluss. Oder dass er dir seine Liebe beweist und sich nicht zu schade ist, dir nachzulaufen?« Sie schwenkte die Pistole zu Astrid herum. »Ja, Ben ist ein Ex, soweit liegst du richtig. Das war's aber auch. Ich werde nicht gestalkt. Wir hatten eine tolle Zeit. Dann war Feierabend, und jetzt habe ich Marlon. Mit ihm bin ich viel besser dran.«

»Verstehe«, sagte Astrid mit Nachdruck. Bestätigung zu signalisieren war besonders wichtig, wenn man indirekt widersprechen wollte. »Es ist ein sensibles Thema, und ich bin ganz sicher keine Expertin. Ich hatte nur die Befürchtung, du könntest in Schwierigkeiten sein, und wollte dir den Rücken stärken. Falls dieser Ben dir auf die Pelle rückt und Stress macht, wenn du alleine bist, weil dein Verlobter jetzt in München wohnt. Hätte ja sein können, dass du deshalb ungern nach Hause fährst. Das ist alles. Wir kennen uns erst seit Kurzem, aber wir sitzen doch wortwörtlich in einem Boot.« Eine Notgemeinschaft ohne Gemeinsamkeiten, bis auf diese eine. Vor ihrem inneren Auge tanzten blau-grüne Flecken über weiße Oberarme. »Umso besser, wenn ich mich geirrt habe.«

»Das hast du.« Jessie schnickte ihre Haare mit so viel Schwung aus dem Weg, dass ihr fast schwindelig wurde. Beinahe wäre sie schon wieder ausgetickt. Stalking! Die farblose Astrid hatte echt ein Händchen dafür, sie auf die Palme zu bringen. Was wusste die schon von Liebe? Sie lächelte süß und versöhnlich. »Wenn du jetzt fertig bist, würde ich mir gern Maschas Sabber aus dem Gesicht waschen. Die hat mich eben nämlich herzhaft geküsst.«

*

Mit einem durchdringenden Pfiff beorderte Hanne ihre Hündin zurück ins Steuerhaus. Das wilde Herumtoben hatte Mascha sichtlich Freude bereitet. Keine Frage, Hanne hatte es ihr gegönnt und doch ab und zu die Luft angehalten. Mascha war darauf trainiert, selbst im Spiel ihre Grenzen einzuhalten. Normalerweise funktionierte das reibungslos, und sie war noch keinem Spielzeug ins Wasser nachgesprungen. Aber wie sollte ein Tier verstehen, was normal war? Was galt noch, wenn sich die Gesetzmäßigkeiten an Bord änderten, die bisher nur zwei Tiere und zwei Menschen umfasst hatten?

Von der alten Brücke in Heidelberg winkten Leute herunter. Hanne gab sich einen Ruck und winkte zurück.

Noch fünfundzwanzig Kilometer bis zum Hafen Mannheim, an dem sie heute vorbeifahren würden, ohne anzulegen. Und danach keine zwanzig mehr bis nach Worms. Und zu Frédéric.

*

Die ganze Strecke an Heidelberg vorbei blieb Jessie verschwunden, und Astrid begann sich zu sorgen. War sie mit ihrer Einmischung zu weit gegangen?

»Du wolltest ihr bloß helfen«, beruhigte Katrin sie. »Und die Frage nach Ben kam von mir. In Jessie steckt eine Menge Explosivität. Das muss nicht viel bedeuten. Phasen mit Stimmungsschwankungen erleben wir doch alle. Angefangen beim Trotzalter und der Pubertät.«

»Darüber sollte sie aber hinaus sein.« Mit Ende zwanzig war Astrid bereits verheiratet und Mutter gewesen.

»Sie wäre nicht die Erste, die im Dazwischen hängen bleibt und keine Lust hat, erwachsen zu werden.«

»Keine Verantwortung tragen und andere deine Probleme lösen lassen?« Astrid kannte eine ganze Reihe Leute, auf die das zutraf, angefangen bei ihren Söhnen. Es schien im Trend zu liegen, den unerreichbaren Traum von ewiger Jugend durch ewige Unreife zu kompensieren.

»Vielleicht sind wir zu hart«, schränkte Katrin ihr eigenes Urteil ein. »Wir kennen uns nicht wirklich und sind in einer ungewohnten Situation. Ich habe heute Morgen bei deiner Brigadoon-

Geschichte auch überreagiert. Dabei gab es gar keinen Grund. Ich bin bloß ein bisschen … nervös.«

Astrid nickte verständnisvoll. »Das habe ich gemerkt. Magst du mir sagen wieso?« *Magst du* war eine Einleitung, die sie selbst nicht leiden konnte, weil sie in ihren Ohren falsch klang. Niemand mit einem ernsthaften Problem *mochte* darüber reden, erst recht nicht mit einer Fremden. »Entschuldige. Ich führe mich auf wie die Kummerkastentante vom Dienst.«

Von ihrem Uhrenarmband grinste Katrin ein Kaktus mit Sombrero entgegen. *Na los, spuck es aus!* Sie widerstand dem sinnlosen Drang, aufs Ziffernblatt zu sehen. Es war der Gedanke an zu Hause gewesen. An dieses kleine, kein bisschen magische Dorf. Lebensmittelpunkt Steinäckerbach. Das hatte sich toll angehört. Doch ihr altes Leben war in Stuttgart geblieben, und im neuen war sie bis heute nicht richtig angekommen. Dabei wollte sie ja gern Wurzeln schlagen. Aber wie, wenn unter ihren Füßen nur Steine lagen? Sie hatte ihre Familie, aber keine neuen Freundschaften, war nie allein und doch einsam.

Katrin holte tief Luft. Eine Sache musste sie tatsächlich mit der Kummerkastentante besprechen, das war unvermeidlich. »Es ist wegen des Einkaufs. Offen gesagt: Ich habe kein Geld. Das ist mir furchtbar peinlich, schließlich habe ich unserer Vereinbarung mit Hanne zugestimmt. Meine Sachen sind am Ufer liegen geblieben, genau wie deine. Was machen wir denn jetzt? Meinst du, dass Jessie uns das vorlegen kann? Für drei kommt ordentlich was zusammen. Wir könnten natürlich auch beim Landgang abhauen.« Sie lachte gezwungen. »Allerdings wäre das schäbig, und wir wären immer noch mittellos und hätten nichts gewonnen.«

»Ach je, du Arme! So weit habe ich gar nicht gedacht. Mach dir deswegen mal keine Sorgen.« Erleichtert klatschte Astrid in die Hände. Dieses Problem konnte sie tatsächlich lösen. Sie klopfte auf ihre Hosentasche. »Ich habe alles Nötige dabei. Etwas Bargeld mit leichten Wellen von unserem Flussbad und alle meine

Karten. Niemand muss weglaufen!« Sie lupfte einen Blusenzipfel und zeigte den goldfarbenen Zip, an dem ein kleines Kügelchen baumelte. »Geldbörse – und zwar eine möglichst flache – zur Sicherheit immer am Körper tragen. Wer meine Handtasche stiehlt, geht leer aus. Unser Stadtausflug und die Reise sind gesichert.«

Katrin entfuhr ein erleichterter Seufzer, die Hände auf Herz und Bauch, die Augen für eine Millisekunde geschlossen. »Das ist die beste Nachricht des Tages. Du kriegst jeden Cent wieder. Sobald ich …« *Sobald ich zu Hause bin*, hatte sie sagen wollen, doch es kam nicht über ihre Lippen. »Sobald ich kann. Fest versprochen.«

»Ich vertraue dir.« Das entsprach der Wahrheit, obwohl es jeder realen Grundlage entbehrte und Astrids üblicher Mentalität zuwiderlief. Sie fühlte sich leicht und beschwingt, was auch die nächsten für sie untypischen Sätze erklärte. »Wir brauchen an nichts zu sparen. Mit meiner Reserve kämen wir problemlos auf dem Frachter zurück nach Stuttgart – was wir leider nicht ausgemacht haben – oder sogar bis ans Meer!«

Katrin lauschte dem Satz nach, schmeckte Salz auf der Zunge und wiederholte fast andächtig: »Oh ja, zum Meer!«

»What the fuck?« Jessies Rucksack plumpste zu Boden. »Ihr wollt ans Meer – ohne mich?«

Astrid zuckte wie von einem Schlag, fasste sich dann aber schnell. »Von ohne dich war keine Rede und der Gedanke nur so dahingesagt. Niemand fährt ans Meer.«

»Eigentlich haben wir über die Einkäufe gesprochen, die wir später endlich erledigen können. Wir werden einiges zu tragen haben.«

»Uh, die Shoppingtour. Voll vergessen, das zu sagen. Wäre ganz cool, wenn ihr das ohne mich hinkriegt. Wegen meiner Abmachung mit Dušan, der zeigt mir nach dem Anlegen seine Seiltricks.« Jessie grinste und reckte demonstrativ ihren Zeigefinger in die Höhe. »Bildet euch bloß keinen Quatsch ein. Das mache ich nämlich für uns, kapiert? Für uns heißt auch für euch. Wenn wir alle gleichzeitig losziehen, was sollte Hanne daran hindern, uns einfach sitzen zu lassen? Ohne Aufsicht allein an Bord bleiben zu dürfen können wir auch vergessen. Ist ja nicht so, als wäre Hanne paranoid, was ihre Betretungsverbote und Regeln angeht – aber ganz schön nah dran. Also hänge ich dem Typ am Arsch. So lange seid ihr safe.«

Katrin und Astrid schauten einander an. Es kam Jessie wie eine Ewigkeit vor, bis beide nickten. Ihre Ausrede schien zu greifen. Wenigstens hatte sie nicht umsonst mehr als eine Stunde drinnen auf dem Bett gelegen und nach einem Ausweg aus ihrer Misere gesucht. Wenn sie nur einen Fuß an Land setzte, wäre sie vielleicht nicht mehr in der Lage, die Jowige über irgendeine wackelige Brücke mit Tiefblick wieder zu betreten. Und das war nur die Hälfte des Problems.

»Den Großzügigen gehört die Welt!«, deklamierte sie und sah in diesem Sinne darüber hinweg, dass Katrin die Augen verdrehte. »Ich verzichte auf meinen Landgang und gebe euch die hier mit.« Lächelnd hielt sie Astrid ihre Bankkarte hin. »Meine PIN sage ich dir später. Bitte nicht verlieren, ja?«

Kapitel 10

Finde den passenden Schuh

Unmittelbar hinter Heidelberg war die Landschaft flacher geworden, und die letzten Hügel waren verschwunden. Seither erstreckten sich ringsum nur noch Felder, und die Besiedlung wurde dichter, je näher sie Mannheim kamen. Eine breite und schmucklose Überschwemmungszone schützte die Stadt, der es vom Wasser aus betrachtet genau deshalb an Charme fehlte. Keine Spur von Heidelbergs Romantik, keine repräsentative Promenade, keine gemütlichen Cafés mit Ausblick, stattdessen Brücken, Hochhäuser und Werkshallen, bei denen es guten Willens bedurfte, um ihre eigenwillige Ästhetik zu entdecken.

Katrin erklomm die Stufen zum Steuerhaus und holte bei Hanne die Genehmigung ein, mit Astrid zum Bug zu gehen. Dort wies Dušan ihnen einen Standort zu. Der Wind blies hier deutlich stärker als an ihrem Schlafplatz, pfiff durch Ösen und Öffnungen und sogar durch Katrins Ohrringe. Wenn sie den Kopf ein wenig drehte, fing er sich in ihren Ohrmuscheln, spielte seine säuselnde Melodie nur für sie.

Vor ihnen lief das linke Ufer in einer Spitze aus, und dahinter weitete sich die Wasserfläche auf das Dreifache. Zwei Flüsse wurden eins.

»Der Rhein«, flüsterte Astrid, rief es dann lauter und drehte sich mit ausholender Bewegung um. »Wir haben gerade die Flussmündung passiert, Kilometer Null. Jetzt ist unsere Fahrt auf dem Neckar vorbei.« Ihre Haare bauschten sich flatternd über ihrem Kopf, wie eine Flamme im Sturm. »Ist das nicht herrlich?«

Vorbei. Trotz der Sonne fröstelnd rieb Katrin sich die Arme und blinzelte. Jeder Wassertropfen unter dem Bug trug sie weiter weg von ihrer Familie, jede Welle wirbelte Zweifel empor, Scham und Verwirrung. Wie lange war *etwas Zeit?* Wie viel konnte sie Markus noch zumuten? Kilometer Null klang nach Neubeginn. War das herrlich? Zum Glück enthob der mächtige Strom sie einer Antwort.

*

»Ein kleiner Schritt für die Menschheit, aber ein großer Schritt für mich!«

Zwar war die Ähnlichkeit zwischen dem Hafengelände in Worms und der Mondoberfläche überschaubar, doch die vorherrschenden Grautöne und eine gewisse Tristesse hatten sie durchaus gemein. Voller Vorfreude setzte Astrid den ersten Fuß an Land. Ihre Knie wackelten, dabei war sie nicht eine Sekunde seekrank gewesen. »Fester Boden, das fühlt sich gut an und total seltsam. Verrückt, wie schnell man sich umgewöhnt.«

Katrin, die ihr unmittelbar folgte, schien ebenso aufgeregt wie sie. Worms war in den letzten Stunden für beide zum Ort der Verheißung avanciert. Völlig irrational, das war ihnen klar, und doch konnten sie sich nicht dagegen wehren. Jessie hatte das ihre dazu beigetragen, indem sie sie mit Vorschlägen für ihre Einkaufstour überhäufte.

Sogar Hanne versprühte mit jedem Rheinkilometer bessere Laune. Sie hatte den Kartoffelsalat gelobt, einige Ergänzungen auf die Einkaufsliste gesetzt und sogar Leihschuhe vergeben, damit sie nicht barfuß in die Stadt gehen mussten. Dabei pfiff sie immer wieder eine Melodie vor sich hin und grinste breit, wenn sie glaubte, unbeobachtet zu sein.

Jessie rief vom Klappstuhl aus letzte Instruktionen an Land. »Mein Internet sagt, ihr müsst über die Gleise und geradeaus am

Puff vorbei. Bei der ersten größeren Straße links, dann kann nix mehr schiefgehen. Stimmt doch, Chef?«

Hanne nickte und hob den Daumen. Sie würde später die entgegengesetzte Richtung nehmen, sobald an Bord alles Nötige erledigt war. So gern sie sich auch beeilt hätte, es wäre ihr nie in den Sinn gekommen, zu schludern oder Dušan vorzeitig allein zu lassen. Er hatte seine Arbeit, sie die ihre, und manches ging gemeinsam schneller von der Hand. Ein Halt in Worms wurde jedes Mal von einigen Ritualen flankiert. Zunächst musste die Jowige anständig festgemacht werden und sie anschließend der Hafenmeisterei einen Kurzbesuch abstatten. Der Liegeplatz ohne Verladevorgang war keine Selbstverständlichkeit. Für solche Gelegenheiten hatte Hanne immer einen Sondervorrat an kleinen Präsenten in petto. Keine Bestechung, nur ein Dankeschön, in diesem Fall in Form von Nougatpralinen. Gute Kontakte wollten gepflegt werden.

Die Sache mit Jessie an Bord bereitete ihr ein gewisses Kopfzerbrechen, obwohl Dušan ihre Anwesenheit abgenickt hatte. Hoffentlich wusste er, worauf er sich da einließ. Hanne wandte sich ab, während die beiden Frauen am Kai in den zu großen Schuhen davonstaksten.

Obwohl nirgends ein Zug zu sehen war, machte es Astrid nervös, die Gleisanlage zu kreuzen. Nur einige Waggons standen herum. Dunkelbraune Ungetüme, die ihr normalerweise riesig vorgekommen wären, doch im Vergleich zur Jowige wirkten sie klein. Ob sie wohl Güter gebracht hatten oder beladen werden sollten? Weder die Förderbänder noch die Türme mit den schwenkbaren Schütten und rüsselartigen Verlängerungen waren in Betrieb. Der gesamte Verladebereich wirkte ausgestorben.

»Gefällt mir nicht«, schnaufte sie. »Das ist bestimmt verboten, was wir hier machen. Unbefugtes Betreten, Hausfriedensbruch oder was weiß ich.« Der Ausstieg an dieser unerquicklichen Stelle verpasste ihrer Euphorie einen kleinen Dämpfer.

»Wir haben es gleich geschafft.« Katrin reichte ihr die Hand beim Überklettern einer Absperrung, dann deutete sie zur Seite. »Sieh mal dort. Auf dem Rückweg nehmen wir vielleicht lieber die Straße und nicht die Abkürzung.«

Empört stemmte Astrid die Hände in die Hüften. Die ganze Plackerei umsonst? »Wetten, das hat Hanne gewusst? Und Jessie vermutlich auch!«

»Ärger dich nicht.« Katrin rückte die Einkaufstasche über ihrer Schulter zurecht, in der sich weitere Stoffbeutel und knisternde Plastiktüten befanden. »Dafür können wir uns jetzt frei bewegen. Das fehlt mir auf dem Schiff schon ziemlich.« Sie ließ die Arme kreisen. »Ich fühle mich ganz eingerostet.«

Astrid nickte. Da war was dran, wobei sie schon deutlich länger rostete. »Gehen wir zuerst ein bisschen spazieren, bevor wir uns mit den Einkäufen beladen? Hast du dir etwas von Jessies Vorschlägen ausgesucht?«

»Hauptsache, wir machen in einem Café halt. Ich brauche unbedingt etwas Süßes. Der Rest ist mir gleich.«

»Au ja, Torte.« Astrid seufzte. »Bin dabei. Und ein Latte Macchiato oder ein Eiskaffee! Ansonsten würde ich gern den Dom sehen, von außen reicht schon – und den Ort, an dem Luther seine Schriften widerrufen sollte. Irgendwie ziehen mich solche historischen Stätten an. Vermutlich ein Erbe meines Vaters, der war Archivar und Hobby-Historiker.« Sie sah ihn vornübergebeugt mit der beleuchteten Lupe am Schreibtisch sitzen. Klein und immer dünner werdend zwischen Bücherstapeln und aufgerollten Ahnentafeln, bis sein scharfer Verstand ihn im Stich ließ. Es graute ihr davor, sein Arbeitszimmer zu betreten, in dem alles noch aussah, als käme er jeden Moment zurück. Irgendwann würde sie seine Sachen sortieren und über ihren Verbleib entscheiden müssen. Sie stolperte in Hannes ausgetretenen Clogs.

»Schuhe zuerst«, verkündete sie daraufhin und rieb sich den angeschlagenen Zeh. »Sonst kommen wir nicht weit.«

Keine halbe Stunde später steckten sie beide in nagelneuen Pantoletten, die sie vom Wühltisch vor einer Drogerie ergattert hatten. Ohne Fußbett, aber immerhin in der jeweils passenden Größe.

Anschließend schlenderten sie durch die Hallen der Kaiserpassage, ließen das Shoppingcenter aber bald hinter sich. Im unausgesprochenen Einvernehmen, dass dort einfach viel zu viele Menschen pro Quadratmeter unterwegs waren – und diese viel zu laut. Schon nach zweieinhalb Tagen auf dem Wasser fühlten sie sich wie Aliens.

Die Stille des Heylshof-Parks, in dem eine Gedenktafel und Luthers Schuhe – übergroße Steinlatschen – an dessen Standhaftigkeit erinnerten, erschien ihnen wie eine Wohltat.

»Witzig, oder?«, sagte Astrid und stieg barfuß in einen Schuh. Katrin stellte sich in den zweiten.

Im Schatten der alten Parkbäume tanzten durch das Blätterdach gefilterte Lichtpunkte über den Boden. Verstohlen beobachtete Astrid, wie Katrin an ihrer Armbanduhr herumspielte. Schön fand Astrid die nicht, weder die knallige Optik noch die comicähnlichen Figuren. Vielleicht eine wertvolle Designerkreation, die nach dem Bad im Fluss hinüber war.

»Tut mir leid, dass deine Uhr kaputt ist.« Sie zögerte. »Es geht mich ja nichts an, aber … du schaust ganz schön oft darauf. Bedeutet sie dir viel?«

»Die Uhr war ein Geschenk von Lilian. Nachdem ich zum dritten Mal zu spät kam, um sie vom Sport abzuholen. Da war sie zwölf. Himmel, sie war stocksauer auf mich! Seitdem trage ich sie immer.« Katrin legte die Hand über das Ziffernblatt. Eine schützende Geste, die Astrid ihre Neugier bereuen ließ. War das Kind etwa tot?

»Es geht ihr gut, falls du dich das jetzt fragt«, schob Katrin nach und musste lachen. »Lilian ist meine älteste Tochter, fünfzehn inzwischen. Das war ihre Uhr, die aber nur im Schrank lag, weil sie damals ein Discounter-Modell untragbar fand. Dauernd die Zeit zu checken ist … nur eine Marotte von mir.«

Zweifelnd legte Astrid den Kopf schief. »Lebst du von deiner Familie getrennt?«

Katrin verneinte stumm. Greifbar lag die logische nächste Frage in der Luft, wuchs im Schweigen auf Elefantengröße.

»Ich brauche etwas Zeit für mich.« Da war er wieder, dieser unsägliche Satz. »Aber ich habe zu jeder Stunde im Kopf, wer daheim gerade was macht, welcher Unterricht ansteht, wer aus der Schule kommt, wer ins Bad geht oder quengelt, weil er noch nicht ins Bett will.« Sie drehte das kleine Rädchen am Gehäuse. Die stillen Zeiger schnitten sie von der Wirklichkeit ab, manifestierten die Distanz, die sie zwischen sich und ihre Liebsten gelegt hatte. *Hier stehe ich und kann nicht anders.* Katrin strich sich die Haare aus dem Gesicht und stieg aus Luthers Schuh. Viel zu groß für sie, wie die Schuhe von Hanne und wie dieser berühmte Ausspruch, den Luther vermutlich so nie gesagt hatte.

»Lass uns weiterziehen und alte Gebäude angucken.« Sie lächelte bemüht und deutete zu den ehrwürdigen Bauten ringsum. »Kleiner Architekturtick, zählt wohl zu den Berufskrankheiten. In unserem Dorf sehe ich immer nur die gleichen Häuser.« Und meistens sah sie gar nicht richtig hin, sondern rauschte im Mama-Taxi daran vorbei. Immer in Eile.

Nach dem Besuch im Park wurde ihnen das Bummeln schnell langweilig. Während Astrid in der Umkleidekabine stand, schob Katrin eine Doppelpackung schlichte T-Shirts in Schwarz und Weiß unter dem Vorhang durch.

»Ich bin gleich zurück«, rief sie. »Muss schnell nebenan was gucken.« Im Spiegel sah Astrid ihre Hand unter der Kante winken, dann war sie weg, nur der Stoff schaukelte noch.

Nachdenklich begutachtete Astrid ihre Erscheinung. Das Oberteil aus geschmeidiger Viskose sah aus wie alle anderen in ihrem Schrank und passte perfekt zur Leinenhose, wenn sie die hellen Flecken am Knie außer Acht ließ. Sie rümpfte die Nase. Nicht übertreiben. Es schien ihr unangemessen, sich komplett neu einzukleiden, wenn ihre Mitreisenden sich einschränkten. Jessie verzichtete ganz, ihr genügte die Minimalausrüstung, die sie im Rucksack bei sich trug.

Statt zweier T-Shirts legte Astrid die Bluse in zartem Lavendelblau und das gleiche Modell in Mauve auf den Kassentresen. Socken für den Abend, wenn es kühl wurde, und Unterhosen.

Noch bevor sie an der Reihe war, kehrte Katrin zurück. Ihre Stirn glänzte feucht, sie wirkte etwas abgehetzt.

»Alles okay?«

»Klar.« Katrin steckte die Hände in die ausgebeulten Hosentaschen. »Nur zu warm draußen.«

*

Das Radio dudelte Songs aus den Achtzigern. Das Gerät selbst war vermutlich nur unwesentlich jünger und der Sound entsprechend blechern und leer. Die Sonne heizte weiter ordentlich ein, sodass Jessie ihre Jacke auszog. Sie hatte das Gewicht der Taue unterschätzt. Dušan zeigte ihr, wie das Auge zum Festmachen aussehen musste, in welcher Reihenfolge das Seil um den Poller gelegt wurde und worauf dabei zu achten war. Was er sagte, klang logisch, und was er machte, sah leicht aus. Doch es war schwieriger als erwartet. Eine kratzige Angelegenheit, die Spuren an ihren Unterarmen hinterließ. Sie klemmte die Zunge zwischen die Zähne. Ihr Ehrgeiz war geweckt. Obwohl Dušan ihr ein dünneres Seil zum Üben unterschiedlicher Knoten gab. Konzentriert schlang sie eine Schlaufe, wickelte das Ende nach seinen Anweisungen mehrfach umeinander und zog es dann fest. Es rutschte sofort auseinander. Der zweite Versuch glückte, doch hatte sich eine dünne Haarsträhne in den Schlingen verfangen. Es ziepte höllisch.

Dušan justierte den Radiosender nach, trank in großen Zügen aus einer Wasserflasche und machte keine Anstalten, ihr zu helfen. Dabei sah er ganz genau, was los war. Jessie unterdrückte einen Fluch. Wie blöd war das denn? Verbissen kämpfte sie sich frei. Mit ihren üblichen Methoden kam sie bei ihm nicht weit, das hatte sie inzwischen kapiert. Brust raus, Augenaufschlag, hilfloser Blick, dagegen war er immun.

»Erzähl mir, wie es ist, Matrose zu sein«, bat sie. »Das Gute und das Schlechte. Kein Schnickschnack.« Den Zusatz hätte sie sich schenken können. Bei Dušan bestand keine Gefahr, dass er ins Plaudern geriet. Als sie den Dreh mit den unterschiedlichen Schlaufen schließlich heraushatte, nickte er zufrieden.

»Kann ich das jetzt am Tau noch mal probieren?« Jessie sah ihn erwartungsvoll an. Ihre Finger und Handflächen fühlten sich wund an und ein wenig zitterig, aber gut. »Und zeigst du mir danach den Motor? Ich würde gern sehen, was du mit Hanne daran gebastelt hast. Das war ein ordentlicher Krach. Weißt du, ich liebe es, Sachen auseinanderzunehmen. Obwohl ich erwiesenermaßen keine Ahnung davon habe.« Sie schüttelte sich vor Lachen, das seltsam bitter schmeckte. Ein Schlag auf die Finger, ein Klaps auf den Hintern und raus aus der Werkstatt, dazu das Feixen ihres Bruders, der bleiben durfte. Zum Trost ein rosa Plüschhase von Mama. Und dann Ben, der sogar Akkus für sie ausgetauscht und LEDs gewechselt hatte, damit sie sich keinen Stromschlag holte. *Lass mal, mein Mädchen.*

Diesmal gelang es ihr fast mühelos, die Taue zu dressieren, die wie träge Riesenschlangen in ihren Körben ruhten. Währenddessen wiederholte sie laut, was Dušan ihr erklärt hatte, und dachte an Astrids Yoga-Übungen. Diese praktischen Handgriffe fand sie sehr viel entspannender. Eins fügte sich ins andere, ergab einen Sinn und erfüllte sie mit … Grübelnd kniff sie die Augen zusammen. Ja, womit? Letztlich war es ihr egal, es machte Spaß, was ihre Erwartungen an den Nachmittag bei weitem übertraf.

Nachdem sie die Tauschlangen ordnungsgemäß verstaut hatten, schaltete Dušan das Radio aus und schraubte die Wasserflasche zu. Vogelzwitschern und Straßengeräusche waren plötzlich wieder zu hören, veränderten ihren Klang auf diese spezielle Art, wie es nur der frühe Abend vermochte. Sie schlüpfte in ihre Jacke und zog den Reißverschluss zu. Dušan atmete tief ein und aus. Seine Brust wölbte sich, als sei er ein Opernsänger, der jeden Moment eine Arie schmettern wollte – oder ein Mann, der eine wichtige Ansage zu machen hatte. *Schluss für heute, Feierabend.*

Fieberhaft überlegte Jessie, wie sie ihn umstimmen könnte. Außer Quengeln fiel ihr nichts ein, nicht einmal ein lustiger Spruch, und so guckte sie nur stumm und auffordernd.

»Motor, hm?«, brummte er nach dem Ausatmen und tippte ihr an die Schulter, damit sie ihm folgte.

Triumphierend ballte Jessie die Faust. Hinter seinem breiten Rücken fühlte sie sich sicher. Ohne Zögern stieg sie hinter ihm durch die Luke in den Bauch des Frachters. In der Luft lagen Dieselgeruch und Stille. Eine alte Neonröhre warf ihr grelles weißes Licht bis in den hintersten Winkel.

»Abgefahren!« Es fühlte sich unwirklich und wunderbar an. Ihr Herz trommelte kräftig gegen die Rippen. Ob es Dušan gefiel, mit ihr allein zu sein? Ob er es mehr mochte als mit Astrid in der Küche? Jedenfalls ließ er ihre Fragen geduldig über sich ergehen und antwortete ganz selbstverständlich. Sie saugte jedes seiner knappen Worte auf wie ein Schwamm. Pumpen, Kolben, Antriebswelle. Seine Bärenpranken waren schnell und geschickt. Neugierig beugte Jessie sich vor, um besser zu sehen. Doch ihre Haare gerieten dauernd dazwischen und verdeckten die Sicht. Sie kam mit dem Wegwischen kaum hinterher.

»Warte«, brummte Dušan und kramte in einem Regal herum.

»Was machst du?«

Er spannte ein Stück Kordel zwischen den Händen, zog daran, um die Festigkeit zu prüfen. »Umdrehen.«

»Äh – nein.« Instinktiv fuhr ihre Hand zur Kehle.

Er hob eine Augenbraue, dann grinste er breit. »Für die Haare, nicht für den Hals. Die stören.«

»Pfff! Klar, weiß ich doch, was sonst.« Betont gleichmütig stieß Jessie die Luft aus. »Meinst du, ich halte dich für einen Killer?« Zu viele Filme. Horror, Science-Fiction, Thriller. Nie ging eine Situation wie diese gut aus. Es sei denn, die Frau war tough und vorbereitet. Statt sich umzudrehen, hob sie die Haare im Nacken an und senkte den Kopf, als Dušan vor ihr stand. Ihre Nase reichte ihm gerade bis zur Brust, und sie lehnte die Stirn an, während er den Zopf zusammenschnürte. Da war keine Gefahr, nicht die geringste. Jessie schloss die Augen. Er war nicht Marlon. Ganz im Gegenteil, Dušan war völlig anders und trotzdem … Wie schön wäre es, wenn er jetzt seine starken Arme um sie legen und sie festhalten würde. Einfach so.

»Fertig.« Dušan trat einen Schritt zurück und musterte sie prüfend. »So ist es besser.«

Leicht irritiert stimmte Jessie zu. Ja, das war viel besser. Wegen der Haare und weil er auf Distanz blieb. Obwohl sie noch nicht ganz begriff, wieso ihr das plötzlich besser vorkam.

*

Die Törtchen schmeckten himmlisch nach Joghurt und Himbeeren. Wohlig seufzend lutschte Astrid den letzten Rest von der Gabel. Es war wunderbar, sich diese kleine Köstlichkeit zu gönnen, und widersprach in keinster Weise ihrem festen Entschluss, so lange wie möglich auf dem Frachter zu bleiben. Ohne Luxus. Wieso sollte sie sich das kleine Vergnügen versagen? Sie schuldete niemandem Rechenschaft. Außerdem steckten in ihren Tragetaschen eine ganze Menge Leckereien, von denen alle an Bord profitieren würden. Und auch das Geld für Hanne hatte sie geholt. Genug für die Strecke von Bad Cannstatt nach Worms und zwei weitere Tage. Sie seufzte. Zwei, das war erschreckend wenig.

In ihrem Glas klebte angetrockneter Schaum, den sie mit einem langen Löffel abkratzte. Ein kühler Lufthauch strich über ihre nackten Arme, und sie überlegte, ob sie die Strickjacke überziehen sollte, die sie sich in letzter Sekunde doch noch geleistet hatte. Katrin hatte abgelehnt und geschworen, dass ihr ohnehin dauernd zu warm war, wegen eines »inneren Feuers«. Ob sie auf die Wechseljahre anspielte? Dafür schien sie viel zu jung.

Außer ihnen saß niemand sonst auf der Terrasse. Die Bedienung trat von einem Fuß auf den anderen und rieb einen Fuß an der Wade. Gelangweilt spielte sie an dem breiten Portemonnaie, das sie an einem Gürtel trug, hob es an und ließ es gegen ihren Bauch fallen. Jedes Mal klirrten die Münzen.

»Vielleicht sollten wir zahlen. Die Sonne ist schon weg. Ich weiß gar nicht, wie spät …« Katrin guckte auf ihre Armbanduhr, drehte peinlich berührt am Band, dann den Kopf. Über die Schulter hinweg suchte ihr Blick die Wand im Innenraum ab.

»Du hast Recht. Wir sollten aufbrechen, solange es noch hell ist.« Mit hoch erhobenem Arm winkte Astrid der Bedienung und schickte ein leises »Die Rechnung, bitte?« hinterher, was mehr nach einer Entschuldigung klang als nach einer Aufforderung. Während sie ihre Karte auf das Lesegerät legte, stand Katrin bereits auf und sammelte einen Teil der Taschen ein.

»So eilig haben wir es nun auch wieder nicht. Oder? Wir bleiben ja über Nacht in Worms.«

»Das hat Hanne gesagt. Aber …«

Surrend glitt die Rechnung aus dem Gerät, wurde mit scharfem Geräusch abgerissen. Der zweite Beleg ratterte wie Astrids Gedanken. »Kann ich die Quittung bitte haben? Vielen Dank und einen schönen Abend.« Ihr krampfhaftes Dauerlächeln schmerzte in den Mundwinkeln und erlosch, sobald die Kellnerin sich umdrehte. »Was willst du damit sagen?«

»Sie könnte es sich anders überlegt haben oder wollte uns von Anfang an hier abhängen.«

Erst beim dritten Versuch rutschte die Karte zurück in das Schubfach der Geldbörse. »Nein, das kann nicht sein. Hanne hat ja bisher keinen einzigen Euro von uns bekommen. Und Jessie ist auch noch an Bord.«

»Würdest du drauf wetten?«

Astrid schnappte nach Luft. Im Aufstehen stieß sie mit dem Hintern den Stuhl zurück. »Worauf warten wir?«

Sie klemmte das Toilettenpapier unter die Achsel und griff die restlichen Tragetaschen. Fluchtartig verließen sie die Terrasse, verfolgt von irritierten Blicken. Astrid betete und fluchte gleichzeitig. Kopfsteinpflaster unter den Füßen und die ungewohnten Pantoletten erschwerten das Vorwärtskommen. Wieso hatte sie ausgerechnet bei den Schuhen gespart? Im Dauerlauf rannten sie durch die Gassen, bogen falsch ab, orientierten sich neu. Seitenstechen durchbohrte Astrid mit heißen Nadeln und zwang sie anzuhalten.

»Kann nicht mehr«, japste sie und wedelte mit ausgestrecktem Arm. »Lauf du weiter.«

»Was?« Ein paar Meter voraus blieb Katrin stehen. Ihr Blut pumpte aufgeregt, ihr Gesicht glühte.

»Lass mich zurück.«

»Keine Chance.« Schulterzuckend machte Katrin kehrt. »Ich gebe Jessie ungern Recht, und ihre abgedroschenen Sprüche gehen mir auf die Nerven. Abgesehen von dem Musketier-Slogan, und an den halten wir uns. Wir ziehen das gemeinsam durch. Oder gar nicht.« Ein klitzekleines Lächeln streifte ihre Lippen. »Außerdem hast du das Klopapier.«

*

Der Gummiknochen quietschte in Jessies Hand. Die Warterei machte sie noch verrückt. Sie hatte es sich viel leichter vorgestellt, allein auf dem Schiff zu sein, wobei sie sich nie ausgemalt hatte, dass es so lang dauern würde.

Mascha war mit Hanne verschwunden, und die Katze döste gefühlt seit Stunden mitten im Schrott und würdigte sie keines Blickes. Die stand auf Katrin, strich ihr um die Beine, wann immer sie konnte. In der Nacht, als Jessie nicht hatte schlafen können, war sie draußen an Deck gewesen und hatte es gesehen: Klärchen auf Katrins Bauch und Mascha an ihrer Seite. Alle beide lagen bei ihr, und sie selbst ging leer aus. Total unfair!

Genau wie vorhin das viel zu frühe Ende der wunderbaren Zweisamkeit mit Dušan. Dabei hätte sie gern noch viel mehr über sein Matrosendasein erfahren, doch er hatte sie einfach stehengelassen. Wegen Feierabend und Besuch. Na ja, einfach so stimmte nicht ganz. Er hatte ihr einen Schokoriegel und ein bezfleddertes Buch in die Hand gedrückt, als seine beiden Besucher schon mit einem Fuß auf der Jowige standen. Freunde, beladen mit Kühlboxen und Grillkohle. Aber zur Party war sie nicht eingeladen.

Die Schokolade klebte am Gaumen. *Handbuch der Binnenschifffahrt.* Ein echter Reißer, ganz bestimmt. Gelangweilt blätterte sie durch die Seiten. Vorschriften, Verordnungen, Knotenkunde – ha, da konnte sie schon ein Wörtchen mitreden. Außerdem wusste sie, dass der Ruf *Leggo* beim Ablegen so viel wie *Let's go* bedeutete und manche Begriffe mit ihrer eigenwilligen Grammatik aus dem Niederländischen stammten, aus Osteuropa und der ganzen Welt. In der Schiffersprache hieß es eben die Gangbord. Oder die Roof, wenn das Dach gemeint war. Und damit basta. Sie schlug das Kapitel mit den Knoten auf, dann blind ein anderes. Halblaut las sie die ungewohnten Worte vor wie magische Beschwörungen.

»Simsalabim«, fügte sie in unregelmäßigen Abständen hinzu und machte den Kauknochen zum Zauberstab. Am Bugstrahlmotor blieb sie hängen und lachte laut, weil sie zuerst *Stall* statt

Strahl gelesen hatte. Vor ihrem inneren Auge trieb Dušan eine Herde Rinder unter Deck. Genau der richtige Platz für Astrids Kühe vom Eis.

»Pff«, schnaubte sie und gleich noch einmal: »Pff!«

Dann las sie weiter und war bald völlig vertieft.

Kapitel 11

Der alte Mann und das Ekelpaket

Schon weit vor dem alten Backsteingebäude mit den Sprossenfenstern und dem großen Metalltor hatte Mascha sich losgerissen und war vorausgerannt. Hanne sah gerade noch, wie sie sich durch einen schmalen Spalt im Zaun zwängte. Vor dem Tor, in schlichtem Rostschutzblau, standen zwei handgefertigte Stühle aus einem Materialmix von Treibholz und Schrott in der Sonne. Hanne erkannte Teile einer Stehlampe und eines Staubsaugers sowie eine Sprungfeder. Auf einem geschnitzten Holzklotz daneben, leicht beschattet, ein abgedeckter Teller mit einer Auswahl an Käse und Trauben. Die Zusammenstellung sprach dafür, dass Frédéric auch Weißbrot besorgt hatte. Ein Klassiker bei ihren Treffen. Sie stibitzte eine Traube unter der Insektenhaube heraus und schob sie lächelnd in den Mund, ehe sie Mascha in die Werkstatthalle folgte.

»Frédéric?«

»Wir sind ganz hinten, meine Freundin und ich.« In seiner Stimme lag ein Lachen und in der Luft ein Hauch von gedünsteten Zwiebeln und Speck. Genüsslich atmete Hanne ein: Flammkuchen gab es also auch noch. Seine Liebe zum Frankreich-Klischee, das er als Elsässer sorgsam pflegte, wusste sie sehr zu schätzen.

Hanne schlenderte an vollgestopften Regalen, Körben und Kisten vorbei und konnte auch heute kein System in der Sortierung erkennen; Frédéric dagegen fand mit schlafwandlerischer Sicherheit auch das kleinste krumme Nägelchen.

Aufgeregt wedelnd tobte Mascha um ihn herum. Hanne stellte ihre Tasche ab und sah den beiden zu.

Nach einer kleinen Weile schnippte Frédéric mit den Fingern, und Mascha sauste in ihre Ecke, wo sie Wasser, Futter und ein prächtiges Schaffell erwarteten.

»Du verwöhnst sie. Eines Tages wird sie mir die kalte Schulter zeigen und einfach liegen bleiben, wenn ich wieder aufs Schiff gehe.«

»Soll ich dir auch ein Fell besorgen?« Er wischte seine ausgefransten Locken aus den Augen und grinste. »Du klingst neidisch.«

»Auf das ungewaschene Ding? Sicher nicht. Und bevor du noch mal schnippst: Ich mache auch heute nicht Männchen.«

Frédéric neigte seine knappen zwei Meter vor, gab Hanne einen Kuss auf die Stirn und drückte sie dann kurz an seine Brust. »Wunderbar, es geht dir gut. Ich hatte schon Sorge. Eine Handvoll entgangene Anrufe und dann Stille, das sieht dir gar nicht ähnlich. Was hast du mitgebracht?«

»Eine große Wurzel, drei extravagante Rohrstücke mit Schellen und ein rostiges Lochblech.«

»So liebe ich das!« Er tippte auf ihre Nasenspitze. »Bier oder Rotwein, während du mir verrätst, was hinter den Anrufversuchen steckt? Wobei, bring mir einfach etwas mit, du kennst dich ja aus.« Seine Hände tauchten bereits in die Tasche. Eine Reihe neuer Collagen verschönerte den Weg zum Kühlschrank. Nein, Getränke zu holen war kein Männchen machen. Schließlich sorgte Frédéric für die Verpflegung und würde am Ende von ihrem Gejammer aus den Ohren bluten.

»Heulsusenclub«, seufzte sie und schüttelte sich. Das färbte hoffentlich nicht ab.

Hanne entschied sich für Wasser mit Zitrone. Für einen klaren Blick brauchte es einen klaren Kopf oder zwei. Das hatte sie Katrin selbst empfohlen.

Während sie erzählte, begutachtete Frédéric stumm die mitgebrachten Fundstücke. Die aktuelle Situation machte ihr eindeutig ordentlich zu schaffen, und der Redebedarf war groß. Ausgerechnet Hanne, die nach eigener Definition misanthropische Einzelgängerin, hatte den Kahn voll fremder Menschen. Er gab sich Mühe, sie nicht sofort merken zu lassen, wie sehr ihn das amüsierte. »Was wirst du jetzt tun?«

»Eine nach der anderen an einer tiefen Stelle diskret über die Reling werfen. Gibst du mir ein Alibi, wenn ich eins brauche?« Sie wurde ernst. »Sie haben offenbar alle etwas zu verbergen und einen Grund, nicht zurück nach Hause zu wollen. Keine von denen hat bisher irgendwo angerufen. Das weiß ich genau, denn dazu bräuchten sie ja mein Telefon. Okay, abgesehen von Jessie, da kann ich es nicht genau sagen. Ihr Handy ist nach dem Flussbad wohl wieder einsatzbereit. Ich würde jedenfalls wetten, dass sie es nicht aus der Hand gibt. Außerdem würde keine der anderen wollen, dass sie mithört, denn sie kann nichts für sich behalten. Aber selbst wenn die drei echt schräg drauf sind, muss sie doch jemand vermissen. Wobei ich gut ohne sie auskäme – kurzfristig und langfristig –, ohne wissen zu wollen, wo sie abgeblieben sind. Spaß beiseite: drei Frauen ohne Job, Freunde oder Familie? Jeder hat doch jemanden, der sich Sorgen macht.«

Bedächtig drehte Frédéric die ausgebleichte Wurzel in den Händen. Das Holz hatte im Zusammenspiel von Wasser, Sand und Sonne seine Farbe verloren. Bestimmt war es lange unterwegs und den Elementen ausgesetzt gewesen. Ihn erinnerte das Mitbringsel an einen Knochen. Ein widerstandsfähiges Material, das allen äußeren Umständen zum Trotz eine ganz eigene Schönheit besaß. Sein Blick streifte Hanne, und er dachte sich lieber seinen Teil zu den aufgeworfenen Fragen. Er kannte sie lange genug, um zu wissen, wie heikel das Thema war, das plötzlich im Raum stand. Unbewusst von ihr angeschnitten und dazu geeignet, den Abend rasch zu beenden. Sollte er das Stichwort *Familie* in der falschen Weise aufgreifen, würde sie gehen, das war unvermeidlich.

»Mysteriös, in der Tat. Schon mal überlegt, ob die drei dich an der Nase herumführen und einander vorher schon kannten? Wir sollten die Nachrichtenportale durchforsten. Die haben vielleicht gemeinsam eine Bank überfallen und in Jessies geheimnisvollem Rucksack – den sie, wie du sagst, praktisch immer bei sich hat – steckt die Beute. Sieh also zu, dass der an Bord bleibt, wenn du sie ins Wasser schmeißt. Mit etwas Glück reicht die Kohle für die dringendsten Reparaturen.«

Augenrollend stieß Hanne ihm den Ellbogen in die Rippen, grinste aber doch.

»Oder warte, noch besser: Dir ist bei Stuttgart ein ausgebrochenes Sträflingstrio ins Netz gegangen. Sitzen in Stammheim eigentlich auch Frauen? Vielleicht sind sie noch auf dem Weg zum Diebesgut, und du tust gut daran, dich mit ihnen gut zu stellen. Lass sie nicht aus den Augen, bis es ausgebuddelt ist. Dann kannst du den Knastladys die Beute abjagen!«

Fasziniert beobachtete Hanne, wie er abwechselnd mit seinem geübten Blick und den Fingerspitzen ihre Fundstücke abtastete. Sicher entfaltete sich hinter seiner Stirn neben seinen abstrusen Theorien schon die erste Idee, in was es sich verwandeln ließe.

»Die Damen gehören eher in eine andere geschlossene Abteilung.« Sie schüttelte sich. »Nein. Das ist natürlich Quatsch. Hätte ich ernsthaft den Eindruck, dass eine von ihnen eine Gefahr darstellt – für sich oder für andere – oder wirklich professionelle Hilfe braucht, wäre das längst geregelt.«

»Ich dachte, du glaubst nicht an Psychologie.« Er kniff ein Auge zusammen, das Lochblech unmittelbar vor der Nase.

»Es muss ja nur der behandelte Mensch dran glauben. Das ist wie mit Placebo-Pillen. Außerdem soll es auch bei der Polizei Profis geben: Ruf deinen Freund und Helfer – und weg ist das Problem.« Sie tat so, als würde sie etwas zerknüllen, und warf das imaginäre Problem dann über die Schulter. »Weg und vergessen.«

Frédérics Mundwinkel zuckte. Egal wie oft sie es behauptete, diese Technik funktionierte nicht und war – bis auf eine Ausnahme – auch gar nicht ihre Art. Durch eine der kleinen Öffnungen peilte er sie an.

»Ich liebe dieses Blech!«, schwärmte er. »Es gibt nichts Besseres, um die Fantasie anzuregen und den Blick zu lenken, als etwas zu verstecken.« Es bedurfte nur eines winzigen Gucklochs, und niemand konnte der Versuchung widerstehen, hindurchzusehen, um das dahinter liegende Geheimnis zu lüften. Neugier war eine mächtige Antriebskraft, und niemand war dagegen immun. Das galt auch für Hanne.

*

Im Schneidersitz hockte Jessie auf dem Klappstuhl und rührte sich nicht vom Fleck, als sie Katrin und Astrid kommen sah. Erst nachdem sie sämtliche Taschen an Bord gehievt hatten, hob sie den Kopf.

»Ah, Ausflug beendet. Ich dachte schon, ihr habt euch aus dem Staub gemacht.« Während sie es aussprach, spürte sie tief im Bauch ein schmerzhaftes Ziehen. Wie kleine Angelhaken an Leinen, die mit einer Kurbel zu einem Knäuel aufgerollt wurden, obwohl ihre Spitzen fest in den Organen steckten. Jessie ließ das Buch fallen. Es traf sie unvorbereitet, dabei kannte sie das Gefühl gut. Schnell abtauchen und niemanden ansehen, bis sie sich wieder im Griff hatte. Sie schlupfte in die Schuhe. So fühlte es sich immer an, wenn sie allein gelassen wurde. Verlassen. Von Ben, von Marlon, von Mama, die sie bei der ollen Krüger parkte, um zu arbeiten, von der ollen Krüger selbst, als die … Aber wieso bei den beiden Heulsusen? Und wieso jetzt, wo sie doch wieder zurück waren? Ihr stieg das Blut in den Kopf, und sie riss ihn hoch, puterrot und heiß, was sich noch verstärkte, als Klärchen herantänzelte. An ihr vorbei zu Katrin natürlich.

»Sieht euer Taschenberg nur nach Kaufrausch aus oder war es einer?«

»Du kannst beim Auspacken helfen, dann weißt du es«, schnappte Katrin zurück, der Jessies Bequemlichkeit nicht zum ersten Mal sauer aufstieß. Sie zog ein Stück Papier aus der Hosentasche, knüllte es zusammen und steckte es wieder weg. Kaffeekochen, Essen vorbereiten, abspülen, aufräumen – das alles fand immer ohne Jessie statt. Zugegeben, Astrid drängte sich vor – und auf. Dennoch war es eine Frage des Anstands, zumindest Hilfe anzubieten. Aber weit gefehlt, außer Spott war von Jessie in dieser Hinsicht nichts zu erwarten. Am Morgen hatte Astrid wieder die improvisierten Betten aufgeschüttelt und den Lagerplatz durchgewischt, was man durchaus übertrieben finden konnte. Doch Jessie war keinen Zentimeter ausgewichen, hatte sich kaum dazu herabgelassen, die Füße anzuheben. Katrin hätte Astrid am liebsten in den Hintern getreten, weil die sich nicht wehrte, und auch jetzt lächelte sie freundlich.

»Wir hatten eine lange Liste, das weißt du ja. In Tüten gepackt ist das sehr viel mehr, als es auf einem Zettel aussieht! Der Zopf steht dir übrigens gut.«

»Zopf?« Jessie fasste sich in den Nacken. »Ach das. Hat Dušan gemacht, die Haare waren dauernd im Weg.«

»Kann ich mir vorstellen.«

Trotz Katrins neutralem Tonfall schob Jessie sofort fauchend eine Erklärung nach. »Er hat mir den Schiffsmotor gezeigt. Da sind viele bewegliche Teile dran, und ich wollte nirgends hängen bleiben.«

»Das ist ja nett von ihm.« Astrid kramte in ihrem Portemonnaie. Der gutmütige Kerl war vermutlich kaum zu Wort gekommen. »Ehe ich es vergesse: Hier, deine Karte, ungenutzt zurück. Die hat leider nicht funktioniert.«

»Oh? Wie seltsam.« Jessie ließ die Augenbrauen erstaunt

zucken und betrachtete das kleine Stück Plastik eingehend. Dabei wusste sie genau, was los war.

»Du solltest Kontakt mit deiner Bank aufnehmen.«

»Klar. Sobald ich zu Hause bin.«

»So lange würde ich nicht warten.« Katrin hob Klärchen auf den Arm. »Die Karte wurde abgewiesen. Ich an deiner Stelle wüsste lieber gleich, was dahintersteckt: Computerfehler, kurzfristige Störung, Missbrauch? Ein Anruf oder eine Nachricht übers Onlinebanking genügen. Bei der Gelegenheit kannst du auch gleich eine Überweisung an Astrid durchgeben. Sie hat für uns alle vorgelegt.«

»Zauberhaft, dass du mir vorkaust, was ich zu tun habe.« Jessie schnaubte übertrieben. Sie besaß noch ganze zehn Euro in bar, und ihr Konto hatte sie für die spontane Fahrt nach München weitgehend abgeräumt. Es war die pure Heuchelei, so großspurig zu tun. Hätte sie Astrid tatsächlich Geld abheben lassen, wäre die nächste Miete in Gefahr gewesen. Darum hatte sie am Mittag mit blanker Sabotage vorgesorgt. Ein guter Teil des Magnetstreifens verstopfte abgerieben die feine Körnung ihrer Nagelfeile.

»Gern geschehen. Scheint ja nötig zu sein. Wie wär's mit einem Danke für Astrid?«

»Ach, Mädels! Ich bitte euch, seid friedlich. Was ist denn plötzlich los?« Astrid legte die Handflächen aneinander. »Man könnte meinen, ihr habt einen Lagerkoller. Dabei sind wir alle auf eigenen Wunsch hier – und freiwillig zusammen. Ich sammle Belege und mache eine Liste. Abgerechnet wird am Ende oder mit Abschlag zwischendurch. Gar kein Problem. Willst du dir vielleicht auch mal an Land die Beine vertreten, Jessie? Mir hat die Bewegung richtig gutgetan. Im Hafen ist es zwar nicht ganz so hübsch wie in der Innenstadt, aber …« Sie verstummte und zog die Schultern hoch. Verflixt! War das schon wieder zu viel Einmischung?

»Bin ich dir im Weg?«

»Nein! Wieso das denn? Ich würde dich auch begleiten, wenn es dir allein zu unheimlich ist.« Das Abendblau des Himmels endete an der Horizontlinie in einem fingerdünnen gelblichen Streifen. Es war nur noch eine Frage von Minuten zwischen Licht und Dunkel. Sie wäre bei der Beleuchtung ungern allein am Kai herumspaziert, wo es Stolperfallen und finstere Ecken gab und sich wer weiß wer herumtrieb. Bis zu dem Haus mit den roten Lampen hinter den Fenstern war es nicht weit. Und wer dort ein und aus ging …

»Sehe ich aus, als hätte ich Schiss?«

Tonlos öffnete sich Astrids Mund, und Katrin legte ihr beschwichtigend eine Hand auf die Schulter. »Das hat sie nicht gesagt und nicht gemeint. Falls es dir entgangen ist: Astrid ist eher der Typ für Harmonie und Höflichkeit.«

»Pff! Das sind doch nur Synonyme für Feigheit.«

»Bringst du das den Kindern in deiner Kita bei?« Genervt drehte Katrin die Augen zum Himmel. »Dann ist es ja kein Wunder, wenn unsere Welt untergeht. Zivilisation statt Konfrontation: Das ist die Basis jeder erfolgreichen Beziehung. Wenn du verlobt bist, solltest du das wissen. Oder geht ihr miteinander auch so um?«

»Eine für alle!«, fuhr Astrid dazwischen. »Und alle für eine. Das waren deine Worte, Jessie, als wir den Deal mit Hanne geschlossen haben, und du, Katrin, hast dich vorhin darauf berufen und mich nicht im Stich gelassen. Gemeinsam etwas tun, was allein vielleicht schwierig ist, genau das war mein Angebot, Jessie. Nicht mehr, nicht weniger. Wo ist denn eure Solidarität schon wieder hin?«

Betreten guckte Katrin zu Boden, während Jessie blitzschnell einen Satz nach vorn machte und eine Stange Lauch aus einer umgekippten Tragetasche schnappte.

»*En garde!*«, rief sie und positionierte sich mit dem erhobenen

Gemüse in Schrittstellung. »Na los, ihr Musketiere! Fechten wir es aus!«

»Was genau?«

»Ist doch egal!« Sie wippte in den Knien und stach auffordernd in die Luft. »Von mir aus, wer das Bett bekommt. Kreuzen wir die Klingen!«

Zögernd peilte Katrin die Tasche an, aus der tatsächlich genau zwei weitere Lauchstangen ragten.

»Mit Essen spielt man nicht, sagt die olle Krüger, aber wer will schon einen Degen futtern?« Jessie tänzelte und pikste. Fünf Zentimeter vor, zurück, zur Seite. »Ein Schwertschlucker, ihr Hohlbirnen!«

»Ich glaub es nicht. Du bist komplett irre.« Katrin stöhnte, bückte sich in einer fließenden Bewegung und parierte Jessies nächsten Vorstoß. *Sie* war irre. Die dunkelgrünen Lauchblätter wackelten. »Nimm das!«

Astrid entschlüpfte ein »Huch!«, und sie wich hastig aus, während die beiden sich belauerten. »Die Musketiere standen aber auf der gleichen Seite«, warf sie vorsichtig ein und spürte hinter sich das umlaufende Drahtseil. »Die haben miteinander gekämpft, nicht gegeneinander.«

Ein schneller Blickkontakt, schon vollzogen Katrin und Jessie die Hundertachtziggradwende samt Schulterschluss und nahmen Astrid ins Visier.

»Greif dir deine Waffe«, forderte Jessie. »Sonst endet ihr beide im Gemüsebrei.«

»Hackfleisch-Käse-Suppe«, korrigierte Astrid. »Ich mag das nicht, diese Frau Krüger hat recht, wer auch immer sie ist: Das sind Lebensmittel.«

»Die du morgen eh zerschnippeln willst. Es kratzt den Lauch nullkommagarnicht, was wir vorher mit ihm machen. Der ist nämlich schon tot. Genau wie die Krüger. Hoch die Klinge zum Musketier-Gruß!«

»Erst muss das Hackfleisch in den Kühlschrank.« Eine Hand abwehrend ausgestreckt ging Astrid in die Hocke, tastete den Tascheninhalt ab und zückte dann zu ihrer eigenen Überraschung den letzten Lauch. »Außerdem bist du kein Musketier. Du bist eine Musketöse!«, rief sie und verpasste Jessies Stange zwei schnelle Hiebe. »Mit Betonung auf Getöse.«

»Pfffhhh!« Katrin prustete laut und hielt sich den Mund zu. An diesem Kampf hätte Louis mächtig Spaß, obwohl er eher etwas mit Lichtschwertern und Jedi-Rittern anzufangen wusste als mit Musketieren. Und um Gemüse jeder Art machte er einen großen Bogen. Ihre Unaufmerksamkeit kostete ihren Lauch ein ohnehin schon abgeknicktes Blatt.

»Verräterin!«, fauchte Jessie und konnte sich vor Lachen selbst kaum auf den Beinen halten. »Dafür krieg ich heute Nacht Mascha. Du hast ja sowieso ein Klärchen-Abo.«

»Und was ist mit mir?« Astrids Lauch stach beiden in die Schulter. »Ich will auch was zum Kuscheln.«

»Das ist ihre Entscheidung, nicht unsere. Und so oder so bleibt eine übrig.« Katrin stützte sich vorgebeugt auf ihren Oberschenkeln ab. »Es sei denn, sie nimmt Dušan.«

Für einen Sekundenbruchteil herrschte absolute Stille, dann redeten alle durcheinander. Zum Glück hörte keine der anderen zu, bis sich jede Luft gemacht hatte und von der Aufregung nur ein schaler Nachgeschmack am Gaumen klebte.

Katrin wischte sich mit dem Handrücken über die Augen. »Können wir das vergessen? War blöd von mir, aber ohne Hintergedanken.« Jedenfalls keine, die sie absichtlich zur Sprache hatte bringen wollen. Die heftige Abwehr der angeblichen Unterstellung bewirkte in ihrem Kopf naturgemäß das Gegenteil. Wenn nichts Heimliches passiert war – in der Küche und im Motorraum –, gab es auch nichts klarzustellen. Und wenn doch, hatte sie noch zwei Tage, um es herauszufinden. Wie auch für den ganzen Rest. Der Rest fuhr ihr in den Magen. Plötzliche Müdigkeit überfiel sie mit Macht, und sie streckte ihren inzwischen etwas zerfledderten Lauch noch einmal aus. »Genug *Getöse* für heute. Lasst uns aufräumen, einen Happen essen und früh schlafen gehen. Ich verzichte freiwillig auf das Bett.«

Jessie hibbelte hin und her, hob den Degen und nickte. »Geht klar. Schließe mich an. Astrid gewinnt.« Lieber opferte sie ihre Chance auf das weiche Bett, als den beiden die Gelegenheit zu geben, hinter ihrem Rücken zu tratschen.

Zögerlich vereinte Astrid ihre Waffe mit den anderen, Spitze an Spitze. Einen Moment lang verharrten sie zu einem feierlichen Schwur, bis Astrid den Kopf schüttelte.

»Es ist immer noch Gemüse«, sagte sie. »Nur Gemüse.«

»Aber ein besonderes.« Jessie prustete schon wieder. »Und wir sind offensichtlich eine ganz erlauchte Gesellschaft.«

*

Das Weinglas balancierte von zwei Fingern gehalten auf Frédérics Brust, hob und senkte sich mit seinem Atem. Die langen Beine hatte er auf der Bank angewinkelt. Sein Kopf lag auf Hannes Schoss. Gedankenverloren strich sie durch seine kurzen Locken, wie sie es sonst bei Mascha tat, die zu ihren Füßen selig schlummerte. Sein gelegentliches Brummen fand ein Echo im Schnarchen der Hündin. Helle Fäden mischten sich ins dunkle Braun seiner Haare. Silberschimmernd, wenn man es positiv betrachtete. Sie wendete eine weitere Strähne und kam zum gleichen Ergebnis.

»Verbuche ich das unter freundschaftlichem Lausen, oder suchst du etwas Bestimmtes?« Frédérics Stirn legte sich in Falten, als er zu ihr hochsah.

»Du wirst grau. Und dünne Stellen hast du auch. Ich kann deine schweinchenrosa Kopfhaut sehen. An dir nagt der Zahn der Zeit. Die wilde Künstlermähne verabschiedet sich.«

»Verdammt! Grau wäre noch zu verkraften, das macht wenigstens einen intellektuellen Eindruck, aber schüttere Stellen? Dann ist es wohl bald aus mit den ungezügelten Liebschaften und meinem legendären Charme.«

»Japp. Mein Beileid. Deine besten Tage sind vorbei. Ich sage es dir schon lange: Beschaff dir einen eigenen Hund, sonst wirst du einsam sterben.«

»Hat dich schon mal jemand für deinen Charme gepriesen?«

»Nein. Und ich weiß auch wieso. Denn du bist ja so nett, mich regelmäßig dran zu erinnern.«

»Gut. Wollte nur sichergehen.« Er hob den Kopf und nippte an seinem Wein. »Ist es sehr schlimm? Der Verfall auf meinem Schädel, meine ich.«

»Fürchterlich. Den Plan von der reichen Mäzenin, die dich durchfüttert, kannst du endgültig in die Tonne treten.« Sie grinste und fuhr die Furchen auf seiner Stirn mit dem Zeigefinger nach. »Als junges Talent gehst du sowieso nicht mehr durch.«

»Aufstrebend ist mein bevorzugter Terminus.«

Hanne lachte laut. »Das lasse ich gelten. Strebsam kannst du bis ins hohe Alter sein, mein lieber Methusalem.« Unauffällig schielte sie zur ausrangierten Bahnhofsuhr an der Wand des Ateliers. In Worms lief die Zeit schneller als anderswo, das bestätigte sich jedes Mal aufs Neue. »Gibt es in diesem Saftladen noch was zu trinken, oder ist es ein subtiler Hinweis, dass ich aufbrechen soll, wenn mir das Glas austrocknet?« Sie ließ ihr Weinglas über seinem Gesicht schaukeln.

»Erstens ist noch ein Schluck drin, das sehe ich genau, und zweitens steht die Flasche in deiner Reichweite. Oder sind wir schon durch?«

»Durch, fürchte ich.« Und morgen stand ein Schädel zu befürchten, den sie sich nicht leisten konnte.

Frédéric setzte sich auf, und Mascha zuckte mit einem Ohr, das er behutsam streichelte. »Weiterschlummern, Prinzesschen.

Das Ekelpaket will noch einen Wein, ihr bleibt also noch eine Weile bei mir.«

Hanne reichte ihm die leere Flasche und stieß ihr Glas gegen seins, ehe sie austrank. »Das Ekelpaket wäre gern vernünftig. Ich koche uns Kaffee, wenn es dem großen Künstler recht ist.«

»Vernunft in großen Mengen tötet die Kreativität, aber in kleiner Dosierung rettet sie Leben.« Er zwinkerte. »Dann also keinen Rotwein mehr. Wie wäre es mit Pastis? Anis harmoniert hervorragend mit Kaffee.«

»Das nennt sich Künstlerlogik, nehme ich an.« Hanne machte sich an der Kaffeemaschine zu schaffen, während Frédéric Wasser besorgte und zwei hohe, schmale Gläser mit Eiswürfeln vorkühlte.

»Danke«, sagte sie über die Schulter. »Du weißt schon, für das offene Ohr und so.« Und vor allem für das gemeinsame Lachen, das unverkrampfte Echtsein, das sie nirgendwo sonst erlebte. »Einen wie dich habe ich nicht in jedem Hafen.«

»Und das ist auch gut so.« Er stellte ihr ein Glas hin. Der Pastis zog weiße Schlieren im Wasser.

»Stimmt.« Sie prostete ihm zu. »Sonst wäre ich Alkoholikerin und längst übermüdet irgendwo havariert.«

»Niemand zwingt dich zu trinken.«

»Ja, ja.« Symbolisch trat sie ihm vors Schienbein. »Nur ein Schwein trinkt allein, und bei der Farbe deiner Kopfhaut befürchte ich eine spontane Mutation, wenn ich mich nicht anschließe.«

»Zu gütig.« Frédéric verneigte sich und grunzte. »Hast du noch mehr Geschichten von deinem Heulsusenclub auf Lager? Mich fasziniert die Vorstellung, dass in der Vergangenheit dieser Damen dunkle Geheimnisse schlummern, und an deiner Stelle hätte ich ihnen vermutlich längst Löcher in den Bauch gefragt.«

»Umgekehrt kommt es hin.« Hanne inhalierte. Das durchdringende Anis-Aroma kitzelte ihre Nase. »Dauernd sitzt eine von ihnen unter irgendeinem Vorwand auf meiner Türschwelle. Ich werde sie nicht noch mit Fragen ermutigen, es reicht, sie zu ertragen. Früher oder später reden sie alle, wenn man selbst schweigt.«

Frédéric lächelte still und schob sie zurück zu der selbstgebauten Bank. Während sie sich zwischen Kissen und Decken gemütlich einrichtete, rückte er den Teller mit den Flammkuchenresten heran. Er biss von einem Stück ab und steckte ihr den letzten Happen in den Mund. Hanne schlug die Beine seitlich angewinkelt unter und lehnte den Kopf an seine Schulter.

»Du willst also mehr von den Heulsusen hören«, nuschelte sie. »Mal überlegen. Was weiß ich über sie? Katrin kommt vom Dorf, wirkt auf mich aber anders. Sie ist etwa in meinem Alter, meistens in sich gekehrt und scheint mir total zerrissen. Astrid, die älteste, hat einen Putzfimmel und einen Hang zu Selbstzweifeln. Beides geht dem Küken, Jessie, vollständig ab, soweit ich das beurteilen kann. Die kultiviert eine ziemlich große Klappe und ist handysüchtig. Was noch? Ach ja: Sie bleicht ihre Haare, zupft die Augenbrauen, trägt Schlabberklamotten, fette Boots und Reizwäsche.«

»Hm?«

»Genau. Das dachte ich auch: ein seltsamer Mix.«

*

Es wurde spät und dann früh. Gegen ihre Gewohnheit schlug Hanne es nicht aus, dass Frédéric sie zurück zur Jowige begleitete. Mit jedem Schritt verflog ihre Leichtigkeit.

Vom Kai aus warf Frédéric einen Blick auf die an Deck eingerollten Gestalten, die genauso gut zwei Haufen Altkleider hätten sein können. Aus einem roten Fellknäuel hob sich ein Katzenohr. Unentschlossen trippelte Mascha zwischen der Bordwand und den Menschen hin und her.

»Du hast nicht geglaubt, dass es sie gibt?«, raunte Hanne ihm zu und verpasste ihm einen weiteren Ellbogenstoß.

»Nur nicht, dass du so hart bist und sie wirklich draußen schlafen lässt. Ich würde es auch jetzt nicht glauben, wenn nicht Klärchen drauflage.« Seine Augen blitzten. In weitem Abstand spendeten Hafenleuchten fahles Licht. »Es gäbe andere Möglichkeiten.«

»Wenn man wollte.«

»Wenn *du* wolltest.«

»Ja, ich. Mein Schiff, meine Regeln.« Damit war sie immer gut gefahren. Frédéric gehörte zu den wenigen, die sie je mit an Bord genommen hatte. Weil er ein Freund war, der genau das respektierte und nie infrage stellte. »Verschwinde schon, alter Mann, bevor du mir die Bagage aufweckst. Gönn mir wenigstens drei Stunden Schlaf.«

Frédéric legte eine Hand aufs Herz und beugte sich zu Mascha hinunter. »Salut, Cherie«, flüsterte er ihr zu, wandte sich dann zu Hanne und deutete mit Daumen und kleinem Finger einen Hörer an, den er ans Ohr hob. »Vergiss mein Update nicht, Ekelpaket.«

Vierter Tag

Kapitel 12

Sommerdamm und Winterflanell

Überpünktlich stand Dušan zur Steuerübergabe in der Tür. Es war unerheblich, ob er wusste, weshalb sie diese Vereinbarung getroffen hatten, solange er sie respektierte. Und seine Meinung für sich behielt. Gernsheim war Hannes persönliches rotes Tuch, ihr Fluch, da gab es nichts zu reden. Jedes Mal, wenn sie zu Tal die Kilometertafel 452 passierten – gleich bei der Kurve hinter Worms, noch vor dem stillgelegten Kernkraftwerk – oder zu Berg Kilometer 478 in Sicht kam, verschwand sie in ihrer Wohnung. Manchmal nutzte sie die Zeit, um Essen vorzubereiten, hörte laut Musik oder saß einfach auf ihrem Bett in der Ecke.

Auch Frédéric hatte sie bei diesem Thema zum Schweigen verpflichtet. Trotz seiner Arbeit mit Metallschrott, Kettensäge und Schweißgerät waren seine Antennen äußerst feinfühlig. Ihm war schnell aufgefallen, dass ihre schwankende Stimmung von der Fahrtrichtung abhing. Gestern war es für eine ganze Weile anders gewesen. Unglaublich, wie wohl sie sich gefühlt und wie viel sie gelacht hatte. Sie schickte einen kleinen Dank an den Heulsusenclub. Keine Frage, dass deren Präsenz auf der Jowige objektiv betrachtet lustig war und fast jeden anderen Ort in eine Wellness-Oase verwandelte. Sogar eine zugige Lagerhalle, die von ihrem Inhaber in blinder Liebe als Atelier bezeichnet wurde. Bei diesem Gedanken blieb das Lächeln, das ihr gestern so leichtgefallen war, auf der Strecke.

Flusskilometer 454. Hanne spürte jeden Meter, lauschte dem Klang des Motors. Sie schloss die Tür, lehnte den Rücken dagegen und drehte den Schlüssel. Keine Störung jetzt, kein Geplapper einer übereifrigen Astrid, einer empörten Jessie oder melancholischen Katrin. In ihrer Hosentasche knisterte ein Blisterstreifen mit kleinen runden Tabletten, den sie nach dem Aufstehen im Bad gefunden hatte. Von der Toilette aus war ihr die silbrig glänzende Rückseite aufgefallen, von der ein kleines Stück unterm Regal hervorgelugt hatte. Der Aufdruck half ihr nicht weiter. Von dem Wirkstoff, wenn es denn einer war, hatte sie nie gehört. Fovimin, Folat-Komplex Plus. Wenn es gegen Komplexe half, konnte es jeder ihrer Passagierinnen gehören, und sie hätte spontan empfohlen die Dosis zu erhöhen. Und den anderen etwas abzugeben. Statt die Pillen einfach liegen zu lassen, hatte sie im Internet nach dem Namen gesucht. Noch vor dem ersten Kaffee und eigentlich auch vor dem Aufwachen. Sie wollte sich nicht an der Nase herumführen lassen. Kopfschmerzmittel, Allergietabletten oder Psychopharmaka? Sie musste wissen, wer hier irgendwas schluckte und ob eine der drei krank war. Jetzt hatte sie den Salat. Folsäure, Vitamine, Magnesium. Eine Schwangere an Bord. Und sie hatte gedacht, es könnte nicht mehr schlimmer kommen.

Langsam drehte sie sich zur Seite. Die Gardine schaukelte, und sie drückte das gekippte Fenster zu, dabei streifte ihr Blick das Ufer. Schlanke Bäume, flache Wiesen, dichtes Gebüsch. Eher ein Wäldchen, seltsam vertraut. Radfahrer fuhren auf dem Promenadenweg vorbei, aufgereiht wie an einer Schnur. War das schon der Sommerdamm? Die Hand am Griff starrte sie hinaus, ohne zu blinzeln.

Unter das Fahrradklingeln mischten sich Stimmen und Kinderlachen. Unmöglich, es bis nach drinnen zu hören, und doch drang es ganz klar an ihr Ohr. Hanne fühlte das Wackeln der Räder unter sich, eine Hand an ihrem Rücken, die sie auf Kurs hielt. Eine kräftige Hand mit breiten Fingern, die immer warm war, egal wie tief die Temperaturen sanken. Ein Schubs. Das Rad schwankte. Ausgebreitete Arme voraus, ein Mund mit Lippenstift, Dauerwellen.

Donauwellen mag ich lieber.

Hanne zuckte zusammen. Donauwellen waren bis heute ihr Lieblingskuchen. Sie hatte damals nicht verstanden, warum die Erwachsenen sich vor Lachen ausschütteten. Auch Oma Lore hatte mitgelacht. Und ihr dann zugezwinkert, was sie sofort tröstete.

An der Straße standen Häuser mit Sandstein um die Fenster, mittig im Sturz prangte eine Reliefrosette als Schmuck. Neben manchen Fenstern ragten einsame Beschläge aus der Wand, auf denen kippbare Metallmännchen saßen oder traurig mit dem Kopf nach unten baumelten, weil es für sie keine Klappläden mehr zu halten gab. Unmodern wie Holzrahmen und Einfachverglasung.

Hanne blinzelte. Wie die Stimmen waren die Häuser viel zu weit weg, und doch sah sie jedes Detail genau vor sich. Transparentpapiersterne an den Scheiben und solche aus Goldfolie, im Advent selbst gebastelt. Sie erkannte die lange Hauptstraße, den Friedhof, über den sie als Teenie auf dem Weg zur Bahn oft gerannt war. Den Friedhof, auf dem sie ein paar Jahre zuvor gestanden hatte. An einem verregneten Morgen, an dem es später Streuselkuchen gab.

Sie ließ den Fenstergriff los, drehte sich weg.

Meistens saß Oma Lore vor dem Haus auf der Bank und redete wenig, wenn ihre Mutter Hanne vorbeibrachte. Müde sei sie, hieß es. Sommers wie winters saß sie da, den Rücken kerzengerade, trug bei der Hausarbeit eine altmodische Schürze und darunter eine praktische Hose. Die Jeans hatte Hanne immer verblüfft. Auf der Bank zu sitzen fand sie furchtbar öde, doch es dauerte an guten Tagen nur, bis ihre Mutter weg war. Danach wurde ihr Betteln meist schnell erhört, und Oma Lore ging mit ihr über den Sommerdamm hinunter zum Rhein.

An die schönen Momente hatte Hanne lange nicht mehr gedacht. Sie lehnte sich wieder an die Tür, rutsche mit dem Rücken daran entlang zu Boden.

Hand in Hand waren sie über die Wiese gerannt, und Lore war dabei hellwach gewesen, mit einem spitzbübischen Leuchten in den Augen. Dann erzählte sie von Gänsen, vom Wäschebleichen und im Wind flatternden Tüchern, vom ersten Fischerfest an der Hafenspitze und vom Krieg. Johanne waren alle Geschichten recht gewesen, obwohl sie vieles nur bruchstückhaft im Kopf behielt, bunte Bilder, jenseits des Begreifens. Manchmal besuchten sie Tante Margot, die keine echte Tante war, sondern Omas Freundin, zu Kaffee und Kuchen. Den Begriff *Kaffeetante* hatte Johanne völlig falsch verstanden, und er würde ewig untrennbar mit Margot verbunden bleiben. Aber am liebsten hatte sie es gemocht, allein mit Oma Lore am Wasser zu stehen, eine Hand über den Augen, wie Matrosen im Ausguck. Lore nannte ihr die Namen und Herkunftsländer der Schiffe, erklärte Flaggen und Schiffstypen, und Johanne speicherte jedes Detail ab, noch bevor sie richtig lesen konnte. Begierig und bewundernd, ohne sich je über Lores Wissen zu wundern. Wussten Erwachsene nicht sowieso alles? Und in dasselbe friedliche Bild sah sie später ihre Mutter laufen, die Wangen hochrot, umgeben von ihrer unnachgiebigen Dauerwelle, der Mund verhärtet. Hörte einen Streit, von dem sie wenig verstand, auf den viel Schweigen folgte. Danach gab es keine gemeinsamen Flussbesuche mehr. Da war sie zehn. Die schlechten Tage häuften sich, und Oma Lore wurde müder und langweiliger. Stiller und stiller auf ihrer Bank. Sie drückte Johanne nur seufzend die Hand, wenn die nun ihr vom Rhein und den Schiffen erzählte, weil sie sich heimlich hingeschlichen hatte. Wegen der Sehnsucht in ihrem Bauch, die sie kribbelig machte und sich nur beim Blick ins Flusswasser auflöste. Lore hatte das verstanden. Und dann, kurz vor ihrem elften Geburtstag, war die Bank plötzlich leer gewesen. Für immer.

Hanne presste die Nase gegen ihr Knie und schniefte. Ein paar Mal war Tante Margot noch bei ihrer Mutter gewesen, dann hörte auch das auf. Wegen der Lügen und dem Schweigen. Aber davon hatte Hanne erst viel später erfahren. Sie zog die Tabletten aus der Tasche. Nur eine der runden Kammern war leer. Ihre Fingerspitze drückte die aufgerissene Folie nach innen und die Knicke aus dem Plastik heraus, bis sie sich wieder wölbte wie ein dicker Bauch. *Ein Kind muss man schützen, manchmal auch vor der Wahrheit.* Ihre Eltern hatten es sich damit zu leicht gemacht, das sah sie genau wie Margot. Hanne war dazu nicht bereit. Für sie gab es keinen leichten Weg und keine Kompromisse. Eine Weile starrte sie den Blisterstreifen an, dann lehnte sie den Hinterkopf gegen die Tür. So schlimm wie heute hatte die Vorbeifahrt an Gernsheim sie seit Ewigkeiten nicht erwischt. Sie hasste es, wenn das passierte. Und seit jenem verregneten Friedhofstag hasste sie Streuselkuchen.

*

»Darf ich vorstellen, meine Damen, zu Ihrer Rechten: das hessische Ried.« Jessie holte weit mit dem Arm aus. »Wäre ich gemein, würde ich sagen, das *hässliche* Ried oder auch: Sie sehen die Definition von plattem Land. Obwohl Marlon ja meint, platter als bei uns in Nordhessen geht nicht. Im übertragenen Sinn natürlich, also rückständig. Aber hier sieht es wirklich aus wie gebügelt. Die höchste Erhebung im Kreis Groß-Gerau ist – Achtung, das denke ich mir nicht aus – ein früherer Müllberg. Ein echter Knüller. Wenigstens ist auch das Kernkraftwerk Biblis außer Betrieb, an dem wir vorhin vorbeigekommen sind. Direkt am Uferradweg! Bestimmt sind die Leute sonntags mit den lieben Kleinen auf dem Dreirad und dem Picknickkorb losgezogen, um vorm Kühlturm zu sitzen und Schiffe zu gucken. Krasse Vorstellung – und das auf nüchternen Magen.« Sie biss herzhaft in ein dick belegtes Wurstbrot und fuhr nuschelnd fort: »Wahrscheinlich stumpft man mit der Zeit ab. Kühkopf–Knoblochsaue ist unsere nächste Attraktion. Was für ein vielversprechender Name.« Beim Schlucken scrollte sie weiter. »Ein Europareservat und Überschwemmungsgebiet im Bereich ehemaliger Rheinschleifen. Abgetrennte Altrheinarme – igitt, das klingt makaber, als ob da Leichenteile herumschwimmen.« Sie schüttelte sich. »Von hier aus werden wir wohl nichts davon zu sehen bekommen. Schade, die Bilder im Internet sind ganz cool, sieht aus wie ein verwunschener Dschungel.« Als niemand reagierte, schaute Jessie demonstrativ über ihre Schulter und winkte nach oben zum Steuerhaus. »Habe ich eigentlich was verpasst, oder hat Dušan zum ersten Mal die Kapitänsmütze auf? Sagt bloß, Hanne hat gestern zu hart gefeiert?« Sie grinste. »Ich habe sie heute noch nicht zu Gesicht bekommen. Ihr?«

»Nein, ich auch nicht. Aber ich kann mir kaum vorstellen, dass sie über die Stränge schlägt.«

»Du solltest besser nicht von dir auf andere schließen, Astrid.« Jessie hielt inne und ließ das Brot sinken. »Was das Verantwortungsbewusstsein angeht, meine ich. Da macht dir so schnell keiner was vor.« Ihre blöden Bemerkungen waren schwer zu bremsen, dabei hatte sie sich fest vorgenommen friedlicher zu sein. Manchmal war es ja sogar ganz angenehm, die beiden um sich zu haben. Allein sein würde sie früh genug. Verdammt allein. Und eigentlich war Astrid trotz allem fast immer nett zu ihr.

Katrin nippte an ihrem Kaffee. Ausgekühlt von zu viel Milch, eine Runde in der Mikrowelle und zu heiß, jetzt wieder kalt, dafür mit einer fiesen Haut überzogen. Sie schwenkte die Tasse, damit der schmutzig-braune Film an der Tassenwand kleben blieb. Den wollte sie nicht im Mund haben. »Definitiv war es spät, als Hanne nach Hause gebracht wurde.«

»What? Heißt *nach Hause gebracht*, du hast sie mit einem Kerl gesehen? Erzähl! Wie sah er aus?«

»Ein Mann eben. Es war stockfinster. Klärchen ist aufgewacht, ich auch. Sie standen am Anleger, haben geredet, dann ist er weg, und sie kam mit dem Hund an Bord. Mehr war da nicht.«

»Die haben nicht geknutscht?«

»Nicht solange ich hingeguckt habe.« Katrin zuckte mit den Achseln. »Was nur sehr kurz war. Ich wollte bloß wissen, wer mitten in der Nacht um die Jowige herumschleicht, und niemanden stören.« Ganz schnell hatte sie den Kopf abgelegt und die Decke darüber gezogen, um nicht Zeugin fremder Zärtlichkeiten zu werden.

»Jetzt mach dich mal locker, Katrin. Bei aller Diskretion, du hast ein Auge riskiert und ein Ohr – irgendwas wirst du doch aufgeschnappt haben. Hat sie seinen Namen gesäuselt, eng umschlungen mit ihm geflüstert?«

»Nein, auch das nicht. Frag sie doch selbst.«

»Ja, klar, ganz tolle Idee.« Jessie tippte sich an die Stirn, und Katrin stöhnte genervt.

»Ziemlich groß, breite Schultern. Vom Format ähnlich wie Dušan, aber schlanker. Reicht das jetzt?«

»Es muss ein besonderer Mann sein«, warf Astrid versonnen ein. »Wenn er mit einer so unabhängigen und selbstbewussten Frau klarkommt, die dauernd unterwegs ist.«

»Hanne ist frei«, sagte Jessie mit Bewunderung in der Stimme. »Zumindest so frei, wie man als Partikulier sein kann. Ein Partikulier ist jemand mit eigenem Schiff, der auf eigene Rechnung Fracht befördert und zu keiner Reederei gehört. Steht in dem schicken Handbuch, das ich von Dušan bekommen habe. Es bedeutet aber auch, dass Hanne das volle Risiko trägt und selbst Aufträge klarmachen muss.«

»Dann hatte sie gestern Abend vielleicht kein Date, sondern der Mann war ein potenzieller Auftraggeber. Ich wollte nicht mit ihr tauschen, mir wäre das zu einsam.«

»Gehören Freiheit und Einsamkeit grundsätzlich zusammen? Und was ist mit uns – sind wir frei? Jetzt in diesem Moment?«

»Das ist ein interessanter Gedanke.« Astrid sprang auf. »Entschuldigt mich, ich bin gleich zurück. Ich will mich nur schnell bei Dušan erkundigen, wer der Mann ist.« In ihren neuen Schuhen flitzte sie die Stufen hinauf und nach wenigen Minuten wieder hinunter. Nein, nach unten flog sie förmlich, umgeben von einer Aura höchster Zufriedenheit.

»Ich habe mich immer gefragt, wie dieses sprichwörtliche Honigkuchenpferd aussieht«, sagte Jessie deutlich hörbar und malte einen breiten Bogen in die Luft. »Nun weiß ich es. Was hast du herausgefunden?«

»Sein Name ist Frédéric«, verkündete Astrid konspirativ flüsternd. »Ein Freund, langjährig, eng – rein platonisch. Wohnt hier in Worms. Und er ist Künstler!«

»Das hat Dušan dir alles verraten? So viele Worte in so kurzer Zeit? Respekt!« Jessie hob beide Daumen. Ihr Bauch grummelte neidisch. »Einen Künstler hätte ich nicht erwartet, die Jowige ist ja eher schmucklos.«

»Sehr freundlich ausgedrückt.« Katrin dachte an die schief hängenden Bilderrahmen mit ihren verrutschten und verblassten Schriftstücken. Von den klemmenden Türen und altbackenen Möbeln ganz zu schweigen. »Das Schiff bräuchte eher einen Handwerker als einen Künstler. Oder beides und ein komplettes Makeover. Wie in diesen Fernsehsendungen, wo sie abrissreife Hütten in Traumhäuser verwandeln.« Und bei denen Geld keine Rolle spielte.

»Oh ja!« Astrid klatschte begeistert. »Entrosten, alles, was übrigbleibt, aufpolieren und frische Farbe drauf. Außen und innen. Das könnte richtig hübsch werden!«

»Fré-dé-ric.« Jessie ließ sich den Namen auf der Zunge zergehen. »Welche Art Künstler ist er?«

Astrids frisch dekoriertes Traumschiff zerplatzte. »Ehrlich gesagt habe ich nicht gefragt.« Der französisch klingende Name und Katrins Beschreibung hatten ihre Fantasie angeregt, der Zusatz *platonisch* sie eher verwirrt.

»Bestimmt kein Performance-Typ, der sich in der Fußgängerzone zu schriller Musik mit Schweineblut übergießt oder Videoinstallationen macht«, rätselte Jessie weiter und feierte sich dafür, dass sie Astrid für ihr Versäumnis keinen mauligen Spruch reingedrückt hatte. »Hanne ist tough, aber irgendwie auch bodenständig. Oder? Und wenn er Maler wäre, hätte sie bestimmt eins seiner Bilder aufgehängt. Also tippe ich auf ... Dichter. Davon kannst du kaum leben, und für praktische Dinge sind die Typen auch nicht zu gebrauchen. Das ist weder Hörensagen noch ein Vorurteil. Ich kenne so einen Poetry-Slam-Fuzzi, der findet sich nur selbst gut, hat aber null drauf. Und angesichts der offensichtlichen Mängelliste an Bord gehe ich davon aus, dass Hanne von ihrem engen Freund Fré-dé-ric keine aktive Unterstützung bekommt, weder Arbeitseinsatz noch Kohle.« Mit dem Zeigefinger fuchtelnd schnitt sie den anderen vorsorglich das Wort ab. »Was selbstverständlich auch an ihr liegen kann. Die ist stur wie ein Ochse, wenn ihr was nicht passt, jede Wette. Und garantiert würde sie sich nicht von einem Mann helfen lassen, den sie nicht als Matrosen bezahlt. Nie im Leben.« Davon abgesehen war es ihrer Erfahrung nach unmöglich, als Frau mit einem Mann nur befreundet zu sein. Einer wollte immer Sex. Erst recht, wenn er gelegentlich das Portemonnaie zückte.

»Dem Teil mit der Sturheit stimme ich zu.« Aufgeregt zupfte Astrid an ihrem Strickjäckchen, knetete den Saum, schob den Ärmel hin und her. »Wie wäre es, wenn wir heute etwas Produktives tun, statt herumzusitzen?«, platzte sie heraus. »Sagen wir, eine gute Tat. Ich bin an Katrins Makeover hängen geblieben. Hanne will keine Hilfe von einem Mann? Schön, das kann ich sogar nachvollziehen. Aber was ist mit uns? Dušan läuft jeden Tag mit einer Farbdose und dem Werkzeugkasten herum und bessert kleine Schäden aus. Damit wird er bei der Größe der Jowige niemals fertig. Wir könnten also beiden einen Gefallen tun.«

»Diesmal geht Jessie«, schlug Katrin vor. »Du hast den besten Draht zu ihm, was das Schiff betrifft. Dir nimmt er wahrscheinlich am ehesten ab, dass wir das hinkriegen.«

Das Argument leuchtete Jessie ein und gefiel ihr. Eine Frage der Kompetenz! Sie zog sofort los.

»Guten Morgen, Chef.« Lächelnd lehnte sie sich in den Türrahmen des Steuerhauses. »Darf ich reinkommen?«

Dušan nickte.

»Hast du noch mal eine Schnur für mich?« Sie schlang die langen Haare zum Zopf und wedelte damit herum. »Das wäre echt super.«

Er kramte ein Stück aus seiner Hosentasche, und sie drehte sich um. Es kitzelte, als seine Hand ganz kurz ihren Nacken streifte und eine Schleife band.

»Gut so?«

»Ja. Gut so.« Verdammt! Er war nett, anständig und trotzdem ein Mann. Die Kombination war also möglich. Wieso zum Teufel musste er so alt sein? Bei zwanzig Jahren Unterschied zog sogar sie eine Grenze. »Wir planen eine Überraschung für Hanne. Etwas wirklich Tolles. Das geht aber nur, wenn du uns Rückendeckung gibst. Und das passende Werkzeug.« Im Eiltempo sprach Jessie weiter, erklärte, was sie sich vorgestellt hatten, und beobachtete seine dichten Augenbrauen, die sich zu einer durchgehenden Linie vereinten und allmählich wieder entspannten.

»Nachmittag«, brummte er schließlich, und Jessie drückte ihm einen überschwänglichen Kuss auf die Wange.

»Ups, sorry!«, flötete sie und wischte mit der Hand über die Stelle. Eine Spur Rasierwasser blieb an ihr haften. Dann beugte sie sich vor, klopfte gegen die Scheibe und hob übertrieben begeistert beide Daumen.

*

»Was soll ich jetzt machen?«

Mit angezogenen Beinen saß Hanne in ihrem Bett und hatte trotz der Wärme im Zimmer die Decke über sich gezogen. Sommerdamm und Winterflanell. Kindheitserinnerungen und ein Ungeborenes. Eine schwer verdauliche Kombination. Durch das Telefon hörte sie Frédérics Atem, gleichmäßig und ruhig. Ihr Versuch, sich ihm anzupassen, misslang.

»Du hast eins der Geheimnisse gelüftet. Das ist doch schon mal gut.«

»Gut? Was soll daran gut sein? Ich habe eine Schwangere auf meinem Frachter!«

»Das hatte ich schon beim ersten Mal verstanden.«

Auch ohne ihn zu sehen, hatte Hanne sein spöttisches Lächeln direkt vor Augen, doch diesmal erreichte es sie nicht. »Sie hat es verschwiegen!«

»Wo genau liegt dein Problem, Hanne? Die Betreffende steht nicht kurz vor der Niederkunft, und fit scheint sie auch zu sein. Sie wird ihre Gründe haben, es für sich zu behalten. Beispielsweise, um von dir nicht weggeschickt zu werden. Oder denselben Grund, aus dem sie an Bord bleibt.«

»Du meinst, sie ist auf der Flucht?«

»Das müsstest du besser beurteilen können als ich.«

»Kann ich aber nicht!« Hanne stopfte das Kopfkissen hinter sich, um den Druck der Bettkante abzumildern.

»Du weißt immer noch ziemlich wenig über Jessie und die anderen.«

»Danke, dass du mir jetzt auch noch Vorwürfe machst!«

»Das liegt mir fern. Wenn, dann machst du dir sie selbst.«

Frédéric lächelte immer noch, es war so deutlich in seiner Stimme zu hören, dass Hanne beinah platzte. Sie dachte an Jessies gehüteten Rucksack, die viel zu weite Sweatjacke und ihr Handy im Dauerbetrieb. Warum war sie in Worms wirklich an Bord geblieben? Es wäre ein Leichtes gewesen, sich ohne zu bezahlen zu verkrümeln.

»Sie hat sich an Dušan rangeschmissen. Mehrfach.«

Frédéric lachte laut. »Hanne! Dein Matrose ist schon groß,

damit kommt er klar. Wenn dir das gegen den Strich geht, dann frag dich, wieso.«

»Jetzt mach mal einen Punkt, du, du … du *Franzose!* Denkst du im Ernst, ich bin eifersüchtig?«

»Deine Worte, nicht meine.« Er lachte weiter. »Komm schon, Ekelpaket. Tritt einen Schritt zurück und schau dir die Lage an: Woran liegt es, dass du nichts Persönliches über sie weißt?«

Hanne schwieg.

»Richtige Antwort«, sagte Frédéric. »Weil sie schweigen. Genau wie du.«

»Ich hasse dich«, maulte sie resigniert.

»Du wolltest meinen Rat.«

»Eben drum.« Hatte sie tatsächlich gehofft, er würde etwas anderes vorschlagen als das, was ihr ohnehin schon klar gewesen war? Bloß nichts überstürzen. Bis zum Abend war noch viel Zeit. *Kommunikation ist alles.* Und keine ihrer leichtesten Übungen. Sie brauchte eine Strategie und würde vorher möglichst jedem Kontakt ausweichen. Der Anfang war gemacht, sie hockte schon viel länger als sonst unter Deck. »Ich denk drüber nach, Frédéric. Merci, trotzdem.«

Sie beendete das Gespräch, straffte den Rücken und die verspannten Schultern. Raus aus dem Bett! Sie war weder ein Kleinkind, das sich vor der Welt versteckte, noch Teil des Heulsusenclubs.

Es lag an ihr zu fragen, wenn sie die Wahrheit über die Frauen auf ihrem Frachter wissen wollte. Doch dazu musste sie sich zuerst eingestehen, dass dem so war – dass sie, Hanne, sich für das Leben ihrer ungebetenen Gäste interessierte.

*

Nun war endgültig Schluss mit Degenfechten. Fein geringelt rutschten die ehemaligen Waffen vom Brett in den Topf. Bald zog der Duft von Lauch, Zwiebeln und gebratenem Hack verführerisch über den Flur, durchs Küchenfenster und durch jede Ritze. Käse und Sahne schwächten den Geruch ein wenig ab und fügten ihre eigene Note hinzu. Die Suppe blubberte sämig schwer und fett. Ein perfektes Essen für Partys mit hohem Alkoholkonsum. Astrid zog den Topf von der heißen Platte. An eine Party musste sie beim Abschätzen der Menge wohl auch gedacht haben. Das reichte für ein gutes Dutzend Esser oder für mehrere Tage.

Sie tauchte einen Löffel ein und probierte genüsslich. Komisch, dass ihr plötzlich das Kochen wieder Spaß machte. Und auf den Arbeitseinsatz nach dem Essen freute sie sich auch. Genau wie über die Sonne. Und noch immer über ihre neuen Schuhe, was ihr besonders albern vorkam. Ja, sogar über Jessies Zopf, den Dušan gebunden hatte, weil der eine Eskalation in Sachen Badezimmersauberkeit fürs Erste abwendete. Dieses blondierte Gewölle im Waschbecken strapazierte ihre Geduld aufs Äußerste. Doch wenn sie herausfinden wollte, was hinter Jessies Stirn tatsächlich vor sich ging – und das hatte sie weiterhin fest vor – fraß sie besser Kreide, als sich auf einen Streit einzulassen. Entsprechend überging sie die albernen Sticheleien, mit denen Jessie ihr ein Interesse an Dušan unterstellte, sowie den süffisanten Hinweis, dass sie mit ihm Handynummern getauscht hatte.

In manchen Momenten kam ihr die kleine Gemeinschaft an Bord völlig surreal vor, doch in anderen … Seufzend wischte sie den letzten Sahnetropfen aus der Packung und lutschte ihren Finger ab. In anderen Momenten fühlte sich ihre schwimmende Insel mitsamt dem verrückten Haufen Menschen darauf nach einer besseren Realität an.

Das Mittagessen verlief in sahneseliger Harmonie und Vorfreude. Hanne war ans Steuer zurückgekehrt, und Dušan bestätigte ihre Abmachung.

Wenig später schabten drei Spachtel geräuschvoll über Blech. Lackspäne flogen aus gewölbten Blasen, splitterten von rostigen

Kanten. Mit offizieller Genehmigung von Schiffsführerin Hanne rückten sie den angeschlagenen Stellen am Heck der Jowige zu Leibe. Erst grob, dann etwas feiner mit Drahtbürsten und Schleifpapier. Wenn schon, denn schon, hatte Hanne gemeint und Dušan die Wahl des Einsatzortes übertragen. Er wusste am besten, wo Bedarf herrschte. Ein sicherer Platz sollte es sein, darauf hatte sie bestanden, ohne Kletterei oder das Risiko, dass eine der Frauen versehentlich über Bord ging. Es machte Hanne nervös, die drei hinter sich zu haben und nicht mehr dauerhaft im Blick, doch sie vertraute auf Dušans Entscheidung.

Der Wind wirbelte den farbigen Abrieb durcheinander. Katrin griff zum Handfeger und versenkte die kleinen Häufchen in einem Eimer. Kein Dreck in die Umwelt, mit dem die Natur nicht fertig werden konnte. Das war ihr schon immer wichtig, und seit Lilians wild entschlossenem Einsatz bei *Fridays for future* gab es keine Ausnahmen mehr. Obwohl hochmoralische Ansprüche das Leben verkomplizierten. Sie scheiterte oft genug beim Einkauf im Supermarkt. Kein Palmöl, kein Mikroplastik und auf der Boykott-Liste einige weit verzweigte Konzerne, die Menschen das Trinkwasser abgruben, Gentechnik nutzten oder sich anderweitig unethisch verhielten. Alles zu bedenken kostete Zeit und Nerven. Und nun sorgte sie sich wegen einer Handvoll Schiffslack.

»Was macht ihr, wenn unser Trip vorbei ist?«

Jessies Frage fiel wie ein Stein in einen bodenlosen Brunnen. Kein Ton verkündete den Aufprall. Nur die Schiffsschraube hinter der Jowige lärmte ungerührt im Wasserstrudel.

»Ihr wisst schon, dass das morgen ist?«, legte sie nach. »Dann ist Dealende und aus die Maus.«

»Die Kühe warten, du weißt schon«, antwortete Astrid lustlos und ließ den Schaber sinken. »An die will ich noch nicht denken. Und sonst ist da leider niemand. Freust du dich schon wieder auf deine Arbeit mit den Kindern?«

Jessie rümpfte die Nase und zog die Arbeitshandschuhe aus.

»Dito. Sagt man doch, wenn man das Gleiche meint, oder? Kein Thema, auf das ich Bock habe.«

»Also doch kein Traumjob«, konstatierte Astrid.

»Wie man's nimmt. Immerhin ist er krisensicher. Erzieherinnen fehlen überall. Da finde ich leicht eine neue Stelle.«

»Du suchst was Neues?«

»Was Besseres.« Abwägend wackelte Jessie mit der Hand hin und her. »Mal sehen. Hab gekündigt, weil die Kita-Leiterin gegen meinen Verlobten ätzt. Das geht gar nicht, echt! Egal. Zumindest habe ich in dem Job einiges gelernt, was sich später im Leben anwenden lässt«, fügte sie mit wenig Überzeugung hinzu. Sie mochte Kinder, aber noch mehr den Moment, wenn die Knirpse von ihren Eltern abgeholt wurden.

»Sehr pragmatisch. Bist du deshalb keine Tierpflegerin geworden?«

»Auf Zoo-Tiere kann der Mensch verzichten.« Jessie rieb die Fingernägel über einen Bogen Schleifpapier. »Aber gestorben und gevögelt wird immer. Leichen sind eklig. Darum also Kinder.«

»Dito«, wiederholte Katrin Jessies Ausspruch und hielt dem Sombrero-Kaktus die Augen zu. Erst beim Blick in zwei fragende Gesichter wurde ihr die Zeitverzögerung ihres Einwurfs klar. »Lasst uns von etwas anderem reden. Wohin würdet ihr fahren wollen, wenn morgen nicht Schluss wäre? Wenn es keine Grenze gäbe und alles machbar ist, was ihr euch vorstellen könnt.«

»Ans Meer«, antwortete Jessie und lachte auf. »Das kam wie aus der Pistole geschossen, oder? Seit ihr davon gesprochen habt, spukt mir das durch den Kopf. Egal an welches, aber am liebsten ans Mittelmeer. Ins Warme.«

»Nach Island, wie die Wikinger!« Astrid seufzte. »Ich bin leider nicht so hitzefest. Aber letztlich hast du recht, mir wäre es auch egal, wohin.«

»So oder so müssten wir Hanne dazu wohl zwingen.« Jessie nahm das Schleifpapier mit der groben Körnung. Es knirschte auf dem Blech der Reling. »Der Wikinger-Ansatz passt also. Knickt sie ein, wenn wir Dušan als Geisel nehmen? Ich kann jetzt voll krasse Knoten. Hat er mir selbst gezeigt. Ihn zu fesseln wäre kein Problem.«

»Ich fürchte, das hilft nicht.« Katrin wischte sich Schweiß von der Stirn. »Mit unseren Lauch-Degen kämen wir auch nicht weit.«

»Das ist grundsätzlich korrekt sowie unmöglich« Astrid rieb sich die Magengegend. »Der Lauch ist im Bauch.«

Jessie prustete. »Oh Gott, hoffentlich hat Fré-dé-ric die Dichterei besser drauf.« Sie konnte nicht anders, als den Namen des Geheimnisvollen mit abfälligem Unterton in die Länge zu ziehen. »Wenn er schon zwei linke Hände hat.«

»Ein Mensch kann in mehr als einer Sache gut sein«, sagte Astrid mit Überzeugung. »Und noch ist ungeklärt, ob Frédéric nicht helfen kann, weil er unfähig ist oder weil er nicht darf. Außerdem heißt es doch auch, dass jeder Mensch tief in sich drin ein Künstler ist. Von Natur aus.«

»Das hättest du wohl gern.« Jessie stopfte das Schmirgelpapier in die Schachtel zu den anderen und hebelte den Deckel von der Dose mit dem Rostschutz. »Kunst kommt von Können. Und nicht jeder, der will, kann auch. Was jeder kann, ist *kreativ* sein, und das ist jetzt keine Abwertung. Mir gefallen die Hobbybasteleien auf Kreativmärkten oft viel besser als das, was man im Museum bewundern kann. Beziehungsweise bewundern *soll*. Aber wann ist etwas Kunst, und wer entscheidet das? Marlons Definition ist: Wenn man es den Normalsterblichen erklären muss, dann ist es Kunst.«

»Was sagt Marlon denn dazu, dass du einen neuen Job suchst? Oder suchst du bei ihm in München?«

»Kindergärten sind auch voll mit Künstlern, jedenfalls wenn du die Eltern fragst.« Jessie streckte die Dose von sich und rümpfte die Nase. »Boah, das stinkt.«

»Genau das meinte ich eben –«

»Dass es stinkt?«, fiel Jessie ihr ins Wort.

»Dass Kinder sich instinktiv künstlerisch ausdrücken. Weil es ein Bedürfnis ist und ganz unmittelbar aus den Emotionen kommt.«

»Halleluja. Hört sich nach einem Glaubensbekenntnis an. Warst du im früheren Leben Grundschullehrerin? Sorry, war ein Scherz. Können wir den Kinder- und Künstlerkram sein lassen? Ich würde viel lieber weiter übers Meer reden.«

»Bin dabei.« Katrin reichte ihr einen Pinsel.

»Sagt mal, sollen wir echt für alles diese hässliche Rostschutz-Farbe nehmen? Der arme Kahn wird bald aussehen, als hätte er Sommersprossen – oder fette Pickel. Das ist für eine Hundertjährige echt beschämend.«

In den nächsten Stunden kamen sie gut voran, sowohl mit den Ausbesserungen als auch mit ihrer Liste der unmöglichen Möglichkeiten, wie sie Hanne ans Meer locken könnten, und Katrin vergaß zeitweilig sogar ihre Sehnsucht nach zu Hause. Nur Astrid wurde zunehmend stiller und beteiligte sich kaum noch an ihrem Spiel.

Ihre Wahrnehmung degradierte die Landschaft zur Fototapete. Es hätte genauso gut eine gemalte Kulisse sein können, die sich von einer Kurbel gedreht neben ihnen her bewegte wie bei alten Filmproduktionen im Studio. Von der Mainmündung, den Städten Mainz und Wiesbaden und den ersten bekannteren Weinorten Rheinhessens auf der einen und des Rheingaus auf der anderen Seite blieb statt konkreter Bilder ein diffuses, wohliges Gefühl zurück. Es legte sich als leichtes Mäntelchen um ihre Schultern. Doch die Nervosität ließ sich darunter nicht vollständig verstecken. Ihre Furcht vor dem *danach* verwob sich unbemerkt zu einem filigranen Netz, wie eine Spinne es nicht schöner hätte erschaffen können. Unsichtbar spannte es sich von einer zur anderen.

Gelegentlich kam Dušan vorbei, nickte zu ihrer Arbeit und kratzte sich mit Blick auf Astrids immer abwesenderen Gesichtsausdruck den Nacken. Sie erinnerte ihn ein bisschen an seine jüngere Schwester, und wenn die so guckte, brütete sie etwas aus. Schon als sie noch Kinder gewesen waren, hatte er es immer gespürt. Zweifelhafte Ideen, von denen er sie selten hatte abhalten können.

Auf Höhe von Eltville warf Astrid einen Blick zur Burg, sah dann zu ihm hoch und erwachte lächelnd aus ihrem ganz eigenen Traum vom Meer.

Kapitel 13

Strandgut an deinem Ufer

Am Abend lag die Jowige in Bingen vor Anker. Astrid zählte Besteckteile und überlegte, ob man das wirklich so nannte. Das Schiff war mit Tauen an einem Steg angebunden. Schräg gegenüber lag Rüdesheim, an dem sie ein Stück zu Berg vorbeigefahren waren, und vom Bug aus konnte man zu Tal das Inselchen mit dem Mäuseturm mitten im Strom erahnen. Die Klappstühle standen in kleinem Kreis um den Topf mit der vom Mittag übrig gebliebenen Suppe. Statt Tellern hatte Astrid Müslischalen gewählt, die besser zu balancieren waren, und dicke Brotscheiben auf einem Brett gestapelt. Ihr Sonnenbrand spannte schon weniger als gestern und war über den Tag nicht schlimmer geworden, obwohl sie keinen Gedanken daran verschwendet hatte, im Schatten zu bleiben. Ein Hoch auf das Sonnenspray mit Lichtschutzfaktor 50 und die Pharmaindustrie! Sie summte die Titelmelodie von *Fluch der Karibik* und lächelte vor sich hin.

»Seht mal, was ich uns organisiert habe!« Jessie brachte vom Vorschiff einen Korb mit, in dem es beim Abstellen leise klirrte. Es fühlte sich sensationell an, einfach von einem Ende des Decks zum anderen spazieren zu können. Wenn auch mit einer Hand am Seil. Und mit jedem Mal wurde es leichter. »Unser wunderbarer Dušan ist spendabel – na ja, ich habe versprochen zu bezahlen. Aber ich finde, ein kühles Feierabendbier haben wir uns verdient.« Wie hätte er ihr den Wunsch abschlagen können, nachdem sie den Vorrat gesehen hatte? Ein Gastgeschenk vom gestrigen Besuch seiner Freunde. »Er ist gleich fertig und kommt rüber. Ob Hanne sich die Ehre gibt, mit dem Fußvolk zu speisen, weiß ich nicht.« Sie faltete sich im Schneidersitz zusammen. »Boah, ich freu mich voll auf die Musketier-Suppe.«

»Getöse«, sagte Astrid und kicherte. »Spätestens wenn der Lauch richtig wirkt.«

»Igitt, der war gut!« Grinsend half Jessie beim Verteilen der Suppe und setzte sich dann auf den Metallkasten. Eine halbe Schüssel später traf Dušan ein, und sie ließ die Kronkorken fliegen. »Einmal Getränke weiterreichen, bitte. Cheers, Ladies!«

»Cheers!«

»Prost.«

Die Glasböden trafen sich mit sattem, tiefem Ton, der sich mit dem vibrierenden Geräusch der Metalltreppe mischte. Mascha fegte schnüffelnd in die Runde und sorgte mit ihrer flinken Schnauze für Aufruhr und Gelächter, während alle ihr Essen in Sicherheit brachten. Nur Jessie saß unbehelligt auf ihrem erhöhten Posten. Belustigt beobachtete sie das Gezappel und trank. Das Bier war kalt und herrlich herb.

»Stopp!« Hannes Stimme fuhr schneidend dazwischen. »Runter mit der Flasche. Schluss mit der Sauferei.«

Hastig nahm Jessie die Flasche von den Lippen, im ersten Moment erschrocken. Im zweiten versuchte sie zu schlucken, was nur zum Teil gelang. Die Hälfte dessen, was sie im Mund hatte, sprühte wie eine Fontäne und quoll aus ihrer Nase. »Hände hoch, hast du vergessen!«, japste sie und schwenkte das Bier überkopf. »Waffe runter und Hände hoch! Ich mach mir gleich in die Hose.« Sie presste die Knie gegeneinander und lachte.

»Das war kein Witz. Stell die Flasche hin.«

Vorsorglich platzierte auch Astrid ihr Bier eine Armlänge entfernt neben dem Topf, misstrauisch, als ginge davon unmittelbare Gefahr aus. »Was ist denn los?«

Hanne schob den Unterkiefer vor. Der Anblick hatte ihr die Entscheidung abgenommen, ob, wann und wie sie auf die Schwangerschaft reagieren sollte. Zu heftig vielleicht und ungefiltert, aber sie konnte sich nicht bremsen. »Willst du es ihnen sagen, Jessie? Oder einigen wir uns einfach darauf, dass niemand etwas trinkt, der einen verdammt guten Grund hat es zu lassen?«

»Ich habe kein Alkoholproblem – und auch keins ohne, falls du das meinst. Ansonsten kapiere ich es nicht.« Demonstrativ stellte Jessie die Flasche ab. »Ist doch nur ein Bier.«

»Okay, dann eben indiskret.« Aus der Hosentasche friemelte Hanne den Blisterstreifen und hielt ihn hoch. »Fovimin, Folat-Komplex Plus. Enthalten sind Folsäure, Mineralien, Spurenelemente und alle essentiellen Vitamine. Lag unter dem Regal im Bad. Meins ist das nicht. Also hat es eine von euch verloren. Kapierst du jetzt, Jessie?«

»Nahrungsergänzung. Ja und?«

»Für Schwangere. Ich bin doch nicht blöd, Jessie. Hat mich zwei Klicks im Internet gekostet, das rauszufinden.«

»What? Und deshalb bin ich plötzlich schwanger? Na, das wüsste ich aber! Oder seh ich echt so aus?« Jessie zog ihr T-Shirt über dem Bauch straff, bis sich der Nabel durch den Stoff abzeichnete. »Ernsthaft, Leute, das ist lächerlich. Ich und Nachwuchs!« Fassungslos tippte sie sich an die Stirn und schaute auf der Suche nach Zustimmung in die Runde. Dann verstummte sie ganz und hob langsam den Zeigefinger. Nach und nach folgten Hanne, Astrid und Dušan ihrem Blick.

Fast hätte man meinen können, Katrin würde gleich in Gelächter ausbrechen. Ihr Mund zuckte, die Gesichtsmuskeln gehorchten ihr nicht mehr. Seltsam, wie nah Lachen und Weinen beieinanderlagen. Sie rang das eine wie das andere nieder, schloss kurz die Augen und streckte die Hand aus. »Das gehört mir.«

»Dir?«

Die ungläubige Nachfrage verdoppelte die Peinlichkeit.

»Kannst du es mir einfach geben?«

»Im Tausch gegen deine Flasche.« Hanne hielt ihr die Tabletten hin, die Katrin förmlich an sich riss und in die Hosentasche stopfte. Das Bier schwappte über, klatschte als schaumige Pfütze vor Hannes Füße.

»Ich habe keinen Schluck getrunken«, erklärte Katrin gepresst und schnappte ruckartig nach Luft. »Und das hatte ich auch nicht vor. Nur angestoßen. Auch wenn es dich nichts angeht. Niemanden geht das was an.«

»Auf meinem Schiff geht mich alles etwas an.« Mit spitzen Fingern stellte Hanne die Flasche auf den Boden und wischte die klebrigen Reste an ihrer Hose ab. »Und jetzt beruhig dich, bevor du hyperventilierst.« Sie selbst atmete ebenfalls tief durch. Das lief vollkommen verkehrt. Dieses blöde Bier hatte sie aus dem Konzept gebracht, und nun war auch noch eine andere schwanger als erwartet. Sämtliche guten Vorsätze des Nachmittags waren dahin, ihr Hirn komplett leergefegt.

»Ich glaube dir«, sagte Astrid schnell. »Es ist ja nicht dein erstes Kind, du weißt, worauf es ankommt.« Sie legte die Hand auf Katrins Arm und hoffte, dass niemand ihre Enttäuschung heraushörte. Katrin hätte sich ihr längst anvertrauen können. Gelegenheiten unter vier Augen hatte es genügend gegeben. Beim Kochen oder in der Stadt. »Warum hast du es denn für dich behalten? Eine Schwangerschaft ist doch etwas Wunderbares. Und du hättest natürlich von Anfang an die Kabine und das Bett bekommen. Nicht wahr, Jessie?«

»Wer nicht will, der hat schon.« Jessie zuckte missmutig mit den Achseln.

»Du und deine abgedroschenen Sprüche. Man könnte meinen, du hast ein Phrasenbuch verschluckt!«

»Was denn? Schwanger sein ist keine Krankheit. Oder schadet es dem Kind, auf dem Boden zu schlafen?« Jessie schnaubte. War ja klar, dass Astrid sofort anfing Katrin zu pampern. »Glückwunsch übrigens«, schob sie nach und hob ihr Bier in Katrins Richtung. »Ich darf jetzt ja wohl wieder trinken. Also dann: Auf dich und den Zwerg.«

Stumm schüttelte Katrin den Kopf und schob die Hand beiseite. Getroffen rutschte Astrid ein Stück ab. Was machte sie bloß falsch?

»Sie hat es verschwiegen, weil sie wusste, dass ich sie dann bei nächster Gelegenheit an Land absetze«, schaltete Hanne sich ein, als hätte sie Astrids Gedanken mitgehört. Zum Teufel mit diplomatischem um den heißen Brei Reden. »Wovor läufst du weg?«

»Ich laufe nicht weg.«

»Was dann?«

»Ich brauche eine kleine Auszeit, das ist alles. Um den Kopf klar zu kriegen.«

»Du freust dich gar nicht auf das Kind«, stellte Jessie fest. »An wem liegt es? Willst du es nicht haben oder ist es der beteiligte Produzent?«

»Der hat keine Ahnung.« Stöhnend verbarg Katrin ihr Gesicht in den Händen. Sie bereute ihre Antwort jetzt schon. Jeder Satz war einer zu viel. Alles, was sie verdrängt hatte, statt wie geplant darüber nachzudenken, brach auf einen Schlag über sie herein. Ein Erdrutsch mit Ansage. Dieser blöde Tablettenstreifen! Hätte sie doch bloß beim Landgang nicht heimlich das Rezept aus ihrer Hosentasche eingelöst.

»Wie weit bist du?«

»Achte Woche.« Ihr Nuscheln war kaum zu verstehen.

»Und es ist von deinem Mann?« Astrid verzog das Gesicht, noch ehe die Frage richtig draußen war.

Empört fuhr Katrins Kopf in die Höhe. »Natürlich ist Markus der Vater!«

Ergeben setzte Hanne sich auf den freien Klappstuhl. Das konnte länger dauern. Es gab Klärungsbedarf, um den sie sich nicht drücken konnte. Mit einem Anflug von Neid guckte sie Dušan nach, der sich klammheimlich mit seiner zweiten Portion Suppe davonmachte. »Nun mal für die Langsamen und Nicht-Mütter: Wo genau ist dann dein Problem?«

Katrins Hände zitterten mit ihrer Unterlippe und den Knien um die Wette. »Such dir eins aus. Zur Volljährigkeit wäre ich über sechzig. Kein Jugendlicher will alte Eltern, und je älter du wirst, umso schwieriger ist es, ein Kind aufzuziehen. Mitte vierzig heißt außerdem erhöhte Risikofaktoren für mich: Diabetes, Thrombosen – Tod. Klar, die Medizin ist weit, ich bin weder die erste noch die einzige Ü40-Mutter. Aber eine späte Schwangerschaft bringt auch genetische Risiken für den Embryo mit sich, die zu schweren Behinderungen führen können. Und wehe, eine von euch wagt es, dieses Wort zu kritisieren! Eine Behinderung wird nicht schöner oder leichter, nur weil man sie anders benennt. Ich spreche niemandem die Möglichkeit ab, glücklich zu sein, oder die Fähigkeit, ein erfülltes Dasein zu haben. Aber ich habe Angst vor dieser Verantwortung. Angst, dem nicht gewachsen zu sein. Willst du noch ein Problem, Hanne? Ich habe bereits eine Familie. Und diesen Menschen gegenüber, die ich über alles liebe, trage ich ebenfalls Verantwortung. Meine Entscheidung betrifft sie genauso. Denn sie werden gegebenenfalls auch damit umgehen müssen – sich arrangieren, einschränken, zurückstecken.«

»Wo zwei satt werden, reicht es auch für drei.« Jessie drehte die Flasche in der Hand. »Sagt die olle Krüger. Ich finde, du gehst da echt zu negativ ran. Und wenn du eine tolle Familie hast, was treibst du dann hier? Wieso bist du nicht bei ihr, um das zu besprechen?«

»Fünf, keine zwei«, sagte Katrin und kämpfte um Beherrschung. »Wir haben fünf Kinder. Der Älteste steht kurz vorm Abitur, und Louis kommt nächstes Jahr in die Schule.«

Mit spitzen Lippen formte Jessie ein lautloses »Wow«.

»Und ich denke nicht, dass ich dieses Thema mit ihnen besprechen sollte.«

Hanne nickte langsam. »Lassen wir die Kinder außen vor. Wieso klärst du es nicht mit deinem Mann?«

»Meine Rede!« Jessie streckte die Beine aus. »Das ist doch auch seine Entscheidung.«

»Nein.« Astrid sprang Katrin bei und gab hinter deren Rücken fuchtelnd Signale an Jessie, damit die aufhörte zu bohren. »Also, ja. Sicher sollte er als Vater ein Mitspracherecht haben, aber die letzte Entscheidung muss Katrin treffen. Es ist ihr Körper und ihr Gesundheitsrisiko. Außerdem müssen wir uns nichts vormachen, auch der beste Vater ändert nichts daran, dass die Hauptlast unter Garantie bei ihr als Mutter liegt.«

»Klasse, zieh sie doch noch weiter runter.« Jessie spendete sarkastischen Applaus. »Ich sehe das so: Einmal *stehen* reicht nicht. Der Kerl, der beim Machen dabei war, muss auch zum späteren Ergebnis *stehen*. Kann er aber nur, wenn du ihm die Chance gibst. Darum bleib ich dabei, es ist ein Fehler, es ihm zu verschweigen. Just my two cents. Was glaubt er eigentlich, wo du gerade bist?«

Katrin schüttelte langsam den Kopf, ihre Augen standen voller Tränen. »Keine Ahnung.«

»Und seit wann?«

»Seit unsrer Begegnung am Steg. Ich hatte es gerade erst erfahren und –«

»Du hast also schon geplant abzuhauen, bevor Miss Yoga ins Wasser gefallen ist?«

»Ich habe gar nichts geplant. Überhaupt nichts.« Katrin fehlte die Kraft, laut zu werden. »Ich kam direkt von meiner Gynäkologin, weil ich mich seit Tagen unwohl fühlte. Heiß, kalt, durcheinander. Vorboten der Wechseljahre, habe ich mir gedacht – vielleicht auch eingeredet, weil ich … Dort am Ufer wollte ich Markus anrufen. Ich habe mir Worte zurechtgelegt. Dann wollte ich ihm doch lieber schreiben. Ich habe Nachrichten getippt. Und gelöscht. Das meiste jedenfalls. Aber ich konnte nicht klar denken. Also habe ich geschrieben, dass ich ein bisschen Zeit für mich brauche, damit er weiß, ich komme etwas später nach Hause. Ein paar Stunden Aufschub sollten das werden. Mehr nicht. Der

Rest ist einfach passiert.« Katrin lachte schluchzend und guckte Astrid an. »Erst kamst du und gleich darauf die Jowige.«

»Ich bin schuld, dass du abgehauen bist?« Astrids Stimme kiekste, aber Katrin reagierte nicht.

»Plötzlich war da diese Möglichkeit. Ich war fort und konnte wieder atmen. Und mir wurde klar, dass ein paar Stunden nicht ausreichen. Schmeiß mich nicht vom Schiff, Hanne. Ich bin noch nicht so weit. Und meine Ärztin sagt, ich bin kerngesund.«

»Das ist einfach falsch.« Jessie fischte ihr Smartphone heraus, das sie den ganzen Tag kaum benutzt hatte, entsperrte es und hielt es Katrin hin. »Ruf ihn jetzt an. Er muss es wissen. Es ist auch sein Kind. Nicht nur irgendein Zellhaufen.«

Katrin starrte auf das blinkende Display. Wie in Trance griff sie zu. Ihr Finger tippte Ziffer für Ziffer.

»Hallo Markus«, soufflierte Jessie ungefragt. »Tut mir leid, wenn du dir Sorgen gemacht hast. Mir geht es gut. Und dem Baby auch. Zack, Bumm, fertig ist die Laube.«

»Nein.« Hanne nahm Katrin das Telefon aus der Hand, die immer stärker zitterte. »Wann es so weit ist, bestimmst nicht du, Jessie. Punkt. Ich kann die Geheimniskrämerei offen gestanden auch nicht verstehen, muss ich aber auch nicht. Beziehungsgedöns und Kinder – da bin ich raus. Das Einzige, was mich interessiert, ist, ob du auf der Jowige bleibst oder gehst. Ihr anderen verschwindet in eure Kojen oder macht meinetwegen einen Spaziergang und trinkt einen Schoppen. Der Wein hier ist ganz passabel. Für heute ist die Diskussion an dieser Stelle beendet. Noch mal Punkt. Das ordne ich an, weil ich hier das Sagen habe. Klar? Es ist die falsche Uhrzeit, um jemanden von Bord zu werfen.« Sie nickte Katrin zu. »Und für Entscheidungen. Die kann niemand für dich treffen.« Ihr Fingerzeig traf Jessie, der sie das Smartphone zurückgab. »Haben wir uns verstanden? Niemand.«

Demonstrativ verschloss Jessie ihren Mund. Bitte, wenn es sein musste, dann hielt sie eben die Klappe. Schon wieder. Andererseits war das Gespräch nur vertagt, und Hanne hatte ihrer Einschätzung nicht grundsätzlich widersprochen.

»Aye-aye, Käpt'n Hanne.« Sie nickte brav. Unter der vollständigen Telefonnummer leuchtete ein herausforderndes Zeichen, das sie unmöglich übergehen konnte. *Kontakt hinzufügen*. Unauffällig drückte sie den Speicherbutton. *Alles ist für irgendwas gut*, sagte die olle Krüger in ihrem Kopf.

»Du nimmst natürlich das Bett!«, entschied Astrid fürsorglich, und Katrin verschwand ohne ein weiteres Wort.

»Dann also gute Nacht.« Hanne bedachte Jessie mit einem weiteren prüfenden Blick. Die Lektion *Leise Atmen* würden sie wiederholen müssen.

Wenig später drang aus ihrem Wohnzimmer leise Musik. Astrid wischte die Bierpfütze auf, räumte das Geschirr zusammen und setzte sich dann.

»Ich habe doch recht, oder?«, fragte Jessie.

»Schwer zu sagen. Wir stecken nicht in ihren Schuhen.«

»Pff. Sagt die, die über meine Sprüche von der ollen Krüger lästert.« Dabei stimmten die ganz oft.

»Diese Frau Krüger hat dir ziemlich nah gestanden.«

»Oh ja! Wie ein Pickel am Hintern. Die konnte mich so wenig leiden wie ich sie. Aber die Kohle hat sie eingesackt, wenn Mama mich bei ihr abgeladen hat. Muss sich gelohnt haben. Also mochte sie mich in gewisser Weise vielleicht doch.« Sie lachte zu fröhlich, während ihr muffiger Küchengeruch in die Nase stieg und sich der Geschmack von gezuckertem Reisbrei auf ihrer Zunge ausbreitete. Knirschende Kristalle, zimtig und süß. »Schwamm drüber. Weißt du, was ich seltsam finde? Katrin hat kein Wort darüber verloren, was sie selbst will.«

»Weil sie es nicht weiß. Genau deshalb muss sie ja noch bleiben.« Astrid schüttelte energisch ihr Kissen für die Nacht auf und knuffte es zurecht. Sie würde sich hüten, von ihrem Gespräch in der Küche zu erzählen. Vom Zurückstellen der eigenen Bedürfnisse, denn auch das hatte Katrin eben bei ihrer Aufzählung weggelassen. Der Wunsch, ihrem Beruf nachzugehen – einer bezahlten Arbeit, bei der sie wieder mit erwachsenen Menschen zu tun hätte –, rückte durch ein Baby in unerreichbare Ferne. Höchstwahrscheinlich fürchtete sie, deswegen für egoistisch gehalten zu werden.

»Vielleicht weiß sie es doch und traut sich bloß nicht, dazu zu stehen.« Jessie sprach einfach aus, was ihr durch den Kopf ging. »Dass sie ihrer Familie Stress ersparen will, macht keine Heilige aus ihr. Sie schiebt das vor, statt ehrlich zu sein und zu sagen: Ich habe keinen Bock auf noch ein Kind. Dabei wäre das *okay*.« Die Betonung strafte Jessies Worte Lügen. »Total okay.«

»Ich glaube nicht, dass sie es sich leicht macht.« Astrid seufzte. Ein Kind in die Welt zu setzen und zu begleiten bedeutete Langstrecke, keinen Sprint. Selbst im Idealfall. Wie viele Jahre würden vergehen, bis dieses kleine Wesen einigermaßen flügge wäre?

»Dann macht sie es eben kompliziert – und ist trotzdem verlogen. Die Familie geht ihr über alles? Schön. Aber wieso gehört das Wohlergehen von diesem neuen Zwerg nicht dazu? Erklär mir das mal. Sie hat kein einziges Argument für das Baby gebracht. Nicht ein einziges.«

»Das kann ich nicht erklären.« Das Bier war immer noch einigermaßen kühl, und Astrid trank einen großen Schluck. »Setzen wir uns an die Reling, näher ans Wasser? Zum Schlafen ist es viel zu früh.« Hannes Vorschlag fiel ihr wieder ein: Bestimmt wäre es wirklich nett, an Land zu gehen, durch das hübsche Dorf zu streifen und auf einen Wein einzukehren. Sogar gemeinsam mit Jessie. Sie knöpfte die Strickjacke zu. Vielleicht würde sie irgendwann wiederkommen, aber dieser Abend gehörte der Jowige und dem Fluss. Der letzte Abend! Unglaublich, dass es niemand erwähnt hatte. Jetzt, wo alles verdorben war, schwieg sie lieber auch, dabei hatte es so schön angefangen mit der Suppe und dem gemütlichen Beisammensein. Das leise Wellenklatschen am Rumpf verstärkte ihre Melancholie. Nur noch eine Nacht an Deck, einmal noch aufwachen im ersten Licht und Vogelgezwitscher, ein letzter Tag mit dem Wind in den Haaren, mit dem Wasser und dem Grün des vor ihnen liegenden Mittelrheintals. Der wohl malerischste Teil ihrer Reise versprach einen bittersüßen Abgesang.

Astrid räusperte die Schwermut aus ihrer Kehle und hätte sie am liebsten in den Fluss gespuckt. Schluss mit *nur noch!* Sie leerte das Bier in einem Zug bis zur Hälfte. Die Flasche war halbvoll, und sie hatten immer noch einen Tag! Und ihren heimlichen Traum vom Meer.

Jessies Herz pochte heftig, als sie sich neben Astrid niederließ, die mit *Reling* nicht die geschlossene Bordwand gemeint hatte. »Hat Katrin dir vorher von ihren Kindern erzählt? Ich kann nicht aufhören, an den kleinen Louis zu denken.« Das Handlauf-Drahtseil baumelte auf Kopfhöhe, und vor ihr war nichts, was sie vom Fluss trennte. Sie hielt ihre Haarbürste fest umklammert. Hoffentlich half ihr das abendliche Ritual, sich abzulenken. Doch ihr wurde nicht schwindelig, die Panik blieb aus.

»Wenig. Leon müsste der Älteste sein, er macht jetzt Abitur, und wenn ich es richtig verstanden habe, heißt die älteste Tochter Lilian, von ihr stammt die Uhr.«

»Drei Mal der gleiche Anfangsbuchstabe: Leon, Lilian, Louis – das ist sicher kein Zufall. Fehlen noch zwei.« Sie zog Schuhe und Socken aus und schwang die Beine zur Flussmitte hin über die Kante. Ihre Füße tauchten ins kalte Wasser, die Fersen berührten den Schiffsrumpf. Konturen und Entfernungen verwischten im Dämmerlicht. Bunte Leuchten tupften Farbe ins Grau, verdoppelten sich spiegelnd und verzerrt auf der bewegten Wasseroberfläche.

Die Musik im Wohnzimmer wurde lauter. Ein markanter Sound, unverkennbar und genau der passende Song für die bevorstehende Nacht.

Der Rhythmus füllte Hannes Kopf, und sie sprach den Text mit, der ihr wie eine Prophezeiung vorkam. Vermutlich würde keine von ihnen heute viel Schlaf finden. Die Arme zur Decke gestreckt machte sie einige mickrige Tanzbewegungen, dann fluchte sie und gab es auf. Ihre Dance-Playlist aus den Neunzigern half fast immer. Doch es beeinträchtigte die Wirkung erheblich, dass sie es sich heute verkniff, laut zu singen. Nein, so wurde das nichts. Konnte sie schon wieder bei Frédéric anrufen? Oder war das ein Fall für Andrea? Sie zog die Vorhänge zu und goss sich in der Küche ein Glas Wein ein. Die Flasche war schon länger offen. Skeptisch roch sie daran. Ein Geschenk von Kaffeetante Margot. Sie dachte an ihre Gespräche mit Lores Freundin, die es mit der Wahrheit gut gemeint hatte, und an die Lügen ihrer Eltern, die von sich dasselbe behauptet hatten. *Zu deinem Besten, Johanne.* Sie dachte an ihre Oma, an Katrin und das Kind. Ein Kind, das vielleicht nie geboren werden würde, so wie die Kinder, die Hanne für sich selbst nie auch nur in Betracht gezogen hatte. Kamen ihr jetzt etwa Zweifel an dieser Entscheidung?

Im Stehen trank sie einen großen Schluck, schenkte noch einmal nach und nahm die Flasche mit. Keine Fehlnote im Geschmack, das reichte ihr. Sie kippte den Sessel in halbaufrechte Position und streckte sich aus.

Das nächste Lied setzte ein. Deutlich entspannter dudelte jetzt OMCs »How bizarr« aus dem Lautsprecher, und Hanne fand auch das ausgesprochen angemessen.

*

Es hatte ganz plötzlich mit einzelnen Worten angefangen, und nun flogen Halbsätze durch Jessies Gehirn wie Pingpong-Bälle, ließen sich nicht einfangen und hinderten sie am Schlafen. Ein rhythmisches Gemenge, das sich in Schleifen wiederholte und einem nervigen Ohrwurm ähnelte. Sie wälzte sich von einer Seite auf die andere und setzte sich schließlich auf. Astrid lag auf dem Rücken, zugedeckt bis zur Nasenspitze, bleich vom Mondlicht und still wie eine Leiche. Jessie lauschte, bis sie ihre Atemzüge hörte.

Die Sätze surrten weiter. Vielleicht half es ja, aufzuschreiben, was durch ihren Kopf schwirrte, um Ruhe zu finden? Auf Knien fummelte Jessie ihr Notizbuch und einen Stift aus dem Rucksack und schob beides unter ihrem Shirt in den Hosenbund. Scheiße, war das kalt! Zischend sog sie die Luft ein und den Nabel nach innen. Fehlte noch, dass jemand aufwachte und fragte, was sie machte. Auf Zehenspitzen schlich sie um die Ecke, tastete sich im Dunkeln die Stufen hinunter zum Bad. Sie hob die Tür an, um das Schleifgeräusch zu mildern, und schloss sie mit einem kurzen Ruck. Erst dann schaltete sie das Licht ein, drehte den Schlüssel zweimal um, pulte das Schreibzeug unter den Klamotten heraus und setzte sich auf den zugeklappten Toilettendeckel. Gänsehaut bedeckte ihre Arme. Der Stift bewegte sich ohne ihr Zutun, füllte Zeile um Zeile, bis er ebenso von selbst zum Stillstand kam. Verunsichert lauschte sie in sich hinein, streifte das Blatt mit flüchtigem Blick. War es das jetzt? Und was war *das* überhaupt? *Wir sind nicht Sommer und Winter / Frost und Hitze sind dein.* Zitternd klatschte sie das Heft zu. Weiter las sie lieber nicht. Kunst war das jedenfalls keine. *Bin Strandgut an deinem Ufer / gnädig sammelst du mich ein.*

Immerhin wusste sie jetzt, dass nicht Katrin, sondern Astrid schuld an ihrer Schlaflosigkeit war. Die und ihr Gerede. Sie schnaubte verächtlich. Von wegen, in jedem steckt eine Künstlerin. Lächerliche Formulierungen, von denen sie nur eine vage Ahnung hatte, anders als vom Inhalt und Ursprung. Den kannte sie, spürte ihn als Rauschen in den Adern, als Sauerstoff in den Lungenbläschen nach jedem Atemzug. Es war eins, die Bedeutung zu kennen, etwas anderes, sie zu akzeptieren.

Fünfter Tag

Kapitel 14

Loreley und vorbei?

Katrin schlüpfte aus der Kabine und lauschte. Leider hörte sie nichts. Keinen Ton, obwohl sie schon Kaffee roch, dessen Duft unter dem Türspalt zu ihr hineingekrochen war. Dabei hatte sie so sehr gehofft, die Jowige könne bereits unterwegs sein, wenn sie nur lange genug in dem kleinen Zimmerchen stillhielt. Schließlich konnte Hanne nicht ewig im Hafen bleiben. Ganz leise schloss sie hinter sich die Tür. Sie hatte keinen Schimmer, wie spät es gerade war, ihr Zeitgefühl war völlig aus dem Gleichgewicht. In der Kabine und im Flur herrschte den ganzen Tag schummeriges Halbdunkel. Draußen zwitscherten Vögel – oder kamen die Geräusche von Metallteilen, die sich melodisch quietschend gegeneinander bewegten? Ein lächerlicher Wunsch, dass Hanne sie aus Bequemlichkeit an Bord bleiben ließe und wenigstens dieses Problem sich von selbst erledigte. Genau wie gestern in Worms, als sie über das Kopfsteinpflaster gerannt waren, würde auch heute kein Wunder geschehen und ihr eine plötzlich einsetzende Blutung die schwere Entscheidung abnehmen. Ein schrecklicher Gedanke. Wollte sie das wirklich? Wenn sie tief in sich hineinhörte, wollte sie sich am liebsten zu Markus flüchten. Weg aus dem rotierenden Gedankenkarussell. Nicht um gemeinsam zu einem Ergebnis zu gelangen, sondern um all ihre Ängste bei ihm abzuladen. Doch was war mit seinen Empfindungen? Sie fühlte sich nicht stark genug, um sich diesen zu stellen. Vorher musste sie gefestigt sein und für sich selbst klarsehen. Sie schloss die Augen. Schon wieder stiegen darin Tränen auf. Die halbe Nacht hatte sie damit verbracht, sich gegen die unermüdliche Flut zur

Wehr zu setzen. Mal mit, mal ohne Erfolg. *Mach dir keine Sorgen, es geht mir gut.* Diese inhaltsleere Floskel hatte sich nach dem gestrigen Gespräch aus ihrer Erinnerung geschält. Die hatte sie als Erstes abgeschickt, weil zu Hause an der Pinnwand noch der Termin vom Mammographie-Screening steckte und Markus auf keinen Fall an Krebs denken sollte. Danach dann der Zeit-für-mich-Mist. Und die dritte Kurznachricht, an die sie sich erinnerte, war die gelöschte mit dem Buchstabendreher *Ei* gewesen. *Bin wieder schwanger*, das war kein Text für eine SMS. Ihre Nasenschleimhaut arbeitete auf Hochtouren und musste geschwollen sein wie die eines Boxers nach einem verlorenen Kampf. Für das, was ihr heute bevorstand, brauchte sie einen klaren Kopf und dafür wiederum Kaffee. Sie riss sich zusammen, huschte auf Zehenspitzen zur Küche und erstarrte. Unter der offenen Kühlschranktür guckten Hannes Beine heraus. Katrin hielt den Atem an und setzte vorsichtig einen Fuß rückwärts.

»Nichts da«, sagte Hanne und klappte die Tür zu. »Ich hab dich eh schon bemerkt. Willst du Milch in den Kaffee?«

Benommen nickte Katrin.

Hanne hatte bereits eine zweite Tasse vorbereitet und goss jetzt einen Schuss Milch dazu. Sie drehte Katrin den Henkel hin. »Komm mit. Setzen wir uns.«

Im Wohnzimmer schob Hanne hinter ihnen die Schiebetür zu, und sie nahmen einander gegenüber am Tisch Platz. Blasse Dämmerung schimmerte durch die groben Vorhangschlingen, kleidete die Möbel in schläfrige Grautöne. Katrin hüllte die Hände um den aufsteigenden Dampf. Das Grau tilgte die Zeit, beinah als schliefe sie noch.

»Du siehst furchtbar aus«, sagte Hanne nach einer Weile. »Und ich habe auch schlecht geschlafen.«

»Wenn ich gehen muss, dann lass die anderen beiden bleiben«, bat Katrin und duckte sich fröstelnd über den Kaffee. »Sie können ja nichts dafür.«

Aus einem Korb neben der Sitzbank holte Hanne eine kuschelige Fleecedecke und reichte sie weiter. »Wirklich fünf?«

»Ja.« Katrin wickelte sich bis zur Nasenspitze ein.

»Und alle aus Liebe.«

»Ja.«

»Das war also die Entscheidung, wegen der du mich nach Bauchgefühl oder Verstand gefragt hast.« Hanne schüttelte den Kopf. Ausgerechnet sie. »Darfst du überhaupt Kaffee trinken?«

»Hmhm.« Der Dampf beruhigte Katrins Nase, durch die allmählich wieder Luft drang. »Zwei Tassen sind okay.«

Eine Nuance Beige mischte sich draußen ins Grau, dieselben Töne wie Astrids Reihergefieder-Hose. Schweigend tranken sie weiter bis zur Neige. Der Tag kroch zögerlich von Osten über die Welt, um das enge Tal schon bald mit Licht zu fluten.

»Wir müssen los.« Hanne stand auf und nahm ihr die Tasse ab. »Einen kleinen Vorsprung vor den ersten Ausflugsschiffen rausholen. Rheinromantik verstopft schon mal die Fahrrinne. Dann wird es eng, auch ohne Niedrigwasser.« Sie grinste, ohne so richtig zu wissen warum. »Auf jetzt, hoch mit dir. Ich habe noch einiges vorzubereiten. An deiner Stelle würde ich mich noch zwei, drei Stündchen aufs Ohr hauen und die Ruhe genießen, bevor ich mich von Jessie beschallen lasse. Wir kommen jetzt zur Romantiker-Strecke, dazu hat das Internet bestimmt sehr viel zu sagen.«

In Zeitlupe fiel bei Katrin der Groschen, dann flog sie Hanne um den Hals.

»Danke, Chef«, flüsterte sie und versuchte nicht auf das Schlüsselbein unter ihrer Nase zu tropfen. »Vielen Dank!«

»Ja, ja, schon gut.« Stocksteif ließ Hanne den Gefühlsausbruch über sich ergehen und schob Katrin schließlich auf Armeslänge von sich. »Es ist ja sowieso nur noch ein Tag. Heute Abend sind wir am Ziel. In Bonn wird abgeladen, und unser Deal ist zu Ende.« Sie drehte sich zur Tür und hielt kurz inne. »Die Antwort, nach der du suchst, können dir weder ein zusätzlicher Bauch noch ein zweiter Verstand geben, und schon gar nicht ich – oder Jessie und Astrid. Die Antwort ist in dir drin.«

*

»Loreley-ley-ley, Schiffe zieh'n an dir vorbei.« Jessie trällerte vor sich hin. Nachdem sie nachts ihr Notizheft vollgekritzelt hatte, war sie in tiefen und erfrischenden Schlaf gefallen. Der Stau in ihrem Kopf hatte sich aufgelöst, nun herrschte dort gemütliche Leere. »Kann nicht mehr lange dauern, bis wir den Felsen sehen. Wusstet ihr, dass es früher üblich war, dass vor der Durchfahrt an der Strecke ein Lotse an Bord kam? Erst seitdem es Radar gibt, sind die Lotsen am Mittelrhein praktisch ausgestorben.«

Wie gewohnt sonderte sie angelesene Weisheiten ab, gespickt mit Infos, die sie aus Hanne und Dušan herausgequetscht hatte. Nur dass sie nicht mehr auf dem Kranpodest hockte, sondern im Stile einer verrutschten Galionsfigur seitlich an der offenen Reling klebte. Die Tiefe und das rauschende Wasser hatten nach der Mascha-Rettungsaktion einen Teil ihres Schreckens verloren und verschafften ihr jetzt einen richtigen Kick. Sie war frei! Ihre Gedanken streiften lose die Frage vom Vortag. Ja, frei, aber nicht allein und schon gar nicht einsam. Denn sie war immer noch auf dem Frachter, zusammen mit Astrid, und auch Katrin war noch da, was sie in Feierlaune versetzte. Das Leben war schön und wunderbar.

»Ich bin die Loreley!«, rief sie in den Wind. Ihre Haare flatterten, bauschten sich auf und fielen mit dem Abebben jeder Bö über ihr Gesicht. Sie spuckte eine Strähne aus. Dieses verdammte Zeug nervte. Ständig war es im Weg und verknotete sich. Wohin hatte sie Dušans Kordel gesteckt? Vielleicht fand sie in der Küche ein Gummiband.

Sie nahm Katrin ins Visier, die blass und rotäugig aussah, und lächelte aufmunternd. »Mal abgesehen von der etwas zweifelhaften Geschichte finde ich den Namen schön. Was meint ihr? Loreley hat einen tollen Klang und wäre nach dieser Reise superpassend für dein Baby. Oder hast du dir schon einen anderen überlegt?«

Katrin schüttelte stumm den Kopf.

»Was hast du im Sinn, eher klassisch oder modern? Wobei man das heute kaum noch unterscheiden kann. Im Kindergarten gibt es inzwischen eine regelrechte Renaissance von Oma- und Opa-Namen. Bei Jungs sowas wie Fritz, Theodor, Leopold – hey, wäre Leopold nicht was für eure L-Sammlung? Wie sicher bist du, dass es keine Zwillinge werden? Oh, ich schmelze gerade: Stellt euch mal vor, ein Doppelpack: Loreley und Leroy.«

Wie Lotte und Lasse, die beiden Kinder aus dem Mittelfeld, deren Vornamen sie Katrin mühsam entlockt hatte. Dabei tat es Katrin sichtlich gut, von ihrer Familie zu reden. Dann legte sich jedes Mal ein Schimmer über ihr Gesicht – kein Lächeln, eher ein Leuchten von innen. Zumindest für einen Augenblick.

Jetzt schüttelte auch Astrid den Kopf. »Kann ich dich kurz sprechen?« Sie zog Jessie ein paar Schritte beiseite. »Ich weiß nicht, ob es Absicht ist«, sagte sie leise. »Aber was du da tust, ist übergriffig. Hör auf, sie wegen des Babys zu löchern.«

Betont unschuldig hob Jessie die Augenbrauen. »Was ist denn so schlimm daran, Namen vorzuschlagen?«

»Du schlägst nicht nur vor. Du willst, dass sie Stellung bezieht, dass sie sich für dieses Kind einen Namen überlegt. Das ist ein durchsichtiges Manöver. Selbst, wenn du es nicht so meinst – was ich dir nicht abnehme –, muss sie es als solches auffassen. Sobald sie mit einem Namen an das Baby in ihrem Bauch denkt, wird sie sich nicht dagegen entscheiden können. Und du willst, dass sie es behält, das hast du gestern sehr deutlich gemacht. Katrin hat es schwer genug, also lass sie in Frieden.«

»Das ist albern. Außerdem hast du viel zu laut geredet. Ich wette, sie hat alles mitgehört. Wie rücksichtsvoll war das bitte?«, zischte Jessie. Lauter sagte sie: »Ich mache einen Spaziergang. Und genieße die Aussicht auf den sagenhaften Felsen mit jemandem, der es zu schätzen weiß, dass ich mich in der Mythologie um Miss Loreley auskenne: mit mir ganz allein.«

Beleidigt hangelte sie sich Richtung Bug und hielt die Luft an, als der Rhein mit feuchter Zunge vor ihr über die schmale Laufanlage leckte. Kurz darauf hockte sie in einer Nische an einem Taukorb, stellte die Füße gegen die Bordwand und nahm ihr Handy heraus. Es war falsch, wie Katrin sich benahm. Wie stellte sie sich das vor, ihren Mann bei der Entscheidungsfindung einfach auszuklammern? Bestimmt lag das an den Hormonen. Eine Art vorrübergehende Unzurechnungsfähigkeit. Jemand musste ihr helfen, ob sie das wollte oder nicht.

Es dauerte nur wenige Sekunden, bis ihre Kollegin Svenja das Gespräch entgegennahm. Vor Marlon waren sie manchmal an den Wochenenden gemeinsam um die Häuser gezogen. Dann hatte Jessie sich entscheiden müssen und natürlich ihn gewählt. Svenja hatte viel zu viele beste Freundinnen, um das Fehlen einer reinen Feierfreundin richtig wahrzunehmen.

»Hi Svenni.« Jessie sprudelte sofort los: »Hör mir zu, und stell keine Fragen. Ja? Du musst mir einen Gefallen tun und eine Nachricht verschicken.«

»Jaaazzzz, bist du das?« Svenja zog den Namen übertrieben in die Länge, dabei konnte sie an der Nummer genau sehen, wer dran war. »Alles okay bei dir?«

»Jaja. Alles in Butter.« Keine Fragen zu stellen war für Svenja so undenkbar wie Stricken für einen Pottwal. »Das ist echt dringend, es geht um eine Freundin.«

»Wieso machst du es dann nicht selbst?«

»Damit er die Nachricht nicht zu mir zurückverfolgen kann. Die muss anonym geschickt werden. Schreib einfach, dass er sich keine Sorgen machen soll. Es geht ihr gut.«

»Ihr – nicht dir – also dieser Freundin?«

»Genau. Schreib, er soll sie nicht suchen. Alles kommt wieder in Ordnung. Wenn ich mein eigenes Telefon nehme, könnte er mich ja tracken und finden.«

»Hör mal, Jessie, bist du in Schwierigkeiten? Was ist das für ein Kerl? Wieder dein Marlon? Die Frau Bühler sagt, der hat einen ganz miesen Charakter und du sollst endlich die Finger von ihm lassen. Der tut dir nicht gut. Und ich finde, sie hat recht. Wie der dich behandelt hat – und mich auch –, als wir uns damals zufällig in der Stadt getroffen haben, das war schon ziemlich daneben.«

»Keine Fragen, hab ich gesagt!«

»Dann rede doch mal Klartext und nicht nur in Rätseln. Warum machst du so ein Geheimnis aus der Sache? Was ist das dauernd für ein Lärm? Und wieso –?«

»Es ist kompliziert, ich erklär es dir später, versprochen. Die Verbindung ist schlecht.« Sie schaute über ihre Schulter. Das Gefühl, etwas Verbotenes zu tun, saß ihr drängend im Nacken. Das Letzte, was sie wollte, war, überrascht und aufgehalten zu werden. »Es geht um eine Familie, okay? Um Kinder. Und um einen großen Fehler. Ich kann jetzt nicht mehr sagen. Die Nummer habe ich dir gerade geschickt. Und lass die Schwierigkeiten meine Sorge sein.« Sie meinte es gut, das würde Katrin einsehen müssen. »Bitte, du tust mir wirklich einen großen Gefallen.«

»Hat die Freundin auch einen Namen, oder darf ich danach auch nicht fragen?«

»Na klar hat sie einen Namen. Wobei es vielleicht besser ist, wenn er denkt, die Nachricht kommt direkt von ihr. Von mir aus schreib dazu, dass du dir – also sie sich – das Handy geliehen hat. Damit er dann nicht dich nervt. Wer weiß, wie der drauf ist. Und bevor *du* weiter nervst, sie heißt Katrin. Und nein, ich habe sie nicht entführt.« Ein blöder Witz, doch unter dem Rauschen an ihrem Ohr schien es, als ob Svenja darüber lachte. Jessie schaute ehrfürchtig an der tief in den Fluss hineinragenden Felswand empor. Sie fröstelte. »Du hast echt was gut bei mir. Machst du es?« Der Motor röhrte angestrengt. Markierungsbojen schaukelten. »Svenja? Hallo?«

Ihr Display zeigte kein Netz an. Ausgerechnet jetzt mussten sie in ein Funkloch geraten!

»Schönen Dank, Loreley!«, zischte Jessie genervt, beschattete ihre Augen und guckte nach oben. Kein Wunder, dass Schiffer lange Schiss vor der Umfahrung gehabt hatten. Hanne zufolge war das auch mit modernem Radar keine Kleinigkeit. Weshalb sie sich jegliche Störung verbeten hatte.

Ihr wildes Herzklopfen legte sich. Möglicherweise war die Unterbrechung des Gesprächs für das Ergebnis durchaus förderlich gewesen. Jedenfalls hatte Svenja keine Gelegenheit gehabt, Nein zu sagen. Sie grinste und hob den Daumen in den Wind. »Ich nehme es zurück: Schönen Dank, Loreley!«

*

Der Teller war übervoll, und Astrid wischte einen Klecks vom Rand.

»Das Auge isst mit«, sagte sie und warf das Küchenpapier in den Mülleimer. »Ich habe den Eindruck, dass Jessies Kalenderweisheiten ansteckend sind. Dauernd habe ich diese Phrasen im Kopf.«

»Oh ja, ich auch.« Katrin ergänzte ein fehlendes Besteckteil auf dem Tablett und drapierte drei Bananenscheiben auf dem Schokoladenpudding. »Jetzt zum Beispiel: Liebe geht durch den Magen!« Und Bestechung hoffentlich auch. Sie hatten kein Wort darüber gesprochen, und doch kam es ihr vor, als sei Astrid mit der gleichen Motivation an die Zubereitung des Mittagessens gegangen. Bratwurst, Klöße, Rotkohl – etwas zu üppig für die Temperatur, aber von geschmacklicher Überzeugungskraft. Dazu ein Nachtisch – was konnte Hanne sich mehr wünschen?

Zum Weiterarbeiten an den Rostflecken der Jowige hatte sich heute noch keine von ihnen aufraffen können. Katrin hob das Tablett an. Ihretwegen war die positive Wirkung des gestrigen Arbeitseinsatzes völlig verpufft. Der noch warme Pudding duftete nach Vanille und Kakao. Seit Weihnachten aß Lotte keine Süßigkeiten mehr, weil ihr eine angebliche Freundin eingeredet hatte, sie hätte zu viel Speck. Eine Zehnjährige! Dafür benahmen sich Louis und Lasse, egal bei welcher Leckerei, wie wilde Tiere.

Katrin schluckte. Es war falsch, hier zu sein, und doch das einzig Richtige. Wie sollte sie ohne eine Lösung wieder zurück nach Hause?

Mit untergeschlagenem Bein saß Hanne auf ihrem Drehstuhl. Alles an ihr wirkte lässig, zugleich souverän und konzentriert. Von der geraden Nackenlinie, über der sich einige weiche Härchen kringelten, die noch zu kurz zum Hochstecken waren, bis zu den Fingerspitzen. Ein leichtes Antippen des Steuerknüppels genügte, und die Jowige tat, was Hanne wollte. So leicht, als sei der Knüppel ein Joystick und das Leben ein Videospiel. *Bezwingerin des Rheins und der Naturgewalten.* Der Loreleyfelsen führte Schiffe ins Verderben, Hanne dagegen war ein rettender Fels, an den Katrin sich klammerte. *In der Brandung* setzte sie in Gedanken hinzu und seufzte. Schon wieder eine Klischee-Phrase.

»Das wirst du schon vermissen, wenn wir weg sind«, sagte sie beim Abstellen des Tellers. »Eine warme Mahlzeit, statt belegter Brote, die du dir morgens schon schmieren musst.«

»Gewohnheitssache. Bisher bin ich gut klargekommen, und das werde ich auch weiterhin.«

»Die Ernährungswissenschaft sagt ja, dass es gesünder ist, mittags warm zu essen. Ich glaube nicht, dass Dušan regelmäßig mittags für euch kocht.« Sie biss sich auf die Lippe. Hannes frühere Aussage anzuzweifeln war keine gute Strategie. »Weil tagsüber keine Zeit ist, meine ich. Für uns ist das ein Klacks und wir machen das gern. Eine Kleinigkeit im Handumdrehen und voilà – ein Zweigangmenü! Täglich und gratis.«

»Ist das ein Bestechungsversuch?«

»Ja«, gab Katrin zu. »Funktioniert es?«

»Nein. Gruß zurück in die Küche.« Unter Hannes Zunge bildete sich eine vorfreudige Speichelpfütze, die ihrem Nein widersprach. »In der Ernährungswissenschaft wird viel behauptet, und ich schätze, das Argument vom warmen Mittagessen ist frei erfunden. Nicht persönlich gemeint, Katrin, aber die Jowige und ich, wir sind nicht für so viele Menschen gemacht.«

Malerisch reckten Burgen zu beiden Seiten des Flusses ihre Türme empor, protzten mit Zinnen, schmückten sich mit Wimpeln und leuchtenden Mauern im Sonnenlicht, erhoben sich majestätisch über wogende Baumwipfel. Angesichts dieser Pracht fühlte Katrin sich noch kleiner, während die Brandung sie von ihrem Felsen spülte. Enttäuscht wandte sie sich ab und schalt sich eine Närrin.

Eine gute Stunde später versuchte Astrid ihr Glück und kam zum gleichen Ergebnis: Ihre Zeit auf der Jowige lief ab. Doch anders als Katrin war sie weit vom Aufgeben entfernt. Immerhin schien Hanne die Einschränkung ihrer Bewegungsfreiheit nicht mehr so genau zu nehmen. Eine kleine Weile guckte sie am Heck in den gischtigen Wasserwirbel und den breiten Fluss. Dann versicherte sie sich, dass niemand sie beobachtete, ging zur Backbordseite, wo sie die Luke zum Hauptmotorraum öffnete. Lärm und Dieselgeruch schlugen ihr entgegen. Vorsichtig betrat sie die obere Leitersprosse. Dort unten gab es laut Jessies Aussage jede Menge Werkzeug und nützliche Kleinteile. Was genau sie suchte, würde sie wissen, sobald sie es gefunden hatte.

*

Loreley und vorbei, flüsterte es hartnäckig in Jessies Ohren. Sie summte vor sich hin und faltete die Beine auf der Stufe vor dem Steuerhaus zum Schneidersitz. Sofort war Mascha bei ihr. Jessie kraulte ihr das Nackenfell und beobachtete Hanne. »Was ist das da auf dem Bildschirm mit den bunten Flecken und Punkten? Da bewegt sich dauernd was.«

»Das ist die Radaranzeige.«

»Wie funktioniert die genau?«

»Die Antennen drehen sich, senden elektromagnetische Strahlen und fangen gleichzeitig andere auf. Das System erkennt, was es ist, und zeigt mir andere Schiffe oder Hindernisse an.« Hannes Finger zog eine Spur über das Bild.

»Krass. Ich erkenne da gar nichts.«

»Wenn es einfach wäre, müsste man keine Ausbildung machen. Das ist aber nicht alles. Zum einen brauchst du Erfahrung, und die fällt nicht vom Baum, die musst du dir erarbeiten. Und zum anderen sowas wie Talent. Das bringst du mit oder nicht. Ob du ein Schiff und den Fluss verstehst, das trägst du in dir.« Hanne guckte geradeaus und kniff die Augen zusammen. Der Wackeldackel nickte zu ihren Worten. Wieso erzählte sie Jessie davon? Nervös befeuchtete sie ihre Lippen. »Das mit dem angeborenen Gespür behauptet eine alte Freundin. Sie ist mit ihrem Mann auf vielen Flüssen gefahren, von der Schweiz bis ans Meer. Ist schon lange her, aber sie schwört auf ihre Erfahrung und ihr Bauchgefühl in diesen Dingen.« Margot hatte zwar nicht gesagt, es läge Hanne im Blut, aber gemeint. Ihr Erbe, von dem ihre Mutter nichts wissen und nicht darüber sprechen wollte. Obwohl sie ihre ersten Lebensjahre auf dem Wasser verbracht hatte. »Ich würde es anders ausdrücken. Deine Hirnwindungen müssen richtig verschaltet sein. Räumliches Denken, technisches Verständnis und so weiter. Ohne Radar müssten wir bei dichtem Nebel, wie wir ihn vor ein paar Tagen morgens hatten, liegen bleiben. Auch Nachtfahrten wären nicht drin. Ich mache das sowieso selten, aber für große Frachter mit zwei Steuerleuten und Schichtdienst ist das normal. Nur auf Sicht zu fahren wäre eine riskante Sache. Ein Frachter hat ja keine Bremse. Bei einer plötzlich auftauchenden Gefahr bist du im Prinzip machtlos. Alles, was du tun kannst, ist den Schub rausnehmen oder deinen Motor ganz abschalten, das war es. Dann hängt es von deiner Beladung ab – wie schwer du bist – und von der Richtung, wie schnell du an Geschwindigkeit verlierst.«

Jessie grinste. Es klang witzig, wie Hanne sich mit dem Schiff gleichsetzte. »Zu Tal crashed es sich leichter als zu Berg, weil man langsamer langsam wird?«

»Ja, ganz richtig.« Hanne nickte anerkennend zur korrekten Wortwahl. »Das ist der kleine Vorteil, den es mit sich bringt, gegen den Strom zu fahren. Ansonsten kostet es mehr Treibstoff, Motorleistung und vor allem Zeit.«

»Voll spannend. Du weißt echt viel. Ich könnte dich stundenlang ausfragen.«

»Was du nicht sagst?« Hanne grinste zurück. »Ist mir gar nicht aufgefallen. Und jetzt spuck endlich aus, weshalb du wirklich vor meiner Tür sitzt. Gibt es Stress im Paradies? Es sah aus, als habt ihr euch heute früh gefetzt.«

»Nee, war nur eine kleine Meinungsverschiedenheit.« Jessie kratzte mit dem Fingernagel im geriffelten Stufenblech und druckste herum. Immerhin schaffte sie es heute, weniger schnell zu reden, was ihr die Aufforderung ersparte, *leise zu atmen*. »Mir geht so viel Zeug durch den Kopf, an das ich nicht denken will. Und was du machst, ist total faszinierend. Das ist kein Einschleimen, echt! Du beherrschst einen Koloss, bei dem es ein Wunder ist, dass er überhaupt schwimmt. Ja, klar, das ist einfach Physik, Wasserverdrängung und so. Aber das ist nicht alles. Weil du die Jowige – dieses Monsterteil – nicht wie ein seelenloses Ding behandelst, sondern wie einen Menschen. Oder sogar besser. Du redest von ihr, wie von einer Freundin, und ich versteh das voll! Ich glaube, das fing an, als ich mit Dušan im Maschinenraum war. Er hat mir total viel erklärt, und jetzt krieg ich nicht genug.«

»Vom Maschinenraum oder von Dušan? Mein Matrose ist tabu.«

»Boah, ja, sehr lustig.« Jessie zog eine Flunsch. »Ich will einfach mehr wissen.« Ihre Hände formten Schlingen, sortierten imaginäre Dinge von links nach rechts. Sie spürte eine Struktur, die ihr Denken neu ordnete. Das fühlte sich gut an und zugleich viel zu seltsam, um es in Worte zu fassen. Die Jowige mit allem Drum und Dran ergab für sie Sinn. Manche Leute redeten mit Pflanzen, und sie entwickelte Gefühle für einen Schrottfrachter. Sehr passend irgendwie. Marlon hätte sie dafür definitiv ausgelacht und Ben sie zum Arzt geschleppt. »Wenn wir von Bord gehen, was wird denn dann? Auf Astrid wartet niemand, nur Arbeit, auf die sie keinen Bock hat. Und Katrin hat keinen Plan, das siehst du ja selbst, bei ihr kannst du hören, wie im Kopf die Zahnräder im Leerlauf klappern. Die sind noch nicht bereit für das normale Leben. Wir bräuchten mehr Zeit.«

Hanne schob das Kinn vor. So war das also. Noch eine, die um Aufschub bettelte, wenn auch überraschend verpackt.

»Ein Deal ist ein Deal.« Selbst wenn sich die kleine Nervensäge um ihre Mitreisenden sorgte. »Du wolltest noch mehr wissen, und jetzt hast du schon wieder was gelernt: Der Deal ist nicht verhandelbar.«

*

Nach der kurzen Nacht schien der Tag kein Ende zu nehmen, und die Sonne gab auch am Abend noch alles. Hanne gähnte herzhaft. Zum Glück trog der Schein. Bonn lag bereits hinter ihnen. Den repräsentativen Villen und der breiten Promenade haftete noch das mondäne Flair der ehemaligen Hauptstadt an.

Klein, aber fein, geprägt von dezenter Eleganz und immer ein bisschen unterschätzt. Hanne gähnte erneut. Einmal war sie dort zum Kaffee verabredet gewesen und durch einen frisch angelegten Rosengarten flaniert. Seitdem hielt sie bei jeder Vorbeifahrt danach Ausschau. Leider hatten ihr die Rosen sehr viel besser gefallen als der Mann, mit dem sie den Nachmittag verbracht hatte. Er trug einen Kaschmirpullover, eine Bundfaltenhose und Slipper, und wenn er von einem Schiff sprach, meinte er ein Motorboot im Yachthafen. Darüber hatten sie sogar miteinander gelacht. Er war nett gewesen. Ein gutes und gleichermaßen schreckliches Wort, denn mehr an Beschreibung fiel ihr zu ihm nicht ein. Trotz der gemeinsamen Liebe zum Fluss lagen Welten zwischen ihnen. Er war Typ Bonn oder Düsseldorf und sie eher Köln. Es war ihr letztes Date über eine Plattform gewesen, was sie nicht bedauerte. Manchmal ergab sich eine spontane Begegnung, dann nutzte sie die Gelegenheit. Auch das gehörte zu ihrer Freiheit.

Eine letzte Schleife noch, dann legte sie die Jowige quer in den Strom und steuerte auf der linken Rheinseite die Einfahrt zum Hafen Godorf an. Es gab deutlich schönere. Sie kannte einen Kebab-Laden vor Ort, das war alles. Immerhin war der gut. Heute hatte Dušan frei, sonst wäre sie wohl hingegangen. Vielleicht sogar in Begleitung der verrückten Ladys an ihrem Abschiedsabend. Ein eigenartiger Geschmack breitete sich auf Hannes Zunge aus, der nicht von ihrem plötzlichen Appetit auf Dönerfleisch kam. Wenn die Jowige anlegte und ihre Ladung gelöscht war, endete der Deal, genau wie sie es im Lauf des Tages wieder und wieder bestätigt hatte. Eine Buslinie verband Godorf mit der Kölner Innenstadt, und von dort kamen sie überall hin. Dann würden auf der Jowige endlich wieder Ruhe und Frieden herrschen. Sie drosselte den Motor und leitete die Drehung ein.

An der langen Kaimauer legte die Jowige als zweites Schiff hinter einem größeren Frachter an. Ein Greifer tauchte gerade tief in dessen Laderaum. Knirschen, Rasseln, Scheppern, begleitet von einem Nachhall, der auf Leere und ein baldiges Ende hindeutete. Oder auf Wunschdenken.

Seitlich verbreiterte sich das Hafenbecken für eine ganze Reihe weiterer Verladestellen. Container türmten sich in den Himmel. Ein weißes Exemplar mit rotem Aufdruck schwebte am Haken, schwenkte vom Wasser zum Land. Einer der letzten für heute. Hanne guckte zur Uhr. Sie war spät dran. Aber sie war vorbereitet. Sicherheitsschuhe statt Flipflops, Helm auf dem Kopf. Eine Hand schaltete sämtliche Geräte aus, die andere raffte die bereitliegenden Papiere zusammen, ein geübter Kick und die Tür klappte hinter ihr zu, als sie das Treppenende erreichte. Im Kabinenabgang stand Katrin.

»Bin gleich zurück!«, rief Hanne im Vorbeirennen. »Ihr bleibt, wo ihr seid.« Noch ein gellender Pfiff und ein Handzeichen zu Dušan, dann war sie weg.

Kapitel 15

Meuterei mit Schönheitsfehlern

»Darf ich fragen, was das werden soll?« Reglos blieb Hanne im Türrahmen stehen. Ihr Sprint war wie befürchtet vergebens gewesen, und es tröstete sie nur bedingt, die Erste in der Warteschlange zu sein. Dabei hatte sie sich angemeldet und mehrfach ihre Position übermittelt. Doch es nützte nichts, ein anderer war schneller da gewesen, und sie hatte das Nachsehen. »Was treibst du in meinem Steuerhaus?«

Mit dem Rücken zum Fenster lehnte Astrid am Instrumentenpult. »Wenn man etwas will, dann muss man sich dafür stark machen. Auch gegen Widerstand. Dies ist ein Streik.« Ihr langer Hals reckte sich aus der lavendelblauen Bluse. »Besser gesagt eine Demonstration. Ich demonstriere hiermit für meine, für *unsere* Absicht, dich weiter zu begleiten. Über den Preis können wir neu verhandeln. Bis hierher haben wir dich wie vereinbart bezahlt. Sogar im Voraus ab Worms. Es gibt also keinen Grund, uns die Mitfahrt zu verweigern.«

»Aha.« Breitbeinig verschränkte Hanne die Arme. »Es gibt für euch aber auch kein Recht zu bleiben. Außerdem bist du allein. Hat euer Freundinnenrat dich zum Sprachrohr gewählt?«

Altbekannte Unsicherheit tupfte runde, rote Flecken auf Astrids Wangen. Ihre Haut hatte in den Tagen an Bord deutlich Farbe bekommen. »Das Steuerhaus zu besetzen war allein meine Entscheidung – im gemeinsamen Interesse. Katrin und Jessie wollen dasselbe wie ich, das weiß ich genau. Ich bin hier, um zu bleiben, und werde nicht weichen. Du musst mich schon mit Gewalt entfernen. Sonst, sonst …« Hilfesuchend sah sie sich um. Ihr wollte partout keine sinnvolle Drohung einfallen. »Sonst garantiere ich für nichts!«, behauptete sie wenig glaubhaft und griff sich den Wackeldackel. Sein Kopf kullerte auf der Halterung wild in alle Richtungen.

»Stell den sofort wieder hin.«

»Nein!«

»Du nimmst also ein Andenken als Geisel.« Hanne schüttelte den Kopf. Das war zu albern, um es ernst zu nehmen. »Eine Erinnerung, die mir sehr viel bedeutet.« Etwa so viel, wie die Möbel, die der Vorbesitzer dagelassen hatte. Sie hatte sich an beides gewöhnt. Aber das wusste Astrid ja nicht. Wobei Hanne den Dackel täglich tätschelte. Vielleicht fühlte sie für ihn also doch etwas mehr. »Wirklich, das ist mies.«

»Was?« Schnell stellte Astrid den Hund zurück. »Nein!«

Hanne neigte sich rückwärts aus der Tür und pfiff gellend durch die Zähne. »Alle mal herhören. Hier findet gerade ein Erpressungsversuch statt. Ich will, dass ihr sofort bei mir antanzt, als meine Zeugen.« Sie wandte sich wieder Astrid zu, deren entschlossene Pose durchaus etwas Heroisches hatte. Und etwas Putziges. »Oder *deine* Zeugen, für den Fall, dass ich dir an die Gurgel gehe.«

Das Ganze konnte nur ein Scherz sein. Hanne schwankte zwischen Belustigung und Ärger. Sie war müde, genervt von der Verzögerung beim Löschen und angespannt wegen des bevorstehenden Abschieds. Während die anderen die Treppe heraufeilten, fasste sie die Lage laut zusammen. »Eure Freundin hat sich zur Vertreterin eurer Interessen erklärt. Eigenmächtig, wie sie zugegeben hat. Korrekt?«

»Korrekt.« Astrids Blick huschte hin und her. »Wieso guckt ihr denn so? Ich tu das für uns. Damit es nicht zu Ende ist. Wir wollten doch ans Meer.«

»Ach, Astrid.« Katrin hob die Schultern. »Wir haben laut geträumt. Ja, ich würde zu gern noch bleiben und, ja, am liebsten ans

Meer, aber das Leben ist nun mal kein Ponyschlecken. Hast du das gesagt, Jessie? Jedenfalls stimmt es.«

»Ihr dürft mich jetzt nicht im Stich lassen! Oder wollt ihr, dass ich diesmal wirklich ins Wasser springe? Ich mache das! Gleich dort von der Treppe.« Vage wies Astrid zur Backbord-Tür.

»Das würde ich mir gut überlegen.« Jessie schnitt eine angeekelte Grimasse. »Die Brühe im Hafen ist sicher nicht die sauberste, auch wenn die Pötte ihre Flüssigkeiten bei sich behalten müssen. Das Bilgenwasser ist voll mit Schmieröl und Schiffsdiesel. Dafür muss extra ein Bilgentöler kommen, um es abzusaugen. Ich finde das Wort einfach zu witzig: Töler wie Töle … Egal, will keiner hören. Jedenfalls muss alles ordentlich nach neusten Umweltstandards entsorgt werden, aber ich wette, es ist wie bei der ollen Krüger, ab einem gewissen Alter tropft es ungeplant.«

»Dann war es das also? Ihr kneift?« Mit einem Mal stiegen Tränen in Astrids Augen. Ihre Finger umschlossen einen schmalen Plastikstreifen in der Stofftasche, hinter ihrem Rücken. »Dabei dachte ich, wir sind ein Team.«

»Sind wir doch au-«

Ein Schrei vom Hafengelände unterbrach Katrin, dann ertönte ein ohrenbetäubender Lärm, als schlüge jemand mit einem Golfschläger auf ein Garagentor ein. Alle Köpfe fuhren herum. Es folgte noch mehr Geschrei.

»Was war das denn?« Katrin keuchte erschrocken.

»Ein leeres Fass.« Dušans Zeigefinger drehte ein paar Loopings. »Von oben nach unten. Auf direktem Weg.«

»Und vermutlich haarscharf an ein paar Leuten vorbei.« Hanne spähte über seine Schulter, konnte aber nichts erkennen. »Damit macht man sich keine Freunde.«

In der allgemeinen Ablenkung schuf Astrid Tatsachen. Sie schlang das Kettenschloss, das sie in einem Regal unter Deck gefunden hatte, mehrfach um ein Handgelenk und das altmodische Steuerrad und ließ das Schloss einrasten. Daneben brachte sie einen Kabelbinder aus Dušans Werkzeugkasten an, schob die zweite Hand in die Schlaufe und zurrte sich umständlich fest, während die anderen sich ihr gerade wieder zuwandten. »Doppelt hält bekanntlich besser. Ich gehe nirgendwohin. Und die Jowige auch nicht.«

Hanne sog scharf die Luft ein, dann lachte sie verblüfft auf. »Nun ist es amtlich, diese Aktion erfüllt garantiert den Tatbestand der Nötigung. Was soll der Unsinn? Gib mir den Schlüssel.«

»Den habe ich nicht mehr.« Astrid deutete einen Wurf über die Schulter an. »Musst schon danach tauchen.«

»Respekt!« Jessie klopfte sich mit der Faust ans Herz.

Für einen Moment fehlten Hanne die Worte. Respekt, allerdings. Der Einsatz, so verrückt er auch war, imponierte ihr. Sie hatte jetzt die Wahl, laut zu werden und das Gute der letzten Tage zunichtezumachen, oder mitzuspielen, um Zeit für die richtige Reaktion und eine friedliche Lösung zu gewinnen.

»Holen wir die Polizei, Dušan?« Langsam schritt sie vor Astrid auf und ab, die nicht aussah, als hätte sie vor, deswegen zu kapitulieren. »Ich könnte durchaus.«

»Ein Bolzenschneider täte es auch«, wisperte Jessie und fing sich von Katrin einen Rippenstoß ein.

»Will ich aber nicht. Landratten in Uniform, nein danke. Und ich brauche sie auch gar nicht«, überlegte sie laut. »Denn dies ist ein Schiff. Folglich gilt Seerecht. Und gemäß den uralten Gesetzen unserer Zunft bin ich als Kapitän befugt« – sie machte eine Kunstpause, in der Jessie die Hand hob – »dich der Meuterei anzuklagen.« Ihr Blick schnitt Jessie das Wort ab. »Und Meuterinnen wird der Prozess gemacht. Erwarte keine Milde. Aber ich gewähre dir einen Aufschub. Sagen wir bis morgen früh. Ich werde über mein Urteil schlafen, gemütlich in meinem Bett unter der Decke. Und du darfst ebenfalls schlafen, wenn du kannst. Nämlich hier an Ort und Stelle, wo du ja anscheinend unbedingt bleiben willst.«

»Käpt'n Sparrow in Flip-Flops«, flüsterte Katrin, und Jessie prustete.

»Schiffsführerin Sparrow«, wisperte sie zurück und hob erneut die Hand. »Ähm, Hanne, kann ich was fragen?«

»Nur zu.«

»Was ist mit uns?«

Die Hände auf dem Rücken marschierte Hanne hin und her. Allmählich fand sie Gefallen an ihrer Rolle. »Euch wird weder Meuterei, Kollaboration noch Mitwisserschaft angelastet, daher habt ihr die Wahl. Es steht euch frei, zu gehen oder an Bord zu übernachten. Dealende ist wie ausgemacht nach dem Löschen – und das passiert erst morgen. Pech für dich, Astrid, dein Einsatz kam ein paar Stündchen zu früh. Das war ein klassischer Fehlstart.«

»Und wenn schon!« Stolz hob Astrid den Kopf. »Lieber verbringe ich eine unbequeme Nacht, als zu spät dran zu sein und meine Chance zu verpassen oder gleich vorsorglich den Schwanz einzuziehen.« Sie fühlte sich enttäuscht, verraten und verwirrt von der guten Stimmung. Ihr Blick streifte über Katrin und Jessie hinweg zu Dušan, der an einem Hemdknopf drehte. Vielleicht war er ein besserer Verbündeter. »Du kennst das Meer, Dušan!«

Er nickte und ließ den Knopf los.

»Nichts macht dir so deutlich klar, wo im Leben du stehst – außer vielleicht ein einsamer Berggipfel. Nicht wahr?«

Wieder nickte er, als ob er Astrid ganz genau verstand.

»Es mag ein lächerlicher Traum sein, bis ans Meer zu fahren. Aber wir hatten ihn gemeinsam, und das war wunderbar! Ein Ziel – fern von allem. Und selbst, wenn es bloß ein paar Tage mehr auf dem Weg zurück in unser normales Leben wären … Gebt es zu: Ihr wünscht euch das genauso wie ich. Denk dir ruhig etwas aus, Hanne, als Strafe für meine Meuterei. Aber bitte denk auch drüber nach, ob es wirklich so schlimm wäre, uns noch ein paar Tage bleiben zu lassen.«

Eine starke Ansprache, das musste Hanne sich eingestehen. Allerdings zu dick aufgetragen und mit einem unbekömmlichen Ende, das zum Beginn des ganzen Hokuspokus passte. Sie reagierte allergisch, wenn sie unter Druck gesetzt wurde oder ihr jemand ungefragt sagte, was sie tun sollte. Mit Tränen kam sie auch eher schlecht klar, und Katrin fing schon wieder an zu schniefen. Höchste Zeit das Feld zu räumen, solange sie sich noch im Griff hatte. In ihrem Bauch grummelte es verdächtig, der Ärger würde bald kommen.

»Nachdenken ist eine hervorragende Idee. Das werden wir jetzt tun. Ist mir egal, wo ihr das macht, aber Astrid bleibt, wo sie ist. Darüber wird nicht verhandelt.« Zügig packte Hanne ein paar Sachen zusammen und scheuchte alle die Treppe hinunter.

Überrumpelt blieben Katrin und Jessie an Deck zurück, während Dušan sich trollte und Hanne in ihre Wohnung stürmte.

Atemlos lief sie Runden, knallte Ladepapiere und Telefon auf den Tisch, nur um gleich darauf das Telefon wieder in die Hand zu nehmen und eine Nummer zu wählen. Es tutete, knackte.

»Die treiben mich in den Wahnsinn!«

»Das ist nicht zu überhören.« Frédéric lachte. »Hallo, Hanne. Was haben deine Ladys jetzt wieder angestellt?«

Hanne stöhnte auf und legte den Kopf in den Nacken. An der Decke krabbelte eine Spinne vorbei. »Willst du erst etwas über die Schwangerschaft hören oder lieber gleich von der Meuterei?«

»Das nenne ich mal vielseitig. Sie halten dich also ordentlich auf Trab. Ich hab Zeit. Fang an, wo du willst.«

Allein seine Stimme zu hören, besänftigt Hanne ein wenig. Ihre Hand fuhr in die zerzausten hochgesteckten Haare. Am besten fasste sie sich kurz, damit der Club nicht zu lange unbeaufsichtigt blieb.

»Also das war so: Gestern Abend saßen die tatsächlich alle quietschvergnügt mit einem Bier herum. Da ist mir der Kragen geplatzt, und ich habe sie zur Rede gestellt.« Ihr Satzstakkato erinnerte Hanne irritierenderweise an Jessie, doch sie konnte es nicht aufhalten. Erst nachdem sie mit den Worten »Und jetzt schmort Astrid angekettet im Steuerhaus« geendet hatte, konnte sie ruhiger atmen.

»Hm«, machte Frédéric.

»Hm? Ist das alles?«

»Der Fluss hat seine eigenen Gesetze.«

»Ich dachte, der Pokal.«

»Ja, der natürlich auch.«

Sein ansteckendes Lachen entlockte Hanne ein Lächeln, gegen das sie sich wehrte – doch es blieb.

»Mit dem Fluss ist es wie mit dem Fußball, Hanne. Du musst immer auf das Unmögliche gefasst sein. Und was in der Liga gilt – oder an Land –, verliert im Pokal und auf dem Fluss an Bedeutung. Dann können Wunder passieren.«

»Wunder, ist das dein Ernst? Was sollen das für Wunder sein – und vor allem: Wie hilft mir das weiter?«

»Wunder helfen immer. Wie dein Wunder aussieht, wirst du schon merken, wenn es so weit ist. Das Schicksal geht seltsame Wege, und manchmal schwimmt es vielleicht auch. Wie deine Heulsusen und die Jowige. Auf dem Neckar, dem Rhein und dem Meer. Gib ihm einfach eine Chance.«

»Himmel, Frédéric, jetzt hast du auch noch einen Knall! Bleib mir vom Hals mit dem Schicksal. Du weißt, daran glaube ich nicht.«

»Es reicht, wenn das Schicksal an dich glaubt.«

Ein schöner Satz, der großartig in Jessies Sammlung gepasst hätte. Doch Hanne war es wichtiger, was Frédéric glaubte. Dem Unmöglichen eine Chance geben und Dinge geschehen lassen war leicht gesagt, aber viel von ihr verlangt. »Ich halte dich auf dem Laufenden.«

Etwas bewegte sich in Hanne, worüber sie nicht nachdenken,

was sie nicht einmal in ihr Bewusstsein vordringen lassen wollte. Der flatternde Gedanke, sich auf dem Fluss an einen Ort tragen zu lassen, wo es, nach Frédérics Logik, vielleicht ein Wunder und ein Heilmittel gegen ihre inneren Dämonen gab.

*

Angespannte Ruhe lag über der Jowige und machte Katrin und Jessie für eine Weile stumm. Sie bewunderten Astrids Schneid, den keine ihr zugetraut hätte. Ein abenteuerlicher Alleingang, der eine Menge Eigeninitiative erforderte. Und Planung – auch wenn die offensichtlich zu kurz gekommen war. Beim Timing hatte Astrid sich grob verschätzt und die Situation völlig verkannt. Ein bisschen lustig war das schon, genau wie Hannes Reaktion, die sie ratlos zurückließ.

Im Hafen wurde es immer stiller. Dušans Radio dudelte.

»Wird sie Astrid wirklich die ganze Nacht schmoren lassen?« Mit gerunzelter Stirn behielt Jessie die Kajütentür im Auge und biss an ihrer Nagelhaut herum. »Und bleibst du an Bord oder haust du gleich ab?«

»Sie tut es für uns.« Katrin schwang einen imaginären Lauchdegen. »Bringen wir ihr eine Decke und ein Kissen.«

»Ja!« Jessie ballte die Faust und klaubte auf, was sie tragen konnte. Gleich mehrere Kissen und Zudecken türmten sich in ihren Armen zu einem Berg, über den sie kaum noch gucken konnte. »Geh du vor, ich hab alles.«

Beim Aufstehen blieb Katrins Blick an Jessies Rucksack hängen, und in ihrem Kopf machte es leise Klick. Kariert mit einer Hasenapplikation: Das war der Störfaktor, der sie am Seilerwasen irritiert hatte. Er ähnelte Lilians Ranzen aus der Grundschulzeit. Schnell wandte sie sich ab.

»Sicher, dass ich dir nichts abnehmen soll?«

»Hey, ich bin kein Goofy, der über die eigenen Füße fällt, damit andere lachen.« Jessie schnaubte. »Jedenfalls nicht mehr.« Entschlossen stapfte sie nun doch als Erste zur Treppe. »Früher ist mir das öfter passiert, aber zum Glück hatte ich damals Ben, der hat auf mich aufgepasst und mich auf Händen getragen. Angemessen finde ich, für die erste große Liebe.« Leider war ihre größer gewesen als seine. Oben angekommen klappte sie die Steuerhaustür auf und ließ ihr Gepäck auf den Boden fallen. »Rettung naht, Freibeuterin Astrid!«

»Was habt ihr denn vor?« Verblüfft riss Astrid die Augen auf.

»Rettung ist übertrieben«, korrigierte Katrin. »Wir wollen dir die Zeit am Marterpfahl etwas angenehmer gestalten. Für den Fall, dass Hanne ernst macht.« Sie umrundete den Deckenberg und rollte Astrid den hochlehnigen Bürostuhl hin, den Hanne – bewusst oder unbewusst – in unerreichbare Entfernung gerückt hatte. »Bitte schön, einmal Chefsessel für dich. Sie braucht ihn ja heute nicht mehr.«

»Uh, das ist cool!« Jessie grinste und reichte ihr das Bettzeug an. »Kann uns die Ohren kosten, aber was soll's? Morgen fliegen wir ja eh von Bord.« Trotzdem machte sie schnell wieder einen Schritt nach draußen. Auf der Podeststufe breitete sie die eigene Decke aus und lud Katrin ein, sich zu ihr zu setzen. »Überreizen wir es nicht. Ich zitiere Regel Nummer eins-zwei-drei: Bleibt mit dem Arsch aus meiner Hütte.«

»Also kneift ihr doch nicht.« Entzückt verdrehte Astrid die Hände und klatschte. »Ihr seid toll!«

»Übergeschnappt trifft es besser.« Katrin lehnte sich mit dem Kissen im Rücken an die Tür. »Meine Geschichte kennt ihr. Jetzt verrätst du uns, weshalb du unbedingt weiter an Bord bleiben willst, Astrid. Abgesehen vom Meer und von uns.«

»Wegen der Kühe«, soufflierte Jessie. »Ist doch klar.«

»Wegen der Kühe«, stimmte Astrid zu. »Und trotz der Kühe.« Vorsichtig setzte sie sich im Stuhl zurecht. »Übersetzt für dich, Katrin: Die Kühe sind die Kunden meines Schreibbüros. Die warten mit ihren Aufträgen und werden sauer sein, dass ich sie so lange kommentarlos im Regen stehen lasse. Beziehungsweise eben auf dem Eis, wo ich sie vorsichtig wieder runterholen muss.« Sie wackelte mit den Zehen. »Ich bin bloß gar nicht mehr sicher, ob ich das noch will.«

»Und was dann?«, hakte Katrin nach.

»Ich weiß nicht. Die Frage, was ich will, hat sich eigentlich nie gestellt.«

»Obwohl du schon länger allein lebst?«

Astrid schüttelte den Kopf. »Nicht allein, nur ohne Mann und ohne Beziehung, aber mit meinen Eltern. Nach der Scheidung bin ich mit den Kindern bei ihnen eingezogen.«

»Drei Generationen – war bestimmt schwierig.«

»Ach, mal so, mal so.« Reflexartig war Astrid versucht, alles Negative auszublenden. Dann besann sie sich eines Besseren. Hier musste sie niemandem etwas vormachen. »Zuerst einmal war es praktisch. Aber ja, auch schwierig und eng. Die Jungs waren unglücklich. Weg von Papa und den Freunden, stattdessen Oma und Opa, die sie natürlich miterziehen wollten. Weil die beiden ihnen zu wild, zu laut, zu frech waren. Ich stand dazwischen und habe versucht, es jedem recht zu machen.«

»Lass mich raten: Dafür haben sie dich mit Dank überhäuft.« Jessie rahmte die Ironie mit in die Luft gemalten Anführungszeichen ein. »Scheißjob, echt.«

»Mal so, mal so«, wiederholte Astrid. »Die Jungs sind später zu ihrem Vater nach Berlin gezogen, die sehe ich nur noch selten, und meine Eltern sind beide tot. Mama seit letztem Jahr, Papa seit sechs Wochen. Ich habe sie beide gepflegt, dazu das Haus und der Garten.« Sie hatte gemacht, was dran war, und sich so organisiert, dass es irgendwie passte. »Das Schreibbüro im Homeoffice war perfekt. Aber jetzt ist das Haus leer, ich bin ganz allein, und alles verändert sich.« Sie schluckte. »Es macht mir mehr Angst, als mir vor dieser Reise klar gewesen ist.«

Katrin wischte sich über die Wange und kassierte einen wohldosierten Stubs von Jessie.

»Nicht flennen, bitte! Und jetzt mal im Ernst, Astrid. Sorry, wenn ich das so sage, aber das ist echt Jammern auf hohem Niveau. Wenn ich es richtig verstanden habe, sind deine Blagen aus dem Gröbsten raus, und du bist sie los. Du hast einen Job, bei dem du deine eigene Chefin bist, und obendrauf gerade ein Haus geerbt. Holy shit! Das ist doch ein Träumchen.«

»Jessie!«

»What?« Sie streckte die Hand nach Klärchen aus. Geräuschlos, als schwebten ihre Pfoten über den Boden, tänzelte die Katze herbei. »Tut mir leid mit deinen Eltern. Du hast sie echt gerngehabt, nehme ich an. Was ich von meinen nicht behaupten kann, aber das ist eine Story für sich. Aber überleg doch mal: Wenn die Bude nicht bis unters Dach verschuldet ist, hast du ausgesorgt.«

»Findest du es nicht schäbig, so zu denken?«

»Nö. Weder von mir noch von dir. Das Leben ist ein Kreislauf, oder? Und jetzt bist du dran.«

Kurz rieb die Katze sich an ihr, dann kletterte sie auf Katrins Schoß und schloss die Augen.

»Was Jessie auf ihre unnachahmliche Weise festgestellt hat, sind Tatsachen.« Katrin fühlte eine ungewohnte Wärme, als sie die Jüngere betrachtete, die schon wieder ihr Nagelbett traktierte. »Du hast deine Eltern kein bisschen weniger lieb, wenn du von dem Haus profitierst. Es ist mehr als in Ordnung, jetzt an dich und deine Zukunft zu denken.«

»Danke.« Astrid schaukelte die Füße auf den Fersen. »Ich will roten Nagellack. Und ich will immer noch ans Meer.«

»Yes! Das ist die richtige Einstellung.« Jessie reckte beide Arme in die Luft, dann zuckte sie zusammen. Die anderen beiden folgten ihrem Blick. Gegenüber guckte Hanne durchs Fenster.

»Wo kommt die denn her?«, zischte Jessie gepresst.

Hanne nickte knapp und machte sich dann auf der etwas tiefer liegenden Dachterrasse an ihrem Liegestuhl zu schaffen, drehte ihn um hundertachtzig Grad, weg von der Aussicht zur Hafeneinfahrt, hin zum Steuerhaus.

»Über die Backbord-Treppe«, erklärte Astrid ungerührt. »Habt ihr die noch nicht bemerkt? Da steht auch eine Sandkiste für die Tiere, für ihre – ihr wisst schon – Häufchen und so.«

Etwas leiser nahmen sie ihr Gespräch wieder auf. Von Zeit zu Zeit spähte eine von ihnen unauffällig zu Hanne hinüber und erstattete Bericht: Sie telefonierte, machte Notizen und lief herum. Zwischendurch goss sie die Blumen. Konzentriert sah sie aus, und ihre Miene war undurchdringlich.

Katrin sprach aus, was alle dachten: »Käpt'n Sparrow schmiedet einen Plan.«

*

Hanne zog den Reißverschluss des Troyers bis ans Kinn und rieb sich die Beine unter der kurzen Hose. Ihr hätte es keinen Spaß gemacht, im Freien zu übernachten. Hartherzig hatte Frédéric sie deswegen genannt. Dabei war es offensichtlich nicht ungemütlich genug für ihre Passagierinnen. Zwischen Steuerhaus und Treppenpodest wurde immer noch geflüstert.

Fröstelnd räumte sie zusammen, um ins Bett zu gehen. Zahlenkolonnen, Namen und Telefonnummern reihten sich auf ihrem Block neben- und untereinander, durchgestrichene Anmerkungen und solche mit Haken. Alles mehrfach berechnet, alles geklärt. Eine heiße Milch brauchte sie noch, gegen die Kälte von außen, und Mascha gegen die Kälte von innen. Sie pfiff leise durch die Zähne. Die Hündin antwortete mit einem dumpfen Blaffen und folgte ihr in die Küche.

War es falsch gewesen, die Heulsusen vorhin zu belauschen? Sie hatte nur unauffällig Lage und Stimmung sondieren wollen, um sicherzugehen, dass sich keine auf den Weg nach Hause machte, ohne ihr Bescheid zu geben. In der Mikrowelle drehte die Milchtasse ihre Kreise. Hanne sah ihr zu. Als Bonus hatte sie Astrids Lebensgeschichte serviert bekommen.

Eine letzte Information für Frédéric stand heute Abend noch aus. Sie streichelte Maschas Kopf und zögerte. Wie oft hatte sie sich in den letzten Tagen sein Ohr geliehen? Eine schmale Grenze trennte sie von zu viel. Statt zu wählen, tippte sie eine extra kurze Nachricht: *Du hast gewonnen.*

*

Bis zum späten Abend hatten sie gemeinsam bei Astrid gesessen und versucht, es sich einigermaßen bequem zu machen. Gegen elf war Katrin schlafen gegangen, und Jessie war ihr kurz darauf gefolgt, weil Astrid schon wieder neugierige Fragen gestellt hatte. Nach Ben, der ihre erste Wohnung für sie gemietet hatte und viel älter war. Aber was waren schon zehn Jahre oder fünfzehn? Spießige Maßstäbe, schließlich war sie beinah volljährig gewesen. Eine Bemerkung, bei der Astrid wie erwartet in Schnappatmung geraten war. Trotzdem hatte sie ihr versprochen in der Nacht einen Kontrollgang einzulegen.

Allein an Deck wälzte Jessie sich hin und her. Ben war ihr Beschützer gewesen, ein Gentleman, der Dinge erledigt hatte, denen sie wegen ihrer irrationalen Ängste nicht gewachsen gewesen war. In seiner Nähe hatte sie sich sicher gefühlt, fünf wunderbare Jahre lang. Vermutlich hatte Astrid nie etwas Ähnliches erlebt und konnte es deshalb nicht verstehen. Das Ende tat selbst jetzt noch weh. *Ein niemand, der mal jemand war.* Das hätte sie nicht sagen sollen. Wer dir das Herz bricht, wird immer jemand sein. Überhaupt hatte sie Astrid viel zu viel erzählt.

Die Schrottmonster reckten Köpfe und Arme aus dem Laderaum zum Himmel. Groteske Schatten vor noch finstererem Hintergrund und doch vertraut. Ein deprimierender Gedanke, denn morgen würden sie für immer verschwinden. Sie hatte nicht erwartet, dass sie sogar Astrids eingerollte Silhouette vermissen würde.

Frierend lief sie über das schlafende Schiff. Seltsam, wie gut sie sich zurechtfand, wie wohlig ihre Hände über raue Oberflächen glitten, kalten Stahl befühlten, gedrehtes Drahtseil, dicke Poller und faserige Taue.

Im Steuerhaus wurde sie bereits sehnsüchtig erwartet.

»Gut, dass du da bist! Ich muss mal. Und das kann ich nicht bis morgen aufschieben.«

»Ups, dann haben wir wohl ein echtes Problem.« Jessie strich sich eine Haarsträhne aus den Augen, die beim Herumrutschen auf dem Kopfkissen aus ihrem Zopf entwischt war. »Die einzige Lösung, die mir einfällt, ist Maschas Buddelkiste, die könnte ich dir reinholen.«

»Ganz bestimmt benutze ich nicht das Hundeklo!«

»Ich dreh mich auch so lange um.« Jessie grinste und gähnte gleichzeitig. »Fällt dir was Besseres ein?«

»Du machst mich los, und ich schleiche mich ins Bad.«

»Ohne Schlüssel und Werkzeug?«

»Eine Schere wirst du schon finden, und der Schlüssel steckt in meiner Hosentasche.«

»What? Du hattest den die ganze Zeit bei dir?«

»Sicher.« Astrid hob die Schultern. »Das war am einfachsten. Wieso sollte Hanne mich durchsuchen? Ich habe auch noch einen Kabelbinder für später. Wir müssen nur leise sein, dann merkt sie nichts.«

»Wieso hast du dich nicht längst befreit?«

»Weil es hier um die Sache geht und ums Prinzip. Außerdem komme ich, wie du dir vorstellen kannst, gerade sehr schlecht an den Schlüssel ran.«

Es dauerte keine drei Minuten, dann schlichen sie auf Zehenspitzen nach unten, verharrten auf jeder Stufe, um die Vibrationen gering zu halten.

»Ist das aufregend!« Astrid kicherte und kniff die Knie zusammen. Sie hätte es noch mehr genossen, wenn sie nicht so dringend hätte pinkeln müssen. An der Bullaugentür hielt Jessie sich einen Finger an die Lippen, pirschte voran zum Bad und winkte in der Manier eines Spezialeinsatzkommandos: »Go!« Astrid flitze ihr nach und sank selig auf die Toilettenschüssel.

Angestrengt horchte Jessie ins Dunkel. Rührte sich etwas in Hannes Schlafzimmer? Ihr Herz wummerte. Hoffentlich war Astrid bald fertig. In Katrins Kabine knarrte das Bett. Etwas knackte. Der Papierrollenhalter klapperte. Das Licht ging an, und ihr entfuhr ein kurzer, spitzer Laut.

Erschrocken schlug sie die Hand vor den Mund, drehte sich um und stieß mit dem Fuß gegen den Schuhstapel, der polternd zusammenbrach.

»Jessie?«

Aufgeregt wedelnd bedeutete sie Katrin zu verschwinden und zeigte gleichzeitig zur Toilette. »Astrid ist da drin«, wisperte sie. »Licht aus!« Die Spülung rauschte.

In Hannes Zimmer rumorte es. Katrin blinzelte. Endlich verstand sie, was los war, zog sich schnell zurück und löschte das Licht. Gleich darauf ging es wieder an. In Schlafshirt und Unterhose stand Hanne im Flur.

»Was treibst du denn hier im Dunkeln?«

»Oh, Hanne!«, stieß Jessie lauter als nötig hervor, damit Astrid sie hörte, und deutete auf die Schuhe. »Das tut mir leid, ich wollte dich nicht wecken. Katrin ist da drin und braucht offenbar länger. Mir war das zu hell mit der Lampe.« Demonstrativ rieb sie sich die Augen. »So direkt nach dem Tiefschlaf. Warten kann ich auch ohne, und das spart ja auch Strom.«

»Schön«, brummte Hanne und drückte den Schalter. Der Flur sank zurück ins Dunkel, die Schlafzimmertür fiel zu.

Jessie zählte bis zehn, klopfte leise an der Badezimmertür und bekam sie prompt gegen die Stirn. »Autsch!« Ihr unterdrückter Fluch mischte sich mit Astrids Entschuldigung.

»Oje, habe ich dich schlimm erwischt?«

»Verschwinde in Katrins Zimmer, aber fix!«, zischte Jessie zurück und gab ihr mit der offenen Tür Deckung, dann sperrte sie sich selbst ein. Vor lauter Aufregung musste auch sie jetzt wirklich.

Nebenan hockte Katrin auf der Bettkante und starrte Astrid an wie eine Geistererscheinung. »Was geht denn hier vor?«

»Nur ein Toilettenausflug«, erklärte Astrid gedämpft und ließ das Schlüsselchen zwischen den Fingern schaukeln. »Ich muss wieder rauf und darf mich nicht erwischen lassen.« Sie spähte durch den Türspalt.

»Willst du auf Jessie warten?«

»Nein. Je schneller ich wieder am Steuer hänge, desto besser.«

»Okay. Ich komme mit. Im Zweifel kann ich im Weg stehen und die Treppe blockieren, bis du so weit bist.«

»Danke!«

Katrin checkte die Lage, dann schlüpfte Astrid geduckt an ihr vorbei. Flur, Deck, Treppe, eine bleiche Gestalt voraus. Sie zuckte zusammen. Hatte Hanne sie ausgetrickst und durch einen geheimen Ausgang auf der anderen Seite überholt? Zeitgleich mit Astrid geriet die Gestalt ins Wanken, als Katrin von hinten auflief.

»Du liebes bisschen«, murmelte Astrid. »Jetzt habe ich mich glatt vor mir selbst erschreckt.« Von der Positionsleuchte gespenstisch beleuchtet spiegelte sie sich im Fensterglas.

»Das passiert uns allen ab und zu – auch ohne Spiegelung.« Ihre Blicke trafen sich in der Scheibe. Geheime, unausgesprochene Gedanken, die sich verboten anfühlten. Katrin schob sie weiter.

»Ist es sehr schlimm?« Astrid packte sich in ihre Decken und rutschte den Stuhl in die richtige Position. Sie wusste ziemlich genau, was in Katrin vorging. Den Tod ihres Vaters als Befreiung zu empfinden war furchtbar genug. Eine Abtreibung in Betracht zu ziehen …

»Und bei dir?«

Die Gegenfrage beendete das Thema. Selbstzerfleischung brachte sie nicht weiter. Gemeinsam befestigten sie Schloss und Kabelbinder, den sie locker ließen, damit Astrid die Hand bequem aus der Schlaufe ziehen konnte. Die Treppe schepperte. Jessie versuchte gar nicht erst, leise zu sein.

»Wieso schon wieder ohne mich?«, schmetterte sie ihnen von der Schwelle entgegen. »Könnte ich euch fragen und beleidigt sein – lasse ich aber. Bin ja nicht doof, es musste schnell gehen. Und weil wir jetzt eh schon alle wach sind, habe ich uns – tadaaa – etwas mitgebracht!« Hinter dem Rücken zauberte sie eine Schüssel und drei Löffel hervor. »Ein Mitternachtssnack: Restepudding aus dem Kühlschrank.«

»Großartige Idee!« Astrid klatschte umständlich in die Hände. »Fast wie bei einer Pyjamaparty.«

»Fast, nur besser.« Jessie stellte ihr die Schüssel auf den Schoß, zog für Katrin den Hocker heran und setzte sich auf den Boden. Sie tauchte als Erste den Löffel ein. »Weil hier keine Spielverderber-Eltern sind, die uns ins Bett schicken. Höchstens Hanne«, räumte sie selbst ein. »Aber die hat gesagt, wir können nachdenken, wo wir wollen. Und wir wollen eben hier.«

Geistesabwesend nuckelte Katrin Pudding von ihrem Löffel, und Jessie tätschelte ihr das Bein. »Keine Sorge, niemand hat vor zu denken! Das ist Astrids Henkersmahlzeit und sowieso unser aller letztes Stündlein. Ich bin dafür, wir erzählen jetzt abwechselnd Gruselgeschichten oder Witze. Es war einmal eine wunderschöne Königstochter, nennen wir sie … Jessie! Die lebte mit ihren Stiefschwestern in einem finsteren Wald. Astrid war bucklig, Katrin hatte einen Klumpfuß, und beide waren so abgrundhässlich, dass nicht mal der böse Wolf sie fressen wollte.«

»Das ist jetzt kein besonders sensibler Umgang mit körperlichen Defiziten«, warf Astrid ein. »Gerade du, als Erzieherin –«

»Pscht! Das ist die Gruselrunde um Mitternacht, kein Stuhlkreis für Dreijährige.« Jessie guckte schnell zu Katrin hoch und wieder weg. Je angestrengter sie versuchte, bestimmte Worte und Themen zu umgehen, desto häufiger wollten sie heraus. »Jedenfalls liebte die Prinzessin ihre Vogelscheuchen-Schwestern sehr und überlegte den lieben langen Tag, wie sie von ihrem Fluch befreit werden könnten. Doch böse dunkle Mächte waren am Werk und hinderten Jessie-Prinzessie …« Klirrend fiel ihr Löffel in die Schüssel.

Astrid quiekte, Katrin fluchte.

»Bähm, erwischt! Erster kleiner Knalleffekt!« Jessie lachte zu laut. Die Erinnerung an Ben und seinen Spitznamen für sie hatte in der Geschichte nichts verloren. »Wollte nur sehen, ob alle wach sind. Wo waren wir? Ach ja: Die bösen Mächte hinderten die Königstochter daran, ihre geheimen Super-Kräfte zu entfalten.«

»Spielt auch eine böse Fee mit?«

»Unterbrich mich nicht, Astrid. Es spielt immer eine böse Fee mit. Und unsere böse Fee befehligt ein Monster aus Eisen, Dampf und rotglühender Lava.«

»Die Fee hört auf den Namen Sparrow, und bei ihren ruhelosen Schritten macht ihr Holzbein auf den Planken Tock–Tock-Tock«, flüsterte Katrin und klopfte dazu gegen die Verkleidung des Steuerstandes.

»Ich dachte, das heißt heute Tik-Tok.« Astrid kicherte.

»Bah, ihr seid doof! In Physik nicht aufgepasst und nie mit Streichhölzern gezündelt, oder was? Ein Lavamonster und ein Holzbein auf Planken? Und überhaupt: welche Planken?« Jessie zog den Zeigefinger durch die Puddingschüssel, ging auf die Knie und tupfte beiden blitzschnell einen Klecks auf die Stirn. »Das habt ihr jetzt davon, ihr Vogelscheuchen!«

Die Märchenschwestern prusteten, dann lachten sie und spannen ihre Geschichte fort, bis die Müdigkeit irgendwann siegte.

Unter Deck fühlte Hanne sich zum ersten Mal seit einer Ewigkeit entsetzlich einsam.

Sechster Tag

Kapitel 16

Pläne ändern sich

Am Morgen nahm Hanne ihre Arbeit auf, als gäbe es Astrid gar nicht. Rachegelüste lagen ihr fern, doch ein ordentlicher Schmorbraten brauchte Zeit zum Garen, und Astrid sah ihr noch nicht mürbe aus. Die würde sich gleich mächtig wundern. Dafür überließ Hanne ihr vorerst gern noch den Stuhl, in dem sie eingerollt wie Klärchen und mollig zugedeckt schlummerte. Ein Kissen klemmte zwischen ihrem Kopf und den angebundenen Händen.

In der Nacht war eine Menge Lauferei, Getuschel und Gelächter im Gange gewesen, und Hanne hätte darauf geschworen, auch die Stimme der Meuterin im Flur gehört zu haben. Ein kleines gemeinschaftliches Komplott, bei dem sie ausgetrickst worden war. Sie startete den Motor. Der verschobene Hocker, ein vergessener Löffel, Astrids komfortable Lage. Hanne hätte blind sein müssen, um zu übersehen, dass sie im Steuerhaus Besuch empfangen hatte. Ein klarer Regelverstoß. Sie schubste den Wackel-Dackel an.

Schiffsführerin Hanne hatte die Macht, aber keinen Spaß daran, diese zu nutzen. Sie stand als Widersacherin da, in der Rolle des Bösewichts. Ausgegrenzt aus dem kleinen Kreis, der trotz gravierender Unterschiede und Streitereien zusammenhielt, wenn es darauf ankam. Gemeinsam gegen sie. Der Dackel nickte dazu, und die Jowige schnurrte, hustete, schüttelte sich. Dušan war auf Position, und sie gab das Zeichen zum Ablegen. Zwei Schiffslängen voraus würden sie zum Entladen wieder festmachen.

Astrid schlug die Augen auf und rekelte sich einen Moment sichtlich desorientiert, dann erstarrte sie. »Aber … Fahren wir etwa? Wie geht das denn?«

»Zauberei.« Hanne lauschte auf das singende Geräusch der anlaufenden Maschine. Das frisch eingebaute Ersatzteil funktionierte einwandfrei. »Oder soll ich sagen, noch ein Denkfehler? Es wundert mich, dass Jessie nie danach gefragt hat. Das Steuerrad, das du dir ausgesucht hast, ist nirgends mehr angeschlossen und nur aus Nostalgiegründen nie abmontiert worden. Ein Spleen des fetten Jan. Wenn du fest genug dran ziehst, geht eine Schranktür auf. Das war seine Minibar. Angeblich gab es bei ihm auch während der Fahrt immer mal einen guten Schluck. Ich benutze sie nur im Sommer für Wasser und Cola.«

»Nein!«

»Probier es aus.« Hannes Mundwinkel zuckten und zogen sich mehr und mehr nach oben. Es fühlte sich gut an. Der Kühlschrank öffnete sich, und Astrid stöhnte gequält.

»Ich muss mich gleich auf das Rangiermanöver konzentrieren, und das Löschen dauert ein paar Stunden. Wenn du nicht die ganze Zeit sinnlos hier abhängen willst, wäre es Zeit, den Schlüssel rauszurücken.« Hanne schnitt den Kabelbinder durch. »Hosentasche links?«

Astrid nickte geschlagen. »Ausgemeutert?«

»Japp.«

»Okay, das war blöd«, gab sie zu. »Aber leid tut es mir nicht.«

Hanne stocherte mit dem Schlüssel im Schloss herum und sah sie schmunzelnd von der Seite an. »Das nenne ich mal standhaft.«

»Guten Morgen.« In der Tür erschienen Katrin und Jessie, übernächtigt und mit angespannten Gesichtern.

»Ah, gutes Timing.« Hanne wickelte das Kettenschloss persönlich von Astrids Handgelenk. »Morgen zusammen. Alle da, dann spare ich mir eine Wiederholung meiner Ansprache. Also die Damen: Im Hafen ist das Tragen von Warnwesten vorgeschrieben. Dušan hat welche für euch bereitgelegt. Neongelb, damit ihr Vögelchen gut zu sehen seid.«

Jessie hob eine hoch. »Haben wir schon bekommen.«

»Fein. Ich habe einen Abholservice organisiert, der sollte gleich da sein, denn unbeaufsichtigtes Herumlaufen im Hafen ist für Unbefugte verboten. Ihr werdet Erwin aufs Wort folgen. Keine Versicherung der Welt zahlt einen Cent, wenn euch auf dem Hafengelände was passiert. Bleibt in seinem Windschatten, dann ist alles gut, und wer später rechtzeitig am Treffpunkt steht, den bringt Erwin wieder hierher. Für den Fall hätte ich noch eine Einkaufsliste.« Sie wedelte mit einem Zettel. »Wer steckt die ein?«

Der Hafen brummte geschäftig, klopfte, surrte, klapperte unbeeindruckt von der plötzlichen Stille im Steuerhaus.

»Ich!«, rief Jessie und schickte einen kurzen Jubelschrei hinterher. »Habt ihr verstanden? Wir dürfen bleiben! Astrid, du hast –«

»Moment, nicht gleich ausflippen«, schnitt Hanne ihr das Wort ab. »Damit das klar ist: Das ist keine Kapitulation. Meuterei wird nicht belohnt. Meine Pläne haben sich zufällig geändert. Ein bisschen Gnade kann ich mir leisten.« Eine mittelgroße Lüge. Von Zufall konnte keine Rede sein, und umzudisponieren brachte ihr keinen müden Cent zusätzlich. Immerhin legte sie bei dem neuen Auftrag nicht drauf. Was sie dazu bewogen hatte, ihren Feierabend zu opfern, herumzutelefonieren, Gefallen einzufordern und selbst welche zu versprechen, lag in dichtem Nebel. »Jetzt könnt ihr beweisen, ob ihr es ernst meint. Und jede sollte für sich selbst sehr genau überlegen, ob es eine gute Idee ist, weiter mitzufahren.« Sie vermied es, Katrin bei dieser Aufforderung anzusehen.

»Das heißt?« Jessie hibbelte immer noch.

»Es hat sich ein Tourentausch ergeben, eine neue Ladung und eine andere Route. Statt zurück nach Plochingen fährt die Jowige etwa drei Tage in die entgegengesetzte Richtung.« Sie konnte die Ladung früher übernehmen als der ursprünglich vorgesehene Kollege, was ihr nach hinten raus einen Zeitpuffer beim Löschen verschaffte.

Glücklich waren wir in Holland, glücklich wie nirgendwo sonst. Sie spürte, wie Oma Lores Hand die ihre tätschelte. Kalt und in diesem Moment doch voller Wärme. Sie schwankte unter dem Hauch der Vergangenheit, unter dem Wir und den Lügen. Lores Lügen. Die Hanne so gern ignorierte, weil sie ihr Bild störten, in dem Lore doch die Gute war. Ihr unverstandenes Idol. Und schlecht waren immer andere. Über das »Wir« hatte sie als Kind nie nachgedacht. Hanne schluckte das mulmige Gefühl hinunter. »Zielhafen ist Dordrecht, das liegt kurz vor Rotterdam.«

Kaum ausgesprochen schwankte sie schon wieder. Diesmal unter einer stürmischen Umarmung.

»Du bist ein Schatz!« Astrid drückte Hanne einmal links, einmal rechts – wohlweislich ohne Küsschen. »Rotterdam liegt fast am Meer!«

»Jaja, ist wohl so«, brummte Hanne und befreite sich. »Wie gesagt: Zufall und eine glückliche Fügung für euch. Rückreise auf eigene Verantwortung und definitiv nicht mit mir. Und nun raus hier. Ich muss arbeiten.«

»Deine Einkäufe –«

»Fragt Erwin, der bringt euch zur Bunkerstation. Da gibt's alles, was ein Schiffer braucht.«

»Oder eine Schifferin!« Astrid klatschte und gluckste selig. »Sind schon weg!« Sie flitzte zur Tür. »Wo finde ich meine Weste?«

»Nimm die hier.« Katrin stülpte ihr eine über, ohne die Klettverschlüsse zu öffnen, und verwandelte die Reiherfrau in einen leuchtenden Kanarienvogel, der aufgeregt die Treppe hinunterstob. Die Einheitsgröße schlabberte und verdeckte den schilfgrünen Hintern. Katrin zögerte und suchte Hannes Blick. Ihr Fels in der

Brandung stand fest und stumm; niemals hätte ein Zufall sie vom Kurs abgebracht. »Danke«, sagte Katrin tonlos, dann eilte sie den anderen nach.

Unten rüttelte Jessie Astrid an den Schultern ordentlich durch. »Du hast es geschafft! Auch wenn Hanne es leugnet. Das ist so mega. Wie hast du denn die restliche Nacht überstanden?«

»Ganz gut. Ich bin nur ein bisschen verspannt.« Leicht verlegen ließ Astrid den Kopf kreisen. Zum Glück wartete Erwin schon am Kai, was ihr die Entscheidung abnahm, ob sie den kleinen Makel preisgeben sollte, der wegen des Deko-Steuerrads an ihrer Heldentat haftete.

Erwin winkte beidhändig. Sein Format glich in der gelben Jacke mit dem Schriftzug *Hafenaufsicht* weniger einem Kanarienvogel als einer Gefahrguttonne. Oder Bibo aus der Sesamstraße. Unten guckten eine kurze Arbeitshose und schwere Sicherheitsschuhe heraus, oben ein bis zum Kinn tätowierter Hals. Ein Helm thronte auf dem breiten Schädel, und sein Grinsen reichte vom Ohrläppchen mit Ring bis zu dem ohne.

»Moinsen«, rief er vergnügt. »Erwin, mein Name. Folgen Sie mir unauffällig, ich weiß auch nicht, wo es langgeht.« Seine fleischige Rechte schüttelte ihre Hände der Reihe nach durch, sein Gelächter dröhnte. »Immer schön die Augen auf, nicht unter irgendwas durch, was sich in der Luft bewegt, und nicht trödeln. Ich bring euch sicher über das Gelände, und ihr verratet mir, wie ihr das hingekriegt habt.« Er deutete über seine Schulter zur Jowige. »Hanne hat Passagiere?«

»Lange Geschichte.« Jessie warf die heute offenen Haare über die Schulter. »Gibt es in der Bunkerstation auch Kaffee? Ich bin noch nicht ganz auf Betriebstemperatur. Eigentlich schade, dass hier kein Proviantboot im Einsatz ist. Sowas finde ich echt cool: Tante Emma auf dem Wasser.«

»Nu, sieh mal einer an, da kennt sich wer aus! Düwel, aber auch. Pass bloß auf, min Deern, so hat das bei mir auch angefangen.

Zack, war ich auf See, und ein Zack später hatte es mich vom norddeutschen Kutter nach Köln verschlagen.«

»Kleiner Kutter oder großer Fischtrawler?« Jessie kombinierte ihr gewinnendstes Lächeln mit dem neusten Halbwissen. *Min Deern* war ihr Stichwort. Sie zwinkerte den anderen zu und hakte sich bei ihm ein. Es schadete nie, einen Seebären wie Erwin an der Angel zu haben.

Keine halbe Stunde später kannten sie seine komplette Lebensgeschichte, waren mit Ausflugstipps für Dordrecht versorgt und hatten eine Einweisung in Sachen Hafen hinter sich. Entgegen den gängigen Gerüchten über maulfaule Norddeutsche redete Erwin viel und schnell. Bei Jessies Erklärung, sie hätten die Jowige schwimmend geentert, pfiff er durch die Zähne und schlug beim Wort »Meuterei« ein Kreuz.

»Faustdick hinter den Ohren habt ihr's«, stellte er anerkennend fest. Im Café der Bunkerstation verabschiedete er sich vorerst und raunte dem Betreiber laut zu, mit wem er es zu tun hatte. »Stell dich gut mit denen. Die haben echt Schneid!«

Es fühlte sich an wie ein Lottogewinn.

Statt einer Tankanlage für Schiffe verbarg sich hinter der Bezeichnung *Bunkerstation* ein vollgestopfter Mini-Supermarkt, der Dinge des täglichen Bedarfs, gängiges Werkzeug und Verschleißteile wie Schrauben, Muttern und Dichtungsringe vorhielt. Über den Waren baumelten mehrsprachig beschriftete Schilder. Das angegliederte Café bestand aus einer abgetrennten Ecke des Verkaufsraumes mit Tischen, Stühlen und einer Theke. Es roch intensiv nach gebratenem Fleisch und Zwiebeln. Außer ihnen war niemand da. Jessie war ein wenig enttäuscht, was sie mit einer Abhandlung zum Thema Bunkerboote überspielte.

»Es dauert ewig, ein Güterschiff zu betanken. Damit es keinen Zeitverlust gibt, fahren teilweise heute noch Tankschiffe – also Bunkerboote – längsseits mit, und der Treibstoff wird unterwegs rübergepumpt. Krass, oder?«

»Effektiv.« Katrin drehte sich um die eigene Achse. »Seht euch das an, es stimmt: Komplettversorgung mitten im Hafen. Das wünsche ich mir bei uns im Dorf. Aber in Steinäckerbach findest du nichts. Kein Proviantboot, keine Tante Emma mit Café, nicht mal eine Bäckerei.«

»Der Preis für ein idyllisches Landleben?« Jessie steuerte einen Tisch am Fenster an.

»Habe ich anfangs auch gedacht. Blöderweise haben wir nur Landschaft, kein Leben.«

Auf den Fensterbänken tummelte sich Nippes, und zwischen den Vorhängen klebte vergessene Weihnachtsdeko an den Scheiben. Sie bestellten Kuchen, den es in überraschend großer Auswahl gab, und Kaffee, wurden neugierig beäugt und über das Tagesgericht Gulaschsuppe in Kenntnis gesetzt.

Astrid nickte zerstreut und ließ sich von Jessie, die sie immer noch als siegreiche Meuterin feierte, den Nacken massieren. Nach wenigen Minuten stand sie wieder auf. »Ich sehe mich mal genauer um.«

Der Kaffee kam in großen Pappbechern. Die Kuchenstücke hingen über den Tellerrand und wogen annähernd ein Pfund.

»Das ist wie in einer Fernfahrerkneipe.« Jessie löffelte Sahne vom Kuchen in den Kaffee. »Erwin-Portionen!«

»Nimmst du das Angebot an?« Katrin wendete die Hände im heißen Dampf. Der Morgen war noch frisch, und eine Schwangerschaft brachte jedes Mal ihren Temperaturhaushalt durcheinander. »Fährst du mit der Jowige nach Dordrecht?«

»Logisch. Sonst hätte ich ja mein Zeug mitgenommen. Jetzt, wo Hanne eingeknickt ist, wäre ich bescheuert, es mir entgehen zu lassen. Bei dir sehe ich das anders. Sorry.« Sie zappelte mit den Knien. Auf und ab wie eine Nähmaschine. Ohne Katrin wäre es nicht mehr dasselbe. *Drei sind einer zu viel.* Doch in diesem Fall wären zwei eine zu wenig. Sie hielt nach Astrid Ausschau, nippte am Becher. Unter der Sahnehaube war der Kaffee glühend heiß.

Ein Radiosprecher plauderte fröhlich über das wunderbare Wochenendwetter am heutigen Samstag und versprach darüber hinaus Sonnenschein, so weit das Auge reichte.

Katrin dachte an ihren trockenen Garten, der regelmäßig gewässert werden musste, und an den knochenharten Rasen auf dem Fußballplatz. Bei jedem Schuss auf ihr Tor würde Lotta Staub schlucken und sich trotzdem langmachen. Am Spielfeldrand unterstützt von Lasse, der sich gern als ihr Coach betrachtete und sie anfeuerte, bis seine Pollenallergie ihn ausbremste. Die zwei waren unzertrennlich und unglaublich selbständig. In mancher Hinsicht schienen sie ihr erwachsener sein zu wollen als Jessie. Aus dem Lausprecher erklang »Walking on sunshine« von Katrina and the Waves, passend wie ein demonstrativer Fingerzeig des Schicksals, auch wenn es nur wegen des Wetters und der guten Laune lief. »Kann ich dich etwas Persönliches fragen?«

»Kann ich es vermeiden?« Jessie grinste. »Na, mach schon.«

»Du und dein Marlon«, sagte Katrin langsam. »Das läuft gerade nicht so perfekt, wie es sollte. Oder?«

Jessie pulte eine Nuss aus dem Teig. »Ach? Klär mich auf.«

»Dein Handy hat noch kein einziges Mal geklingelt oder vibriert, du checkst Nachrichten, aber es kommt nichts.«

»Woher willst du das wissen?«

»Ich sehe es dir an. Wenn mir mein Verlobter schreibt, lächle ich doch. Selbst wenn er nur ein Emoji schickt. In deinem Gesicht stand jedes Mal Enttäuschung. Und seit gestern hattest du das Telefon gar nicht mehr in der Hand.«

Die Nuss sprang unter den Gabelzinken vom Teller, rollte über den Boden. Ein schneller Stiefeltritt hielt sie auf. Unter der Sohle rollte Jessie sie zurück und bückte sich, während sie überlegte. Im Schnelldurchlauf spulte sie den vergangenen Tag zurück. Es stimmte. Der letzte Check war Ewigkeiten her. Flattern füllte ihren Bauch, aber kein Schmerz. Sie wischte die Nuss ab und knackte sie zwischen den Backenzähnen.

»Drei-Sekunden-Regel«, erklärte sie und dachte seinen Namen. Marlon. *Marlon?* Marlon. Nichts passierte. Irgendwo zwischen Loreley und Meuterei hatte der Schmerz des Verlusts sich davongemacht. An seinem Platz saß die Wahrheit. Pur und klar tat sie ebenso weh.

»Er hat mich abserviert«, sagte Jessie mit einer wegwerfenden Geste und konnte kaum glauben, dass sie es ausgesprochen hatte. »Von einem Tag auf den anderen. Ich habe nicht gecheckt, dass schon lange eine Neue am Start war, und mir eingeredet, ich könnte ihn zurückgewinnen. Die Realität ist, er will mich nicht mehr sehen, hat mich überall im Netz blockiert und mir mit der Polizei gedroht. Weil ich ihn angeblich belästige.« Ihre Nachfolgerin war seine Kollegin, die er schon aus Fulda kannte, wie sie auf seiner Türschwelle erfahren hatte. Und in sein Münchner Apartment war die Neue gleich mit eingezogen. »Eine Stalkerin hat er mich genannt. Da habe ich versucht ihn festzuhalten, damit er mir zuhört. Es gab eine kleine Rangelei und …« Ihre Hand fuhr mit Krallen durch die Luft. »Keine Absicht. Ich habe mich sofort entschuldigt. Aber er hat Fotos von dem Kratzer auf seinem Arm gemacht, um jetzt ein Annäherungsverbot zu erwirken. Die blöde Bitch hat gefilmt. Natürlich ohne den Teil, als er mich geschubst hat und ich die Treppe runtergesegelt bin. Das hat er nicht gewollt. Ganz sicher. Aber passiert ist es, und wenn die Polizei das wüsste …«

Nie im Leben hätte sie es gegen ihn verwendet, das stand für Katrin außer Frage. Auch jetzt war bei Jessie sofort der Marlon-Verteidigungsmechanismus angesprungen.

»Hat er nachgesehen, wie es dir geht? Oder sich entschuldigt?«

Jessie schüttelte den Kopf und bearbeitete die nächste Nuss. »Ich sollte wohl endgültig aufhören, mir eine Versöhnung zu wünschen.«

»Ja, solltest du.« Katrin pustete die kleinen Wolkenwirbel über ihrem Pappbecher fort. »Es tut mir leid. Ehrlich.«

Jessie nickte langsam. »Alles hat seinen Grund.«

Zwischen den Regalen tauchte Astrid wieder auf und plumpste mit hochroten Wangen zurück auf ihren Stuhl. »Ich habe es gefunden! Das absolut beste Geschenk, das wir Hanne machen können.«

»Sie kriegt ein Geschenk?«

»Farbe für die Jowige«, bestätigte Astrid. »Keine Sorge: Ich zahle und setze es nicht auf eure Rechnung. Als Dankeschön für ihren Sinneswandel, dachte ich mir. Und weil sie sicher zu stolz wäre zuzugeben, dass sie es sich nicht leisten kann. Die Auswahl ist super. Genau das Richtige für unser Frachter-Makeover, an dem wir jetzt weitermachen können.« Erschrocken hielt sie inne, schaute von einer zur anderen. »Ihr bleibt doch auch. Oder?«

*

Jede Greiferfüllung Schrott, die am Kranausleger schwebte, machte die Jowige leichter und hob sie allmählich aus dem Wasser. Hanne gab per Handzeichen und Funk Anweisungen, überwachte vom Pult aus spielerisch leicht die Balance – eine Dirigentin mit Fingerspitzengefühl in den dicken Arbeitshandschuhen. Wäre es nur innerlich genauso einfach gewesen, im Gleichgewicht zu bleiben! Mit einer Wasserwaage für die Seele.

Erwin hatte sie angefunkt, dass er den Heulsusenclub wohlbehalten im Café der Bunkerstation abgeladen hatte. Abgeladen wie sie ihre Fracht. Hieß das auch gelöscht? Klärchen strich um ihre Knöchel, bekletterte die Sicherheitsschuhe. Wer von den dreien würde später wieder an Bord gehen? Jetzt wo sie durften, wollten sie da noch? Hatte Katrin sich mit ihrem »Danke« beim Gehen endgültig verabschiedet? Hanne biss sich auf die Lippen. Verrückt war das. Jeder Gedanke einer zu viel. In ihrer Waage stand die Kontrollflüssigkeit bedenklich schief. Sie würde die Bande wohl kaum vermissen, oder doch?

»Chef? Chef!«

Dušans kratzige Stimme katapultierte sie zurück an ihren Platz. Sie riss die Augen weit auf und rief sich zur Ordnung. Da draußen wartete die Realität. Sie drückte die Sprechtaste und gab das nächste Kommando.

Bloß keine Havarie riskieren. Nicht für die Jowige, und nicht für sie selbst.

Kapitel 17

Schweinereien, Alphatiere und andere komische Vögel

Die Farbauswahl konnte sich sehen lassen. Vier Eimer in kräftigem Rot, Gelb, Sommerhimmelblau und Pink. Krasses Telekom-Pink, laut Jessie. Restposten, aber eindeutig schiffstauglich, und noch dazu preisreduziert. Astrid bemühte sich, nicht zu knausern, aber ein vergünstigtes Schnäppchen nahm sie gern an. Frische Farbrollen und Pinsel waren auch noch drin gewesen, dazu Abdeckfolie und ein Dreierpack Putzlappen. Sie konnte es sich leisten. Das *leider* wegen der Erbschaft kratzte in der Kehle, doch sie schluckte es tapfer.

Im Laufe des Vormittags war Bewegung in die Bunkerstation und das Café gekommen. Sobald die Tische im Freien abgewischt waren, hatten sie sich nach draußen verzogen. Ihr eigeschränkter Bewegungsradius fiel kaum ins Gewicht, war er doch größer und vielfältiger als auf der Jowige. In den Ritzen des aufgeplatzten Asphalts blühten Löwenzahn und Gänseblümchen, bei den Mülltonnen wuchsen brusthohe Brennnesseln, die die Schmetterlinge anzogen. Hummeln und erste Stechmücken summten auf unterschiedlichen Frequenzen.

Jessie ließ sich den Bauch unterm hochgerollten T-Shirt bescheinen, und Katrin verkniff sich ein Mettbrötchen. Stattdessen aß sie eine Currywurst mit Pommes. Ihre Gabel zog Mayo-Schlieren durch die Soße. Bleiben oder gehen, wie Jessie es für richtig hielt? Ein Anruf bei Markus, eine Nachricht … wenigstens das. Ihr Soßenorakel gab keine Auskunft, was sie tun oder sagen sollte, und sie fasste das angebotene Handy nicht an. Ihr Ausweg lag am Kai vor Anker. Keine Lösung, nur eine weitere Galgenfrist der Verdrängung.

Neben ihr klemmte sich Jessie eine gemopste Pommes zwischen Oberlippe und Nase und schaffte es, sie mit der Zunge in den Mund bugsieren.

»Tadaaa! Kleines Kunststück für zwischendurch.«

Sie prustete vor Lachen, und Katrin stimmte ein. Nur noch ein bisschen herumalbern, ein bisschen unter Gleichgesinnten, ein bisschen frei sein …

»Wir müssen fertig einkaufen, sonst schaffen wir es nicht zum Treffpunkt.« Astrid scheuchte sie auf. Dank ihres neuen Sonnensprays roch sie wie ein Riesen-Bounty. Eine Sonnenbrille hatte sie sich auch geleistet.

Der Mann an der Kasse sah fragend von einer zur anderen.

»Eine Sache fehlt uns noch. Vielleicht wissen Sie, was gemeint ist.« Jessie faltete Hannes kurze Einkaufsliste auseinander. »Futter für das *K Punkt S Punkt*«, las sie vor und drehte den Zettel zu ihm. »Any idea zu K und S?«

Einen Moment lang starrte er die Buchstaben an und rieb sich das Kinn, dann schlurfte er davon und kam mit einem Beutel Möhren wieder. »Rübenfutter mögen die am liebsten.«

»Wer?« Astrid runzelte verständnislos die Stirn. »Klärchen und Mascha wohl kaum, das hatten wir schon ausgeschlossen. Außerdem müsste dann ja ein M dort stehen, statt einem S. Oder ein H wie Hund. Aber ich glaube nicht, dass die Karotten mögen«.

Der Mann ging vom Kinnkneten zum intensiven Naserubeln über. »KS steht für Kielschwein. Jeder Frachter hält eins im Maschinenraum oder gleich nebenan«, sagte er bedächtig. »War bei mir früher auch an Bord. Ist besser als eine Biotonne, so ein Kielschwein – frisst alles weg, was an Essensresten anfällt. Ihr wart wohl noch nicht ganz unten im Kahn? Kein Wunder, ist ja auch laut und dunkel.«

Empört schnappte Astrid nach Luft und wollte das arme Tier schon bedauern, als Jessie Einspruch erhob. »Das hätte ich gesehen oder gehört. Ich war nämlich sehr wohl dort, und zwar eine ganze Weile, als kein Motor oder Generator lief.«

»Kielschweine sind lichtscheu, min Deern!«, rief Erwin dazwischen, der gerade eintrat. »Seid ihr bereit?«

»Und wie!«

Schmunzelnd begutachtete Erwin die Farbeimer. »Da wird sich Hanne bannig drüber freuen. Wessen Idee war das?«

Katrin wies mit dem Daumen auf Astrid. »Sag mal, Erwin, wie viel Platz braucht so ein Kielschwein, damit es artgerecht untergebracht ist? Ich würde das gern nachmessen. Mit einem Kantenzirkel geht das bestimmt am besten. Tolles Teil. Das kennen alle, die mal ein Praktikum im Architekturbüro gemacht haben. Lehrstoff in der ersten Woche.«

Erwin kratzte sich am Ohr, dann lachte er schallend und zwinkerte. »Kantenzirkel, jawoll. Damit machst du das.«

»Hä?« Jessie stampfte verärgert auf und wischte sich eine Strähne aus dem Gesicht. Haargummis gehörten leider nicht ins Sortiment des Ladens. Sie hasste es, sich dumm zu fühlen. Ben hatte ihr dann immer einen Nasenstüber verpasst, sie ein Schusselchen genannt und sie geküsst, bis sie sich beruhigte. Und Marlon … Sie stampfte noch einmal.

»Ach so: Jetzt hab ich's!« Astrid fing an zu kichern. »Mach dir nichts draus, Jessie. Ich stand auch auf der Leitung. Wir wurden von Hanne reingelegt. Ein Kielschwein gibt es genauso wenig wie den Kantenzirkel. Das Wort ist ja ein Widerspruch in sich. Das ist eigentlich ein gewöhnliches Lineal! Habe ich recht?« Sie zückte ihre Karte. »Die Möhren sehen lecker aus, die nehmen wir trotzdem mit.«

Auf dem Weg zurück durch den Hafen kühlte Jessies Ärger an Erwins Arm schnell ab, was auch daran lag, dass Astrid sie und Katrin für die Weiterfahrt anschreiben ließ. Ein angeblicher Anruf bei der Bank lieferte die Ausrede, dass sie leider gerade keinen Zugriff auf ihr Konto habe. Ein technisches Problem, neue Zugangsdaten per Post unterwegs, da sei leider nichts zu machen. Eine miese kleine Lüge, die Jessie wie die wachsenden Schulden vorläufig verdrängte.

Beim Besteigen der Jowige herrschte rundum beste Stimmung. Mit Dušans Hilfe schafften sie die Farbe an Deck und verstauten die Einkäufe vorläufig in dem Metallkasten bei ihrem Lagerplatz, bevor Hanne einen genaueren Blick darauf werfen konnte.

»Grüßt mir das Kielschwein!«, rief Erwin ihnen nach und nahm beim Winken den Helm von der tätowierten Halbglatze.

Hanne ließ zum Kommando »Leggo!« die Hand kreisen, und die Jowige legte ab – mit allen an Bord, auch Katrin, was sich gut anfühlte. Aufbruch lag in der Luft, gepaart mit Vorfreude und kribbelnder Ungewissheit.

Sobald das Hafenbecken hinter ihnen lag, kletterte Dušan zum groben Durchfegen und zur Schadenkontrolle in den Laderaum. Jessie warf sich bäuchlings über die Trennwand und guckte ihm nach. Fremd und leer gähnte ihr die freie Fläche entgegen.

»Wow, wie riesig! Das sieht jetzt viel größer aus.« Ihre Stimme hallte blechern zurück. »Kann ich mitkommen?«

Ein Nicken genügte, schon war sie an seiner Seite, ging mit zu großen Handschuhen und Besen ans Werk.

Der ungenutzte Frachtraum ermöglichte Astrid und Katrin freie Sicht voraus. Sie sahen die Spitzen des Kölner Doms und moderne Wohnquartiere am Ufer. Züge rauschten von und nach Deutz über ihre Köpfe hinweg, und Fußgänger querten den Fluss auf der mit Liebesschlössern tonnenschwer behangenen Hohenzollernbrücke.

Eine Welle warmer Harmonie schwappte über die Jowige, während sie gemeinsam über das Kielschwein und die Tücken der Meuterei lachten. Die Möhren wurden zu Pfannengemüse verarbeitet und mit einem Berg Backfisch restlos verputzt. Das arme Schwein im Motorraum wäre leer ausgegangen, hätte es denn existiert.

An die Wand des Wohngebäudes gelehnt streckte Jessie die Beine weit aus und rieb sich den frisch gefüllten Bauch. Eine Staubmaske thronte hochgeschoben über ihrer Stirn. »Friede, Freude, Eierkuchen!«

»Ente gut, alles gut«, antwortete Astrid, und Katrin ergänzte: »Wenn es nicht gut ist, ist es noch nicht das Ende.«

»Wollt ihr mich verscheißern?« Jessie beugte sich vor und schnipste beide mit dem Finger an. Ein kleiner, harter Schlag. »Ich bin die mit den blöden Sprüchen!«

»Von der ollen Krüger«, bestätigte Astrid. »Deiner Notfall-Oma. Früher gab es diese Abreißkalender mit Bauernregeln für jeden Tag, die bei alten Leuten in der Küche hingen. Hast du ihren gegessen?«

»Aus-wen-dig-ge-lernt.« Zu jeder Silbe schnipst Jessie sie an.

»Au!« Astrid rieb sich den Arm.

»Da hast du es! Aus Schaden wird man klug. Quod erat Dingsbums. Lebensweisheiten sollte man nicht unterschätzen. Und sie war bloß eine Nachbarin und alt, keine Oma.«

»Ohne Fleiß kein Preis.« Astrid stapelte die Teller. »Oder: Einem geschenkten Gaul, schaut man nicht ins Maul.« Ihr Blick glitt zum Steuerhaus. »Restlos begeistert schien Hanne mir nicht von unserem Farbeinkauf. Überhaupt ist sie schwer einzuschätzen, so wenig wie sie von sich preisgibt. Sie scheint kein Privatleben zu haben, angeblich ist sie ja nicht mal mit diesem Frédéric liiert.«

»Kommt Zeit, kommt Rat«, schlug Katrin vor und übertrumpfte sich gleich selbst. »Steter Tropfen höhlt den Stein. Wir kriegen schon noch was raus. Man wächst mit seinen Aufgaben. Appetit kommt beim Essen. Oh, wenn wir gerade beim Thema sind, ist noch was im Topf?«

»Du bist ein super Kielschwein-Ersatz.« Jessie lachte laut und rutschte eilig außer Reichweite. »Bevor das hier in Arbeit ausartet, sag ich mal: Ich muss nicht.« Sie tippte an ihre Nase. »Den Küchenkram überlasse ich gern euch.«

»Es würde dir nicht schaden.« Missbilligend verzog Astrid das Gesicht. Jessie streckte ihr die Zunge heraus. Und kaum hatte sie Dušan am Bug entdeckt, war sie weg.

»Lass sie.« Katrin legte eine Gabel auf den Geschirrstapel. »Sie setzt eben andere Prioritäten. Es lohnt nicht, deswegen deine gute Laune zu opfern.«

»Da werde ich nicht widersprechen. Außerdem ist es auch nett, sich mal nur unter Erwachsenen zu unterhalten.« Astrid bezwang ihren Drang, sofort aufzuräumen, und griff eine Bemerkung vom Vormittag wieder auf. »In eurem Dorf gibt es also weder Einkaufsmöglichkeiten noch soziale Angebote?«

»Völlig tote Hose. Ein echter Kulturschock nach dem Leben mitten in Stuttgart. Zuerst war es klasse, wir wollten es ja so. Aber mit der Zeit … Weißt du, ich kreisele um Haus und Hof oder kutschiere die Kinder durch die Gegend. Da habe ich lange nicht gemerkt, dass ich eigentlich niemanden kenne und keine eigenen Kontakte habe. Von wegen Dorfgemeinschaft. Es ist wunderschön bei uns, aber irgendwie bin ich nie richtig angekommen.«

»Wie viele Leute wohnen in Steinäckerbach?«

»Etwa Fünfzehnhundert, höchstens.«

»Dann kannst du nicht die Einzige sein, der etwas fehlt.« Astrids Fingernagel klopfte an ihren Schneidezahn. »Du müsstest Gleichgesinnte finden, einen Aufruf starten … Ganz traditionell mit einem Aushang, oder wenn keiner vor die Tür geht, dann noch besser mit Postwurfzetteln. Und dann schließt ihr euch zusammen.«

»Zu einer jammernden Selbsthilfegruppe?« Katrin stöhnte missmutig. »Vielleicht dürfen wir ja Jessies *Heulsusenclub* als Namen verwenden.«

»Ich denke eher an eine Kooperative, die gemeinsam etwas bewegt und zum Beispiel einen Fahrdienst organisiert oder ein Geschäft betreibt.« Langsam kam Astrid in Schwung. »Das ist keine Hexerei, wenn man die Arbeit und das Finanzielle auf viele Schultern verteilt.«

»Klingt schön. Zu schön, um wahr zu sein.« Katrin lächelte nachsichtig. »Du vergisst den menschlichen Faktor. Am Spagat zwischen Utopie und Wirklichkeit sind schon ganze Gesellschaften und Generationen von Wohngemeinschaften gescheitert.«

»Ihr sollt keinen kommunistischen Staat ausrufen oder euch eine Wohnung teilen, sondern eine Initiative starten, von der alle profitieren. Eine Genossenschaft wäre tatsächlich ein gutes Modell.« Astrids Haarkante wippte aufgeregt. Mit spitzen Fingern hob sie Jessies Schlafsack an. Darunter lagen ein zerknülltes Shirt und zu Kugeln geballte Socken, die schwach säuerlich müffelten. Schnell ließ sie los.

»Was tust du da?«

»Mich ein bisschen vor Jessies Wäsche ekeln. Sie hat einen Stift und Papier, aber wahrscheinlich in ihrem Rucksack. Den fasse ich natürlich nicht an. Lieber frage ich Hanne. Ich möchte mir nämlich die Eckpunkte notieren. Füge der Genossenschaft eine Prise juristisches Fachwissen, Buchhalterei und Enthusiasmus hinzu, und du hast schneller ein florierendes Dorfzentrum, als du denkst. Du kannst es natürlich auch allein durchziehen.«

»Ha!« Katrin hielt sich den Mund zu, dann drückte sie einen Kuss auf ihre Handfläche und legte diese dann an Astrids vor Begeisterung gerötete Wange. Noch eine Anforderung, der sie niemals gerecht werden konnte, zusätzlich zu allen anderen. »Dich muss man einfach gernhaben. Das meine ich ernst. Vielleicht solltest du mitkommen und den Laden für uns schmeißen. Ich halte deine Idee leider für unrealistisch, vor allem allein. Aber wer weiß? Auf unserer Insel Jowige ist alles möglich und jeder Traum erlaubt.«

Astrid wurde noch eine Spur roter im Gesicht. In ihrer Vorstellung nahm das Dorfzentrum bereits Konturen an. Hielt Katrin sie deswegen für naiv? Sie klapperte laut mit dem Geschirr herum. Bevor sie den zweiten Hafen anliefen, um neue Fracht aufzunehmen, wollte sie das Durcheinander an Deck aufgeräumt haben. »Machen wir klar Schiff«, sagte sie und schloss Jessies Müffelecke gedanklich mit ein. »Dabei können wir weiterträumen.«

*

Leer glich die Jowige einer überdimensionalen entkernten Nussschale. Filigran kam sie Hanne vor, fast dünnhäutig und verletzlich mit ihrem offenliegenden Bauchraum. Eine ungute Assoziation. Ihr Magen drückte, statt satt und zufrieden zu sein. Er drückte auf ihre Lunge und bis in den Kopf, in dem die altbekannten Alarmlampen blinkten: *Hanne ist übergeschnappt.* Nebelhörner tröteten dazu im höhnischen Chor, der das freundliche Grunzen des Kielschweins übertönte. Dabei war sie doch froh, dass alle weiter an Bord waren, und sie wollte, dass es genau so weiterging. Lustig, unverfänglich und unverbindlich. Ihre Lebensbahnen kreuzten sich für eine nette Zeit, dann ging es auf getrennten Wegen weiter. Fast wie bei ihrer Dating-App, nur garantiert ohne Sex. Ihr Kopfschmerz stach fester zu. Ohne Sex für sie jedenfalls. Unten tänzelte Jessie hüftschwingend durch das Gerippe. Ein Salsa mit Besen oder schlimmer noch: ein Balztanz, mit dem sie Dušan umgarnte. Erwachsene Menschen konnten tun und lassen, was sie wollten. Wobei sie unsicher war, was Dušan davon hielt und wie Jessie mit einer Zurückweisung umgehen würde. Sie warf sich ihm geradezu an den Hals, und bei der Verabschiedung am Kai hatte sie sich innig an Erwin gepresst. Ob das ihre Art des Flirtens war? Hanne fand beides unangebracht und unangenehm. Und es machte ihr Sorgen.

Wegen der neuen Fracht mussten die Frauen ihr Lager räumen, das hatte sie ihnen bereits mitgeteilt. Rieselndes Schüttgut kam meistens mit dreckigen Wolken feiner Partikel daher, die sich in alle Ritzen setzten. Niemand wollte das im Bettzeug haben. Vorläufig stellte Hanne das Dach über der Wohnung zur Verfügung, auf dem Astrid und Jessie bei Bedarf auch schlafen konnten. Gut möglich, dass die getrocknete Schlacke aus der Müllverbrennungsanlage auch geruchlich gewöhnungsbedürftig sein würde. Es war ihr erstes Mal mit diesem Produkt, das in Deutschland nur als Sondermüll deponiert werden durfte. In den Niederlanden landete es als Beimischung im Beton. Andere Länder, andere Vorschriften.

Das Hula-Mädchen tänzelte ohne Besen. Hanne seufzte. Sie war nicht zu retten. Sonst hätte sie sich nie auf den Heulsusenclub und ausgerechnet auf diese Tour eingelassen.

Nach dem Laden trennte sie nur noch ein Tag von Holland.

*

Fein säuberlich gefaltet lagen sämtliche Decken und Kissen unter Deck. Sogar die Klappstühle waren beiseitegeräumt worden. Ihr Rucksack hing im Flur an der Garderobe. Jessie stutze. Das Karomuster wirkte kräftiger und blauer als gewohnt. Sie fuhr mit dem Finger über das aufgenähte Label und die Schnallen. Alles staubfrei. Dahinter konnte nur Astrid stecken! Fluchend kontrollierte sie den Inhalt, doch der schien unangetastet. Sie zog ihr Notizheft heraus und steckte es unter den Handtuchstapel im Bad. Später wollte sie ihre Tageseintragungen zum Hafenausflug und dem Kielschwein vornehmen, dem sie sich, dreckig wie sie war, ziemlich nah fühlte. Ihre Handflächen waren rau und wund, bestimmt würden da bald Wasserblasen wachsen. Aber das war ihr die Arbeit mit Dušan wert. Um Welten besser, als Teller zu spülen. Ein lästiger Job, vor dem ihr Bruder sich immer erfolgreich gedrückt hatte – eindeutig minderwertiger Mädchenkram.

Über der Duschwanne, am Drahtgestell mit dem Shampoo und am Duschschlauch hing ausgespülte Wäsche. Astrids Sachen. Und ihre. Es tropfte.

Erst der abgewischte Rucksack am Haken, und jetzt das. Kümmer-kümmer, schon wieder. Weil sie zu langsam war, zu faul, zu blöd. Den Witz mit dem Kielschwein hatte sie ja auch als Letzte kapiert, und was mit einem Kantenzirkel gemeint war, hätte sie ohne Astrids Erklärung wohl nie verstanden.

Statt sich unter die Brause zu stellen, stürmte Jessie aufs Dach. Sie fand die anderen in ein Gespräch vertieft, das bei ihrem Eintreffen verstummte, und warf Astrid ein Paar Socken vor die Füße.

»Was soll das? Das sind meine. Die sind nass und mein T-Shirt auch.«

»Und sauber. Gern geschehen. Ich habe sie schnell mitgewaschen. Macht ja keine Extra-Mühe.«

»Trotzdem sind es meine Sachen, verdammt noch mal! Die gehen dich nix an. Kümmere dich um deinen eigenen Kram und nur um den.«

»Entschuldige, es war nur nett gemeint. Und nötig war es noch dazu – aus hygienischen Gründen.« Beleidigt verschränkte Astrid die Arme. »Dein Kram mag mich nichts angehen, aber dann musst du dich selbst darum kümmern. Deine Haare habe ich auch wieder aus dem Sieb im Waschbecken gepult. Die verstopfen alles.«

Jessie schüttelte sich demonstrativ über ihr. »Na los, schneid sie mir doch ab, die nerven sowieso! Genau wie du mit deinem dauernden Betüdeln, den angepissten Blicken und deiner Putzwut. Das ist doch krank. Weißt du, wie ich das nenne? Du bist berufsbeige, und zwar außen und innen. Bloß nicht auffallen, bloß alles richtig machen. In deinem Hirn bist du alt und sterbenslangweilig. Das Einzige, was du dich je getraut hast, war dein kleiner Aufstand im Steuerhaus.« Jessie drehte den Kopf zur Seite, bis ihre kippelnde Stimme wieder gehorchte. Gerade noch hatte sie Astrid für ihre Meuterei bewundert, zu ihr aufgesehen. Jetzt schnappte sie nach ihr wie ein tollwütiger Hund. »Wie clever du dich dabei angestellt hast, darüber schweigen wir mal lieber. Ich verrate dir was, inzwischen glaube ich dir, dass du aus Dämlichkeit im Fluss gelandet bist. Für einen Sprung wärst du viel zu feige.«

Astrids Augen wurden groß und rund, dann ging sie ohne ein weiteres Wort. Sie taumelte wie unter einem Stoß vor die Brust, die ihr mit einem Mal ganz eng wurde. Ihr Atem holperte.

»Warte!« Katrin sprang auf. »Das hat sie nicht so gemeint!«

»Doch, das habe ich. Jedes Wort. Be-rufs-beige, das ist genauso schlimm wie hirnblond!«

Tränenblind nahm Astrid die Treppe und hangelte sich an der Backborseite über die Gangbord. Der Rumpf der leeren Jowige ragte weit aus dem schwappenden Wasser, das sie mit seinem Klatschen verhöhnte. Applaus für den Feigling!

»Toll gemacht, Jessie.« Hin- und hergerissen ballte Katrin die Fäuste. »Was genau war noch mal deine Motivation, an Bord zu bleiben? Du wolltest sichergehen, dass Astrid sich nicht doch etwas antut?«

»Das war ganz am Anfang. Außerdem nennst du sie heimlich Reiherfrau! Nervt sie dich etwa nicht?«

»Darum geht es nicht. Alt, berufsbeige, hirnblond – das ist einfach nur gemein. Du hast sie verletzt. Geh ihr nach.«

»Ich denk nicht dran.«

»Wenn sich eins meiner Kinder so aufführen würde …« Katrin warf die Hände in die Luft. »Du kannst echt froh sein, dass ich nicht deine Mutter bin.«

»Worauf du dich *verlassen* kannst. Und fürs Verlassen bist du ja schließlich Spezialistin.«

Worte wie Messerstiche. Katrin zuckte zusammen.

»Du würdest mir jetzt gern eine knallen, was? Na, mach doch! Das stecke ich locker weg.«

Schützend schlang Katrin die Arme um den eigenen Leib. Kein Messer, nur schmerzhafte Bosheit.

»Klar, Astrid und du, ihr würdet das natürlich nie machen. Nicht aus Anstand, sondern weil ihr solche Memmen seid!«

»Du bist was Besseres, verstehe. Wenn du uns so wenig leiden kannst, was hält dich dann hier? Und was hat dich an Bord gebracht? Du hättest in Bad Cannstatt nur am Ufer stehenbleiben müssen. Nicht mal was tun.« Katrin bückte sich nach der nassen Socke. Der unschuldig rosa-weiß geringelte Auslöser einer mittelschweren Explosion. Machte Jessie etwa eine Rolle rückwärts zu ihrer anfänglichen Angriffslust? Hoffentlich bekam Hanne im Steuerhaus nicht allzu viel von ihrem Streit mit. »Wer schlägt, setzt sich ins Unrecht, das solltest du als Erzieherin wissen. Eine Ohrfeige löst kein Problem. Niemals.«

»Ach? Und ich Dummerchen dachte, kleine Schläge auf den Hinterkopf erhöhen das Denkvermögen.« Jessies Blick wich flackernd aus, dann lachte sie aufgesetzt. »Ein Joke, bevor du ausflippst. Dass Schläge nicht helfen, sieht man ja schon an mir. Oh Mann, jetzt guck nicht schon wieder so. Dich hat es doch auch gerade in den Fingern gejuckt! Wie du weißt, kann ich ganz *reizend* sein und auch blöd, da passiert sowas eben.« Sie tippte sich auf den Scheitel. »Mit gehirnblond kenne ich mich aus. Ich bin ein lebender Blondinenwitz – auch wenn ich die Haare nur färbe. Verbuch es unter Selbsterkenntnis. Schwächen kennen heißt, sie zu überwinden.« Der letzte Satz schwebte anklagend vor ihr über das Deck. Er stammte aus einem von Marlons Management-Coaching-Büchern. Wenn er daraus vorlas, schien es so leicht, nur eine Frage des Kopfes. Ein Loser, wer es nicht schaffte, mental aufs Versagen vorprogrammiert. Wie sie, denn vom Überwinden war sie meilenweit entfernt.

»Ich verstehe kein Wort. Du hältst dich für dumm, und darum ist es okay, wenn du schlecht behandelt wirst?«

»Schlecht behandeln, so ein Quatsch. Gegensätze ziehen sich an. Schon mal gehört? Und wenn mein Freund viel klüger ist als ich, wie Marlon oder Ben, ist es logisch – nicht blond –, auf sie zu hören und Fehler einzusehen. Lieber ein starker Partner als eine Lusche. Alphatiere setzen sich durch. Und jetzt will ich duschen, bevor wir in den Hafen kommen.«

*

Kümmere dich um deinen eigenen Kram. Hinter der Wand des Laderaums ging Astrid in Deckung und kauerte sich an einem Poller ganz klein zusammen. Ihr eigener Kram, was war das denn? Es war niemand mehr da von denen, für die sie seit Jahrzehnten gelebt hatte. Sie hatte keinen eigenen Kram! Genau das hatte sie in jenem Moment am Steg wie einen grellen Funken wahrgenommen, in der Sekunde vor dem Sturz. Jeglicher Sinn und Inhalt lagen zugeschüttet mit im Grab ihres Vaters. Um ihn hatte sich zuletzt alles gedreht. *Sie* hatte sich gedreht, und jetzt hing sie in der Vergangenheit fest, beschwert von einem Bleiklotz aus Erinnerungen. Auch ihren eigenen, die sie immer wieder an den Seilerwasen zogen.

»Ach, Papa«, seufzte sie und stand auf. Sie breitete die Arme aus, wie sie es am Steg getan hatte, nur blieb sie dieses Mal auf beiden Beinen stehen.

Oben im Steuerhaus stieß Hanne einen Schrei aus.

Leiser Wind fuhr unter Astrids Flügel. »The wind of change«, wisperte sie und spürte wieder jene kribbelnde Hoffnung, der kurz darauf Ernüchterung gefolgt war, und die Kälte des Neckars. Kalt wie Papas Hände, wie die Erde über ihm. Quälende Leere füllte das Haus in Bad Cannstatt und ihr Herz. Es war weniger die missglückte Yogaübung gewesen als der Schmerz ihrer Einsamkeit, der sie zu Fall gebracht hatte. Und jetzt? Wenn sie abhob, wohin sollte sie fliegen? Ein einzelner Vogel ohne Schwarm. War die Sicherheit des Bekannten nicht besser als die Ungewissheit dort draußen? Ihr ging es doch gut. Sie hatte alles, was sie brauchte. Aber es wäre der Weg eines Feiglings. Astrid streckte die Arme hoch über den Kopf, doch der Wind gab nicht auf, zauste weiter ihre Federn.

»Alles in Ordnung mit dir?«

Katrins Hand legte sich sanft auf ihre Schulter, und Astrid schüttelte den Kopf.

»Nein. Aber mach dir keine Sorgen.«

»Auf dem Dach ist die Luft wieder rein, Jessie steht unter der Dusche. Ich nehme nicht an, dass sie allzu bald wieder zu uns kommt.«

»Ist schon okay. Blöderweise hat sie mit einigem recht, auch wenn sie es charmanter hätte verpacken können.« Astrid drehte sich zu Katrin um. »Vielleicht ist dieser Frachter wirklich ein magischer Ort. Und wir können erst wieder fort, wenn wir wissen, was er von uns will.«

Katrin nickte und schluckte, dann machte sie auf dem Absatz kehrt. Es fühlte sich an, als hätte sie diesen Moment längst verpasst.

*

»Hast du wieder eine Bauchfrage mitgebracht?« Hanne warf Katrin einen raschen Blick zu und runzelte die Stirn. »Du siehst unglücklich aus.«

Unschlüssig verharrte Katrin auf der Schwelle.

»Lasse hat am Montag einen Zahnarzttermin.«

Hanne hob eine Augenbraue.

»Natürlich kann Markus ihn hinbringen oder sein großer Bruder Leon geht mit, aber …« Sie, seine Mutter, würde nicht da sein, um ihm beizustehen. »Lasse hat panische Angst vor dem Zahnarzt. Das weiß außer mir keiner. Es ist ihm schrecklich peinlich.«

»Also willst du jetzt doch zurück?«

Sie hatte sich entschieden zu bleiben und Hanne deswegen bedrängt. Ihre Zweifel erschienen ihr undankbar. Doch die Sehnsucht nach ihrer Familie riss sie beinah in Stücke. Wie weit musste sie fortgehen, um endlich eine Lösung zu finden? Mit jedem Tag wurde es schwieriger umzukehren. Dabei hatte sie gedacht, es würde leichter. Wie sollte sie Markus je wieder gegenübertreten? *Ich brauche etwas Zeit für mich.* Mit diesem Satz und jeder darauffolgenden Stunde hatte sie sich selbst den Rückweg abgeschnitten. Die Angst überrollte sie in wiederkehrenden Wellen.

»Komm her. Setz dich.« Hanne winkte Katrin herein und drückte sie auf den Drehstuhl. »Jetzt übernimmst du.«

»Was? Ich? Das kann ich nicht!«

»Die Steuerung ist selbsterklärend, wie bei einem Joystick, bis auf den Rückwärtsgang – und ohne Schussoption.« Hanne legte Katrins Hand um den Steuerknüppel und tippte die verschiedenen Bildschirmanzeigen an. »Wassertiefe und Breite der Rinne siehst du hier, Hindernisse und andere Schiffe da. Draußen orientierst du dich an den Bojen und behältst natürlich ein Auge auf kleinere Objekte. Schlauchboote oder unvorsichtige Schwimmerinnen beispielsweise.« Sie lächelte. »Es ist weniger kompliziert, als es im ersten Moment aussieht. Keine Angst: Ich erwarte nicht, dass du dir alles merkst! Mit der Zeit wird vieles zur Routine, aber wenn du glaubst, du hast alles im Griff, kommt es garantiert anders. Du weißt nie, was dich erwartet. Kein Tag ist wie der andere, und manche Tage sind beschissen. Bei Hochwasser verhält sich ein Schiff anders als bei Normalpegel, dann ist der Fluss schnell und wild, darauf musst du reagieren. Niedrigwasser stellt dich beim Beladen vor Herausforderungen. Bei Regen oder Gewitter kann ich nicht kneifen, weil ich keinen Bock habe, nass zu werden. Und manchmal muss ich liegen bleiben, weil es an Tiefgang fehlt, oder mache Verluste, weil nur reduzierte Beladung möglich ist. Ich beschwere mich nicht, ich habe es mir ausgesucht. Es ist das, was ich machen wollte und immer noch will.« Ihre Hand umschloss Katrins Finger, dirigierte die Jowige mit minimalem Druck eine Winzigkeit nach links. »All diese Tage sind Teil des Ganzen.«

»Ganz oder gar nicht.« Katrin seufzte. »Wie in einer Beziehung.«

»Nur so funktioniert es.« Hanne fixierte einen Punkt in der Ferne. Das Gespräch grummelte in ihrem Bauch. Sie hasste psychologischen Schnickschnack und musste doch eingestehen, dass die Taktik funktionierte. »Dein Mann ist ein guter?«

»Ja.«

»Du liebst ihn, und er liebt dich.«

»Ja.«

Auch heute kamen die Antworten ohne das geringste Zögern und ohne übertriebenen Nachdruck in reiner, glaubhafter Überzeugung.

»Dann wird er akzeptieren, dass du eine Weile allein sein musstest. Egal ob er es im Detail versteht.« *Hoffentlich* setzte Hanne im Stillen hinzu. Wer war sie, Tipps in Beziehungsfragen zu erteilen? »Ich an seiner Stelle wäre stinksauer. Aber ich bin das falsche Maß in solchen Dingen. Meine Familie sind die Jowige und das Wasser. Genauso nachtragend wie ich, aber wenigstens diskutieren sie nicht mit mir.« Endlich ließ sie Katrins Hand los und bewegte das Kinn leicht zur Seite. »Keine Zeit mehr zum Schnacken. Du bist entlassen, Hilfssteuerfrau. Wir sind gleich im Hafen.«

Eine weitere Chance für Katrin zu gehen. Doch etwas sagte Hanne, dass sie es wieder nicht tun würde.

*

Das Granulat staubte weniger als befürchtet, dafür roch es schlimmer. Tonne um Tonne ergoss sich das Schüttgut wie ein trockener Wasserfall in den Rumpf, von Hanne gelenkt, die eine gleichmäßige Verteilung und das Maximalgewicht im Auge behielt. Empört über die Geruchsbelästigung verzog Mascha sich unter Deck, während Jessie sich, ausgerüstet mit Helm und Warnweste, so nah an das Geschehen drängte, wie für Hanne gerade eben noch vertretbar. Zupacken durfte sie nicht, obwohl es sie in den Fingern juckte, doch ihre Muskeln waren in Anbetracht der ungewohnten körperlichen Arbeit, die sie bereits hinter sich hatte, froh darum.

Gemeinsam mit Dušan deckte Hanne am Ende den hinteren Teil des Laderaums ab, was der Jowige ein aufgeräumtes Aussehen verlieh und den Schlackeduft etwas milderte.

Reichlich Sonne gepaart mit der Aufregung des Tages und den Eindrücken aus zwei Häfen sorgten am Abend in Neuss für Müdigkeit und Frieden. Der Streit vom Nachmittag schien beigelegt und wurde nicht mehr erwähnt.

Bereitwillig überließ Jessie Astrid den Liegestuhl als Schlafplatz. Im Schutz des Beiboots bereitete sie ihr Lager auf dem Dach und streckte sich im Schlafsack lang aus, die Arme unter dem Kopf verschränkt. Wenn sie die Augen schloss, glaubte sie Bootsfarbe, Algen und Muscheln zu riechen. Bis vor Kurzem hatte sie nicht einmal gewusst, dass es die auch im Rhein gab. Sie streckte die Hand aus. Das Material fühlte sich glatt und kühl an, wie Kunststoff oder Alu. Ein bisschen unromantisch war das schon. Ein Nachen aus Holz hätte besser zu ihren Piratenträumen gepasst. Sie drehte den Kopf. Die Meistermeuterin schlief wie ein Baby und die mit dem Baby im Bauch vermutlich ebenfalls. Jessie schob beide Hände auf ihren eigenen, spannte sie unterhalb der Rippen und über dem Nabel. Ihr Atem hob und senkte die Bauchdecke. Ob sie irgendwann auch Kinder haben würde? Einmal war es fast passiert. Fehlalarm zum Glück. Sie war erleichtert gewesen, aber auch enttäuscht, denn Ben hatte keins gewollt. Und kurz danach wollte er sie auch nicht mehr. Wäre sie in der Lage gewesen, es *wegzumachen?* Oder es allein großzuziehen? Damals hatte sich die Frage nicht gestellt. Und jetzt … Sogar Astrid hatte Kinder! Aber keinen Mann. Genau wie Hanne, der es damit ganz gut zu gehen schien. Vorstellen konnte Jessie sich das nicht. Ohne Mann fehlte ihr etwas. Über den Sex hinaus. Orientierung? Sicherheit? Katrin hatte alles und wurde geliebt. Wie konnte sie das einfach ignorieren? Wie konnte sie es riskieren, Markus zu verlieren? Jessie zog das T-Shirt hoch, streichelte über ihre Haut. Es fehlte ihr so unendlich, berührt oder wenigstens in den Arm genommen zu werden. Bilder huschten vorbei, Gesichter, doch alle wandten sich ab. Weil sie nichts taugte. Niemand hielt es auf Dauer mit ihr aus. Sogar ihre eigene Mutter fand sie scheiße und ihr Bruder erst recht. Sein hämisches Grinsen verfolgte sie bis heute. Bei der Trennung hatte er zu Hause bei ihrem Vater bleiben dürfen und sie mit ausziehen müssen. Ins Mietshaus, Tür an Tür mit der ollen Krüger, die Anfang der Woche nach Waschmittel roch und am Ende nach Hakle Feucht. Wobei das Wegziehen auch Vorteile gehabt hatte. Jessie setzte sich auf, schlang die Arme um die Knie, schaukelte vor und zurück.

Ein einzelnes tiefes Blaffen schreckte sie auf. Weich und nass stupste Maschas Schnauze sie an, der Schwanz rotierte freudig. Jessie vergrub das Gesicht im warmen Fell des Tieres, rieb die Nase an Maschas Halsfalte zwischen Ohr und Schulter. Aneinander gekuschelt rollten sie sich ein. Der schmale Hundekörper spendete Trost, und Maschas schnaufender Atem wiegte Jessie in den Schlaf. Für einige Stunden fand sie Ruhe. Als sie erwachte, kroch feuchte Kälte über ihre nackten Arme. Sie war wieder allein.

Siebter Tag

Kapitel 18

Wo the f*** ist Jessie?

Jemand rumorte in der Küche. Hanne hörte das *Ping* der Mikrowelle, eine Schublade, ein schleifendes Geräusch, dann nichts mehr. Nichts, gar nichts, weder die knarrenden Bettfedern von nebenan noch die Toilettenspülung, Schritte oder die Tür zum Deck. Das Nichts dröhnte in ihrem Kopf und verhinderte, dass sie in ihren Traum zurückkehrte.

Sie ging in den Flur. Ein schmaler Lichtstreifen lag auf dem Boden vor dem Wohnzimmer, drinnen raschelte es. Hannes Puls beschleunigte. Leise öffnete sie die Tür, nahm als Erstes den Geruch von Orangensaft wahr, dann den von altem Papier.

Am Tisch saß Jessie und blätterte eine durchscheinende Pergamentseite um.

»Was zur Hölle tust du da?«

Jessies Kopf fuhr hoch. »Oh – Hanne! Mann, hast du mich erschreckt! Sorry, falls ich dich geweckt habe. Ich konnte nicht schlafen und –«

»Was tust du da?«, wiederholte Hanne. »Mit meinen Sachen.« Die Worte pfiffen durch den Raum wie das Schnalzen einer Peitsche, schlugen hart und präzise ein.

»Ups.« Jessie ließ das Blatt los, als hätte sie sich daran verbrannt, und setzte zugleich ein Lächeln auf. »Du, das war ein krasser Zufall, keine Absicht. Ich wollte nur irgendein Buch ausleihen. Beim Lesen schlafe ich immer ein. Und weil nix herumlag –«

»Hast du mal eben meine Schränke durchwühlt.«

»Nö. Die Alben waren gleich hinter der ersten Tür. Und ich

war ganz vorsichtig.« Verlegen zog Jessie eine Schnute. Ihr Zeigefinger schlang sich um eine Haarsträhne, die Wimpern flatterten, was bei Hanne natürlich keine Wirkung zeigte. Offensichtlich war sie richtig sauer und unempfänglich für Erklärungen, obwohl sie welche gefordert hatte. Dann würde sie es eben mit Süßholzraspeln versuchen statt mit Entschuldigungen. Dabei musste sie nicht mal besonders dick auftragen. Die Bilder hatten sie tatsächlich geflasht. Sie griff das zweite Fotoalbum. Das dunkelblaue Kunstleder zierten goldene Schnörkel, die eine Prägung vortäuschten. Eine durchsichtige Schutzfolie überzog die Seiten, hinter der die Bilder verrutscht und weit entfernt von ihrer ursprünglichen Beschriftung steckten, weil die magische Haftung nicht mehr richtig hielt.

»Du warst ein voll süßes Kind«, flötete sie. »Das bist doch du? Die Kleine, die immer strahlt. Und dazu diese Löckchen! Ey, das ist so cute. Du warst bestimmt Everybody's Darling. Deine Eltern haben voll viel mit dir unternommen – und die Oma durfte auch mit. So stell ich mir eine richtige Familie vor. Einfach perfekt! Wie in diesen amerikanischen Sitcoms. Klar, jeder hat sein Päckchen zu tragen, aber egal was passiert, alle halten zusammen. Das habe ich mir immer gewünscht. Na ja, wer nicht? Oh, guck mal hier: Das mag ich besonders. Du, deine Mama und deine Oma, das erkennt man sofort. Ihr seht euch mega ähnlich.«

»Finger weg«, presste Hanne zwischen den Zähnen hervor, doch Jessie nahm keine Notiz davon.

»Deine Oma war auch total hübsch, als sie jung war.« Jetzt beugte sie sich wieder über die älteren Fotos. »Ihr leuchtet das Glück richtig aus den Augen!«

Hanne wusste sofort, welches Bild Jessie vor sich hatte, kannte das Datum und die Notiz dazu. Lore sitzend im Badeanzug, das Kinn keck gehoben mit selbstbewusstem Blick, die langen Beine vorteilhaft drapiert. Daneben ein schöner, dunkelhaariger Mann in Badehose, der den Arm um sie legte und sie verliebt ansah. Unter ihnen eine Picknickdecke, im Hintergrund ein Busch am Rand ihrer versteckten Badebucht und der Rhein. Hardy und Lore in trauter Zweisamkeit.

»Krass, echt, total die Bilderbuchfamilie. Harmonie pur.«

Ihr Plappern nahm kein Ende.

»Sei sofort still.« Hanne ballte die Hände zu Fäusten. Wildes Trommeln hob in ihrem Bauch an, bahnte sich dröhnend einen Weg ins Gehirn. »Mach das zu und fass es nicht mehr an. Das sag ich nur einmal.«

»Wieso denn? Das ist doch voll putzig! Ich beneide dich. Heißt sie wirklich Lore – Loreley? Die hätte bestimmt so manchen Schiffer kopflos in den Rhein locken können.«

»Raus!« Mit einem schnellen Schritt war Hanne am Tisch und entriss Jessie das Fotoalbum. Ihr Herzschlag pochte in Hals und Schläfen, wie Trommelstöcke traktierte er die Schädeldecke von innen. Der Klang ihrer eigenen Stimme – gefährlich leise und beherrscht – ging im Hämmern beinah unter. »Raus, auf der Stelle, und runter von meinem Schiff.«

»Äh – was?« Jessie riss Mund und Augen auf.

»Nimm deinen Rucksack und geh.«

»Das ist ein Joke, ja? Was habe ich denn … Das sind doch nur ein paar alte Bilder. Was ist daran so schlimm?«

»Weil – ich – nein – gesagt hatte.« Hanne bebte vor Zorn und Angst. Die Geister der Erinnerung drängten zwischen den Seiten hervor, und mit ihnen rollten unerwünschte Emotionen wie eine Tsunamiwelle heran. Sie war noch nicht so weit. »Und ich hatte dich gewarnt.«

»Bitte, Hanne! Das meinst du doch nicht ernst? Es tut mir leid. Echt. Sag mir, was ich machen soll. Komm schon!«

»Sei leise und mach kein Theater.« Hanne öffnete die Tür, ihr Gesicht versteinert. »Hast du noch Zeug auf dem Dach?«

Blass und fassungslos schüttelte Jessie den Kopf.

»Gut.« Hanne stopfte die letzten feuchten Wäscheteile aus dem Bad in eine Plastiktüte, nahm im Flur den Rucksack und eine Warnweste vom Haken und drückte ihr alles an die Brust.

Eine knappe Bewegung, kaum mehr als ein Zucken der Augen, wies Jessie den Weg an Deck. Hanne blieb dicht hinter ihr, drängte sie bis zu dem schmalen Metallsteg, der die Jowige mit der Hafenmauer verband.

»Es ist noch dunkel.«

»Nicht mehr lange. Zieh die Weste über.«

Jessie drehte sich um, ein kleines hoffnungsvolles Lächeln auf den Lippen. Hanne hatte ihren Spaß gehabt, jetzt war der Moment, um die Spannung aufzulösen.

»Haha, reingelegt?«, schlug Jessie vor. Grau-gelb zeigte sich ein fader Streifen am Horizont, dem nun eifrige Vögel entgegenzwitscherten. Nur Hanne schwieg.

»Okay, dann geh ich also.« Jessies Stimme kippelte, und sie beendete den Satz mit einem jämmerlichen Auflachen. Ihr Stolz gebot ihr, nachzutreten oder wenigstens ein bisschen zu randalieren, dabei war sie viel näher dran zu betteln. Sie brachte weder das eine noch das andere zustande.

Hanne verschränkte die Arme.

Kein Abschied von irgendwem, das schmerzte am meisten. Mühsam drängte Jessie die aufsteigenden Tränen zurück und ging. Den Rucksack schleifte sie am Träger neben sich her.

*

Diese Fotos, diese Scheißfotos! Hanne zitterte. Immer machten die sie wütend. Mit weichen Knien sank sie auf die Bank. Die alten Aufnahmen hatten alles verändert. Und natürlich Margot.

Unwillkürlich blätterte Hanne zu dem Bild am Flussufer, durch das die Wahrheit ein Gesicht und einen Namen bekommen hatte: Hardy. Jessie hatte recht, Lore sah glücklich aus. Und damals war sie es auch gewesen. In dieser fernen Zeit vor den Lügen. Der Gedanke schmeckte bitter. Ob Lore ihr Leben auch auf diese Art eingeteilt hatte, so wie Hanne? In ein Davor und ein Danach. Mit dem Unterschied, dass Lore Teil der Lüge gewesen war. Hatte sie die Lüge nur erfunden, um das Danach nicht spüren zu müssen? Weil die Wahrheit nur existiert, wenn sie ausgesprochen wird. Von jemandem wie Margot.

Ein kalter Schauer rieselte ihr Rückgrat herab. Schlieren flimmerten grau und weiß gewürfelt vor ihren Augen wie bei einer Bildschirmstörung am Fernseher. Sie roch Kaffee. Dabei klebte in Jessies Tasse eine Orangensaftpfütze. Wurde das ein Migräneanfall? Hanne lehnte sich zurück, schloss die Augen und hielt sich an der Sitzbank fest. Kein Déjà-vu, nur die gleiche Plage, von der sie bei Gernsheim heimgesucht worden war, herübergeweht aus der Vergangenheit. Sie hätte eine Migräne vorgezogen, doch sie hatte keine Wahl. Der Kaffeegeruch trug sie weit zurück.

Die Sonne brannte, doch die Luft, die aus dem kleinen alten Haus strömte, war kühl. Am Rand der Stufen standen bunt bepflanzte Blumentöpfe.

»Schön, dass du gekommen bist.« Margot trat beiseite, um Johanne einzulassen, die am Fuß der Treppe wartete. »Wir setzen uns auf die Terrasse, ich habe schon gedeckt. Ich hoffe, du magst immer noch Apfelkuchen?«

Hinter Margots Rücken zuckte Johanne mit den Schultern, schob ein »Ja« nach und ging durch den Flur und das Wohnzimmer nach draußen. Sie war neugierig und nervös zugleich und fest entschlossen, sich weder das eine noch das andere anmerken zu lassen. Im Schatten einer orange-braun gestreiften Markise setzte sie sich an den Tisch. Der Stoff flatterte. Vor ihr lag ein langgestreckter Garten mit Blumen, Rasen und Schaukelstange, aber ohne Schaukel. Ein vages Gefühl von Vertrautheit streifte sie, wie Wind auf nackten Beinen, die zum Schwung ausholten. Sie spürte wieder die feinen Kanten eines Kirschkerns auf der Zunge und den Triumpf, wenn es ihr gelungen war, ihn im Bogen bis ins nächste Beet zu katapultieren.

»Du bist jetzt einundzwanzig«, sagte Margot und schaufelte mit einem Seufzen Kuchen auf die Teller. »Ich weiß, heute ist man mit achtzehn volljährig, aber wir waren es damals nicht. Vielleicht habe ich deshalb so lange gewartet. Und weil ich gehofft hatte, dass deine Mutter vorher mit dir spricht. Jutta wird von unserem Treffen nicht begeistert sein, aber ich finde, es gibt einige Dinge, die du wissen solltest.«

Johanne bohrte die Gabelzinken in den Apfelkuchen. Der Teig war noch warm, das Obst duftete fruchtig süß. Sie schmeckte Zimt und Rosinen, pustete eine Wespe beiseite. Ihre Mutter rümpfte die Nase, sobald jemand Margot Kuipers erwähnte. Grund genug für Johanne, die Einladung von Oma Lores Freundin anzunehmen. Angeblich machte Margot sich wichtig, mischte sich in fremde Angelegenheiten ein und wärmte kalten Kaffee auf. Johanne nippte an ihrer Tasse. Der hier war brühend heiß und schmeckte frisch. Sie grinste. Mama war Meisterin im Nachtragendsein und kramte uralte Verfehlungen aus ihrem Elefantengedächtnis, wenn sie sich ärgerte.

»Deine Oma und ich, wir waren schon als junge Frauen befreundet. Dass wir uns beide in einen Binnenschiffer verliebt haben, hat uns zusätzlich zusammengeschweißt, aber einer Meinung waren wir beileibe nicht immer. Lore war starrsinnig – im Guten wie im Schlechten – und ein schwieriger Charakter«, sagte Margot, nachdem sie die Hälfte des Kuchenstücks gegessen hatte. Sie schob das Geschirr beiseite und holte zwei Alben hervor. Eines in dunkles Kunstleder, das andere in elfenbeinweißen Leinenstoff gebunden. Schwarzer Karton mit weißem Pastellstift beschriftet, Mäusezähnchen an den Rändern der schwarz-weißen Fotos, zwischen den Seiten hauchdünnes geprägtes Pergament.

Mäßig interessiert huschte Johannes Blick über fröhliche Menschen in Badekleidung, eine Uferböschung, ein Ruderboot.

»Du bist Lore sehr ähnlich, aber ich sehe auch ganz viel von deinen Eltern in dir – und von Hardy.«

Johanne legte die Gabel weg. Ihr Magen rumorte, als hätte sie einen ganzen Flohzirkus verschluckt. *Hardy*. Den Namen hatte schon ewig niemand mehr ausgesprochen. Früher war er nur geflüstert worden oder böse gezischt, wenn ihre Eltern glaubten, dass sie nicht in der Nähe war. Der Name barg ein Geheimnis, etwas Unaussprechliches, seit Johanne ihn zum ersten Mal gehört hatte. Und jetzt nannte Margot diesen Mann und sie in einem Atemzug.

»Wer ist Hardy?«

»Spricht deine Mutter manchmal über Lore?«, fragte Margot, statt zu antworten.

Ihr Finger tippte auf das Foto einer jungen Frau.

»Nein. Eigentlich nicht.« Wie seltsam, es war ihr kaum aufgefallen. Johanne schämte sich. Von der engen Verbindung zu ihrer Oma war zehn Jahre nach Lores Tod nur noch ein Schatten übrig.

»Spricht Jutta über ihre Kindheit oder ihren Vater – also deinen Opa?« Der Finger rutschte weiter zu einem gutaussehenden Mann. »Das ist er.«

»Der da?« Ihr Opa war Jakob Winter, der Vater ihres Vaters, der mit Oma Irmi drei Dörfer weiter wohnte. Einen anderen hatte es nie gegeben. Den jungen Mann auf dem Bild mit dieser Bezeichnung in Einklang zu bringen, war völlig unmöglich. Solange sie denken konnte, war Lore allein gewesen – und alt, ganz anders als auf den Fotos vor ihr.

»Ja, der da. Das ist Hardy, Lores große Liebe. Du kennst ihn nicht, weil es bei euch zu Hause keine Erinnerungsstücke gibt. Weißt du noch, deine Mutter hat Lores Haus von fremden Leuten ausräumen lassen. Jutta wollte nichts aufheben. Als hätte es ihre Eltern nie gegeben. Wir haben uns deshalb zerstritten, und ich habe ein paar Dinge gerettet. Weil es nicht richtig ist, ihr ganzes Leben zu verleugnen. Nur weil Jutta bis heute böse auf beide ist.«

»Böse?«

»Es tut mir leid, das ist alles nicht schön für dich und bestimmt schwer zu verdauen.« Margot nahm Johannes Hand in die ihre, tätschelte sie zögernd und schaute ins Leere. »Jutta ist ihnen böse, weil Lores Tod kein Unfall war«, sagte sie dann langsam. »Sie ist absichtlich in den Rhein gegangen. Und dein Opa Hardy, Juttas Vater, ist nicht gestorben, als deine Mutter noch klein war, er hat Lore verlassen.«

Hanne riss die Augen auf und schnappte nach Luft. Vor ihr lagen die Fotos auf dem Wohnzimmertisch der Jowige. Es rauschte in ihren Ohren. Heute wie damals fühlte es sich an dieser Stelle der Geschichte an, als drückte ihr jemand den Kopf unter Wasser. Sie sprang auf, folgte ihrem Fluchtinstinkt. Weg, nur weg von Margot Kuipers Kaffeetisch. Weg auch jetzt. Ihr Herz raste.

Hanne klappte die Alben zu und verstaute sie weit hinten im Schrank. Wie lange hatte sie herumgesessen? Draußen wechselte der Streifen am Horizont von Gelb zu Rosa. Der Hafen träumte noch immer der Dämmerung entgegen, ungeachtet der einsetzenden Geräusche, die von hier und da herüberwehten, summend wie lästig Insekten. Taue schaukelten zwischen Schiff und Land, in der Ferne rissen blasse Lampen weiße Löcher auf, neben denen ihr Blick sich im Dunkel verlor. Der Pier war leer.

Noch früher als sonst holte Hanne Dušan aus dem Bett und lichtete den Anker. Jessie würde sich schon zurechtfinden. Und auf den Füßen landen, wie eine Katze. Ganz bestimmt.

*

»Es ist was passiert.« Astrid flüsterte, obwohl sie mit Katrin allein in der Küche stand, und schloss die Tür. Vor die Brust gepresst hielt sie ein Heft. »Etwas Schlimmes!«

»Was hast du da? Hoffentlich ist das nicht, wofür ich es halte. Wenn Jessie dich mit ihrem Notizheft erwischt, bist du erledigt. Dann wird es wirklich schlimm.«

»Das kann sie aber nicht«, flüsterte Astrid weiter. »Weil sie verschwunden ist! Ihr Heft lag mit verknickten Ecken im Bad unter die Handtücher gestopft, was nun wahrlich keinen wundert. Aber das Seltsame ist, dass ich sonst nichts gefunden habe.«

»Sie hat aufgeräumt?« Katrin zog den Teebeutel in Kreisbahnen durch die Tasse. »Freu dich doch.«

»Das zu behaupten wäre übertrieben.« Jessies Nachtlager war ein Knäuel aus Decken und Kissen, und wie üblich klebten Haare am Waschbeckenrand. »Ihr Rucksack fehlt, und die nassen Sachen aus der Dusche sind weg – und nein, bevor du fragst: Die hat sie nirgendwo draußen aufgehängt. Ich habe den Frachter einmal umrundet und bin in die Motorräume zum Kielschwein geklettert.« Sie lachte nervös und wischte sich über die Stirn. Ihr war zum Heulen zumute. »Dušan hat Jessie auch nicht gesehen. Sie ist einfach weg.«

Waldbeeren-Aroma stieg in Katrins Nase, das Teewasser färbte sich rot. »Ein später Anruf, könnte ich mir vorstellen.« Dem Jessie mit wehenden Fahnen gefolgt war.

Vehement schüttelte Astrid den Kopf. »Erstens hatte sie ihr Handy gestern Abend nicht bei sich. Ich weiß, schwer zu glauben. Sie hat es bemerkt und dabei belassen. Ja, sie könnte es in der Nacht geholt und die ersehnte Nachricht entdeckt haben. Aber wie wahrscheinlich ist es, dass sie uns die nicht unter die Nase reibt? Ich fürchte, ich habe sie verjagt. Du hast sie ja gehört, ich bin unerträglich.«

»Und deshalb räumt sie das Feld? Nein, der Typ ist sie nicht. Außerdem könnte sie dann genauso gut meinetwegen gegangen sein. Zurück in Bens starke Arme.«

»Du meinst Marlon, ihren Verlobten.«

»Nein. Der hat sie doch sitzen lassen. Oh, entschuldige, davon weißt du ja nichts. Das hat sie mir gestern verraten, als du im Laden unterwegs warst.«

Astrid schob die leise Enttäuschung beiseite. Es gab Wichtigeres als ihre Befindlichkeiten. Sie schlug eine vollgekritzelte Seite auf. »Egal wo sie hin ist, es gefällt mir nicht. Sieh dir das an.«

»Du hast darin gelesen?« Katrin stieß rückwärts an die Arbeitsplatte. Der Tee schwappte über.

»Das meiste sind Schiffsinformationen. Aber dann kommt etwas, das ist gereimt. *Wir sind nicht Feuer und Wasser / Du bist die Flut und der Vulkan / Meinen Wald den brennst du nieder / In deinen Wogen kippt mein Kahn.*«

»Das ist privat, Astrid.«

»Es ist vor allem deprimierend! Und es endet mit einem gebrochenen Herzen. *In deinen Worten rollt der Donner / Durch deine Hände folgt der Blitz / Des Zornes Kraft streckt mich zu Boden / Du hast die Macht – ich bin ein Witz.*«

Katrin stöhnte auf. »Das klingt ja noch schlimmer, als ich befürchtet hatte.« Nach Lebenserfahrung als Blondinenwitz und Schlägen vom Alphatier. »Sie steckt voller Selbstzweifel und bildet sich ein, sie hätte so eine Behandlung verdient! Also ist sie womöglich wirklich auf dem Weg zurück zu irgendeinem Mistkerl. Komm mit. Vielleicht weiß Hanne etwas.«

Natürlich hatte Astrid gesehen, dass Jessie sich nicht im Steuerhaus vor ihr versteckte. Doch sie nickte schnell und ließ Katrin den Vortritt. Erst jetzt fiel ihr auf, wie abweisend Hanne gewirkt hatte, mit starrem Blick voraus wie an ihrem ersten Tag an Bord. Automatisch war sie ihr ausgewichen.

Die Treppe federte, die Tiere grüßten, und doch lag etwas Fremdes in der Luft. Eine allumfassende nervöse Unruhe, aufgeladen wie vor einem Gewitter. Doch der Himmel war klar und strahlend blau.

»Guten Morgen, Hanne. Wir suchen Jessie.« Katrin hob Klärchen hoch. »Es könnte sein, dass sie –«

»Sie ist gegangen. Hat ihre Sachen gepackt und ist weg.« In Hannes Nacken brannte ein Muskelstrang. »Vor Sonnenaufgang, ihr habt noch selig geschlummert.«

»Wieso?«

Hanne knetete die Verspannung und ließ den Kopf kreisen.

»Ohne Tschüss zu sagen?« Astrid schniefte.

»Nimm es nicht persönlich. Es ging ziemlich schnell.«

Klärchen schnurrte wie ein Motorboot und wischte Katrin mit dem Schwanz durchs Gesicht. »Trotzdem ist das ganz schön seltsam. Dass sie uns ignoriert, kann ich ja noch akzeptieren. Aber Dušan weiß auch von nichts. Dabei hat Jessie alles aufgeschrieben, was er ihr beigebracht hat.« Sie wandte sich an Astrid. »Zeig Hanne mal das Heft.«

»Hier kannst du es sehen: ganz detailliert und mit Datum. Sein Name ist jedes Mal dick unterstrichen.«

»Was soll das?« Hanne schlug mit der flachen Hand auf die Konsole. »Ist das ein Verhör?«

»Nein, natürlich nicht. Es ist nur …« Astrid zögerte. Diese zornige Reaktion überraschte sie. »Du kannst sie so nicht gehen lassen. Jessie ist noch nicht fertig. Erst wenn der Fluss ihr gesagt hat, warum sie gekommen ist –«

»Willst du mich auf den Arm nehmen? Oder hast du Angst, dass du das Geld nicht wiedersiehst, das du ihr vorgestreckt hast? Kürzen wir den Unsinn ab, ich gestehe. Rausgeschmissen habe ich sie! Weil es Grenzen gibt, allgemeingültige Grenzen, nicht meine Regeln. Da würde Jessie mir jetzt wohl zustimmen, wenn sie euch mit ihrem Notizheft sehen würde. Man schnüffelt nicht in privaten Sachen herum! Oder um es mit Jessies Denglisch zu sagen: Das ist ein No-Go. Und da gibt es keine Ausnahme.«

Mascha kläffte kurz, rannte im Kreis von einer zur anderen,

trat auf sämtliche Füße und rieb sich an Beinen. Etwas war faul in ihrer kleinen Welt und machte sie nervös.

»Auch nicht wenn Gefahr im Verzug ist?« Katrin nickte Astrid zu, die sich angesichts der berechtigten Kritik zur Grenzüberschreitung schämte. Dennoch zückte sie das Heft.

»Eisschollen brechen wie Knochen / Sand reibt auf der Haut / Am Fels zerschellen Boote / Wieso hab ich dir geglaubt?«, deklamierte sie. *»Über dir scheint stets die Sonne / Auch wenn dein Hurrikan mich packt / Den Wirbelsturm schmückst du mit Lächeln / Im kalten Regen steh ich nackt.«*

Ein Frösteln wie von kalt auf sie niederprasselnden Tropfen überzog Hannes Arme. Sie ignorierte es geflissentlich, obwohl sie am liebsten eine Jacke über das Trägertop gezogen hätte. »Aha. Was genau ist daran akut gefährlich? Die Wetterlage ist stabil, es bleibt trocken und sonnig.«

»Das hat Jessie geschrieben. Und wir fürchten, dass sie einen schrecklichen Fehler macht! Du musst sie zurückholen.« Katrin sah Hanne eindringlich an.

»Keine Chance.« Niemand sagte ihr, was sie zu tun hatte. Oberstes Prinzip. Reflexartig verstärkte sich ihre Abwehr.

»Bitte, Hanne! Dieser Text ist ein Hilferuf. Ihr Herz ist gebrochen. Das scheint Jessie schon häufiger passiert zu sein. Irgendwann kommt der Punkt, da wird es zu viel. Sie geht unter, so steht es hier. Und sie bildet sich ein, dass jeder Fehler ihre Schuld ist, weshalb sie einen dominanten Kerl braucht, der dem Dummchen zeigt, wo es lang geht – auch wenn es weh tut.«

»Oder eine Art Sugar-Daddy.« Astrid lief rot an und zeigte Katrin entschuldigend die Zähne. »Sie hat mir nur aus Versehen im Halbschlaf mehr von Ben erzählt. Ich finde sowas schrecklich! Aber sie scheint solche Männer anzuziehen.«

»Das klingt, als wäre sie wirklich selbst schuld. Ich weiß schon, wie du es meinst, aber Vorsicht, wie du es ausdrückst. Diese miesen Typen fühlen sich bestimmt von ihr angezogen, weil sie spüren, dass sie Jessie manipulieren können.« Katrin fixierte Hanne, die ihr immer noch stur den Rücken zudrehte. »Ich weiß, auf den ersten Blick wirkt sie ganz anders. Als ob sie im Fußballstadion in der ersten Reihe steht, ganz nah an der Pyrotechnik und den Fanschlägereien. Sie gibt sich betont rau, dabei glaube ich mittlerweile, dass Jessie von uns allen die Unsicherste ist.«

»Die tut sich schon nichts an«, brummte Hanne.

»Nein, nicht unmittelbar«, stimmte Katrin zu. »Nur den nächsten Ben oder Marlon, der sie gängelt und kleinmacht.«

»Das ist traurig, aber nicht mein Problem. Was erwartet ihr von mir?«

»Hol sie zurück, damit sie sich nicht selbst schadet.«

»Ja«, fiel Astrid mit ein. »Wo soll sie denn jetzt hin? Lass sie nicht im Stich.«

»Ach so, ich habe den schwarzen Peter. Und jetzt soll ich mal schnell eben wenden, weil die kleine Jessie jemanden braucht, der auf sie aufpasst?« Hanne schnaubte. Eine glühende Eisenspitze bohrte sich in ihr Genick. Nicht mehr lange und die Wirbelsäule würde jede Kopfdrehung verhindern. »So wird sie nie erwachsen. Sie hat mein Vertrauen missbraucht. Die Antwort ist nein, und dabei bleibt es.«

Astrid öffnete den Mund zum Widerspruch, aber Katrin zupfte sie warnend am Ärmel. »Rückzug«, sagte sie leise und setzte Klärchen ab. Diese Runde war verloren. Also war es an der Zeit, sich auf die nächste vorzubereiten und Verstärkung anzufordern.

Kapitel 19

Gut gemeint, statt gut gemacht

Diese Frauen kamen aus dem Nichts und krempelten ihr Leben um. Und sie ließ das mit sich machen, mehr noch: Sie missachtete ihre eigenen Regeln, änderte sogar ihre Route. Zornig fuhr Hanne mit dem Handballen über ihre feuchten Wangen. Holland, ausgerechnet Holland! Das hatte ja schiefgehen müssen. Wäre sie doch bloß auf ihrem normalen Kurs geblieben. Ohne den Umzug aufs Dach hätte Jessie in der Nacht durchgeschlafen und die Finger von ihrem Schrank gelassen. Und sie wäre jetzt kein emotionales Wrack.

»Engelszungengesäusel«, sagte sie gepresst und ärgerte sich, wie albern ihre Stimme quäkte. »Das kann ich gerade leiden. Und dann diese herzerweichenden Verse aus der Hölle. Üble Manipulation, um mein schlechtes Gewissen zu wecken.«

»Eine fiese Masche«, bestätigte Frédéric. Das Telefon lag auf Lautsprecher gestellt zwischen Wackeldackel und Hulamädchen. »Dazu noch völlig unnötig. Es arbeitet ja schon auf Hochtouren.«

»He, ich war im Recht!«

»Selbstverständlich. Ein Regelverstoß erfordert Konsequenzen. Und es ist ja auch nur eine Vermutung, dass Jessie sich sofort in die nächste toxische Beziehung stürzt.«

»Frédéric!« Hanne hob zum fünften Mal ihre leere Tasse an die Lippen und setzte sie genervt wieder ab. »Offenbar hatte sie wirklich immer deutlich ältere Kerle. Das ist schon ein bisschen gruselig. Du weißt, kaum war sie an Bord, hat sie Dušan angeflirtet. Obwohl sie allen noch vorgemacht hat, sie sei verlobt. Daran hätte ich gleich merken können, was bei ihr kaputt ist – sie hat eindeutig einen Vaterkomplex.«

Frédéric lachte leise. »Schon wieder ein Ausflug in die Psychologie! Das notiere ich im Kalender.«

»Nein, schlichte Beobachtung und einfache Mathematik. Ich weiß, wie alt beide sind, und mehr als zwanzig Jahre Unterschied sind eindeutig zu viel.«

»Deine Entscheidung, sie fortzuschicken, dient damit also dem Frieden auf deinem Schiff.«

»Hör auf zu grinsen. Ich kann das hören.« Beiläufig hob Hanne die Hand in Richtung eines zu Berg fahrenden Kollegen. Sie mochte die Strecke, an der Niederrhein und Ruhrgebiet zusammentrafen. Grüner und ländlicher als angesichts der großen Städte und Industriestandorte zu erwarten. Hier schlug das Herz der Binnenschifffahrt noch kraftvoll und dynamisch; hier wurde sie gebraucht und hielt die Anlagen am Laufen. Fast wie zu Lores Zeit. »Jessie hat über meine Familie geredet, über meine Eltern, meine Großmutter und Hardy. Sie hat immer weiter gemacht und einfach über mich hinweggeredet. Was für eine wundervolle Kindheit ich hatte. Wie glücklich alle auf den Bildern aussehen.«

»Verstehe.« Frédérics Tonfall wurde ernst und weich. »Aber du hast etwas ganz anderes gesehen.«

»Mich habe ich gesehen und meinen ersten Besuch bei Margot. Nein, eigentlich habe ich ihn gefühlt.« Klärchen sprang auf ihren Schoß, wie immer im richtigen Moment. Am Steuer konnte Hanne sich keinen Erinnerungsflash leisten, der ihre Konzentration beeinträchtigte. »Das Hämmern im Bauch, das Herzrasen. Ich habe gehört, wie ich die Gabel habe fallen lassen, den Mund noch voller Apfelkuchen. Ich bin abgehauen. Mit dem Fahrrad über den Winterdamm und quer durch Gernsheim zum Hafen. Es war so unglaublich. Meine Eltern hatten mich mein Leben lang belogen! Das hat so weh getan. Der geheimnisvolle Hardy ist kein anderer als mein untoter Großvater und Lore eine Selbstmörderin. Und Jessie faselt von glücklicher Familie und dass Oma wie die Loreley auf dem Felsen Schiffer ins Verderben hätte stürzen können.« Ausgerechnet dieser Vergleich mit dem nassen Tod, den Lore für sich selbst gewählt hatte. Hanne kniff kurz die Augen zu und sammelte sich. »Ich habe in unserer Familie immer einen Riss gespürt. Als Margot mir die Bilder gezeigt und mir die Wahrheit gesagt hat, habe ich begriffen, woher er stammt. Und ich dachte, ich müsste ihm folgen, wie einer Straße. Von der Vergangenheit in die Zukunft. Dabei habe ich den Riss zum Abgrund gemacht.«

Sie sah ihr jüngeres Ich das Fahrrad ins Gebüsch werfen und die Arme um einen Metallpfosten am Hafenzaun schlingen. Rost kratzte tröstlich-vertraut an ihrer Stirn. Der Geruch von schlammigem Wasser mit einer Spur Fisch und Diesel jagte einen seltsam wohligen Schauer über ihre Haut. Sie kam immer her, wenn sie zornig, traurig oder aufgewühlt war und starrte auf das Hafengelände, die roten Backsteingebäude, langgezogenen Warenlager und am Kai vertäuten Schiffe. Der Anblick beruhigte sie. Eine unbekannte Welt, die ihr mit einem Mal viel realer erschien als ihr eigenes Leben.

Dass sich aus dem Riss eine Kluft entwickeln und zu einem Canyon ausweiten würde, hatte Margot sicher nicht beabsichtigt. Obwohl sie es hätte ahnen können. Margot hatte ihr die Füße auf den Weg gestellt. Losgelaufen war Hanne allein. »Später habe ich oft gedacht, dass ich an diesem Tag schlagartig erwachsen geworden bin. Natürlich ist das Unsinn, ich war ja schon einundzwanzig. Aber mit dem ersten Schritt in Richtung Wahrheit habe ich endgültig aufgehört, ein Kind zu sein.« Dem Kind, das sie gewesen war, war der Boden unter den Füßen weggebröckelt. Seitdem haftete jedem Moment ihrer Erinnerung ein Zweifel an, zwang sie, ihre Kindheit neu zu denken.

»Wie weit bist du inzwischen gekommen?«

»Ich habe die Schritte nicht gezählt.« Hanne nahm das Telefon ans Ohr. »Ich werde Jessie nicht zurückholen. Falls du mir durch die Blume sagen wolltest, dass ich mich immer noch kindisch benehme und endlich erwachsen werden soll, war das wenig subtil.«

»Interessante Auslegung, liebes Ekelpaket, aber das sind wieder mal deine Worte, nicht meine. Außerdem ist die Frage nicht, was du sollst, sondern was du *willst*.«

Hanne drückte kurz das Telefon an ihre Brust und fluchte. Die Zeit um ein paar Stunden zurückdrehen, souverän reagieren, statt auszuticken, ihren Stolz dem Kielschwein zum Fraß servieren. Die Liste ließ sich beliebig erweitern. Sie bereute den Rauswurf, seit sie ihn durchgesetzt hatte.

»Ich kann nicht zurückrudern«, sagte sie.

»Dann lass es jemand anderen tun. Es gibt immer ein Schlupfloch. Sogar am Boden eines Abgrunds. Du weißt schon, das ist wieder diese Sache mit dem Pokal und den Gesetzen des Flusses. Bevor du mich verfluchst: Ich habe nicht Schicksal gesagt.«

»Ach, Frédéric! Du bist ein –«

»Weiser alter Mann?«

»Exakt das lag mir auf der Zunge.« Wieder einmal hatte er ihr Zuversicht und ein Lächeln geschenkt, wenn auch ein sehr verhaltenes. Er kannte ihren Panzer aus Trotz und den mächtigen Schatten, den es zu überspringen galt, legte seinen Finger auf den wunden Punkt und klebte Pflaster über ihre Schrammen. Das Beste aber war, dass Frédéric gewinnen konnte, ohne dass sie sich als Verliererin fühlte. »Ich werde über das passende Ruderboot nachdenken. Davor muss ich noch eine Sache klären.«

*

Die olle Krüger in Jessies Kopf schwieg. Dabei hatte sie ihr bisher zu jeder Katastrophenlage eine passende Weisheit zugeflüstert. Tröstlich wie Karamellbonbons. Wieso kapierte sie solche Sachen immer erst viel zu spät? An den Abenden hatten sie ferngesehen, besonders oft Pater Braun, den es in Farbe und dick oder in Dünn und Schwarz-Weiß gab. Dazu aßen sie labberige Salzstängel und tranken Apfelsaft. Der Ausspruch »hübsch hässlich« war bei ihr hängengeblieben. Und dass manchmal Frau Krügers Arm um ihre Schulter lag. Obwohl Jessie sich oft unausstehlich aufführte. Dabei war es ja nicht deren Schuld, dass ihre Mutter sie dort parkte.

Ziellos lief Jessie kreuz und quer durch Straßenzüge und Grünanlagen. Die Jowige war fort, und sie konnte es einfach nicht begreifen. Sie zog die Kapuze über ihre zerrauften Haare, zählte ihr letztes Bargeld und verfluchte den zerkratzten Magnetstreifen der EC-Karte. Wo sollte sie jetzt hin? Hübsch hässlich beschrieb auch ihren aktuellen Status mal wieder treffend. Mit angezogenen Beinen kauerte sie sich auf eine Bank. Nach einer Ewigkeit, in der sie sich weiter am Hafen herumgetrieben hatte, unfähig den Fluss hinter sich zu lassen, war sie auf die Idee gekommen, Svenja anzurufen. Sonntagmorgens um acht.

Sie rieb sich die roten Augen. Eine blöde Uhrzeit, aber bei weitem ihr kleinstes Problem. Denn Svenja hatte ihren Auftrag ausgeführt und Katrins Mann eine Nachricht zukommen lassen. Allerdings mit kleinen Modifikationen in den Formulierungen. Um Jessie vor sich selbst zu beschützen. Dieser Typ sei schließlich ein widerlicher Dreckskerl und würde sie fortan in Ruhe lassen.

Stöhnend trommelte Jessie sich mit der Faust an die Stirn. Hätte sie ihre Botschaft bloß weniger kompliziert und geheimnisvoll durchgegeben! Katrins Name war den Untiefen des Loreleyfelsens zum Opfer gefallen, und bei Svenja war durch das abgebrochene Telefonat ein völlig falscher Eindruck entstanden. Ein Familienvater auf Abwegen, der Jessie in Angst versetzte und vor dem sie sich verstecken musste. Blöderweise war das keine ganz abwegige Idee, wie sie zugeben musste.

Svenja hatte Markus schriftlich und mündlich mit anonymen Nachrichten überhäuft. Ein One-woman-Shitstorm.

Reue ist Verstand, der zu spät kommt, meldete sich Frau Krüger aus der Versenkung und legte versöhnlicher nach: *Es ist nie zu spät, das Richtige zu tun.*

»Fuck«, zischte Jessie und knibbelte am Rucksackträger. Niemand würde sie abholen, um die unangenehme Situation für sie zu lösen und ihren Kopf aus dem Sand zu ziehen. Sie musste das alleine schaffen. Kneifen war nicht drin. Es ging um Katrin. Alles andere war Nebensache.

Es kostete Jessie ein halbes Dutzend Anläufe, bis sie endlich die heimlich gespeicherte Nummer wählte, und ebenso viele, bis Markus bereit war, ihr zuzuhören.

*

Dem fetten Jan konnte man sicher einiges nachsagen, guten Geschmack und kluge Entscheidungen hätte Hanne ihm jedoch nie unterstellt. Nun keimte eine Spur Verständnis in ihr auf. Immer wieder guckte sie auf den leeren Fleck unterhalb des Steuerhauses, wo gestern noch das Lager der Meuterinnen gewesen war. Dort hatte sie alle im Blick gehabt, ohne den Kopf drehen zu müssen, genau wie der fette Jan sein teures Jackpot-Gewinner-Auto. Der leere Fleck verschaffte ihr einen bitteren Vorgeschmack auf die Zukunft. Die drei Frauen hatten sie überrumpelt, genervt und ans Limit gebracht. Und nun fürchtete Hanne sich davor, wieder ohne sie zu sein. Eine fehlte schon. Ein hilfloses Seelchen mit großmäuligem Auftreten. *Jeder hat sein Päckchen zu tragen.* Jessies Worte gingen Hanne nicht aus dem Sinn. Ein altmodischer Spruch, den sie zuletzt von Margot Kuipers gehört hatte. *Jeder hat sein Päckchen zu tragen. Der eine stemmt es leichter, den anderen erdrückt es. Und manche macht es stumm.* Stumm wie Lore. Über Jessies Päckchen hatte sie wohl zu wenig nachgedacht. Dabei grübelte sie in den letzten Tagen andauernd. Doch heraus kam nur immer mehr Durcheinander. Was war bloß mit ihr los?

Die Jowige glitt Kilometer um Kilometer voran, bis sie sich endlich ein Herz fasste und Dušan zu sich rief. Sie brauchte die Wahrheit, um ihre Entscheidung später nicht zu bereuen, und lief gleichzeitig Gefahr, ihr vertrauensvolles Verhältnis unnötig aufs Spiel zu setzen.

Das war kein Gespräch, wie Hanne es mit ihrem Matrosen führen wollte. Sie waren es nicht gewohnt, Privates auszutauschen. Aber genauso wenig redeten sie um den heißen Brei herum. Was zwischen ihnen zu sagen war, kam geradeheraus, ohne lange Einleitung und Dekoration. So hielt sie es auch heute, mit dem kleinen Unterschied, dass sie ihn vorher die Tür schließen ließ. Dušan rückte den Bauch über der fleckigen Hose zurecht, stopfte einen Hemdzipfel in den Bund und guckte erwartungsvoll.

»Hattest du was mit Jessie?«

»Nein.«

»Bist du in sie verliebt?«

»Nein. Chef, was soll ich mit ihr? Sie ist ein Kind.«

»Ganz bestimmt nicht. Sie ist achtundzwanzig.«

»Der Körper ist erwachsen, und ihr Kopf, der ist nicht dumm. Aber das reicht nicht. Da drin«, er legte die Hand auf sein Herz, »da ist sie klein. Das ist nichts für mich.«

Seine Einschätzung ließ Hanne aufatmen. Es passte zu dem, was Katrin und Astrid erzählt hatten, und dazu, dass Dušan weder ein Macho noch ein Arschloch war, der die Situation ausgenutzt hätte.

»Sie ist … wie Mascha«, fügte er hinzu.

Ein einleuchtender Vergleich. Hanne verstand sofort. Beide verlangten nach Aufmerksamkeit und Anerkennung. Und Jessie schien die Kontrolle über ihr Verhalten zu entgleiten, sobald ein Mann auftauchte. Dann verwischten alle Grenzen, um sein Wohlwollen zu ergattern.

»Gut.« Damit war das Thema für Hanne vorerst durch. Kurz und glücklicherweise schmerzlos, zumindest was Dušan und sie betraf. Zeit, Phase zwei einzuleiten.

»Sieh mal nach, wie das Ersatzteil läuft, das wir bei Eberbach eingebaut haben. Ich will es nicht überlasten. Das war ja keine Neuware aus der Fabrik. Ich habe keine Lust, mit Motorschaden in Holland festzusitzen, weil sich wieder etwas überhitzt.«

Dušan zog die Brauen zusammen, dann nickte er zu ihrer vollständig aus der Luft gegriffenen Maßnahme. »Du willst lieber vorher eine Pause machen?«

»Kurz vor Rheinberg würde es ganz gut passen. Da gibt es diesen kleinen Anleger mit dem langen Namen. Ich kläre das.« Der Platz war frei, der Anruf zur Sicherheit bereits erledigt. »Wir könnten einen prophylaktischen Stopp über Nacht einlegen. Außerdem brauchen wir neue Grillkohle«, sagte sie beiläufig und war sich sicher, dass Dušan sie diesmal auch um die Ecke herum verstand. »Falls zufällig jemand in Götterswickerhamm zu uns stoßen sollte, wäre es gut, welche mitzubringen.«

Dušans Schritte versetzten die Treppe in tieftönende Schwingungen, und sie spielte ihre Melodie wie ein gut gelauntes Didgeridoo. Kurz darauf fiel die Backbordtreppe mit ein. Natürlich hatten Katrin und Astrid sie vom Dach aus beobachtet. Eine geschlossene Tür musste schließlich etwas Wichtiges bedeuten. Sie flitzten ihm nach – ungebremst über die Laufanlage zum Bug. Ihre Trittsicherheit war weit entfernt vom anfänglich ängstlichen Balancieren und die Neugier offenbar groß. Hanne hielt die Luft an, dann grinste sie.

»Am Ende lernen wir womöglich alle etwas dazu.« Sie stupste ihr Wackel-Duo an. »Weil der Fluss seine eigenen Gesetze hat. Ich schwöre, wenn die Nummer gut ausgeht, kaufe ich mir einen Pokal und stelle ihn neben euch auf!«

Das von Frédéric beschworene Schicksal hielt in Kürze Holland für sie bereit. Doch war sie bereit für Holland?

*

Aus Respekt vor Hanne hielt Dušan den Frauen gegenüber das Märchen vom notwendigen Wartungsstopp aufrecht und kletterte zur Bekräftigung in den Bugstrahlraum, um dort die Maschinen auf Überhitzung zu checken.

Astrid beugte sich über die Luke. »Was hat Hanne über Jessie gesagt?«, rief sie zu ihm hinunter und dann an Katrin gewandt: »Das kann doch nicht wahr sein, lässt er uns etwa absichtlich zappeln?«

Die Leiter wackelte. Ein Daumen schob sich über die Kante, gefolgt von einem breiten Grinsen. »Sagt ihr, sie kann wiederkommen. Ich muss zum Hauptantrieb.«

»Nichts da! Zuerst musst du Jessie informieren. Wir haben weder ein Telefon noch ihre Nummer. Aber du schon.«

Wortlos ging Dušan voraus in seine Küche und kramte einen Zettel aus der Schublade neben dem Besteck. Leuchtendrote Ziffern und Buchstaben auf einem umgedrehten Kassenbon, mit einem fetten Herzchen an Stelle des i-Punkts. Katrin und Astrid tauschten einen raschen Blick. Während sie noch überlegten, was zu sagen war, tippte Dušan die Nummer ein und machte den Lautsprecher an, als das Freizeichen ertönte.

»Hallo?« Jessies Stimme klang gedämpft, wie mit zugehaltener Nase.

»Dušan«, antwortete er und hielt das Telefon zwischen ihnen in die Mitte. »Und Astrid und Katrin.«

»Wo bist du gerade, Jessie?«, rief Astrid aufgeregt. »Hast du was gefrühstückt? Geht es dir gut? Bist du okay? Ups, das war doppelt gemoppelt, aber sag schon: Bist du okay?«

»Pfff. Klar bin ich *okay.*« Jessie schnaubte. »Bin in der Innenstadt von … Dort wo Hanne mich im Hafen rausgeworfen hat.

Neuss, glaub ich. Bei Düsseldorf? Ich weiß nicht genau, ich hab noch nicht gegoogelt.«

Dušan bestätigte nickend.

Wie vermutet befand Jessie sich in einer Art Schockstarre, was Astrid leidtat, aber immerhin war sie nicht auf dem Heimweg nach Fulda – oder zu einem ihrer Kerle. »Hast du noch Geld einstecken?« Astrid dachte pragmatisch. Eine kleine Hitzewallung streifte sie bei der Vorstellung, ein Taxi für die ganze Strecke zahlen zu müssen. Doch sie hätte es getan, egal was es kostete.

»Ein bisschen. Und mein Deutschlandticket.«

»Das ist gut!« Katrins Hand umklammerte aufgeregt Astrids Unterarm. »Hör zu, du gehst jetzt zum Bahnhof und suchst dir eine Verbindung zu uns. Es sei denn, du willst lieber nach Hause. Die Jowige liegt bis morgen zur Wartung in …?« Fragend schaute sie Dušan an.

»Götterswickerhamm, Stadtteil von Voerde«, sagt er, und Katrin wiederholte. »Hast du alles verstanden?«

Von der anderen Seite drangen undeutliche Straßengeräusche zu ihnen durch; eine Fahrradklingel, entfernte Stimmen, leiser Atem.

Astrid stieß Dušan an. Vielleicht half es, wenn er sagte, dass Jessie wiederkommen sollte.

Er räusperte sich. »Hanne sagt: Bring Grillkohle mit.«

Ihre Köpfe drängten sich enger zusammen, ihre Schultern berührten sich. Sie warteten. Astrid presste die Fäuste mit gedrückten Daumen gegeneinander und schloss die Augen. Katrins Haare kitzelten sie am Ohr, Dušans Rasierwasser in der Nase. Sie sog den Duft ein, ohne sich zu schämen. Frisch wie stürmische Meeresbrandung. Endlose Sekunden verstrichen.

»Drei Kilo oder fünf?«

»Ja!« Erlöst quetschte Katrin Astrids Arm so fest, dass die aufschrie, dann hob sie die Hand zum High Five. »Ist egal, Jessie!«, rief sie dem Telefon zu. »Völlig egal.«

Kapitel 20

Heulsusenrevival

Schweiß floss in Rinnsalen von Jessies Haaransatz den Nacken hinab und beiderseits entlang der Schlüsselbeine, um von dort in ihrem Ausschnitt zu verschwinden. Unter den Armen und zwischen den Brüsten zeichneten sich dunkle Flecken ab. Von der quer unter die Rucksackklappe gestopften Sweatjacke baumelten ein Ärmel und die Kapuze fast bis zu ihren Waden. Frühsommerhitze lag wie ein dicht gewebtes Tuch über dem Spätnachmittag, den kein Lufthauch bewegte. Grillen zirpten, als sei es schon Juli. An beschatteten Stellen hielt sich ein Hauch tieferer Kühle, den man im Hochsommer vergebens suchte, erdig und feucht, der noch nach Jahresanfang schmeckte. Müde nach dem fehlenden Nachtschlaf und erschöpft vom durchlebten Gefühlschaos schlurfte Jessie voran, die am Bahnhofskiosk erstandene Grillkohle fest an den Bauch gedrückt, was das Magenknurren dämpfte. Zum Essen war sie nicht gekommen, weil bei ihren Zwischenstopps entweder die Zeit oder die Gelegenheit gefehlt hatte, zumal ihr verfügbares Budget durch den Kohlekauf recht überschaubar geworden war. Außerdem fühlte sie sich nach der Nahverkehrstour, die dank eingeschränktem Sonntagsfahrplan besonders umständlich gewesen war, rundherum klebrig. Und mit Staub paniert wie ein Schnitzel.

Durch die Gärten blitzte unter den Bäumen der Rhein. Ihr Herz machte einen gewaltigen Satz. Weit konnte es nicht mehr sein bis zur Uferpromenade und der Anlegestelle! Ihre Schritte wurden schneller und leichter; sie flog an einem Gasthof und rot geklinkerten Einfamilienhäusern vorbei. Einmal noch abbiegen …

Endlich lag nichts mehr zwischen ihr und dem Fluss, und darin lag die Jowige angebunden an einem Ponton! Wildes Flattern jagte durch Jessies Eingeweide, Gänsehaut und Hochgefühl zugleich, wie bei einem Date. Mascha bellte, dann tauchte an Deck ein Kopf nach dem anderen auf, und alle liefen zusammen. Jessie schlug eine Hand vor den Mund und lachte, dann rannte sie. Ihre Stiefel klatschten auf den Asphalt, donnerten über die Planken des Anlegers. An der Wasserkante hielt sie abrupt an und rang nach Atem. Aber nicht wegen der Tiefe.

Gleich auf der anderen Seite der Bordwand stand Hanne. Dicht dahinter hibbelte Astrid auf und ab und klatschte wie ein Aufziehhäschen. Ihre Topffrisur schaukelte aufgeregt. Katrin winkte diskret, aber sie strahlte, und Dušan nickte.

»Es tut mir leid, Chef.« Kleinlaut verzog Jessie das Gesicht. »Wirklich, wirklich leid.«

Hanne schaute sie prüfend an. Jessie wirkte ehrlich. »Der Grill steht oben auf der Roof.« Eine sparsame Bewegung, kaum mehr als ein Wimpernzucken. »Nun komm schon rüber, oder bist du angewachsen? Wir schieben Hunger. Den Rest klären wir später.«

Jessie atmete ein und aus, erst tief und leise, dann noch einmal stockend und laut, dann packte Astrid ihren Arm und zerrte sie unversehens über den schmalen Spalt zwischen Anleger und Frachter.

»Es ist so schön, dass du wieder da bist!«

Ihre Arme schlossen sich um Jessies Schultern, quetschen ihr die Grillkohle gegen die Rippen. Mascha umtanzte sie kläffend, schlappte mit nasser Zunge über ihre Hand, der Sack kippte.

»Hoppla.« Astrid fing ihn auf, kicherte und verstummte.

»Was denn?«, blaffte Jessie. Dicke Tränen kullerten über ihr Gesicht. »Noch nie 'ne Heulsuse gesehen?«

»Doch.« Katrin hakte sie unter. »Aber keine wie dich. Willkommen im Club.«

Auf dem Dach herrschte gemütliche Enge. Vom Nachtlager

fehlte jede Spur, stattdessen bildeten die Klappstühle, der Hocker aus dem Steuerhaus und der Liegestuhl einen Halbkreis. Mittig stand ein kleiner Tisch vor dem Grill, daneben die Kühlbox. Anzünder, Zange und Feuerzeug lagen bereit. Das von der Abdeckplane befreite Rettungsboot diente als Buffet: Schüsseln voller Salat, Dips, Brot und Nachtisch verteilten sich auf den Sitzbänken, Getränke und Chipstüten lagerten im Fußraum.

Jessie riss den Mund auf.

»Du guckst wie ein Karpfen. Sollen wir dir Brotkrumen zuwerfen?« Astrid stellte die Kohlen ab und grinste. »Ein Märchen wahr werden zu lassen ist gar nicht so schwierig mit ein bisschen Teamwork. Eine Frage von Improvisation, Organisation und guten Beziehungen. Hanne kennt die Betreiberin des Ausflugslokals am Ufer, die hat uns ausgeholfen, und den Kiosk auf dem Parkplatz müsstest du eigentlich gesehen haben.«

Jessie blinzelte benommen. Nichts davon hatte sie wahrgenommen, nur den Weg zum Fluss und zur Jowige, wie ferngesteuert von der Anziehung des Wassers.

»Ihr seid echt irre«, murmelte sie und ließ den Rucksack von den Schultern rutschen. »Das ist ja ein richtiges Fest!«

»So sieht es aus.« Mit einem Ruck riss Astrid den Kohlesack an der geknüpften Schnur auf. Eine Staubwolke entwich. Die Kohlen polterten in den Grill. »Obwohl wir ja nur die günstige Gelegenheit nutzen, weil wir einen Wartungsstopp machen.«

»Man muss die Feste feiern, wie sie fallen.« Jessie verzog das Gesicht. »Sorry, das muss ich mir abgewöhnen. Kommt nicht wieder vor.«

»Erstens: Wieso? Und zweitens: Träum weiter. Solche Macken sind hartnäckig.« Katrin grinste. »Ich finde, unsere spontane Wartungsstopp-Party ist eine tolle Sache.«

»Denn so jung wie heute kommen wir nicht mehr zusammen.« Astrid drehte das Feuerzeugrädchen, schwenkte die kleine Flamme und die Grillzange in bester Feierlaune. Erstaunlich textsicher trällerte sie drauflos, mischte passende alte Schlager mit neuem Pop.

Gar nicht schlecht, wie Hanne zugeben musste, während Jessies Magen zur Begleitung knurrte.

Mit einem Fingerzeig eröffnete Hanne das Büffet und schluckte den Kloß in ihrem Hals. Dieser Tag war wirklich etwas Besonderes.

»Ach, ich hatte ganz vergessen wie viel Spaß Singen macht!« Astrid klatschte freudig. »In Gemeinschaft noch viel mehr. Früher war ich im Chor. Vielleicht fange ich wieder damit an.« Sie bewachte die Glut und stocherte von Zeit zu Zeit darin herum. Zum Auflegen musste die Temperatur passen.

Einvernehmlich dümpelte ihr Gespräch in sicherem Gewässer, wie die Jowige am Ponton. Astrid belud den Grillrost mit Würstchen, Steaks und halbierten Paprikaschoten. Spaziergänger winkten, Radler klingelten, über ihren Köpfen segelten Vögel vorbei. Das Sonntagsidyll an der Flussbiegung machte vieles vergessen. Der Rhein versprühte seinen Charme, und die Industriestandorte in der Nähe duckten sich diskret hinter seinen Kurven.

Jessie zog Stiefel und Socken aus und streckte die Füße in die Sonne. Ihr Erstes-Date-Bauchflattern wurde zu einem nagenden Liebt-er-mich-wirklich-Grummeln. *Den Rest klären wir später*, hatte Hanne gesagt.

»Warum hast du es dir anders überlegt mit dem Rauswurf?«, platzte sie heraus.

»Puh. Gute Frage.« Darauf gab es keine einfache Antwort. Hanne zerlegte den Salat auf ihrem Teller in Einzelkomponenten. Nudeln nach links, Erbsen nach oben, Mais nach rechts. Hatte es eine Rolle gespielt, dass sie sich in ihr wiedererkannte? In der wilden, ungestüm neugierigen Jessie, die, sobald sie einmal in Schwung war, über andere hinwegwalzte, Unsicherheit mit Lautstärke übertünchte und dann das Zuhören vergaß. Wie Hannes inneres Teenager-Ich, das sich noch immer störrisch an den

Pfosten im Gernsheimer Hafen klammerte, bis heute keine Worte fand und nie den richtigen Ton traf, wenn es um Gefühle ging. Sie platzierte ein Stück saure Gurke am unteren Tellerrand und fieselte einen Streifen Sellerie aus der Mayo. Oder war es ihre Sorge um den ihr unverständlichen Jessie-Teil gewesen, die den Ausschlag gegeben hatte? Was sie wiederum mit Astrid und Katrin verband. Oder lag es daran, dass sie ganz plötzlich an ihrer selbstgewählten Einsamkeit zweifelte und sich deshalb an diese Verrückten klammerte, sie sogar als mögliche Freundinnen in Betracht zog?

»Wir sind noch nicht fertig miteinander«, sagte sie stattdessen. »Du und ich, wir alle.« Ihre Gabel kurvte über den Teller bis dort wieder ein Haufen gemischter Nudelsalat lag. »Noch nicht fertig.«

Fett tropfte vom Fleisch in die Glut, verbrannte zischend. Niemand sagte etwas. Hanne hielt inne und guckte hoch. »Das war keine Drohung.«

»Chef?« Dušan nahm sich ein Steak vom Rost und wies mit dem Kinn zum Bug. »Hab noch zu tun«, sagte er vage und bedeutete ihr mit gekrümmtem Finger, sich etwas aus dem Gesicht zu wischen. »Ich komme wieder«, versprach er.

Hanne rieb mit dem Arm über ihre Wange. Der feuchte Fleck war kein Ketchup-Spritzer gewesen. Hatten das jetzt alle gesehen? Kein Wunder, dass Dušan das Weite suchte. Er besaß die Sensibilität, die ihr normalerweise abging, und bewahrte sie davor, in seinem Beisein ihre Würde zu verlieren.

Sie zog die Nase hoch und lachte leicht gequält. »Skorbut, Pocken, Cholera – damit ist traditionell auf einem Schiff zu rechnen. Aber ihr Meuterinnen-Pack habt mich mit eurer Spezial-Seuche angesteckt.«

»Du kannst aber nicht meutern, du bist die Chefin.«

Katrin stupste Jessie an. »Sie meint wohl eher unsere Heulerei, mit der du dich auch gerade infiziert hast.«

»Die Club-Krankheit?« Jessie riss die Augen auf. »Aber wieso?

Doch nicht wegen mir? Shit! Ich dachte, wenigstens du wärst dagegen immun.«

Bedächtig schüttelte Hanne den Kopf, dann gab sie sich einen Ruck. »Wegen Lore«, sagte sie leise. »Alles wegen Lore. Meine Oma, die dir auf den alten Bildern so gut gefallen hat. Schon mein ganzes Leben lang passiert alles ihretwegen.«

»Sag bloß nicht, dass sie eigentlich Loreley hieß?«

»Nein. Aber mit dem Namen fing es an. Meine Mutter wollte mich nach ihr benennen. Aber mein Vater hat gekniffen und aus Hannelore Johanne gemacht. Weil er fand, es sei kein gutes Omen, wie sie zu heißen. Lore war etwas seltsam.« Eine Flussschifferin auf dem Trockenen. »Am liebsten blieb sie für sich und hat wenig geredet.«

»Genau wie du.« Jessie sog erschrocken die Luft ein. »Sorry. Das mit dem Alleinsein meine ich. Nicht dass du seltsam bist.«

»Schon gut.« Hanne rieb sich den Haaransatz. »Um es kurz machen: Eines Tages ist sie in den Rhein gegangen. Wo genau, weiß keiner, aber vermutlich war es die Stelle, an der das Foto von ihr und Hardy aufgenommen wurde. Hardy hat sie sitzengelassen, so wie dein Marlon dich, Jessie. Und das sind nur zwei der Gründe, weshalb ich ein klitzekleines Problem habe, wenn jemand mir eine perfekte Familie unterstellt. Oder wenn jemand neben der Jowige ins Wasser springt.« Sie versuchte das Bild aus ihrem Kopf zu bekommen. »So sehr ich den Rhein liebe, so sehr fürchte ich eine Wasserleiche unterm Kiel. Ihr habt mir eine saumäßige Angst eingejagt.«

»Das wollte ich nicht«, fiepte Astrid. »Auf dem Steg am Seilerwasen habe ich mich früher mit meinem Mann getroffen, als wir frisch verliebt waren. Später bin ich mit den Kindern hin, und zuletzt habe ich meinen Papa mit dem Rollstuhl am Ufer spazieren gefahren. Und dann war plötzlich alles Gute weg. Nur ich war noch da, und der Neckar. Das ist doch verrückt, wie sich die Geschichten ähneln.«

»Aber du bist nicht gesprungen.« Katrin legte tröstend die Hand auf ihren Arm.

»Nein und ganz sicher werde ich es auch nie tun. Ich habe noch viel vor. Wieder – dank euch. Die Sache mit dem Dorfladen … Weißt du, das gibt mir richtig Schwung!«

»Liegt es auch an Lore, dass du dich lieber Hanne nennst?«, hakte Jessie nochmal wegen der Namensfrage nach.

Hanne brummte zustimmend, doch sie wusste, dass das nicht genügte, und gab sich einen zweiten Ruck. »Meine Eltern haben mir den Selbstmord meiner Oma verschwiegen und noch ein paar andere Kleinigkeiten«, fuhr sie fort. »Ich habe es erst zehn Jahre später erfahren – und nicht von ihnen.« Sie hielt inne. »Also habe ich auf *Hanne* bestanden und auf nichts anderes mehr reagiert, damit meine Eltern ständig an sie denken mussten.«

»Krass.«

Inzwischen war Hanne klar, dass sie sich zu sehr in die Sache hineingesteigert hatte. »Je stärker der Gegenwind, desto heftiger hängst du dich rein. Ich wollte unbedingt auf den Fluss, so wie Lore, da hat es dann richtig gekracht.« Wobei ihre Oma sich an Bord mit der Hausfrauenrolle hatte zufriedengeben müssen. »Tja, und da bin ich nun, Schiffsführerin Hanne. Auch wenn ich manches bereue, diese Entscheidung war goldrichtig. In gewisser Weise müsste ich meinen Eltern für ihre Lügen also dankbar sein. Sie wollten mich mit aller Macht vom Fluss fernhalten und haben das Gegenteil erreicht.«

Katrin tunkte einen Happen Wurst in scharfe Soße. Schon wieder war ihr zum Weinen zumute, doch sie setzte sich erfolgreich zur Wehr. Ihr innerer Hormoncocktail ließ sie um sämtliche Leben trauern, die das ihre streiften. Längst vergangene und künftige. »Gut gemeint und gut gemacht ist oft ein himmelweiter Unterschied.«

Jessie ließ ihre Lippe, an der sie herumgekaut hatte, zwischen den Zähnen herausflitschen. Das war ihr Stichwort. »Epic fail, da bin ich gut drin. Ich habe noch was zu beichten.« Sie schnaufte laut. »Das gute Ende nehme ich vorweg, auch wenn es dramaturgisch blöd ist, aber besser, als dass Katrin in Ohnmacht fällt. Also: Von dem Baby habe ich kein Wort verraten.« Und dann raste sie in typischer Jessie-Manier durch die Ereignisse, angefangen bei ihrer guten Absicht und dem ersten Telefonat mit Svenja, dem Einfluss der Loreley und dem folgenden Missverständnis, bis zur sympathischen Stimme, mit der Markus sie rund gemacht hatte. Kugelrund verdientermaßen, ehe er sie auszuhorchen versuchte und bei der Ehre packte, mit dem deutlichen Hinweis, dass sie etwas gutzumachen habe. Ihr theatralisches Gestikulieren kam zum Stillstand. Sie rutschte vom Stuhl und kniete sich vor Katrin. »Er hatte total recht. Also habe ich geantwortet, dass ein Schwur mich bindet und ich nicht verraten kann, wo genau du bist. Denn ich habe wirklich ganz viel gutzumachen. Aber vor allem bei dir, nicht bei ihm.«

Völlig überrumpelt schüttelte Katrin den Kopf.

»Die Reise auf einem Flussfrachter hat er mir nicht abgenommen. Was vielleicht ganz gut ist. Obwohl ich es geschworen habe – und dass du ihn liebst und zu ihm zurückkommst. Ist wenigstens das richtig?«

Es war keine Lösung, sich an Bord zu vergraben. Das hatte Katrin von Anfang an gewusst. Ihre Zunge klebte trocken am Gaumen. Sie trank einen Schluck Wasser. »Wie hat Markus reagiert?«

»Er hat gesagt, Liebe und Wiederkommen ist die Hauptsache. Alles wird gut und dass er dich versteht, was auch immer er damit gemeint hat. Verzeihst du mir?«

Neben Jessie nahm Mascha die gleiche Haltung an und legte mit glänzenden Augen den Kopf schief. Falls hier Leckerlis verteilt wurden, war sie bereit. Doch Katrin guckte durch beide hindurch.

»Wir haben auch eine Beichte abzulegen«, sagte Astrid schnell, um das unangenehme Schweigen zu brechen. Unter dem Sitzpolster holte sie das zerknautschte Heft hervor und schlug es auf. »Dieses Gedicht –«

»Ach du Scheiße, nein! Tu das weg!« Die Verse waren Jessie unendlich peinlich.

»Wir hatten Angst um dich.«

Jessie hielt sich die Ohren zu, aber Astrid drang trotzdem zu ihr durch.

»Der Wind peitscht die Wellen / Die Brandung schlägt mir ins Gesicht / Du sagst noch immer du liebst mich / Doch ich glaube dir nicht.«

Aus Astrids Mund hörten sich die gedämpften Worte fremd und melodisch an. Dann machte Katrin weiter.

»Du nanntest es Liebe / Ich nenne es Schmerz / Du nanntest es Liebe / Mir bricht es das Herz.« Sie reichte Mascha einen Happen Steak und gab das Heft zurück.

Im ersten Impuls hätte Jessie es am liebsten zerrissen. Doch Katrin hielt ihre Hand fest.

»Lass das, sonst bereust du es später. Ja, die Heulsusen haben das gelesen, über dich geredet und sich in deine Angelegenheiten gemischt«, sagte sie sanft. »Damit du keinen Scheiß baust.«

»Das nenne ich die Untertreibung des Jahres.« Hanne bemühte sich, das rührselige Gefühl wegzugrinsen. »Sie sind auf Knien herumgekrochen und haben mich mit Horrorszenarien zugetextet, was dir passiert, wenn wir dich nicht zurückholen. Ohne die beiden wärst du jetzt nicht hier.«

»Echt?« Jessies Unterlippe zitterte. »Von meiner Familie hätte niemand so was Nettes für mich getan. Dass ihr so zu mir seid, das hab ich nicht verdient. Ich hab über euch gelacht und alles.«

»Jeder hat jemanden verdient, der nett zu ihm ist!«, rief Astrid und sprang auf. Klappernd landeten Teller und Besteck hinter ihr auf dem Stuhl. Ihr Herz war groß und weit und schwamm auf einer Welle der Euphorie. »Und wir sind immer noch ein Team, egal ob Heulsusenclub oder Musketiere. Perfekte vier übrigens, mit Hanne.« Auffordernd stach sie die Grillzange als Degen in die Luft. »Ein Lauch für …?«

»… alle!« Katrin streckte eine Scheibe Weißbrot aus, erhob sich und schubste Jessie, die gurgelnd zwischen Lachen und Weinen auf die Füße kam. Das Notizheft flatterte über ihren Köpfen dem Weißbrot entgegen.

»Und alle«, schniefte sie, »alle für …?«

Drei erwartungsvolle Gesichter wandten sich um. Hanne schüttelte sich, doch das Bild blieb unverändert. Das Ensemble des Kaspertheaters erwartete ihren Einsatz. Also gut, wenn es denn sein musste. Sie griff sich den nächstbesten Gegenstand. »Alle für einen – Lauch?«, vollendete sie um Ernsthaftigkeit bemüht, soweit ihr das mit der gezückten Senftube in der Hand möglich war. »Den Lauch müsst ihr mir erklären. Und die Paprika sollten besser runter vom Grill. Sonst fangen sie an zu brennen.«

Während Astrid das Gemüse rettete, gaben Katrin und Jessie die Lauch-Degen-Anekdote zum Besten. »Es wäre schon schade, wenn das heute die letzte Episode wäre und unser Heulsusen-Revival nur ein fliegender Wechsel.« Übergabe des Staffelstabs in Götterswickerhamm. Eine kommt, eine geht.

»Wenn Markus wirklich gesagt hat, dass er mich versteht«, überlegte Katrin laut, und Jessie nickte heftig dazu, »dann versteht er auch, dass diese Reise noch zwei Tage dauert.« Ihre Entscheidung würde ihn ohne Zweifel erreichen. Sie konnte sehen, wie es Jessie in den Fingern juckte, ihm sofort zu schreiben. Ein beruhigendes Gefühl, ihn informiert zu wissen, und der nächste willkommene Aufschub für sie. Katrin zwinkerte ihr konspirativ zu und wandte sich an Hanne. »Es sind doch zwei Tage?«

»Ja. Ungefähr. Heute haben wir einen halben verloren, durch den außerplanmäßigen Halt. Das holen wir morgen unmöglich komplett wieder rein.« Kleine Glutnester flammten heller auf, sobald Flüssigkeit herabtropfte, sendeten pulsierende Morsezeichen.

Leise rutschten die nächsten Sätze über ihre Lippen. »Dass du ausgerechnet von Holland aus zu deiner Familie zurückfährst, passt irgendwie. Mein Großvater, Hardy, hat es nicht getan. Der ist in Holland verschollen.« Sie riss den Blick vom Grill los. Gemeinsam mit der kleinen grauen Rauchwolke wedelte sie die Erinnerung beiseite. »Olle Kamellen. Das hat natürlich nichts miteinander zu tun.«

»Ich sehe da schon eine Verbindung.« Astrid hob den Zeigefinger. »Denn in gewisser Weise schließt sich damit für dich ein Kreis. Es ist erwiesen, dass ein so einschneidendes Ereignis in einer Familie über Generationen blockierend wirken kann. Bis du dich bewusst befreist.«

»Für mich klingt das auch logisch.« Katrin nahm Klärchen auf den Schoß. »Wenn du verschollen sagst, meinst du das auch so? Du weißt nicht, was aus ihm geworden ist?«

»Nein. Ich habe bloß eine Adresse in ...« Sie biss sich auf die Zunge, aber Katrin hatte schon verstanden.

»In Dordrecht? Genau dort, wo unsere Reise endet?«

Hanne nickte ergeben. Es war Frédérics Werk, dass sie Gerhard Wetzels Wohnort kannte. Wenn er wirklich Hardy war.

»Er lebt? Das ist ja fabelhaft!« Astrid strahlte. »Du wirst ihn besuchen, nicht wahr?«

»Vielleicht. Vielleicht auch nicht. Wenn ich ihm den Hals umdrehe, findet er das sicher weniger fabelhaft.« Er hatte seine Familie verlassen, da war ihre Mutter elf gewesen. Genauso alt wie Hanne, als Lore in den Fluss gegangen war – und *sie* verlassen hatte. Ihr Zorn auf Hardy schloss all das mit ein. Weder Zufall noch Schicksal, sondern ganz allein seine Schuld.

Bevor Hanne in die Verlegenheit kam, mehr sagen zu müssen, hörten sie plötzlich Musik. Die Backbordtreppe vibrierte. Dušan hatte sein Radio dabei, und von einer Sekunde zur anderen waren alle schweren Gedanken vergessen. Niemand konnte trübsinnig sein, wenn Pharrel Williams sang, oder zu »Rhythm is a dancer«

sitzen bleiben. Nicht einmal eine Schiffsführerin und ein schweigsamer Matrose.

Später rückten sie ihre Stühle näher um den Grill. Ihre Gespräche wurden träge. Funken stiegen rotgolden glühend in den dunklen Himmel. Die Kohlen spendeten heimelige Wärme, und ab und zu legten sie welche nach, obwohl längst keine Würstchen mehr auf dem Rost brutzelten. Mit lautem Gähnen rappelte Jessie sich auf, tänzelte an Stühlen und Knien vorbei und kletterte ins Rettungsboot.

»Wer will noch mal, wer hat noch nicht? Ich spendiere einen Nachschlag!« Sie schwenkte einen Korb mit Weißbrot. »Im Übrigen habe ich beschlossen, dass ich nie wieder an Land gehe und Matrosin werde.«

»Dann kann Dušan die Füße hochlegen und Jessie bei der Arbeit zuschauen.« Astrid lachte auf. »Ein guter Tausch.«

»Nein.« Dušan rüttelte am Kohlesack. »Ich mache Feierabend für immer. Mit einem Garten für Gemüse und einer Ziege. Wollte ich immer schon.«

»Krass.« Jessie blieb im Boot sitzen. »Du willst so richtig sesshaft werden – auf dem Trockenen?«

»Ist besser fürs Gemüse.«

»Boah, du verarschst uns doch!«

Still grinsend zuckte Dušan mit den Achseln. Irgendwann wurde es Zeit, an Land zu bleiben. An einem Gewässer sollte es sein. Nur an welchem, war noch offen.

Achter Tag

Kapitel 21

Mission Makeover

Die Welt bestand aus Blau und Grün und gleißendem Licht. In der brettebenen Landschaft hielt keine Erhebung den Blick auf. Hier und da ein paar Dächer, Kirchtürme hinter Deiche geduckt. Ein nervöses Kribbeln erfasste Hanne, wie schon in den vergangenen Tagen. Lag es an der Weite? Bisher war die ihr immer als Sinnbild der eigenen Freiheit erschienen. Heute verwischte die Leere der offenen Flächen jeden Anhaltspunkt für echte Entfernungen. Wie weit war diese Weite? Und wenn auf der weiten Fläche nichts war, war ihr Horizont dann überhaupt weit oder vielmehr auf das Wenige, was zu erkennen war, begrenzt?

Unnötigerweise prüfte sie die Tankanzeige, kritzelte eine Berechnung auf den bereitliegenden Schmierzettel. Treibstoff, Frachtgewicht, Bilgenwasser, Flusspegel. Ihr Bleistift malte Zahlen und Kringel, nur um sie gleich wieder durchzustreichen. Wem machte sie etwas vor? Es war nicht die Weite, es war die Nähe zu den Niederlanden, an der sie knabberte. Und Hardy, dessen unscharfes Bild die ganze Zeit über ihr schwebte. Ein Geist, zusammengesetzt aus fremden Erinnerungen, alten Fotos und noch mehr leeren Flecken. *Nutzt ja nichts, drum herumzureden*, hatte Margot bei einem ihrer Treffen gesagt. *Den Ruf als Schwerenöter und Herzensbrecher hatte er nicht umsonst. Die Lore hat das vorher gewusst. Aber wie alle Frauen in dem Alter – jung und naiv – hat sie sich eingebildet, sie würde ihn zähmen. Lass dir das gesagt sein, Johanne: Es funktioniert nie. Und falls doch, ist er hinterher nicht mehr der Mann, den du mal haben wolltest. Ich sag nicht, dass es richtig von ihm war, sie zu verlassen, und schon gar nicht, sie zu betrügen. Nur war es ganz gewiss falsch von ihr, die Augen zu verschließen.* Am Anfang waren ihr Margots Worte wie Verrat vorgekommen. Doch mit der Zeit leuchteten sie ihr ein. Vielleicht war sie selbst deshalb übervorsichtig, was emotionale Bindungen betraf. Und wenn sie sich ihre Heulsusen so anguckte, schien es ihr immer noch weise. Mit Margots Geschichten vom Leben auf dem Schiff war Lore in Hannes Leben zurückgekehrt, und mit ihr auch die Sehnsucht nach dem Fluss. *An den Abenden haben wir uns verabredet, wenn wir am gleichen Anleger lagen. Wir saßen beisammen, haben gesungen und getanzt, selbst wenn nur ein Bierdeckel Platz frei war. Die Holländer, wie mein Paul, waren besonders gesellig – und Hardy natürlich. Er und Lore sind lange fast ausschließlich die Rotterdam-Route gefahren. Ihre schönste Zeit, hat Lore oft gesagt. Aber auch der Anfang vom Ende, weil Hardy nicht davon lassen konnte.* Hanne rieb sich die Nasenwurzel. Margots Mann hatte sich wegen der Kinder eine Arbeit im Hafen gesucht, um in ihrer Nähe zu sein. Für Hardy war das nie in Frage gekommen. So wie Hanne für sich die Route nach Rotterdam lange ausgeschlossen hatte.

Am Nachmittag würden sie in Nijmegen sein und konnten dort sogar eine längere Pause machen. Schließlich war ihre Ladung kein tiefgefrorener Hochseefisch und die Jowige kein Krabbenkutter, der fangfrisch liefern musste. Dennoch war es völliger Unsinn, kurz vor dem Zielhafen Zeit zu verplempern. Normalerweise reizte sie die Zeit am Steuer wie alle anderen so weit wie möglich aus, auch in die Nacht hinein. Auf dieser Reise reihte sich Ausnahme an Ausnahme. Gerade erst hatte sie den Göttern in Götterswickerhamm einen halben Tag geopfert, was sich zugegebenermaßen gelohnt hatte. Unwillkürlich pfiff sie vor sich hin. Dušan tanzte überraschend leichtfüßig und hatte mit Grillmeisterin Astrid eine Disco-Fox-Einlage nach der anderen abgeliefert. Allein das war die Verzögerung wert gewesen, ganz abgesehen natürlich von Jessies Rückkehr, die einen Stein von Hannes Seele gewälzt hatte. Und dem sonderbaren Gefühl, das Hanne seither in sich trug: ein warmer, friedlicher Strom, über dem die Nervosität wie ein Schwarm lästiger Mücken schwirrte.

Doch die Mücken waren kein Problem, das sie heute lösen konnte. Sie trommelte auf den Zettel. Ohne Tankstopp machte es keinen Unterschied, wo sie über Nacht ankerten. Nijmegen war ganz nett, aber schon gut zwanzig Kilometer vorher gab es einen hübschen Liegeplatz, an dem sie lange nicht gewesen war. Eine gute Idee und eine noch bessere, ihr Kommen dort anzukündigen. Sie pfiff lauter und blätterte in ihren Unterlagen. Bei allem Magengrummeln, das es ihr bescherte, hatte Holland auch viele gute Seiten.

Angelockt von ihrer guten Laune verließ Mascha das Körbchen und legte ihr den Kopf aufs Bein. Hanne zauste der Hündin den Nacken. »Wir machen früher Feierabend, meine Süße. Das heißt Wasserplanschen und ein Landspaziergang für dich. Wie findest du das?«

Mascha wedelte und sabberte. Eine eindeutige Zustimmung.

»Das dachte ich mir.« Hanne beugte sich zu den aufmerksam wackelnden Ohren. »Ich freu mich auch«, flüsterte sie. »Weil es vielleicht noch so einen schönen Abend wie gestern geben wird. Aber das bleibt unter uns. Ja?«

Auf dem Dach hinter dem Steuerhaus und in der Küche war unterdessen rege Betriebsamkeit ausgebrochen, um die Partyspuren zu beseitigen. Selbst Astrid hatte sich am Abend beherrscht und keinen Finger gerührt. Es war nicht nur darum gegangen, die gemütliche Stimmung möglichst lange zu erhalten, sie hatte einfach keine Lust gehabt – und war dafür von Jessie gefeiert worden.

Katrin spülte, Jessie trocknete ab und vertilgte nebenbei einige der Reste, zwischen denen sie die Nacht auf dem Boden des Ruderboots verbracht hatte.

»Ein Träubchen hier, ein Käsewürfel da. Wie im Schlaraffenland«, schwärmte sie und schob abwechselnd auch Katrin und

Astrid kleine Bissen in den Mund. »Ich hatte alles in Griffweite. Zu blöd, dass einfach nichts mehr in mich reingepasst hat. Aber genug von gestern. Uns rennt die Zeit davon für die Mission Makeover! Wenn wir das heute nicht machen, bleibt unsere arme Jowige auf ewig eine rostige graue Maus.«

»Wir müssen Hanne zumindest fragen«, wandte Katrin ein. »Es ist schließlich ihr Schiff.«

»Und ein Nein riskieren? Während der Fahrt kann sie uns nicht davon abhalten. Alles, was wir brauchen, ist Dušan auf unserer Seite.«

»Denkst du, er spielt mit? Vergiss nicht, sie ist seine Chefin, und wenn wir weg sind, muss er es vielleicht allein ausbaden.«

»Dann quittiert er den Dienst und zieht aufs Land.« Astrid kicherte. »Ich sehe schon die Annonce in der Zeitung. Tausche Kielschwein gegen Ziege! Hanne sollte drüber nachdenken, eine an Bord zu holen, damit ihr Matrose sich nicht vom Acker macht.«

»Auf den Acker«, berichtigte Katrin. »Aber bleiben wir mal einen Moment ernst: Streichen geht nicht ohne Zustimmung, das wäre mindestens Sachbeschädigung. Unser Einkauf war gelinde gesagt blauäugig und übermütig.«

»Und eine wunderbare Idee. Dazu stehe ich.« Astrid presste einen Deckel auf die dazugehörige Tupperdose. »Wir müssen es beiden schmackhaft machen. Jessie übernimmt Dušan und befragt ihn zur handwerklichen Seite. Einfach nur Farbe obendrauf schmieren ergibt ja keinen Sinn. Lass dir haarklein jeden Arbeitsschritt erklären, bis ihm klar wird, wie viel weniger er zu tun hat, wenn wir das machen. Unsere ersten Pinselaktionen war kleinteiliges Getröpfel. Was wir jetzt vorhaben, bringt ihm richtig Fläche.« Schwungvoll öffnete sie den Kühlschrank, räumte und stapelte wie beim Tetris und schubste die Tür mit der Hüfte zu. »Und Katrin wird Hanne überzeugen. Nicht wahr?«

Bevor jemand widersprechen konnte, segelte Astrid zur Tür hinaus. Ihr neues Selbstbewusstsein verlieh ihr Superkräfte. Hinterher konnte niemand genau sagen, wie es ihnen gelungen war, doch es gelang: Hanne stimmte ihrem Vorhaben zu.

*

Am Steuer saß Hanne wie auf einem Logenplatz. Sie stupste den Wackeldackel an und machte es sich für die Show bequem. »Wetten, dass ihnen in Nullkommanix die Puste ausgeht?«

In den weißen Overalls mit Kapuze, die Astrid extrabillig in der Bunkerstation ergattert hatte, wirkten die Drei wie ein Team Astronautinnen oder von der Spurensicherung. Aber das Kunststoffgewebe bot einen prima Rundumschutz für die anstehende Drecksarbeit. Der alte Lack musste ab. Zuerst gab es eine Einweisung an Schleifmaschine und Druckluftnadler, zusätzliche Schutzausrüstung für alle, und schon ging es los. Ohne Dušan, so wollte es der Deal. Eine laute und anstrengende Angelegenheit, an der vor allem Jessie trotzdem sichtlich Spaß hatte. In den Atempausen schulterte sie den Nadelentroster, statt ihn abzulegen, behielt den Hörschutz auf den Ohren und überließ den anderen die feineren manuellen Nacharbeiten.

Hanne ertrug den Lärm und die Erschütterungen und konnte nicht anders, als den anhaltenden Tatendrang zu bewundern. Obwohl sie sich inzwischen fragte, ob sie ihnen nicht ein wenig voreilig Gestaltungsfreiheit eingeräumt hatte.

An der Wohnungswand unter ihren Füßen und an der Steuerbordseite um den Eingang unter der Treppe kam immer mehr nackter Stahl zum Vorschein. Gelegentlich schauten Katrin und Astrid herein, brachten Kaffee oder einen Imbiss und erstatteten Bericht. Vor allem aber genossen sie das Ablegen von Staubmaske und Brille und die relative Ruhe hinter geschlossener Tür. Stillschweigend war die Barriere an der Schwelle zum Steuerhaus gefallen.

Und dann verstummten die Geräte. Hanne öffnete beide

Türen, frische Luft strömte herein und trocknete den Schweiß auf ihrer Haut. Es gab kein Zurück mehr. Weder bei der Farbe noch bei ihrem Ziel.

Über die alte Lautsprecheranlage rief sie die Heulsusen zu sich. Hanne grinste. Seit dem Abend war sie eine von ihnen, und es fühlte sich irritierend gut an. Trotz und wegen des Namens, der von einer Beleidigung zum Ansporn geworden war.

»Blick voraus!«, kommandierte sie, als sich alle oben einfanden, und wies durch die Frontscheibe. Vielleicht war ja etwas dran, dass Dinge ihren Schrecken verloren, wenn man sie beim Namen nannte. Hanne würde sich langsam herantasten. »Da Jessie keine Zeit für ihr Smartphone hat, übernehme ich die Position der Reiseleiterin. Vor euch seht ihr die Stadt Emmerich und die nördlichste Rheinbrücke, die zugleich Deutschlands längste Hängebrücke ist.«

Astrid wischte über ihren Unterarm, auf dem winzige Lackpartikel glitzerten, den Overall hatte sie bis zur Hüfte heruntergerollt. Sie kniff die Augen zusammen. Rote Pfeiler, Bögen und Seile. »Eine Mini-Golden-Gate-Bridge!«

»Wenn wir darunter durchfahren, sind es keine fünf Kilometer mehr bis Holland – jedenfalls auf der rechten Seite. Dort wird der Rhein zum Bijlandskanal. Links bleibt er noch eine Weile Niederrhein. Die Grenze verläuft im Wasser, wie am Neckar, nur dass es hier eine echte Landesgrenze ist.« Hanne deutete in die Gegend. »Ich dachte, es könnte euch gefallen, den Übergang von hier oben zu erleben. Sonst verpasst ihr den Moment, denn der Landschaft ist ja nichts anzusehen. Die ist platt und bleibt es, egal welche Regierung ihr Schild aufstellt.«

»Cool!« Jessie streifte die Stiefel ab, pellte sich eilig aus ihrer fast luftdichten Verpackung und knotete den Schutzanzug draußen ans Treppengeländer. »Boah, ich stinke wie ein Iltis. Das Ding muss erst mal trocknen und lüften, bevor es nachher mit der Farbe losgeht.«

Schnurgerade schmiegten sich mehrgeschossige Wohnhäuser in Emmerichs bester Flusslage aneinander. Viel roter Klinker, ein bisschen Weiß, Balkone mit ausgeklappten Markisen, eine platzsparende Wand im Schulterschluss. Davor eine ebenso gerade Promenade mit Alleebäumen und Sitzgelegenheiten, bei der Katrin sofort den gezeichneten Lageplan vor Augen hatte, zerlegt in Linien, Symbolen und Schraffuren. Seit sie über Astrids Dorfzentrum nachdachte, passierte ihr das häufiger. Im Stillen hatte sie bereits begonnen, das leerstehende Gebäude an der Dorfstraße umzubauen.

Durch ihre Schleifaktion war ihnen vieles entgangen. Jetzt kam ihnen der Ausblick umso reizvoller vor. Schlichte Schönheit, offen und still. Linksrheinisch schien die Hängebrücke geradewegs ins grüne Nichts aus Weideland und Feldern zu führen.

Bei der kleinen Ansiedlung Spijk hob Hanne den Zeigefinger und markierte den Grenzübertritt. Leise ließ sie den angehaltenen Atem entweichen. Die befürchtete Panik blieb aus. Buhnen umarmten sandige Buchten, machten sie zu geschützten kleinen Oasen. Ein Strand in der Sonne, ein Baum für den Schatten und Wasser, um sich abzukühlen. Astrid seufzte tief und sprach damit allen aus der Seele.

Im Vorbeifahren funkte Hanne einen kurzen Gruß an die Bunkerstation Tolkamer und gab Jessie die Erlaubnis, Dušan beim Festmachen der Jowige zu helfen. Dann zählte sie die Minuten herunter bis sie in den Hafen Tuindorp einbogen, der abgetrennt vom Fluss einzig dem Zweck diente, Frachtschiffen und ihrer Crew eine Pause zu ermöglichen. Ein Segen für alle, die am Limit der erlaubten Fahrtzeit kratzten. Ringsherum fasste ein Damm die fast runde blanke Wasserfläche ein. Ein dunkles Auge im Rasengrün. Wie Sprenkel auf der Iris richteten sich die schwimmenden Anleger und Stege zur Mitte aus, und der Bug der Jowige schickte kleine Wellen über die Pupille und ein sanftes Schwappen ans Ufer.

Momentan war nur ein ihr unbekanntes Schiff an einem Steiger vertäut. Hanne nahm es erleichtert zur Kenntnis. Sie hasste es, Aufmerksamkeit zu erregen, was dieses Mal unvermeidlich war. Wegen der Frauen an Bord und des neuen Stylings für ihre alte Lady. Sie hatte Ja gesagt, nun mussten sie beide da durch.

*

Mit kritischem Blick begutachtete Hanne die Vorbereitungen. Nackt und verletzlich sah ihre Jowige aus, zwei Wände blanker Stahl, von alten Lackschichten und Rost befreit. Ganz wie vereinbart und ordentlicher, als sie es selbst je gemacht hatte. Sämtliche Fenster waren geschlossen und mit Folie abgeklebt, sogar unter den Eimern lag eine mit Silbertape befestigte Plane. Ausgespülte Blechdosen standen zum Mischen bereit.

Wie Hanne es auch drehte: Es gab nichts zu bemängeln, was einen Abbruch gerechtfertigt hätte. Das Einzige, was sie tun konnte, war mitzumachen, um die Sache unter Kontrolle zu behalten.

»Einfaches Weiß –«, setzte sie an, kam aber nicht weiter.

»Ist was für Langweiler und höchstens als Grundierung akzeptabel.« Jessies Haare waren auf dem Kopf zu einem mehrfach verknoteten Büschel geschlungen, aus dem hier und da struppige Spitzen ragten. Statt im Overall steckte sie in einem T-Shirt, einem knappen Schlafanzughöschen und Socken. »Die Guten überleben, um die Schlechten ist es nicht schade. Duschen muss ich später sowieso, da lass ich das Zeug einfach an«, hatte sie dazu erklärt. »Das mit der Farbe musst du schon zugeben, Hanne, wenn sogar unser schillerndster Vogel das so sieht. Denn unsere Miss Grau-ist-bunt-genug hat die Auswahl getroffen. Und ich finde sie famos.« Sie warf Astrid eine Kusshand zu. »Astrid und die Farben. Und das Wort *famos* ist auch famos! Das klingt so … edel, finde ich.«

»Sehr edel«, bestätigte Astrid und lutschte sich am Daumen. »Ich bekomme den Eimer nicht auf. Mir ist der Nagel abgebrochen. Vielleicht ist das ein Zeichen? Das alte Weiß aus Dušans Regal wehrt sich, es will nicht an die Wand.«

»Lass mich mal.« Geübt setzte Katrin einen Metallspachtel an und hebelte den Deckel ab. Dann rührte sie mit einem Stab kräftig um und machte mit dem nächsten Eimer weiter. Zu Hause gab es dauernd etwas zu streichen, sie war gut im Training. Betroffen pustete sie durch. Heute war Montag, und Lasse saß vielleicht genau jetzt auf dem Zahnarztstuhl oder eingeschlossen auf dem Klo. Ihr Blick wanderte zur kaputten Uhr. Das würde er heute sicher noch häufiger als sonst.

Jessie hielt Hanne eine Auswahl an Pinseln und Farbrollen hin. »Die erste Bahn gebührt dir.«

Skeptisch wählte Hanne eine schmale Rolle, tunkte sie demonstrativ in die weiße Farbe und rollte sie oberhalb des Wohnzimmerfensters ab. Es schmatzte, kleckerte, spritzte.

»Okay. Kann es jetzt für alle losgehen?« In gebückter Schrittstellung verharrend trommelte Jessie auf den Eimerrand. Auf Hannes Nicken stieß sie ein wildes Wolfsheulen aus.

»Aaahuuuu!« Ihr Pinsel wischte Blau durch das Weiß.

»Hey!« Hanne rollte noch einmal über die gleiche Stelle, was einen Verlauf hellerer Blautöne erzeugte. An der Wand und auf der Rolle.

»Stopp!« Sie packte Jessie, die zu einem neuen Streich ausholte, am Handgelenk. »Bevor wir uns weiter in die Quere kommen – ich weiß, ich habe versprochen, wenn ihr das Abschleifen anständig macht, überlasse ich euch die Gestaltung. Aber habt ihr ein Konzept?«

Synchron deuteten Jessie und Katrin auf Astrid.

»Haben wir«, bestätigte die. »Das Konzept heißt … Freiheit! Hier oben« – ihre Fingerknöchel klopften an ihre Schläfe – »brauchen wir alle ein Make-over.«

Jessie hielt den Pinsel unter eine Lacknase, die an der Wand abwärtsrollte. »Wir folgen der Farbe.«

»Und unserem inneren Kompass, der uns hierher geleitet hat«, erklärte Katrin weiter. »Kopf aus, Gefühl an.«

Ein Übermaß an Einigkeit schlug Hanne entgegen. An den Lackdämpfen konnte das noch nicht liegen. Entweder litten die drei unter einem akuten Sonnenstich oder sie wollten sie auf den Arm nehmen. »Das ist Schwachsinn!«

»Ist es nicht.« Mit ernster Miene spreizte Katrin die Finger. Ihre flachen Hände schwebten über den Eimern, zuckten mal hierhin, mal dorthin, wie von einer unsichtbaren Schnur gezogen. Eine Geisterbeschwörung, die abrupt mit zwei ausgestreckten Zeigefingern endete. »Siehst du, meine Rationalität links ist für Feuerwehrrot, und mein Gefühl rechts sieht es in Gelb zerfließen. Das liegt an den Unterschieden der Gehirnhälften.«

»Ihr habt kein Konzept«, beharrte Hanne und schwenkte die Rolle von einer zur anderen. »Keine von euch!«

Drei Lämmchen guckten unschuldig zurück, bis Jessie losprustete. »Nein, haben wir nicht.«

Sie zerquetschte den blauen Tropfen. »Gib zu, du hattest Angst, dass wir gleich unseren Namen tanzen. Das klang zu sehr nach Maltherapie, oder?«

Hanne verpasste Jessies Oberarm einen weißen Lacktupfer und machte einen schnellen Schritt beiseite. »Fangen wir an, sonst trocknet die Farbe ein. Kreatives Gestalten mit den nicht-anonymen Heulsusen.«

»Für alle, die im Leben mal falsch abgebogen sind – und sei es vom Steg am Seilerwasen.« Katrins roter Pinsel erwischte Astrid am Ellbogen und zog dann eine senkrechte Zickzacklinie über die Wand.

»Haha.« Astrid verzichtete auf einen Konter. »Richtig oder falsch, wer kann das schon eindeutig sagen? Vielleicht waren es nur Umwege. Sogar notwendige Umwege. Damit wir genau jetzt und hier ankommen.« Kritisch betrachtete sie die Wand. So würden sie nie fertig werden. Mit der breitesten Rolle trug sie großflächiges Sonnengelb auf.

»Es geht nicht darum anzukommen, sondern darum, überhaupt aufzubrechen.«

Ob das auch ein Kalenderspruch von Frau Krüger war? Astrid verbiss sich ein Lachen und wechselte zurück zum Pinsel. Aus Blau und Gelb strudelte sie eine dicke Van-Gogh-Sonne. »Damit hast du recht. Und ich nicht unrecht: Nur wer aufbricht, kann Umwege gehen.«

»Eigentlich haben wir es dir zu verdanken, dass wir jetzt hier sind.« Katrin spritze einen Funkenregen Rot über die Wand. »Ohne deine Yoga-Einlage wären wir in Bad Cannstatt aneinander vorbeigegangen. Ein Graureiher, ein Trampeltier und eine einsame Heulsuse – übrigens war ich die Erste im Club! Ohne dich hätten wir die Jowige und Hanne glatt verpasst.« Ein zweiter Tropfenregen traf das abgeklebte Wohnzimmerfenster. »Ups. Aber egal, wie es dazu gekommen ist, hier und jetzt hätte ich gern eine Portion Blau in meinem Rot. Ich will auch so ein Wirbeldings machen wie Astrid.«

»Genau.« Jessie tanzte einmal im Kreis, dann ergänzte sie das gewünschte Blau. »Wirbeldingse hat man nie genug.«

»Genug Gefühlsduselei jetzt«, sagte Hanne streng. »Ihr könnt euch später toll finden. Wir haben noch zu arbeiten.«

Sie rollten, kleckerten, spritzten und pinselten. Ab und zu erhob Hanne Einspruch, gab aber bald auf. Zum Schluss zogen sie Kanten nach, entfernten Abdeckfolie und Klebestreifen. Filigrane Muster rankten sich wie Schlingpflanzen durch ein Universum vielfarbiger Wellen und bunter Handabdrücke.

»Wat moet dat voorstellen? Mijn kleindochter schildert veel mooier.«

Vier Köpfe schnellten herum. Auf dem Anlegesteg stand eine weißblonde Frau Mitte fünfzig. Sie stütze sich auf einen vollgepackten Einkaufstrolley und rümpfte die Nase.

»Sieht aus wie bei meiner Enkelin mit ihren Fingerfarben«,

wiederholte sie mit kehligem Akzent. Eine Hand malte Kreise in die Luft, schloss sie alle ein und verharrte auf Hanne gerichtet. »Guck dir mal den Boden an. Eine schöne Schweinerei!«

»Ach ja?« Beiläufig wischte Hanne einen angetrockneten Farbspritzer ab, der auf ihrer Wange spannte, und baute sich am Durchstieg auf. »Kannst gern beim Saubermachen helfen.«

»Nee, nee!« Herausfordernd schlenderte die Blonde heran, bis sie direkt vor Hanne stand. »Das machst du schön selber.«

Sie war ein gutes Stück größer, zaunlattendünn und stieß Hanne die flache Hand an die Schulter.

»Welkom in Tuindorp, Lieverd!« Ein fröhliches Lachen rollte dunkel aus ihrem Mund. »Ein Wunder, dass du den Weg noch gefunden hast. Hör mal, Chantal wird bald sieben!« Sie setzte zu einer Umarmung an, ließ es dann aber bleiben.

Hanne nahm es erleichtert zur Kenntnis. Holländische Herzlichkeit in allen Ehren, doch sie bevorzugte etwas Abstand. Offenbar hatte Anne das nicht vergessen.

»Sag mal, sind das deine Piratinnen, mit denen du nicht fertig wirst?«, fragte diese jetzt laut und musterte drei verdutzte Gesichter. »Die sehen doch ganz harmlos aus.«

Hanne drehte sich um und grinste. »Das täuscht.«

»Jetzt guck mal, wie die gucken. Hast du behauptet, wir Niederländer sind zum Fürchten? Hört mal, ihr Freibeuterinnen, das ist Quatsch! Wir sind nette Leute. Und ich bin Anne Antonisse.« Sie verpasste Hanne einen weiteren Schubs. »Du hast denen gar nichts von mir erzählt! Auch nicht, dass ich Poffertjes backe für euch? *Ze is echt niet spraakzaam, toch?* Maulfaul ist sie. Alles muss man ihr aus der Nase ziehen!«

Anne Antonisse kam an Bord, und mit ihr wirbelte ein dynamischer Wind über die Jowige. Rau und fröhlich, selbstbewusst und bestimmt übernahm sie das Kommando. Hanne folgte ihr in die Küche, und die anderen beeilten sich mit dem Putzen.

»Du hast dich verändert«, bemerkte Anne, während sie die

Poffertjes-Pfanne fettete. »Da ist was in deinem Gesicht. Kann es sein, dass du manchmal lachst? Steht dir ganz gut.«

Hanne öffnete die Teigschüssel. »Vertu dich mal nicht. Ich grinse aus Verzweiflung.«

»Wieso aus Verzweiflung? Hast du Sorgen? Die Piratinnen zählen nicht.«

»Nur die üblichen Rheinschifferprobleme. Zu wenige Frachter-Anlegestellen in Deutschland, zu wenig politischer Wille, sich um die Wasserstraßen zu kümmern, marode Schleusen und Fahrrinnen.« Sie löffelte Teig in die Mulden. »Und über reine Ruhehäfen wie bei euch in Holland denken sie bei uns gerade erst nach. Damit ist wenig Geld zu verdienen, also reißt sich keiner drum, und wenn endlich ein Ort mitzieht, dauert die Umsetzung Jahre. In der Zwischenzeit kratzen wir regelmäßig am Limit der erlaubten Fahrzeiten und dehnen die Vorschriften. Glaub mir, bis der erste deutsche Übernachtungshafen in Betrieb geht, habe ich Falten im Gesicht und graue Haare.«

Anne betrachtete sie und kniff ein Auge zu. »So lange ist das nicht mehr hin, *Lieverd*. Weißt du, den Text kenne ich auswendig, auch den über Geld. Beim Tanken lege ich jedem, der damit anfängt, ein Lotterielos zur Rechnung und erzähl von deinem fetten Jan und seinem Gewinn. Du glaubst nicht, wie viele das Los dann wirklich kaufen!«

»Schön blöd.«

»Und was ist privat? Du weißt schon: Mann, Frau, Familie – so was. Machst du immer noch einen Bogen um jede Beziehung?«

»Mir geht's prima, so wie es ist, Anne. Ich bin kein Herdentyp wie du, ich brauche regelmäßig meine Ruhe.«

»Aha.« Anne bedachte sie mit einem raschen Seitenblick und wendete die Poffertjes. »Also ganz die Alte, ja?«

Hanne nickte und schwieg.

Kurz darauf trugen sie die dampfenden Poffertjes an Deck, butterglänzend und dick mit Puderzucker bestäubt.

»Greift zu!«, forderte Anne die anderen auf und schob sich einen Pfannkuchen in den Mund. »Frisch schmecken sie am besten. Nur Dummköpfe zieren sich.« Sie leckte sich die Fingerspitzen. »Soll ich euch verraten, wie wir uns kennengelernt haben, Hanne und ich?« Anne wartete keine Antwort ab und ignorierte Hannes Aufstöhnen. »Das war vor fast zehn Jahren in der Bunkerstation. Ihr seid vorhin dran vorbeigefahren. Sie hat zum Tanken angelegt, und weil das eine Weile dauert, kam sie in den Shop. Da arbeite ich. Natürlich konnte sie kein Wort Holländisch und war total ahnungslos. Deshalb mag sie nicht, wenn ich davon erzähle. Ist doch so?« Sie grinste Hanne an. »Jedes Mal, wenn jemand meinen Namen gerufen hat – was andauernd passiert –, haben wir beide geantwortet. Wie ein Echo. Das war so lustig! Und sogar Hanne hat irgendwann aufgehört zu gucken, wie Grumpy Cat.«

Hanne zog die Mundwinkel herunter, und alle lachten.

»Wir haben einen Kaffee getrunken, und später kam sie mit zu uns nach Hause zum *stamppot* essen. Anne-Hanne im Doppelpack! Mein Mann wollte sie am liebsten eintauschen, damit er auch mal zu Wort kommt. Apropos: Er ist auf dem Weg hierhin, für ein Feierabend-Männergespräch mit Dušan. Sie bewachen zusammen deinen Kahn, solange wir weg sind.«

»Und wo sind wir, wenn wir weg sind?« Jessie saß auf dem Boden, drei Poffertjes auf dem Knie gestapelt, und rubbelte Dreck von ihrer Wade. »Landfein geht anders.«

»Ihr seid schön genug. Wir gehen zum See. Am Fluss gibt es zwar nette Buhnen, aber wer weiß, auf welchem Frachter ihr als Nächstes landet. Oder unten drunter.«

Astrid lief zartrosa an. »Ich bin eine gute Schwimmerin und Katrin auch. Nur Jessie ist eine Bleiente.« Eilig duckte sie sich weg. »Wie weit ist es zum See?«

»Da kannst du hinspucken.«

»Kann ich dich was fragen, Anne?« Jessie wischte die letzten

Krümel vom Teller und schickte nach Annes Nicken ein ganzes Bündel Fragen zum Wahrheitsgehalt diverser Hollandklischees hinterher. Hanne lachte laut auf.

»Anfängerfehler, Anne. Du musst ihr ein Limit setzten. Jessie gehen die Fragen nie aus. Lasst uns die Antworten aufschieben, bis wir am See sind.«

Keine fünf Minuten später rannte Jessie in den Pyjama-Hotpants, über die sie schnell ein sauberes T-Shirt gestülpt hatte, barfuß mit Mascha voraus, abwechselnd vom Vollsprint zum vollen Stopp. Mascha hüpfte neben ihr wie ein Flummi, und Hanne stellte sich vor, wie sie einander in die Quere gerieten und als Hunde-Menschen-Knäuel den grünen Damm hinunter ins Wasser rollten.

»Sag mal, ist die immer so?« Anne pfiff auf den Fingern und zeigte die Richtung an. »Vorneweg ohne Plan.«

»Ich bin nicht sicher.« Hanne musste grinsen und drehte sich um. Sie hatte ganz vergessen, wie oft Anne ihre Sätze mit *Sag mal* oder *Hör mal* einleitete. Dabei gehörten die Floskeln zu ihr wie die Achtzigerjahre-Frisur, die sie immer an den Sänger Limahl erinnerte.

Aus der Ferne mutete der neue Anstrich der Jowige wie ein Gemälde an. Sie war gespannt auf Frédérics Meinung. War es eher abstrakt, impressionistisch oder expressionistisch? Vielleicht von allem ein bisschen. Genau wie Jessie. Laut und leise, wild und ängstlich.

»Ich glaube, niemand weiß, wie Jessie ist. Sie übt gerade erst, sie selbst zu sein.«

*

De Bijland funkelte im sanften Abendlicht. Zweieinhalb Quadratkilometer Wasserfläche, zwei Inselchen, ein Jachthafen und ein Campingplatz. Alle waren sofort von dem hübschen See eingenommen. Einzig die Wassertemperatur ließ zu wünschen übrig. Die offene Verbindung zum Rhein sorgte für steten und kühlen Zufluss, dennoch wateten sie ein Stück hinein. Mascha hechtete ihrem Gummiknochen nach, durchpflügte die Seeoberfläche und schüttelte vor derjenigen ihr Fell, die zuletzt geworfen hatte. Sogar Klärchen war mitgekommen, hielt aber tunlichst Abstand zum Wasser und pirschte lieber durchs hohe Gras. Ihre Ohren zuckten bei jedem Rascheln, der Schwanz richtete sich auf. Ducken, anspannen, springen. Zur allgemeinen Erleichterung war sie eine mäßige Jägerin und brachte keine Beute vorbei.

»Holland ist modern«, korrigierte Anne Antonisse unterdessen Jessies schiefes Klischee-Bild. »Moderner als Deutschland. Du brauchst fast nie Bargeld zum Bezahlen, WLAN ist meistens frei verfügbar, das Internet funktioniert! Und sogar im Tod sind wir freier.«

Hastig breitete Astrid eine Decke aus. Zu präsent war der Tod ihres Vaters, der bisweilen bei klarem Verstand von Sterbehilfe gesprochen hatte. Und dann war da noch Lores Selbstmord. Davon musste Anne doch wissen!

»Du hast ein Problem damit?« Anne half ihr, die Decke glatt zu ziehen. »Sterben ist nicht schön, aber normal. Sorry, manchmal bin ich unsensibel. Wollt ihr lieber ein anderes Thema?«

»Yoga!«, verkündete Astrid und nickte erleichtert. Bald bogen sich alle nach ihren Anweisungen, während Jessie fleißig kommentierte. Sie forderte den Löwen, den sie schon kannte, und zum Abschluss den Baum, mit dem ihr Abenteuer am Seilerwasen begonnen hatte. Die Arme über den Kopf, ein Bein angewinkelt.

»Ein Männlein steht im Walde«, zischte Hanne. »Wie lange müssen wir noch?«

»Fünf Weiblein stehen am Strande«, präzisierte Katrin. »So viel Zeit muss sein.«

»Gut macht ihr das«, lobte Astrid. »Schön weiter halten. Noch zehn Atmungen. Alle zusammen. Einatmen, ausatmen. Zehn. Neun. Acht –«

Katrin prustete los, und Jessie, die ganz außen stand, ging seitlich in die Knie. Sie kippten um wie eine Reihe Dominosteine. Im allgemeinen Gelächter stand Anne auf, um sich zu verabschieden.

»Nächstes Mal sagst du früher Bescheid, *Lieverd*, dann halte ich mir den ganzen Abend frei.«

Astrid winkte ihr nach, dann wurde auch sie Teil des Haufens am Boden, den Mascha begeistert bellend umrundete. Kopf auf Bein, Arm über Bauch rutschten sie auf der Decke näher zusammen, Sand zwischen den Fingern und Zehen. Über ihnen kraftvolles Blau, in dem noch eine Verheißung von Sommerhitze verharrte, im hereinbrechenden Abend nur um Nuancen vom unaufhaltsamen Schwinden entfernt. Dunkle Blätter raschelten. Klärchen stakste in ihre Mitte. Aus den Büschen strömte ein kühlerer Hauch, süß und säuerlich wie unreife Brombeeren. Auf dem See tauchten Paddel ins Wasser, stehende Silhouetten schwebten auf der Oberfläche vorbei. Schließlich kam auch Mascha in Hannes Armen zur Ruhe.

Katrin schob sich ein Handtuch unter den Nacken und wickelte eine von Jessies Haarsträhnen um ihren Finger. »Anne ist wirklich nett. Sie scheint so ausgeglichen, total zufrieden und … glücklich. Wir hätten fragen sollen, wie sie das macht.«

»Jeder ist seines Glückes Schmied.« Eine düstere Wolke trübte Jessies Lachen. »Kleiner Scherz. Den Spruch halte ich für eine fiese Lüge. Ich glaube an *Karma is a bitch*.«

»Mir gefällt keins von beiden.« Ein Stöckchen piekte in Astrids Hüfte. »Entweder du bist am fehlenden Glück selbst schuld oder du hast als ewiges Opfer nie eine Chance. Ich finde, alle Menschen haben ein Recht auf Glück.«

Mascha schnaubte im Schlaf, und Jessie lachte.

»Hörst du das? Sogar Mascha hält das für Blödsinn. Im Umkehrschluss hätten wir die Pflicht, glücklich zu sein. Oder ist schon jemals ein Recht ohne anhängende Pflicht ausgekommen? Es gibt immer einen Haken.«

»Und dann gibt es notorischen Pessimismus.« Sacht entfernte Hanne ein Blatt aus dem dichten Fell unter Maschas Ohr, das umgeklappt die rosa Innenseite offenlegte. »Dein Recht auf Glück ist kein Anspruch, den du einfordern kannst. Demnach kann es auch keine Verpflichtung geben. Außerdem wäre das echt schräg. Wer sollte das prüfen?«

Astrid kicherte. »Ich stelle mir gerade vor, dass jemand Glücksbarometer zum Umschnallen erfindet und Apps als Extrafunktion auf der Smartwatch. Abends steht dort: Du hast heute 10 000 Schritte, aber nur 30 von 100 Glückspunkten erreicht. Tagesziel verfehlt. Und dahinter zeigt es die Strafe an.«

»Dazu braucht es keine High-Tech-Messgeräte, nur nette Mitmenschen.« Katrin seufzte. »Die sagen dir schon, wie glücklich du zu sein hast und wie undankbar du bist. *Dir fehlt es doch an nichts. Anderen geht es viel schlechter. Ihr hättet weder so früh Kinder kriegen müssen noch so viele. Wie die Karnickel!*« Sie drückte sich ein Handtuch aufs Gesicht, um ihren kurzen Aufschrei zu dämpfen. »Worüber beklagst du dich? Du hast dieses Leben gewollt, nun ist es dein Problem – also *kein* Problem.«

Ihre Worte fuhren Jessie in den Magen. »*Sei gefälligst gut drauf, und behalt den Rest für dich!* Sonst bist du sofort eine Zicke. Boah, das habe ich so oft gehört – und ich habe immer gedacht, es liegt an mir und dass es normal ist, deswegen angemeckert zu werden.«

»Von deinem Marlon?« Astrid suchte eine bequemere Lage.

»Nein, von Arschloch-Marlon«, kam es dumpf aus Katrins Handtuch. »Er hat dich geschlagen, oder?«

Das Hämatom an Jessies Bein war ins Grün-Gelbe übergegangen, bildete einen verblassenden Kranz, wie die Brandung um ein Inselatoll. Definitiv das Letzte, das sie ihm verdankte. »Die

Welt ist voll von Ärschen. Aber Arschloch-Marlon ist nicht mehr mein Problem.«

»Ja, zum Glück!« Katrin stockte und zog das Handtuch weg. »Ist Glück also einfach nur die Abwesenheit von Unglück? Ist das alles oder …« Ihr Satz verebbte in Stille.

»Glück ist die Freiheit, selbst über mein Leben zu bestimmen«, sagte Hanne schließlich. »Das habe ich mir hart erstritten. Genau wie viele Frauen vor mir, die für uns alle gekämpft haben.« Wahlrecht, Autofahren, einer Arbeit nachgehen, ohne den Ehemann um Erlaubnis bitten zu müssen. Ein großes Glück, das viel zu lange keine Selbstverständlichkeit gewesen war. Hanne hatte ihre Freiheit genutzt und ausgereizt. Auch wenn es wehtat. Sie sah den Streit mit ihren Eltern, hörte die beiderseitigen Vorwürfe. Nichts hatte Hanne davon abgehalten, ihren Weg zu gehen. Und dann war da wieder Margots Stimme.

»Meine Oma Lore hätte wohl der Karma-Bitch-Theorie zugestimmt. Dabei hatte sie den Jackpot abgekriegt, den legendären Hardy, den viele andere auch gern gehabt hätten. Der immer im Mittelpunkt stand, Witze erzählte, Stimmen imitierte, singen konnte, all so was. Und natürlich war er ein guter Tänzer.«

»Glück!«, rief Jessie dazwischen. »Das Traumtypenlos.«

»Ein *Traumtyp* mit einer Menge Talente, von denen er mir leider keins vererbt hat. Und mit Marlon-Qualitäten: ein Arsch, der sich nie ändern wird und irgendwann abhaut. Das war es dann mit dem Hauptgewinn.«

»Biiiitch!« Jessie zog eine angeekelte Grimasse.

Es fühlte sich seltsam an, darüber zu sprechen, doch jetzt, da Hanne angefangen hatte, konnte sie es nicht mehr stoppen. »Lore hat ihn trotzdem abgöttisch geliebt. Was uns nicht gefällt, blenden wir aus, nicht wahr, Jessie? Sie hat das perfektioniert und lieber sich selbst und alle anderen jahrzehntelang belogen.« Was das für ihre Mutter bedeutet hatte, war Hanne nie richtig klar gewesen. Dieses Warten und Hoffen, als Lore längst wusste, dass

Hardy beschlossen hatte, gar nicht mehr nach Gernsheim zurückzukommen. Und später sein erfundener Tod.

»Lore hat geschwiegen und den *Traumtyp* auf ein Podest gestellt. Vielleicht hat ihr die Rolle der treu wartenden Seemannsbraut sogar ganz gut gefallen. Bis sie einsehen musste, dass es endgültig aus war. Kein Hardy mehr und kein Zurück aufs Wasser. Ein harter Schlag, besonders für ihr Ego. Den Dickschädel habe ich wohl von ihr, was manchmal gut ist und manchmal schlecht. Ziemlich schlecht ist allerdings, dass ich einen ähnlichen Fehler gemacht habe wie sie.«

Überrascht wandte Katrin sich ihr zu. »Du hast einen Mann vergöttert?«

»Nein, ich bitte dich! Nicht mehr seit der siebten Klasse. Ich habe Lore zu meiner Heldin gemacht. Die Unverstandene, Verlassene, die zu stolz war, ihre Schmach einzugestehen, und deshalb als Witwe herumlief. Ein toter Mann, verschollen auf See, nach dem sie vor lauter Liebe immer noch am Flussufer Ausschau hielt, war sehr viel attraktiver. Da Hardy alle Brücken abgebrochen hatte, war es für sie leicht zu lügen. Irgendwie konnte ich das immer verstehen. Aber lassen wir das. Hardy ist mein Problem, nicht eures.«

Astrid schnäuzte sich laut. »Ist Lore jemals wieder glücklich gewesen? Ich weiß, sie hat sich umgebracht, aber dazwischen irgendwann?«

»Wer weiß das schon?« Hanne zuckte mit den Achseln. »An der Stelle beißt sich die Katze in den Schwanz. Nicht du, Klärchen.« Sie fuhr sacht durch das rote Fell. »Niemand hat die Pflicht, glücklich zu sein, und manche Menschen sind vielleicht gar nicht dazu in der Lage.«

»Glück ist ja auch oft nicht leicht zu erkennen.« Katrin ließ Jessies Haarsträhne los. »Mein Glück ist es, fünf Minuten ungestört auf dem Klo zu sitzen, ohne dass jemand was von mir will.«

Jessie prustete. »Quality-Time!«

»Jede Mutter wird dir das bestätigen.«

»Und jede Schiffsführerin.« Mascha quittierte das mit einem lauten Schnarchen auf Hannes Brust. Ihr kleines großes Glück.

»Glück ist der Geschmack frischer Poffertjes«, seufzte Astrid. »Ein sonniger Frühlingstag, ein Blick in die Ferne und blühende Pflanzen.«

»Alte Romantikerin.« Katrin schnupperte und rümpfte die Nase. »Puh, ich glaube, Mascha hat gepupst.«

Auf dem See waren die Paddel verstummt. Ein Lagerfeuer loderte auf einer der Inseln. Vereinzelte Geräusche schwappten vom Jachthafen auf der einen und dem Campingplatz auf der anderen Seite herüber.

»Jetzt«, sagte Jessie. »Genau jetzt ist Glück.«

Neunter Tag

Kapitel 22

Vom Lassen und Lösen

Im Laufe der Nacht hatte sich das wunderbare Glücksgefühl des Abends verflüchtigt. Darüber konnten auch die bunten Tassen nicht hinwegtäuschen. In der engen Küche herrschte am Morgen allgemeine Katerstimmung. Niemand hatte Lust zu reden oder auf ein richtiges Frühstück. Zu viert standen sie herum und rührten stumm in ihrem Kaffee. Unauffällig guckte Astrid in die Runde. Wie konnte sie diese Menschen vermissen, obwohl sie noch beieinander waren? Sie seufzte unauffällig und lächelte zugleich. Etwas Schönes zu erleben, nachdem man sich später sehnen konnte, war die süße Grundlage von Melancholie. *Saudade*, dachte sie und wurde von Geräuschen an Deck unterbrochen. Lange Schritte, das Trappeln von Maschas Pfoten, dann flog die Bullaugentür auf.

»*Hoi, goedemorgen!*« Strahlend und ausgeruht wirbelte Anne herein. »Hier riecht es nach Kaffee. Habt ihr noch einen Pott für mich? Her damit! Ich musste Chantal die halbe Nacht von euch erzählen. Piratinnen findet sie toll. Sie wollte euch unbedingt treffen und war ganz traurig, dass es heute nicht klappt. Mit Milch und Zucker, bitte. Drei Löffel.«

Katrin goss ihr ein und setzte eine neue Kanne auf.

»Oder hat mein Enkelkind mich ausgetrickst und ist hier irgendwo?« Anne lachte laut. »Als blinde Passagierin? Der Rucksack im Flur sieht jedenfalls aus wie ihrer.«

»Das ist meiner.« Jessie hob die Hand. »Ich brauche wohl einen neuen mit erwachsenerem Design. Der KiTa-Job hat sich ja erledigt«, sagte sie betont lässig. »Ich werde jetzt Matrosin.«

»Stopp.« Hanne umfasste ihre Tasse fester. »Schalte mal einen Gang zurück. Deine Begeisterung in allen Ehren, und wir suchen dringend Nachwuchs in der Binnenschifffahrt, aber dein Schnellschuss kann leicht nach hinten losgehen. Von dem, was du in den Tagen auf der Jowige erlebt hast, war wenig normal. Unser typischer Alltag sieht anders aus, da kannst du gern Dušan fragen.«

»Hab ich schon!«

»Umso besser. Ein Realitätscheck ist trotzdem wichtig, bevor du deine Entscheidung triffst.« Hanne betonte ihre Worte sehr bewusst. Das Letzte, was sie wollte, war, Jessie zu bevormunden. Sie erinnerte sich gut, wie sich das anfühlte. »Mach ein Praktikum, wenn du zu Hause alles geregelt hast. Ich vermittle dir einen Platz bei einer Kollegin. Wenn du danach immer noch willst, zieh es durch. Du bist jung, du hast Zeit. Nimm sie dir.«

Jessie knibbelte an ihrem Nagelbett herum. Es tat ein kleines bisschen weh, dass Hanne ihr nicht spontan anbot, auf der Jowige zu bleiben. Doch schließlich nickte sie. Es war ein Anfang, und vielleicht stand die Karma Bitch dieses Mal auf ihrer Seite.

Wenig später war es auch schon so weit, sich ein zweites Mal von Anne zu verabschieden.

»Viel Erfolg beim Leben Aufräumen.« Sie stieß den Zeigefinger gegen Hannes Schulter. »Das gilt auch für dich. Und lasst euch mal wieder blicken. Sonst krieg ich Ärger mit Chantal!«

Während die Jowige ablegte, verschwand Anne Antonisse über den Steg und den grünen Wall nach Tuindorp, ohne sich noch einmal umzudrehen.

Der Fluss, die Landschaft und das Wetter präsentierten sich für den unwiderruflich letzten gemeinsamen Tag unterwegs von ihrer besten Seite. Ein sattes Spektakel für alle Sinne, bei dem jedes Detail die anderen überbieten zu wollen schien. Astrid schwelgte in seligem Abschiedsschmerz. Es war zum Weinen wunderbar, und in jedem letzten Mal spürte sie bereits die Vorfreude auf das nächste Mal.

*

Im Lauf des Vormittags hatten sie die Poller am Heck und das Treppengeländer auf der Steuerbordseite gestrichen und dann zum Essen bei Hanne gesessen. Bittersüß wirbelte unter jedem ihrer Schritte ein melancholischer Bodennebel auf. In jeder Bewegung, jedem Atemzug spürten sie das Ende, es lauerte in stillen Winkeln und flatterte mit den Fahnen am Mast.

Jetzt lagen Astrid und Katrin auf dem Dach und brüteten weiter über ihrem Projekt. Einerseits beneidete Jessie die beiden darum, andererseits war sie froh, dass keine auf die Idee gekommen war, sie einzubeziehen und ihr eine Stelle im Dorfkindergarten aufzudrängen. Jede Faser ihres Körpers sehnte sich nach Aufbruch und Freiheit.

Auf dem Toilettendeckel sitzend kritzelte sie in ihr Notizheft. Ihre Zehen drückten auf den Boden und hoben die Knie an. Bei ihren Eltern war das Badezimmer bis zur Decke gefliest, schlecht beheizt und übertrieben aufgeräumt. Heimelig wie die Fleischtheke einer Metzgerei. In Hannes Bad klebte rundum PVC. Hübsch hässlich. Schon wieder. Jessie malte Kringel ins Heft. Ihr war das PVC, das Kacheln bloß imitierte, trotzdem lieber. Es war nachgiebig und warm, strahlte Geborgenheit aus. Sie grinste. Eigentlich wie Hanne, auf den zweiten Blick. Und auch die olle Krüger.

Jessie klappte das Heft zu. Es gab nichts mehr zu notieren. Ihr zerzaustes Spiegelbild verzog das Gesicht und sog beim Bürsten scharf die Luft durch die Zähne. Es ziepte höllisch. Sie rieb sich die Kopfhaut und fischte mit einer kreisenden Bewegung die ausgerissenen Haare aus dem Waschbecken. Auch die ekligen aus dem Sieb.

Lang und blond. Weil das hübsch aussah und es den Typen besser gefiel als langweiliges Braun. Immerhin hatte Marlon ihre megapraktischen Schlabberklamotten gut gefunden. *Niemand sieht, wie heiß du unten drunter bist. Das sehe nur ich.* Er stand total auf sexy Unterwäsche und darauf, dass sie sich herausputzte. Wenn er dabei war. Dann und nur dann waren Blicke andere Männer auf ihrem Körper okay. Neidische Blicke. Es war ihr romantisch vorgekommen. Ein Zeichen seiner Liebe, dass er eifersüchtig über sie wachte. Ben war genauso gewesen. Sie hatte nie hinterfragt, ob es richtig war, dass ein Mann bestimmte, wann und wie sie sich schminkte oder was sie anzog. Immer hatte es einen geben, dem sie folgte wie ein Hündchen und alles tat, um ihm zu gefallen. Wusste sie überhaupt, was sie selbst wollte?

Jessie schaute in den Spiegel, tippte an die Stirn im Glas. »Der Wind peitscht die Wellen / Die Brandung schlägt mir ins Gesicht / Du sagst noch immer du liebst mich / Doch ich glaube dir nicht«, sagte sie. Jetzt nicht mehr. »Sturm der Gefühle / Naturgewalt / Hagelschauer, Eiseskälte / Gewitterfront kommt geballt.« Entschlossen drückte sie ihrem Spiegel-Ich einen Kuss auf die Lippen. Sie würde auf den Wellen reiten, im Regen tanzen und den Kurs ihres Bootes allein bestimmen. Wie Hanne.

Sie warf den fiesen Haarklumpen in den Müll, holte aus der Küche eine Schere und sprintete aufs Dach.

»Weg mit alten Zöpfen!«, rief sie und reckte die Arme zum Himmel. »Wer von euch verpasst mir eine neue Frisur?«

Astrid spähte über den Rand ihrer Sonnenbrille. »Ich kann Heckenschneiden oder einen Altmännerschädel in Form trimmen. Bei geraden Kanten muss ich passen.«

Katrin legte die Grundriss-Skizze für den Laden beiseite, die sie gerade angefangen hatte. »Spitzen begradigen geht. Also lass dein Haar herunter Rapunzel. Aber entknoten musst du es selber.«

»Wer redet denn von Spitzen und gerader Kante? Schluss, weg, runter mit dem Plunder.« Energisch rollte Jessie den Gummiring aus der Küche ab. Auf jedem Zentimeter brach, knickte und zerfetzte er Haare. »Autsch, autsch – ausgeautscht. Davon habe ich die Nase voll. Ich meine das ernst.« Sie schüttelte den Kopf, und die hochgewurschtelte Mähne kam ins Rutschen. So wie im Schlafzimmer, wenn Marlon das Samtband löste. Schwer und dicht in ihrem Nacken, wo sich Hände hineinwühlten. Besitzergreifende, zupackende Hände. Jessie wickelte eine breite Strähne um den Finger, setzte die Schere an und hob die Stimme. »Sag mal, Hanne: Ab welcher Länge ist es eigentlich kurz?«

Im Steuerhaus standen alle Fenster und Türen offen. Hanne drehte sich um. Die Schneide glitt runter, hoch, runter, dann schnappte sie zu. Genüsslich knirschend. Millimeterweise spürte Jessie dem Gefühl in ihrer Hand und auf dem Kopf nach. Verbunden, Widerstand, losgelöst. Tot und befreit. Achtlos ließ sie das goldblonde Bündel fallen und machte Strähne um Strähne weiter.

»Jetzt wird es Anne-kurz.«

Hanne hob den Daumen. »Gefällt mir!«

»Die schönen Haare!« Astrid verzog das Gesicht. »Was ist denn in dich gefahren?«

»Nichts weiter. Ich werfe nur Ballast ab.« Jessie empfand kein Bedauern. »Was da herunterrieselt, waren Bens Prinzessin und Marlons Mäuschen. Zwei hilflose Wesen, die sich nicht befreien konnten. Aber ich kann es jetzt.«

»Das ist ein guter Ansatz.« Katrin stemmte sich aus dem Liegestuhl. »Nur in der Ausführung hapert es. Gib lieber uns die Schere, bevor du damit abrutschst und nachher aussiehst wie ein Frettchen mit Haarausfall.«

In Gemeinschaftsarbeit verwandelten sie Jessies Kopfchaos in einen akzeptablen Kurzhaarschnitt, dem die Improvisation erst auf den zweiten Blick anzusehen war.

»Ich habe auch einige Entscheidungen getroffen.« Astrid stopfte den Haarballast in einen Müllbeutel. Ihre Wangen glühten rosarot, wie so oft, wenn es um sie selbst ging. Doch diesmal war es reiner Vorfreude geschuldet. »Ich werde noch ein paar Tage in Holland bleiben und tatsächlich ans Meer fahren, wenn ich schon mal so nah dran bin. Danach mach ich in Bad Cannstatt reinen Tisch und verkaufe das Haus. Es ist viel zu groß für mich allein und steckt voller Erinnerungen, die nicht alle schön sind. Die guten nehme ich mit. Ich will nach vorn sehen. Und meine virtuellen Kühe kann ich überall hüten. Sogar in Steinäckerbach.« Sie wischte sich eine Strähne hinters Ohr. »Keine Angst, ich will nicht bei dir einziehen, Katrin. Aber ich werde dich bei dem Projekt unterstützen, wie besprochen. Ein Laden, ein Café, ein Treffpunkt für alle im Dorf, darauf habe ich viel mehr Lust als auf mein Schreibbüro. Das wird gut, richtig gut, und ein Weilchen werde ich vielleicht bleiben.«

Katrin umarmte sie stumm.

»Ans Meer. Ans Meer. Astrid fährt ans Meer«, skandierte Jessie wie auf dem Fußballplatz. »So krass, dass es eine von uns bis zum Ende durchzieht!«

Beiläufig zerrann die Zeit. In trügerischer Langsamkeit fast wie an ihrem ersten Tag. Das Wasser unter dem Bug hieß inzwischen Waal, der größere der beiden Arme, in die sich der Rhein kurz nach der Abfahrt am Morgen geteilt hatte. Der Legende nach waren dafür zwei Riesen verantwortlich, ein Bruderpaar, das beim Ausheben des Flussbettes in Streit geriet. Die Orte trugen passend märchenhafte Namen wie Dreumel, Zaltbommel und Zuilichem und guckten oft kaum über die Deiche. Kleine Häuser aus dunklem Stein mit passend dunkel gedeckten Dächern. Nur die Fensterrahmen und manche Holz-Giebel leuchteten weiß herüber, erinnerten an aufgerissene Augen mit hochgezogenen Brauen.

So sehr sie sich auch bemühten, es zu ignorieren, der Zielhafen rückte immer näher. Die Bebauung verdichtete sich unübersehbar zur Stadt. Wie von unsichtbaren Fäden gezogen räumten sie auf und packten. Ihre Gedanken drifteten auseinander, fanden sich erneut, während sie im Steuerhaus Hanne und den für sie unverständlichen Funksprüchen lauschten. Der Wackeldackel und das Hula-Mädchen schaukelten von ihr angeschnipst wild um die Wette, was selten Gutes bedeutete.

»Nun ist es amtlich, wir hätten noch bei Anne am See bleiben können«, erklärte Hanne. »Die Jowige wird erst morgen Nachmittag entladen.«

»Das ist doch prima. Dann können wir noch eine Nacht an Bord anhängen! Ich habe Zeit. Außerdem hast du gleich Gelegenheit, Kontakt mit deinem Opa aufzunehmen.« Astrid strich versonnen über das Deko-Lenkrad, dann über das Handgelenk, an dem der Kabelbinder gesessen hatte. »Je weniger Zeit du dir zum Grübeln lässt, desto besser.«

»Jaja.« Hanne gab einen genervten Laut von sich. »Du hast leicht reden. Ich weiß nichts von diesem Mann, nur dass er ganz sicher nie mein Opa sein wird.«

»Hardy klingt auch viel cooler.« Scheinbar unbeteiligt tippte Jessie auf ihrem Smartphone herum. »Musst du jetzt woanders anlegen?«

»Zum Glück nicht.« Hanne warf ihr einen überraschten Blick zu. Unter dem ungewohnt punkig gestutzten Schopf ging Geheimnisvolles vor. »Wo bleibt der passende Glückskeks-Spruch?«

»Sekunde.« Ihre Finger beendeten den wilden Tanz. »Hab nur eben schnell meine Bahnverbindung gecheckt. Wenn Astrid bleibt, bleib ich auch.«

Die Lüge sprang Hanne überdeutlich an, doch sie schwieg, denn dahinter funkelte es übermütig in Jessies Augen.

»Öffnen wir meine magische Sprüche-Box, darin steht für heute: Glück passiert, sei bereit.«

Sie grinste von einem Ohr zum andern und hörte nicht auf,

bis sie den Hafen erreichten. Vertraut und eindrucksvoll, ein Spektakel aus Schiffsleibern, Stahl, schwenkenden Kranen und Lärm. Auf den letzten Metern fassten sie einander an den Händen. Die Jowige ging am Pier längsseits.

Ein großgewachsener Mann hob den Kopf, und Katrin stieß einen spitzen Schrei aus. »Das ist Markus!«

Betont lässig verschränkte Jessie die Arme. »Meine Rede: Du musst jederzeit mit allem rechnen. Sogar damit, dass mal etwas klappt. Dein Markus hat uns seit Götterswickerhamm im Netz getrackt, war mit Lasse beim Zahnarzt, und jetzt ist deine Schwester bei den Kindern. Danach musst du ihn also gar nicht mehr fragen«, rasselte sie in gewohnter Geschwindigkeit herunter und raste davon, um Dušan beim Anlegen zu helfen.

»Sie ist und bleibt ein Trampeltier.« Leicht blass um die Nase sackte Katrin auf den Kuhfell-Hocker. »Aber ein gutes.«

Wie bei einem Erdrutsch, den wenige rollende Sandkörner einleiteten, beschleunigten sich die kleinen Auflösungserscheinungen ihres Clubs, die sie bisher überspielt hatten. Gepackte Taschen, studierte Anschlussfahrpläne, an Land vorauseilende Gedanken – das Ende ihrer gemeinsamen Reise.

Alle redeten durcheinander, platzierten letzte Sätze, umarmten kreuz und quer, bestätigten längst getauschte Nummern und Adressen, versprachen, was bereits versprochen war, und begrüßten den überforderten Markus, der in ihrem Strudel unterzugehen drohte.

Und dann war Katrin fort.

Die Übriggebliebenen bemühten sich, die Lücke mit Lachen zu füllen, und Jessie machte sich einmal mehr zur Sightseeing-Beauftragten, während sie zu dritt durch Dordrecht zogen. Es war nicht schwer, dem Charme der ältesten Stadt Süd-Hollands zu erliegen. Alles wirkte so aufgeräumt und herausgeputzt, dass Astrid kaum aus dem Schwärmen herauskam. Mittelalterliche Häuser und Hafenanlagen, an jeder Straßenecke der Blick aufs

Wasser, schaukelnde Masten und Boote. Tausende Lichter verzauberten den lauen Abend. Es duftete nach Fritten, Frühlingsrollen, Satey-Soße und allerhand anderen Leckereien, von denen sie so viele wie möglich probierten. Astrid sammelte weiter Belege, obwohl sie die nie abrechnen würde. Dieses Abenteuer war jeden Cent wert und noch viel mehr.

»Hör mal, Hanne«, sagte Jessie und ahmte Annes melodischen Akzent nach. »Ich hasse Abschiede wie die Pest. Mein Bedarf ist nach heute echt gedeckt. Ich würde am liebsten morgen ganz früh verschwinden. Ohne große Worte und Klimbim.«

»Ich auch.« Astrid fächelte sich Luft zu und bekam feuchte Augen. »Wir haben ja schon gepackt, da geht das fix.«

Hanne nickte betreten. Auch das Geschäftliche hatten sie auf dem Weg ins Nachtleben erledigt und den zweiten Teil der Reise bezahlt. »Klar, das verstehe ich. Ist mir recht so. Ich habe sowieso eine Menge zu organisieren.«

Jessie stieß Astrid unterm Tisch an.

»Ach so, noch etwas. Du und dein Großvater. Schickst du uns eine Nachricht, wenn du morgen zu ihm aufbrichst? Dann hast du unsere mentale Unterstützung.«

»Wieso wollt ihr mich unbedingt auf morgen festnageln?«

»Blöde Frage. Merkst du selbst, oder?« Jessie badete ein frittiertes Fleischbällchen in feuriger Soße. »Wenn du um halb elf losläufst, bist du ungefähr um elf an der knuffigen Kaffeerösterei, die wir vorhin gesehen haben. Dort musst du sowieso vorbei, nicht wahr? Das fänd ich echt cool, weil ich dann ein genaues Bild vor mir habe, wenn ich an dich denke! Und die Zeit ist perfekt für deinen Besuch, kurz vor Mittag sind alte Leute wach und fertig angezogen.«

»Ihr nervt, ich werde euch keine Sekunde vermissen.«

»Klasse. Dann ist das wohl abgemacht.« Astrid strahlte, und Jessie kippte dem letzten scharfen Bissen eilig einen Schluck Bier nach. »Jetzt wird alles gut. Ihr werdet sehen.«

Hanne überlegte und schüttelte dann den Kopf. »Es wird nie alles gut. Aber vielleicht tatsächlich besser.«

Jessie hob den Daumen. »Besser reicht mir völlig.«

*

Das gegebene Versprechen summte wie ein Schwarm Käfer in ihrem Kopf. Hanne rieb sich die Schläfen. Sie hatte Frédéric rekordverdächtig ausführlich zugetextet. Schriftlich, denn er sollte Bescheid wissen, aber nicht antworten. Dem wäre sie womöglich nicht gewachsen gewesen.

Astrid und Jessie übernachteten an Deck, obwohl das Bett in der Kabine frei war, und morgen früh würden sie einfach verschwunden sein.

Seite für Seite blätterte Hanne durch die alten Fotoalben, suchte das Glück, das es einmal gegeben haben musste. Hannelore und Gerhard am Rheinufer. Zwei Leben, die der Fluss zusammengebracht und wieder getrennt hatte. Zwei Leben, verbunden mit ihrem, doch beide blieben ihr fremd.

Zehnter Tag

Kapitel 23

Was war, was sein wird & worum es wirklich geht

Blubbernd und fauchend kleckerte die Kaffeemaschine starke dunkle Flüssigkeit in die Kanne. Unschlüssig glitt Hannes Finger über die Henkel der Tassen. Mascha presste ihr die Schnauze ans Knie, und Klärchen tänzelte über die Arbeitsfläche – eigentlich eine Verbotszone – und lehnte sich an ihre Brust.

Die Stille an Bord fraß ein Loch in Hannes Verstand. Sie drückte die Katze an sich und setzte sich mit ihr auf den Boden zu Mascha, die ihr zärtlich über die Wange leckte.

Diese verfluchte Adresse! Dieser verfluchte alte Mann, der vielleicht gar nicht mehr lebte! Was wollte sie ihm sagen? Und was von ihm hören? Hanne kuschelte die tropfende Nase mal in das eine, dann in das andere Fell. Ihr Herzschlag beruhigte sich, und doch fiel es ihr schwer, einen klaren Gedanken zu fassen. Lediglich dass Frédéric recht hatte, wusste sie sicher. Sie musste den Namen Hardy bloß denken, um wütend und traurig zu werden.

»Das muss aufhören. Nicht wahr? Ich muss dorthin, ich habe es versprochen. Und dann … dann wird alles anders.«

Beide Tiere lauschten ihr aufmerksam, und Hanne hielt sie noch eine ganze Weile im Arm, ehe sie endlich ihren Kaffee trank und von Bord ging.

Einen Fuß vor den anderen. Links, rechts, links. Raus aus dem Hafen. Rechts, links, rechts. Laterne und Löwenzahn. Links, rechts, links. Straße um Straße. Das schnörkelige Schild der Kafferösterei hing von allen Seiten gut zu erkennen über dem Eingang an der abgeschrägten Hausecke. Sie zog das Handy heraus. Kein Zittern, kein Zögern. *Bin unterwegs*, tippte sie und drückte auf Senden. Jäher Schwindel nahm ihr die Sicht, Säure flutete ihren Mund. Verdammt, jetzt wurde sie doch nervös. Eine Hand auf den Magen gepresst stolperte sie auf den Duft gemahlener Bohnen zu und schlug einen Haken um eine kleine Menschentraube.

»*Goedemorgen!*«

Da waren sie. Hanne erstarrte. Alle drei! »Was macht ihr hier? Ist was passiert?«

»Nein. Alles in Ordnung.« Unter Katrins Augen lagen dunkle Ringe, doch sie lächelte.

»Kleine Planänderung.« Astrid hielt erst Hanne, dann den anderen eine Tüte mit *bokkenpootjes* hin. Mandelkekse mit Buttercreme, Schokolade und Suchtpotential. »Okay, das ist gelogen: Jessie und ich hatten den Plan gestern schon. Die Bahnverbindungen sind in alle Richtungen super, es gibt keinen Grund zur Eile.«

»Und dein Mann, Katrin?«

»Abzureisen, bevor du an deinem Ziel bist, wäre, wie vor dem Abpfiff aus dem Stadion zu gehen, hat er gesagt. Darauf kam er von selbst.« Katrin schlug den Keks aus. Ihr stand der Sinn eher nach Herzhaftem. »Er ist der Beste.«

»Wie sauer war er?«

»Weniger als befürchtet, vor allem war er enttäuscht.« Für ihn war es eine Frage des Vertrauens, was sie nachvollziehen konnte, und es würde dauern, das zu heilen. »Es war eine lange Nacht. Wir haben uns ausgesprochen, zu wenig geschlafen, viel geheult. Am Ende konnte er meine Gründe akzeptieren, wenn auch nicht ganz verstehen. Allerdings fürchte ich, er weiß jetzt auch alles über euch.« Entschuldigend hob sie die Hände. »Das Ergebnis zählt. Ich bin hier.«

»Und das ist mega!« Jessie biss in eins der süßen Ziegenpfötchen. »Du wirst uns nicht los, Hanne. Widerstand ist zwecklos. Wir begleiten dich.«

»Ich habe es befürchtet.« Hanne seufzte. »Soll ich aus eurem Einsatz schließen, dass ihr denkt, ich drücke mich?«

»Willst du eine nette Antwort oder eine ehrliche?« Astrid kicherte und hakte sich unter. »Wer weiß, wo es langgeht?«

»Geografisch betrachtet nur Hanne.« Katrin hakte sich gleich beidseitig ein. »Im übertragenen Sinne alle außer Hanne.«

Verstohlen schaut Jessie sie an und schluckte hinunter, was ihr schon die ganze Zeit auf der Zunge brannte. Wie konnte Katrin so locker sein?

In breiter Reihe zogen sie durch die Altstadt. Bald waren sie ausgelassen wie auf einer Klassenfahrt. Sie folgten der Strecke, die Hanne sich auf dem Stadtplan eingeprägt hatte. Ihr Orientierungssinn ließ sie nie im Stich. Auch ohne Schilder und Navigationssystem.

Vor ihnen lag ein kleiner Platz mit hohem Baumbestand, umgeben von schmalen Sträßchen. Wind und Sonne flirrten durch die Blätter. Unter einer grün-weißen Bogen-Markise standen runde Tische vor einem Café.

»Hinsetzen«, ordnete Hanne an. »Dort drüben ist es. Nummer neun, neben dem Antiquitätenladen.«

Katrin drückte unauffällig Jessies Arm. »Danke, dass du nicht gefragt hast«, sagte sie leise. »Markus und ich haben noch eine Menge zu diskutieren, bevor wir uns entscheiden.« Sie zwinkerte. »Ihm gefällt Loreley. Mir nicht.«

Bevor Jessie die Arme hochreißen konnte, legte Katrin ihr einen Finger auf die Lippen. »Später. Jetzt ist Hanne dran.«

Knirschend kratzten ihre Stühle übers Pflaster, als sie sich setzten, und alle reckten die Hälse. Hanne blieb stehen.

»Guter Beobachtungsposten«, lobte Astrid. »Und jetzt?«

»Jetzt bestellt ihr etwas. Geht auf mich.« Hanne atmete schwer, trippelte auf der Stelle, dann wechselte sie die Straßenseite. Nummer neun sah aus wie alle anderen. Dunkelrote Backsteine, weiße Fenstersprossen, drei Stockwerke unter rundlichem

Giebel. In der ersten Etage hingen Blumentöpfe. Sie schlenderte daran vorbei bis zum benachbarten Schaufenster, nahm am Rande bunte Tiffany-Lampen wahr und in der Holzverkleidung stilisierte Lilien. Dann machte sie kehrt und fand im zweiten Versuch die Namensschilder am Eingang. Wetzel stand sogar zweimal dran: G & H, U & V. Hardy war vielleicht nur noch einen Knopfdruck entfernt.

Ihre Zunge pappte am Gaumen, ihre Knie wurden gummiweich. Hanne schluckte trocken, warf einen Blick über die Schulter und gab den anderen ein Handzeichen, dass sie die Bedienung aufhalten sollten. Blindlinks lief sie los, krachte auf der Straße fast in ein Fahrrad, das gerade so ausweichen konnte, und vergaß sich zu erschrecken. Der Käferschwarm in ihrem Kopf surrte, doch sie wusste instinktiv, dass er kurz davor war, zur Landung anzusetzen.

Noch halb im Stehen bestellte Hanne drei Gläser Sekt mit und eins ohne Alkohol, dann plumpste sie auf den Stuhl. Im gleichen Moment öffnete sich die Tür von Nummer neun.

»Nicht hinstarren«, zischte Jessie. »Jemand kommt raus! Hast du geklingelt?«

»Nein, habe ich nicht.« Ein Schuh und ein Stück Anzugshose kamen in Sicht, dann der Rest eines Mannes mittleren Alters. Hanne wandte sich ab, lauschte dem Surren und ihrem Herzen.

»Mist, der geht in die falsche Richtung. Warum dreht der sich nicht um? Habt ihr mehr als den Rücken gesehen?«

»Leider nein.« Astrid wedelte mit der Speisekarte. »Du hast schon wieder Glück gehabt, Hanne. Stell dir vor, er wäre dir direkt in die Arme gelaufen!«

»Wieso? Besser geht doch nicht. Ein verdutzter Blick und Zack: Familienzusammenführung.« Jessie machte den Tisch für die Getränke frei. »Teilt sich jemand eine Portion Bitterballen mit mir? Nein, vergesst es, die esse ich allein. Habe ich noch Kredit, Astrid? Schätze, wir sitzen hier noch ein Weilchen.«

Astrid nickte, und die Freundinnen bestellten, nur Hanne schüttelt den Kopf.

Vier Namenskürzel an der Tür. Dahinter steckten mindestens vier Menschen, genau wie an diesem Tisch. Das Surren in ihr verstummte, machte Platz für Klarheit. Hanne hob den Kopf. »Die Familiensache fällt aus.«

»What? Aber du hast es uns versprochen!«

»Nicht aufregen, Jessie. Ich habe versprochen herzukommen, um mich der Vergangenheit zu stellen. Das habe ich getan. Und ich habe etwas Wichtiges verstanden.« Nicht jede eingerissene Brücke musste neu aufgebaut werden. Es war an ihr, endlich loszulassen. »Wenn ich dort drüben klingele, bringe ich das Leben dieser Menschen, die vielleicht schon sehr lange Hardys Familie sind, durcheinander. Im schlimmsten Fall mache ich es kaputt. Mit welchem Recht? Mit welchem Ziel? Um ihm Vorwürfe zu machen? Um meine Neugier zu befriedigen? Es ist lächerlich, dass ich nachtragend bin.« *Wir haben einander an den Fluss verloren*, hatte Lore zu Margot gesagt. Vielleicht war das wahrhaftig der Kern der Sache. »Lore wollte um jeden Preis aufs Wasser, genau wie ich. Das hat Hardy ihr genommen, als sie wegen der Kinder an Land bleiben musste. Ich habe mir diesen Zorn auf ihn zu eigen gemacht, obwohl sie den nie herausgelassen hat. Ich weiß ja nicht einmal, was sie wirklich empfunden hat. Und ich habe versucht, Lores Weg zu gehen statt meinen eigenen. Nein, ich bereue nicht im Geringsten, mich für die Binnenschifffahrt entschieden zu haben. Nur die Art, wie ich mich durchgesetzt habe, war rückblickend … beschissen. Im Gefühle verletzen bin ich mindestens so gut wie im Beleidigtsein.«

In den Gläsern perlte der Sekt an die Oberfläche. Bläschen platzen wie funkelnde kleine Fontänen. Jessie hielt die Hand darüber, bis sie nass war.

»Tauknoten sind einfacher zu begreifen als Beziehungsknoten«, sagte sie achselzuckend. »Aber sie sind sich auch ähnlich.

Lose Enden dröseln sich auf, sie zerfransen und werden instabil. So wie bei Lore. Und bei dir.«

»Genau. Darum ist mir wichtig, dass ihr mich jetzt versteht.« Hanne nickte. Seltsame Dinge passierten, seit diese Frauen in ihr Leben geraten waren. Vielleicht würde sie ihre Eltern besuchen und Frieden schließen. Plötzlich schien alles möglich.

»Hardy hatte seine Gründe zu gehen. Die müssen nicht gut gewesen sein, nur für ihn damals ausreichend. Was würde es ändern, wenn ich sie kenne? Es ist seine subjektive Version der Wahrheit. Lore hat dazu geschwiegen und gelogen.« Sie schaute wieder zu dem Haus mit den bunten Blumentöpfen an den Fenstern. »Es ist über fünfzig Jahre her, mehr als sein halbes Leben. Und ich habe mein halbes Leben mit dieser dummen diffusen Wut im Bauch verbracht. Tief in mir drin. Gebunden an etwas, das ich gleichzeitig vergessen wollte.« Ein Berg aus Lügen, Schweigen und Schmerz hatte sich Hardys wegen aufgetürmt und die Beziehungen in der Familie vergiftet. Zwischen Mutter und Tochter gleich über zwei Generationen. Lore und Jutta, Jutta und Hanne. Es war Hardy, der alles ausgelöst hatte, doch den Berg hatte er nicht errichtet. Damit hatte Lore angefangen, Stein für Stein.

»Deine ollen Kamellen«, warf Katrin ein. »Das waren aber auch ziemlich bittere Pillen.«

»Spülen wir sie gemeinsam runter.« Astrid hob ihr Glas, die anderen folgten. »Wie wäre es mit einem Toast auf die Zukunft? Auf die haben wir nämlich Einfluss.«

»Sofern die Karma-Bitch es erlaubt.«

»Zum Teufel mit ihr! Wir schreiben unsere eigene Geschichte, die wir selbst bestimmen. So wie Astrid.« Hanne stieß mit ihr an. »Wir müssen uns nur trauen. Ohne Vergangenheit gibt es keine Zukunft, aber es gibt auch keine Zukunft, wenn wir in der Vergangenheit kleben bleiben. Ein Hoch auf die Meuterin, die uns hierhergebracht hat!«

»Es lebe die Piraterie!«

»Auf euch und auf uns.«

»Es lebe der Heulsusenclub!«

»Nein, wartet.« Hanne setzte das Glas noch einmal ab. »Der Heulsusenclub ist toll, aber wir sind viel mehr. Was uns verbindet, ist größer. Wir sind Flussgefährtinnen.«

*

Es war vorbei. Zehn verrückte Tage lagen hinter Hanne, an denen fast alles anders gelaufen war als erwartet. Sie ließ sich auf dem Dach der Jowige im Liegestuhl nieder und verteilte Leckerlis an Klärchen und Mascha. Die trockene Schlacke war gelöscht, der Laderaum leer und sauber. An Bord ein Matrose, zwei Tiere, eine Schiffsführerin mit einer Flasche Bier in ihrer Hand. Hanne hebelte den Deckel ab. Soweit war alles wieder normal.

Während das Telefon die eingegebene Nummer anwählte, schloss sie die Augen und lauschte. Ein Kran hier, eine Winde dort, ein bisschen Knarren, Rufen und wenn sie sehr genau hinhörte eine Spur von Wellenschlag. Ein Horn tutete.

»Hallo, Hanne.«

»Hallo, Frédéric.« Sie nippte. »Bist du im Atelier?«

»Nein. Ich habe Schluss gemacht und sitze draußen.«

Seine Stimme legte sich weich über die Geräusche des Hafens, ließ sie unwillkürlich lächeln.

»Ich auch.« Ihre Hand kraulte Maschas Ohr. Er hätte fragen können, wie der Tag gelaufen war. Doch das entsprach nicht seiner Art. »Kannst du in Worms schon die Sterne sehen?«

»Nur ein paar. Und du?«

»Hmhm, ein paar. Es ist noch zu hell.« Sie stellte sich vor, wie er auf der Bank saß, sah jede Strähne seiner Haare, die Fältchen um seine Augen und die Kratzer auf seinen Händen; roch die Mischung aus Holzstaub und Metallspänen, die ihn immer umgab. Und sie wusste, dass er genau in diesem Moment ebenfalls lächelte.

»Ich könnte eine längere Tour übernehmen.« Noch war es bloß eine Option. »Hast du Lust auf Rotwein und Frankreich?«

Klärchen rollte sich auf ihrem Bauch zusammen, genau dort, wo es in ihr unruhig rumorte.

»Du fragst mich, ob ich mit dir komme?«

»Es soll dort schöne Schrottplätze geben.«

»Gib mir eine Antwort, Hanne. Fragst du mich das?«

Sie dachte an die Flussgefährtinnen, den Pokal, kopfstehende Naturgesetze, die Karma Bitch und den Sinn des Lebens. Nur wenn du andere Dinge siehst, lernst du die Dinge anders zu sehen. Das galt für Menschen ganz genauso. »Ja, das tu ich. Bist du dabei?«

Aus dem Telefon schepperte es dumpf, gefolgt von einem metallischen Schaben.

»Frédéric?« Sie hörte ihn atmen. »Frédéric!«

»Oh, tut mir leid. Ich habe nur das Geschlossen-Schild an die Werkstatt gehängt und das Tor zugemacht. Bis Dordrecht sind es übern Daumen fünf Autostunden. Wenn ich die Nacht durchfahre, bin ich zum Frühstück bei dir.«

»Du übertreibst, alter Mann.« Hanne grinste. *Glück ist jetzt.* »Wenn du es zum Mittagessen schaffst, ist das völlig in Ordnung.«

Danke

Unsere gemeinsame Reise mit der Jowige ist nun zu Ende. Ich hoffe, Sie hatten eine gute Zeit – fern von allem. Danke, dass Sie dabei gewesen sind.

Ich habe versucht, möglichst nah an der Realität der Binnenschifffahrt zu bleiben, soweit das mit der Dramaturgie der Geschichte harmonierte. In einigen wenigen Fällen habe ich mich für meine Dichterinnenfreiheit entschieden.

Ein großer Dank geht an meinen Verlag und Martina Wielenberg für die Geduld bei der Entwicklung der Geschichte, an meine Lektorin Lina Robertz für den klaren Blick und den Schliff und an meinen Agenten Dr. Michael Wenzel.

Danke auch euch für eure Hilfe auf die eine oder andere Weise: Marianne und Anne, Gretel und Hans, Miriam, Nadine, Hubert, Sebastian, Andrea, Meike, Petra und Fenna. Ihr seid unersetzlich.

Und natürlich danke an meinen Lieblingsmenschen, der meinen Kahn immer in der sicheren Fahrrinne auf Kurs hält.

Bis zum nächsten Abenteuer.

Herzlichst
Brigitte Pons